文學研究叢書・辭章修辭叢刊

視域、方法、實踐：
辭章學系統的語文篇章教學研究

陳佳君　著

推薦序

從系統實踐提升為教研學搭橋
深耕的辭章學力作

——讀陳佳君副教授《視域、方法、實踐：辭章學系統的語文篇章教學研究》

陳志銳

新加坡南洋理工大學國立教育學院亞洲語言文化學部副主任
新加坡華文教研中心創始副院長、院長（研究與發展）

　　我在新加坡關注陳佳君副教授的學術論著時來已久，從其已出版
的學術本體與教育應用的學術專著得知其多年來勤勉不輟，佳作連
連，其中就包括《虛實章法析論》、《國中國文義旨教學》、《辭章意象
形成論》、《篇章縱橫向結構論》、《篇章縱橫向結構論別裁》、《辭章意
象關鍵論》。陳副教授同時也曾在兩岸和海外學術期刊與研討會發表六
十餘篇論文，當中有一篇〈運用篇章結構輔助「以讀帶說」教學——
一則新加坡小學的華文課例分析〉（國文天地，31（12），2016），就
在我的研究生課堂上被參考，而且得到很好的反饋。

　　陳副教授的研究領域包含辭章章法學、意象學、語文教學、佛教
文獻、兒童文學、教育學等多個方面，本書《視域、方法、實踐：辭
章學系統的語文篇章教學研究》更是提升到一個系統學的視角展開論
述，同時兼顧實踐中方法學的層面，進而落實到篇章教學的細緻技
巧，可謂集其各深耕領域之大成。全書視野恢宏、方法科學、經脈分

明、論述精闢，對臺灣以至於國際上辭章學理論的提升與落實有著開創性的意義。

本書開宗明義在緒論就提出了世界、辭章與人（包括表達者與鑒識者）之間的網絡三角之人本關係，先建立了放諸四海而皆準的高標，之後進而與臺灣國教目標與課綱結合，有了具體實施的依託，如陳副教授所期許的——拉緊理論與實踐系統兩端，以展開論述。

首先，在理論基礎部分，陳副教授能夠旁徵博引，自然而然地使得古今中外理論與概念為其所用，例如從歷代典籍的《後漢書》、《文心雕龍》、到當今學界的鄭頤壽、陳滿銘等之辭章學、南京大學王希杰教授的「顯性與潛性」辭章理論、張紅雨的寫作美學、Michael Lane的結構主義理論、Meyer Abrams與James Liu的藝術四元論、Brunner與Kolb的教育學理論，甚至方法與工具如心智圖（mind-mapping）、結構圖層（stratified structure）等，不一而足。不僅如此，陳副教授內化了各學派之精微處以後，大量使用化繁為簡的視覺示意圖展示複雜的概念（如整合歸納以後繪製的「多、二、一（0）螺旋結構對應關係圖」等），使讀者一目了然，非常具有可讀性。

其次，陳副教授在理論基礎與教學方法論的堅實基礎上，融入形象、邏輯、綜合等思維力之系統，續而通過研究企劃落實到不同出版社出版的國語文教材的文本分析與題材比較。此部分因為有具體文本為對象，更具說服力與實踐意義，也提供了許多關鍵、實用的解讀線索和跨領域教學法。其中議題融入與素養導向的教學理念以海洋教育議題為具體例子，分析既深入又具創意，令人欣喜折服。如此從教學實踐的角度展開，從課內到課外，從設計應用到教研效益，進而分析習作佈題的題型設計，陳副教授的論述層層鋪展，高度科學性的框架與思辨，內含絕對人文的關懷與哲思。書中類似多不勝數的論述不僅使得讀者對辭章學有了更深更廣的認識，更使得辭章的探討有了前所

未有的溫度與涵蓋面。從這裡，我們看到陳副教授作為一位青年學者系統化思辨的睿智與科學性教研的用心，也窺見其對文學文本的敏感度、感應力，甚至真摯的喜好。

最後，陳副教授在書中提出辭章學及相關之語文教研必重視「歸本」之概念，即依循學理的脈絡和系統，回歸學科之思維運作、能力與素養、誠與美的根柢和本質。同時本書也提出對未來的展望，希望更秉持辭章學在「教」、「研」、「學」三位元連結之中，加強學術研究端與教學實務端的聯繫，繼續研究，提高教學，與教學現場進行有意義且有實效的深刻對話。

實踐與理論對話，系統化地上升到教研學的溝通、交流，甚至鏈接搭橋，正是本書的最崇高的目標，以及最精彩的示範。

推薦序

我所知和樂於深知、令人驚艷和愛慕的佳君

—— 《視域、方法、實踐：辭章學系統的語文篇章教學研究》推薦序

劉渼

新加坡華文教研中心高級講師
臺灣師大國文系所退休教授

　　章法，在有法和無法間彰顯了自身的魅力，自古以來為文人墨客所重。章法是創作者的豐富意象和思路、是其筆法的布局和鋪陳，最終成就了創作者的心靈和胸懷。大師運籌帷幄自如，章法了然於心，下筆如有神，成千古名文。一般人雖不知其然，也求順讀、悅讀，遇見知音。

　　辭章章法學蔚為一門學問，要感謝佳君的指導教授陳滿銘教授首發先聲，並窮其畢生之力樹立典範，以及門生佳君女史的續傳香火和發揚光大。此大辭章學體系和篇章辭章學理論，是歸納了古今中外的相關論述，並分析了無數經典名作之後的總結成果，乃有理有據之學。尤其是現代人以科學的方法和實證研究，力圖尋找一種螺旋結構〔多樣、聯貫和統一，以及「螺旋」（Spiral）互動、循環、提升〕的奧秘，無論是養身調心、命理和宇宙自然，心靈所薈萃的篇章自然不能例外，篇章若能經得起它的分析、解剖和印證，在有法無法之間，

讓讀者體驗順讀、悅讀和心靈饗宴，則可以是令人賞心悅目的好文了。在此基礎上，細細琢磨教科書裡的範文，理清作者思路和脈絡，不但可幫助學子在心靈層次上跟作者交流互動，且可建構自身的認知框架。佳君這本鉅作，結合理論與實踐、教學與研究，已臻於巔峰，對學者的教育研究、老師的閱讀和寫作教學設計和課堂實踐，以及莘莘學子的深度學習等，都大有貢獻。

我與佳君多次在臺灣、新加坡和線上交流，每次都有驚艷之喜，比如她的《行旅練習帖》、禪繞畫（Zentangle），都出人意料，佳君的筆觸和美，走入人生行旅、畫出禪境，超脫現實。

祝賀佳君在本書中對教育的大愛與無私的奉獻，更期待她下次所帶來的驚艷。

自序

　　辭章作品的鑑賞、創作、教授，是一門藝術。與傳統上稱為文章學相關的辭章學和語文教學研究史，都具有淵遠流長的發展脈絡，其中，辭章學、篇章結構學（含縱橫向結構之篇章組織與意象組合）的發展，其背後有一個重要的推展原因，那就是為了國語文教學的需求。北大張志公、福建師大鄭頤壽、臺灣師大陳滿銘等多位研究辭章學的教授，在談他們的學思歷程時，都提到了相關的緣起。陳滿銘教授就曾說：當初是為了講授「國文教材教法」這門課程的需要，早在四十多年前，不得不接觸「章法」，進而促使文本篇章的處理，不再渾沌不明；復因章法是在探究「篇章內容的邏輯結構」，因此又對後來發現「多、二、一（0）螺旋結構」理論有直接的關係。就這樣一路走來，才逐漸集樹成林，確立此研究領域之體系。

　　我經常自覺的意識到，能夠同時身為文學與語文教育的教學者和研究者，其實是一件非常幸運的事。中文俗諺有謂：「知識就是力量。」西藏文化圈自古亦流傳著類似的一句話：「ཡོན་ཏན་ཡིད་བཞིན་ནོར་བུ་རེད།」，意即：「學問即是如意寶。」而這份珍貴的禮物就必須靠教育來傳遞。文學不外乎就是在探索人與自我、人與他者、人與環境的種種關係，語文素養更是日常人們賴以溝通、與世界互動、涵養情理感悟與審美意趣的重要媒介。語文教學不僅能扎根國民在語言文學和文化上的基本學力，也能提升身而為人內在良善的品格質素。

　　對於語文教研所應持守的要點，陳滿銘教授在多部專著中一直強調語文教學應「歸本」的重要性；李瑞騰教授亦曾在專題演講中呼

籲，國語文教學必須「循其本」，他也提出，國語文教師的職責就是引領學生「通過課文了解作者如何組成篇章及彰明題旨」，並且能在各個學習階段，有效習得適切的語文技藝與知識。從九年一貫課綱強調給學習者「帶得走的能力」，到十二年國民基本教育課綱突顯「與生活結合」的實踐，語文學習領域中關於語言文字之用、文本之意、文化之美的傳授，當可藉以培養身為現代公民應備之素養，但李教授也曾在演講中提出，問題在於當素養導向落實到語文教學現場時，卻容易因失其根本而導致教學的含糊不清。

我的研究旨趣一直在篇章辭章學的學術領域，大陸辭章學專家孟建安教授就曾歸納出漢語辭章學具有「理論系統」和「實踐系統」的系統性建構原則，前者包含辭章學的原理、規律、類型、方法論、美學等，後者主要是指運用相關理論來進行文本實例分析和教學指導。近年來，我也把握著每一次能提供教研輔導的機會，與許多學者先進和在職教師們齊心努力著如何讓文學理論與教學實務做到更好的連結，讓學科能真正回歸根本，在有理論系統的支持下，幫助師培生和在職教師為所面對的語文教學問題找出解方。在深耕學術研究的同時，這也應該是我們的社會責任才是。

另一件值得記述的事，莫過於連續兩年受邀於「語文教學與文學創作研討會」發表研究論文、參與綜合討論。會議是由我所服務的臺北教育大學語文與創作學系，與臺中教育大學語文教育學系、臺南大學國文學系合辦，三個系所可以說都是國語文（小學教程）教學與研究的重要學術單位，而今能帶著彼此交流和支持的善意，共同合作，實屬難得，因此即使在工作幾無喘息的空際中，說什麼也要共襄盛會。第一屆除了舉辦小學語文公開授課及議課，也發表了關於兒童文學（圖畫書閱讀、多元識讀）、課文文本分析、多媒體語文教學應用（磨課師、電子書、數位閱讀理解）、思辨性教學歷程、跨領域（社

會課本的複句連接、跨域性試題）等研究論文；第二屆則研討了關於文（語）法與辭格分析、國語教科書中的副詞、新課綱的語文教科書設計以及議題融入、小說節奏的解讀、從語用學看書寫觀點、思考性的文學課程設計、詩學資料庫、影像文本研究等論文。在這些豐富的研究課題中不難觀察到，語文教學牽涉的學科面向很廣，研究者們也都各擅研究興趣、方法和專長，而唯有重視語文教學研究的價值與意義，攜手共同前行，才能開出一片繁花盛景。

　　一位長年在南印度佛學院培養佛學後進的格西（佛學博士）曾對我說：「端嚴的老師和正信的佛法導師一樣重要，都是世間眼。」（按：「འཇིག་རྟེན་མིག」指「世間眼」，為佛學術語，語出《法華經》，意謂能開世間之眼，使見正道也。）這真是莫大的鼓舞和提醒。為了給予信心，也為了能助以看見這份職志的價值，我也常和課堂上的師培生們與前來研究所進修的在職教師們談到：語文教學及研究絕非小道，語文教研是很專業的，是很細緻的，是講究科學化系統性研究的，它必須兼顧理論體系與實務應用，一面借鑒與歸納，一面驗證與傳遞，並為涵養新一代學子們的語文素養、品德修為、審美情趣而教。

　　默默耕耘多年，終於能盡力的完成這部小小的研究專書，一方面展現了階段性的成果，一方面得以藉此感謝一路上同行的師長、同事與親友。宇宙人世本無完美之境，人亦無全能，而事物總是處在不斷的變易之中，但也正是這樣的不完美，才顯可愛與可貴。若說這部專著有任何可供參酌之處，無疑是所有曾給予我指導和提攜的師長之功；若現力有未逮的疏漏之處，尚祈博雅不吝賜正。無論這部小書順著何種機緣來到您手上，能與您分享，何等榮幸意樂！

陳佳君 謹序於閉關小書齋

2020年10月

目次

表次

圖次

第壹章
緒論

　　本書旨在探討篇章辭章學理論系統之語文教學研究，在進入本書正文論述之前，本章將分兩節，先後針對本研究論著之研究動機與背景、研究方法與架構，依序說明語文能力培養的重要性、十二年國教課程綱要核心素養的教育趨勢、小學學習階段語文篇章教學與研究的問題、辭章學對語文教學研究之意義、研究者背景、本書題名釋義暨研究範疇之確立，以及本書的研究任務與撰寫目的、採用的研究方法和全書脈絡。

第一節　研究動機與背景

　　關乎訊息處理的國語文能力，以及語文學習領域國民基本學力的培養與提升，一直是國家重要的教育方針，也受到語文領域之研究者和教學者的重視，因為語言文字的運用及其所產出的各類文藝體、實用體、融合體文本，承載著悠遠的文化深度與價值觀念，也是人們賴以運作思維、學習精進、解決問題、溝通交流、陶養美感、促進彼此尊重與理解的媒介；透過語文的良好運用，能聯繫起世界、辭章（文本）、與人（表達者和鑒識者）的網絡，幫助人們與自我、他者、自然（外境）有更好的互動。因此，教育部成立國民小學師資培用聯盟國語學習領域教學研究中心，推動一系列培用、研發、推廣之聯盟計畫；而與語文師資培育相關的系所亦持續深耕著語文教學領域的碩博士班，培養教學研究人才，大學端也有許多中／國文主修或跨教育學

門的學者長期投入語文教學領域之學術研究、開設課程培養語文教學專業師資、受邀擔任講座與研習教授、或編寫實務性教學用書等教研活動。

　　而提到國民基本學力的厚植，其趨勢乃隨著十二年國民基本教育課程綱要的逐年施行，使核心素養的概念在各學習階段和學習領域中具體展現。在依循《總綱》之「三大面向」與「九項細目」的原則下，核心素養落實在小教階段國語文領域亦有其中要內涵，指引著教與學的方向。其中，與篇章辭章學的學理相結合的部分，或者可以說是能夠借鑒篇章辭章學的原理助以達成的教學目標，至少就有以下幾項重點：一、透過國語文的學習，掌握文本要旨，初探邏輯思維（國-E-A2）；二、能運用語言文字之符號，在生活中達到同理、表達、溝通等良好互動（國-E-B1）；三、運用感官，發現生活中美與善的人事物，體會文藝之美，具備創作與鑑賞的基本素養（國-E-B3）；四、閱讀各類文本，從中培養判斷力，了解自己與所處社會的關聯，強化道德與公民意識（國-E-C1）；五、與他人互動時，能適切運用語文能力表達想法，理解和包容／尊重不同的意見（國-E-C2）等[1]。首先，掌握篇章主旨與統一律有關，初步學習邏輯條理則與秩序律、變化律、聯貫律有關；其次，強調溝通互動和人我關係之素養，也是辭章學的學科特性的體現，也就是——從承載內容與形式的口語或書語中，適切而深入的理解，有效而高效的表達，此外，透過適當的運用語文，

---

[1] 參見教育部「十二年國民基本教育課程綱要」《語文領域-國語文核心素養具體內涵》：https://cirn.moe.edu.tw/WebContent/index.aspx?sid=11&mid=5724。此外，由於語言文字的生成、發展、使用，必然含藏該文化圈的文化底蘊，作家亦可特意運用文學載體介紹本我或他者的文化，因此，「文化內涵」也是國語文領域課綱重要的「學習內容」之一，故國語文核心素養的部分，尚可留意：閱讀各類文本，培養理解與關心本土及國際文化的眼界（國-E-C3）。關於文化意涵與語文篇章的處理，其相關性則體現於文本題材、語料剪裁與布置、義旨（文化意義、價值觀念等）等面向。

以順暢的進行人際互動的素養，也與辭章四元論的表達元和鑒識元相關；其三，美感素養的部分，則與辭章學的誠美律相契合；其四，在篇章義旨的教學中，情意教學無疑是最重要的價值所在，在引領學生深究文本內容之時，語文學科隱性的育人功能亦同步發揮著作用，這項語文素養的薰陶，除了與上述的誠美律相關之外，也與辭章綜合思維（意象的統合）緊扣。由此已逐漸得以顯示出辭章學和篇章辭章學的理論基礎，在語文教研上的呼應關係。

　　若進一步針對辭章學學理及其對於語文教學研究之重要性而言，可以說，在辭章學發展的悠長歲月中，兼顧此學科研究的理論與實際，一直被強調著。一來是因為辭章學具有橋樑性，拉緊「理論系統」與「實踐系統」的雙端[2]；二來是為了助以解決國語文教與學的難點。張志公教授是研究漢語辭章學的先鋒，一開始他是為了《漢語》教材之編纂，而直面語法教學在理論艱深分歧、學習實用連接不上的諸多問題，在嘗試探究、解決與呼籲學者重視語法學的理論與實用等過程中，又同時牽涉到音韻、字詞、修辭、組織等辭章知識節點，因而促使了北大辭章學的研究隊伍對漢語辭章學做出系統性科研[3]。無獨有偶的，陳滿銘教授亦曾在博碩合開的「章法學研討」課堂裡娓娓道出此學科的研究契機之一，他提到：當時在「國文教材教法」課程講授辭章作品的篇章結構時，感到不夠踏實，為了要理清「章法（含篇法）」，不僅長期埋首古今人書堆裡摸索，更逐步從能捕捉到的有限章法檢視、再從文學作品的篇章現象求其通則，慢慢開展辭章學領域的哲學淵源、原理規律、體系內涵、心理基礎與美感效果

2　參見孟建安：〈章法學體系建構的系統性原則〉，《章法論叢》第二輯（臺北：萬卷樓圖書股份有限公司，2008年3月），頁95-99。

3　參見王本華：〈張志公先生與漢語辭章學〉，收於張志公：《漢語辭章學論集》（北京：人民教育出版社，1996年3月），頁4-5。

等研究[4]。

　　雖然與辭章學相關的理論研究與教學現場的實務應用，一直在中等教育學程的培育和國高中國文課程的實施中，受到一定程度的重視，但事實上，小學學習階段的語文教學也同樣需要這種能夠實際提升語文教學與研究的理論支持與實踐方案，唯比起中學端，在小學端無論是理論探索、行動研究、研習輔導、課程設計等，都相對較為匱乏。透過各種語文教學或研討的場合，本書研究者有許多機會和相同或鄰近領域的方家學者們、中小學第一線在職教師相互交流，例如研習或工作坊的對話、語文教學研討會和全國性會議的調查和討論、觀課與議課的教學實務活動、指導新制教學實習、為在職教師進修的授課等。在教師們所提出的語文教學與研究的問題與困境中，其中就有不少和文本篇章處理有關的課題。例如：從自然段歸併意義段——也就是結構段的方法；篇章組織的條理有哪些不同的藝術技巧、段落如何銜接與過渡以成篇；內容大意（全文大意與段落大意）與篇章結構的異同與關係；主旨——全篇最核心的情意思想如何掌握、如何判讀或顯或隱的性質，主旨及大意和貫串全文的綱領有何異同、如何擔負起統一文本的任務；語料（含寫作材料）的選擇、剪裁、安置、寓意及其與主旨的聯繫等。

　　專就課文篇章結構這個知識節點的教學而言，一直以來，現場教師多半依賴教學指引、教師手冊、或備課用書來進行所謂的課文結構教學，參與實務教師會議的受訪教師們曾表示，因為篇章方面的教學

4　辭章章法學之相關學術思想建構歷程及其與語文教學研究的密切關聯，後以〈卻顧所來徑——代序〉一文，寫成《章法學新裁》一書之序言。參見陳滿銘：《章法學新裁》（臺北：萬卷樓圖書股份有限公司，2001年1月），頁1-11。另可參考鄭頤壽主編、馬曉虹等十九人合著：《大學辭章學》（福州：福建人民出版社，2004年12月），頁1-7。

有其難度，而導致一些常見的問題，例如：由於不熟悉篇章組織涉及聯節成段、聯段成篇的切分與銜接，導致在進行意義段教學時，僅能機械式的合併自然段，而未能從結構觀點考慮篇章組織的問題；又如：若碰到記敘體的課文，大概就只能用「先說、再說、後說」帶過；若碰到故事體，即粗淺的從「原因、經過、結果」來看意義段等。嚴格說來，這樣的處理方式還是偏重在內容層面，它可以產生分段的功能，卻無法梳理段落與段落、段落與全篇的組篇關係，而且無法顧及低、中、高年段在掌握文本篇章能力上的加深，以及合於十二年國教課綱，由小學銜接到中學的文本結構習得。其次，在應用圖表輔助語文篇章教學的情況中，又多半只以備課用書提供的資料，畫出課文心智圖（Mind Mapping），一般而言，心智圖適合用來把作者所書寫的內容材料做出摘要，或是記錄表述（口語、寫作）前的聯想性、發散性想法，卻沒辦法理出文本裡內容的深層條理或安排段落邏輯關係，因為文本的篇章結構會同時需要關顧內容與組織，而所謂「組織」，又需要講究層次邏輯與次第關係[5]，況且實際教學時，除了心智圖，還需要視教學的需要與目的，選擇各類圖表來靈活搭配應用。

　　其實，在文本構成的要素中，篇章的法度是存在於文本內的潛性

5　「層次邏輯」是篇章研究的一個重要概念。由於篇章結構是一種辭章內部的立體化關係，因此是具有層級性的邏輯條理。將文本的層次邏輯掌握好，在語文篇章教學有其重要性，吳格民即曾透過實際的篇章結構教學案例，提醒教師必須注意文本層次的問題。例如：教師若把課文中的「環境描寫」和「外貌描寫」放在一起，並列板書，學生就會誤以為它們屬於同一層次，但「外貌描寫」其實從屬於「人物描寫」，而「環境描寫」與「人物描寫」才是處於同一層級的要素；又如朱自清〈春〉的中段，在第一層篇結構的「繪春」底下，是就「全景」和「分景」來寫，但教師若未釐清具有總分關係的第二層結構，只分析「分景」底下的草、花、風、雨，則學生就會忽視全景勾勒那一小節的結構地位和價值。參見吳格民：《邏輯思維與語文教學》（北京：人民教育出版社，2003年3月），頁41、50-51。本書也將在第伍章透過課例探討語文篇章教學如何由平列式向層次性推深。

特質，南京大學王希杰教授就曾提出辭章「顯性與潛性」的重要理論，並且說道：

> 文章的章法是潛性的。正因為章法結構是潛性的，才需要章法學家來研究。[6]

篇章的結構不只是純然形式面的問題，這種連綴成篇的邏輯關係，是藏在內容深層的組織條理，它需要仰賴研究者與教學者掌握理論系統與方法論，進行深入的分析與實踐，才能加以鑑賞和應用。著名詩人與詩論家鄭敏也關注於文學作品的「內在結構」，尤其是著重意象經營、保留含蓄美與領悟性等特質的詩歌體。他引述當代結構主義學家Michael Lane之說，謂：結構並無固定內容，它是內容自身呈現在一個邏輯的組織裡[7]。鄭敏闡釋道：辭章作品的內在結構是化成文字的思想，與獲得思想的文字，以及它們的某種邏輯安排。Michael Lane的理論指出了「結構」和「內容」的關係是有機的，而不是一般所謂的「形式」及其對立意義的「內容」之切割。正因為文學作品的內在結構和中心思想的關係，是一種有機的結合，唯有仔細分析篇章的內涵「要義」與組織成篇的「全局」，才能找到那把領會作品的鑰匙，並從而由作品中歸納出更多的結構類型，也將是一件有意義的事[8]。語文教學和研究的任務之一，正是在幫助讀者（學生）突破文本中如十里霧般的障礙，把文章的篇章結構（含縱向的意象組合和橫向的邏輯組織）顯性化，掌握文本關於意象形成、組織、統合的種種藝術特點，

---

6 見王希杰、仇小屏、陳佳君：〈章法學對話〉，收於陳佳君：《篇章縱橫向結構論別裁》（臺北：萬卷樓圖書股份有限公司，2010年10月），頁174。

7 Michael Lane (Edited and Introduced), *Introduction to Structuralism* (New York: Basic Books, 1970), pp.7-42.

8 參見鄭敏：〈詩的內在結構〉，《文藝研究》1982年第02期（1982年2月），頁61-62。

給人們在聽、讀的理解和說、寫的表達上，指出一條可行之路來。

　　值得進一步探討的是，十二年國教課程綱要將語文領域（國語文）的「學習內容」分為「文字篇章」、「文本表述」、「文化內涵」三大面向，其中，「文字篇章」將重點放在語言文字的組成單位，除標音符號外，依序列有文字、詞彙、句子、段落、章與篇；「文本表述」則列有記敘、抒情、說明、議論、應用等類型[9]。那麼，文本表述的性質與篇章組成的結構如何釐清？雖然文本的體裁形制也確實會影響到教學者如何教、鑒識元怎麼讀、表達元怎麼寫，但上述這種內隱性的篇章縱橫向結構，卻可以是超越文體概念所限制的文本剪裁與布置。當然，因為在章法的特性和表達元於創作時的心理基礎影響下，有些文體會有一些更適合、更容易或習慣被作者用以安排脈絡的邏輯結構，例如議論文常以對比性的論據，透過正反章法增強說服力；依照事件發生的始末順序，以今昔章法表現為記敘文；再如為鋪陳場景的移動變換，使空間章法常用於寫景文；為了解釋某種知識性內容，在說明文中就常應用總提分應章法等。唯從新課綱對各學習階段所規劃的「文本表述」之「學習內容」來看，所謂「列舉」的寫作手法，可能是不分主次的並列式結構，或是依先後遠近之次序來敘述的時空類結構，也可能是有對比關係的正反式結構；原因與結果對應的因果式結構，可運用於記敘文本結構，例如用因果關係以敘述事件的來龍去脈，也可運用於抒情文本結構，例如用以推展觸發情感的起因和反應等；正反式結構則可以運用安排於議論文的正反論據，也可以運用於解釋科普相對性概念或產品優劣的說明文本。

　　無論是否依文本的表述方式（或文體概念）來談內容與形式的結構，需要正視的是，文本篇章處理的難點源於兩個因素，一是「深

9　參見教育部「十二年國民基本教育課程綱要」《語文領域-國語文學習重點》：https://cirn.moe.edu.tw/WebContent/index.aspx?sid=11&mid=5737。

層」，邏輯思維藏在文本內容的深處，而致掌握困難，需要做好文本分析，細細挖掘和梳理；二是「複雜」，篇章分析（聽讀）或創作（說寫）的宏觀性視域，又必須透過邏輯思維結合形象思維的充實、綜合思維整體控制的協作，牽涉很廣，在課文讀講或說寫創作時，需要更多搭橋的鷹架，仔細規劃教學步驟。唯若教師因此而忽略或未能處理妥當，那麼，想將「文本（篇章）到底是如何組成的」講授清楚，進而引領學生找到鑑賞辭章的入手處（訊息輸入）、運用於說寫表達（訊息輸出），可能會出現教學盲點[10]。然而，符應新課綱中以十二年一貫的國民基本教育而言，小學學習階段的語文教學是扎根的階段，奠定良好的語文基本素養，才能繼續向上開拓和深化，因此，相關的語文教研著實值得加以關注。

辭章學不但是發展脈絡悠遠的學術領域，也是一門具有系統性、橋樑性與實用性的學科。前者在許多學者的努力耕耘下，向上溯源，追索其原理與規律的哲學淵源；向下深探，紮實其本體與旁支的科學性體系。後者則展現出其上下位層級，聯繫起多個文學分科，例如文語法、章法、意象、詞彙、修辭、主題、文體、風格等，並緊密扣合著理論端與實務端。由於上述的學科特質與條件，辭章學對於必須得複合聽說讀寫作的語文素養、又得兼顧多種文學知識節點的語文教學與研究而言，十分切合學科領域的發展需要。因此，辭章學方家張志公曾謂：

> 從語文教學上說，則要採取辭章學的路子，按辭章學的系統組

---

10 李瑞騰在「108國語文教材教法課程設計學術研討會」中提到：「國語文」是「語文」領域之大者，可藉以學習一位現代公民應有之素養。但是到了教學現場，卻容易含糊不清。參見李瑞騰：〈請循其本——國語文教學之我見〉專題演講（臺北：國立臺灣師範大學，2019年10月18日）。

織教材、設計教法，從而達到培養提高聽說讀寫的實際運用語言的能力的目的。[11]

無論是從鑒識元談閱讀、聆聽，或是從表達元談寫作、口語表達，兼顧訊息輸入（Input）與輸出（Output）的雙向互動，才能全面提升學習者的語文素養。關於辭章學研究的重要性及其對語文教學的開展和運作效用，語文教育家張慧貞在〈兩岸辭章學研究和語文教學隅談〉中曾闡述道：

> 語文教學的目標，在於全面提高聽、說、讀、寫的語言綜合運用的能力，建構學生全方位、多功能的言語智慧體系。辭章學理論體系最有助於達到這個培養目的。[12]

其所持之理由為辭章學的研究對象是「話語／語篇」（Discourse）之藝術，其中所牽涉的「雙基」──基礎知識和基礎理論，無一不與語文（含國語、國文）教學的實際運用相連[13]。例如，以辭章的義界而言，對於「承載」情意思想與物事材料的文本，要講究課文的讀講，還要重視「理解」和鑑賞；而「表達」的說或寫，也需和聽讀雙向互動，做到「意成辭」、「辭成意」、和「辭意相成」的語文指導要求；

---

11 見張志公：《漢語辭章學論集》，頁79。

12 見張慧貞：〈兩岸辭章學研究和語文教學隅談〉，收於鄭頤壽主編、馬曉虹等十九人合著：《大學辭章學》，頁364。

13 同上註，頁367。又，澳門大學陳藝康教授也曾透過〈天淨沙〉的不同解析，詳細比較和討論辭章學的概念和方法，對於文本解讀和語文教學上的優勢，在於不只說出「這是什麼」（What），而是能進一層的彰顯出「為什麼」（Why）。參見陳藝康：〈辭章章法結構在語文教學上的應用〉，《國文天地》第26卷第5期（2010年10月），頁52-53。

又如辭章學所具有的「融合性」，即多種語文知識分科的相互結合，亦考驗著語文教師有步驟、有重點的安排語音、用字、詞彙、文法、邏輯、修辭、語料、文意（主旨、大意等）、體裁等向度的教學。換句話說，若語文教師未能具備辭章語篇整體觀，將導致無法全面掌握整個奠基在思維力運作下的辭章學體系，進而判斷與選擇教學重點並設計螺旋式課程／單元安排[14]。這也是促發本研究做出相關梳理，以解決師資培育和教學現場問題的重要緣由。

誠如前述，辭章學的幾支研究隊伍，多從語言或文學的教學之中，發現待解的問題，進而各自鋪開相互關聯而又各具語境特色的辭章學研究，因此，如何落實辭章學強而有力的應用性，將辭章學的方法論和理論系統應用於教學，也成為本研究的問題意識之一。除了持續在具有中等教育學程的中文／國文系所開設相關課程，並落實於中學國文教學的應用與推展上，也需在更為強調語文聽說讀寫四技之綜合調控、協作的小學語文教學現場，做出適當之探究與應用。可以說，辭章學融入小教語文教研，還在起步階段，尚待開拓的空間也很大，因此，促成了本書研究取向之一。

本書研究者先後取得小學正式教師證及中等學校教師專門科目國文科教師證，並曾實際任教中小學[15]。在學術研究方面，長期探究辭

---

14 馮永敏曾指出，語文教學的效益難以提升的其中一個重要原因，就在於「難於形成語文能力的整體體系」。參見馮永敏：〈展開過程　揭示規律──試探九年一貫本國語文統整教學的實施〉，《九年一貫語文統整教學學術研討會論文集》（臺北：臺北市立師範學院語文教育學系，2001年8月），頁67。吳格民則是強調「分析」在語文教學中的重要性，特別是教師需要有能力分析語文的各個知識點存在的理由和價值，分析它在知識系統中的地位。參見吳格民：《邏輯思維與語文教學》，頁142。至於具體的探討語文能力和思維力之關聯性與整體性，以及辭章學與篇章教學所呈現之層級性系統等，則是本研究專著的重要取向之一，當容待於相關章節中析論。

15 在中學學習階段的部分，本書研究者著有《國中國文義旨教學》一書。本書之撰寫目的實為因應當時「國中一綱多本」國文教材的重大變革，而與多位教授共同規劃

章章法學、意象學、與篇章縱橫向結構論之領域。在教學研究與現場實務的聯繫上，則曾擔任「教育部國民小學師資培用聯盟國語學習領域教學研究中心」主持人。此外，在師資培育方面，開設有多門語文領域師培課程與教師在職進修碩士班之課程，多年來亦指導新舊制教學實習及半年教育實習，並具有實際到小學執行地方教育輔導之經驗。在帶領研究、教學和實習等過程中，皆與師培生、實習教師和第一線在職教師多所交流，因而更覺於提升語文教研的質量上責無旁貸。

　　有鑒於此，本研究專著定題為《視域、方法、實踐：辭章學系統的語文篇章教學研究》，其中，「視域」是以篇章辭章學為貫串全書之理論觀點；「方法」是以「多、二、一（0）」互動、循環、提升的螺旋式結構，來看待語文篇章的各個組成要素，並做為教學研究與實踐之原則；「實踐」則是以理論依據直面教學現場，具體針對語文教材為研究對象，進行文本分析與教學設計之種種思考。期能藉此兼顧理論體系的統整與教學實際的運用，提升語文篇章教研的質量。茲圖示如下，以清眉目：

一系列以「能力」為本的國中國文教學研究用書，包含文法教學（楊如雪教授）、修辭教學（張春榮教授）、章法教學（仇小屏教授）、現代文學教學（潘麗珠教授）、教學評量（鄭圓鈴教授）等。本書主要借鑒辭章學系統，從課文旨意和意象經營的角度，統整分析國中國文古典詩文教材。參見陳佳君：《國中國文義旨教學》（臺北：萬卷樓圖書股份有限公司，2004年2月）。

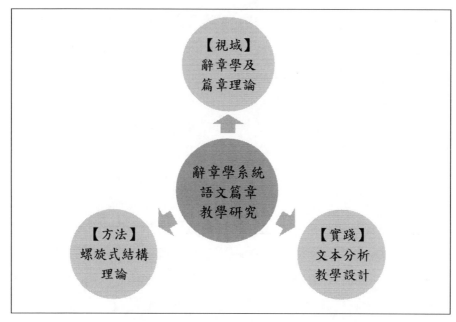

圖一-1　辭章學系統的語文篇章教學研究釋題圖[16]

　　進一步而言，本書先以辭章學為切入點，通盤考察辭章學的體系脈絡，以三大思維力歸納多元的語文知識節點，而後鎖定篇章辭章學為主要研究範疇，以整體觀處理句子以上的語言單位所關涉的辭章要素。王希杰教授在談一門學科應有的研究策略時，曾指出一個關鍵性的立基點，他說：

> 從方法論的角度來說，任何研究對象都是複雜多樣的，甚至是混亂的異質的，研究者首先就必須選擇一個特定的角度來觀察對象。[17]

16　本圖由本書研究者歸納繪製。

17　見王希杰：〈略論「修辭立其誠」〉，收於何偉棠主編：《王希杰修辭學論集》（廣州：廣東高等教育出版社，2000年9月），頁120。

由於辭章學體系龐大，關涉的面向亦廣[18]，確實需確立研究角度，以使討論能更深入和聚焦。雖然辭章學值得探索的內因外緣非常多，然本研究專著選擇辭章學中的「篇章」為取向，原因有二，其一是篇章辭章學與小教學習階段之語文教學的聯繫，可以說尚未有較全面性、聚焦性的研究與應用，故而還有待研究者與教學者開拓和研發；其二是辭章學十分強調「一體性」[19]，即視文本為一有機整體，故分析課文或引導寫作時，都需掌握完整的話語主題和旨意、注意結構上的銜接與層次、關顧全篇語境而避免孤立式抽詞拆句，另外還要能辨體式、諧風格等，因此，若能建構語文篇章宏觀性的知識地圖，則在進行相關的教學研究時，就能順著系統性路標，調控教研思路，並助以使語文教學的單元活動設計，能更具備學理根據，真正歸本於「文本」和「語文能力」。至於辭章學的界定以及篇章辭章學的內涵，則容待於本書第貳章逐步闡釋。

綜上所述，本研究旨在確立篇章辭章學之理論系統與方法論原則，並據以依次進行語文教材文本分析及教學設計，務達本學術研究領域「以理論指導實務、以實務驗證理論」的雙向功能性，期能進而對於小教學習階段之語文教學與研究在師資培育和在職進修等層面一盡棉力。

---

18 張志公在談何謂「辭章之學」時曾指出：辭章之學是研究語言藝術的一門學問，具有範圍廣、綜合性大的特點。參見張志公：《漢語辭章學論集》，頁18；又，鄭頤壽更進一步的從四六結構論、雙向互動性（含表達與鑒識、結構與組合）、多科聯繫的融合觀、功能語體與文體等方面闡釋道：辭章學是一門理論框架大、角度大、任務大、功能大的學術領域。參見鄭頤壽主編、馬曉虹等十九人合著：《大學辭章學》，頁1-2。

19 參見鄭頤壽：《辭章學發凡》（福州：海峽文藝出版社，2005年8月），頁169-172。

第二節　研究方法與架構

　　順承上一節提出本研究論著之動機與背景、問題意識、釋題並確立研究範疇後，本節接續說明研究目的、方法、架構和凡例。

　　由於文本構成的要素、部件及其組合與關係，多樣而複雜，是故如何建構完整的辭章系統觀、如何掌握辭章的方法學、如何在語文教研的繁瑣過程中找到入手處，都是學科研究和教學實務不能迴避且亟待解析的重要問題。據此，本書之研究任務計有：一、循序梳理篇章辭章學的理論系統與方法論原則；二、深入辨析篇章縱橫向內部結構的相關性；三、歸本思維力和語文能力的教研思路；四、建構語文篇章教學的知識地圖。研究目的旨在：一、提升語文篇章教學的可操作性和效用；二、幫助教師與研究者具備由三大思維力統整的辭章學體系概念，以掌握語文教學的知識節點及其關係、定位；三、提供教師與研究者從篇章觀點處理文本整體性問題的脈絡，並嘗試從篇章的語文單位思考語文教學各個環節的統合；四、提高學習者表達與鑒識的語文能力，以及連結人與文本、世界的素養。

　　在研究方法方面，本書在實際進行研究工作時，主要運用分析法與歸納法，依據辭章學的學科理論，進行辭章及辭章學之義界、內涵、層級系統等相關文獻之討論。為重視辭章研究應該要能尊重前人耕耘之功，同時也要追求學科內涵的不斷發展，盡力使其系統化更加周延，因此對於徵引文獻的處理（含理論建構和教材分析），不只是停留於單純引用，而是兼顧說明與詮釋、延伸和連結，並指出可能的限制與疑點，加以探究、找出解方，希望除能以相關研究成果印證本書論述之餘，也能發揮充實學科研究、開拓思考面向之目的。其次，本書亦致力歸納篇章辭章學的原理、規律與方法論，並借鑒篇章辭章學的研究方法，運用於語文教材之文本分析與教學設計，以統整語文

篇章教研的特點和重點，期能闡釋篇章辭章學在縱向與橫向之內部結構的關係，及其對掌握篇章教學研究重心的意義與效用。

在理論系統與實務應用以及大學師培端與小學教學現場之聯繫上，本書採專家座談法，除了透過專家諮詢會議，釐清學科概念上之辨正和教學研究主題的研討，也藉由實務教師訪談會議和工作坊等，了解教學現場疑難問題，思考語文篇章教學的解方。此外，本書也運用驗證法，除了舉語文教材實例為證，也將方法應用於教學設計，並進行教學觀察、省思與檢討。

誠如上述，由於篇章構成元素之義旨與條理之間，存在內部結構之相互關係，牽涉文本意象之形成、意象之組織、意象之統合等諸多面向，故本書亦運用結構分析法，處理教材選文之結構分析。在執行上，主要是依研究之需，繪製橫向章法結構分析表，或結合內容意象之縱橫向疊合結構表，以求理清篇章內部深層繁複或多重的層次關係。唯為合乎小教學習階段之語文能力指標與教學現場之情況，盡力化繁為簡，以繪製一至三層之篇章結構層次為主，再配合篇法（篇結構）與章法（章結構）之閱讀講解與說寫教學，期能以立足辭章全局之視野，掌握全篇核心情理的理解或立定（意），以及在材料運用與意義賦予上的解碼或編碼（象），藉此助以調控篇章教學之要點。

為致力達成本書之研究旨趣與目的，本研究論著共以六章來探討篇章辭章學視角下的理論系統和語文篇章教學。各章節將做以下之安排。

第壹章、緒論：說明本研究的緣起、問題意識、背景概況，以及採用的研究方法和全書之論述脈絡。第貳章、辭章學與篇章教學之理論基礎：先由辭章學的內涵與學科特質闡述辭章學層次系統及其所連結之語文知識節點，再從四元六維理論廓清辭章內外部關係和五項與篇章教學研究相關之次第性原理。第參章、辭章學與篇章教學之方法

論原則：從本源性的方法論探討「多、二、一（0）」螺旋結構之哲理淵源及意義，並連結前章所述之三大思維力，析論辭章學觀點下的語文教研系統之動能；其次再針對辭章「四大律」和「誠美律」，深究篇章結構化、藝術化之規律，並進一步提出其與前揭「多、二、一（0）」螺旋結構之對應，及其於語文教研所發揮之作用。第肆章、辭章學系統的文本分析：運用前兩章奠定之理論基礎，先就教材做出歸本思維力系統之文本分析，再符應新課綱之議題融入，進行語文教材之編纂考察、篇章處理與題材比較。第伍章、篇章教學實踐設計與效益：本章落實於教學實踐，依序由課內範文至課外繪本、從教學設計和省思到功能與作用，透過習作佈題、讀寫互動、繪本搭橋等，探討語文篇章取向教學之設計、檢討與建議、任務與效益。第陸章、結論：總述本書之研究成果，包含確立辭章理論系統、探究篇章辭章學的方法論、廓清其與語文教學的聯繫，以及藉以進行文本分析和教學設計的實務應用之效。此外，本書亦將於每章之起首，交代該章聚焦重點、論述思路、與章節安排之理由。

為呈現全書體例並顧及閱覽之利，茲於本章最末，將需要事先註明的凡例臚列於下。

一、關於理論基礎之引證。本書在章節安排上，有先理論後實務之思路，各篇雖形成一定之論述脈絡，但為求討論時之完整性，在理論基礎的闡釋與說明上，難免複見於相關章節中。本書將盡力以詳略互現的方式處理，並將相關內容以註腳補充，強化前後文聯繫之關係。

二、關於研究成果之回顧。由於篇章辭章學及語文教學之研究範疇，乃本書研究者長久耕耘之學術領域，因此，在某些論述過程中，多少需要回顧和延伸過往的階段性研究成果，以為銜接和開展，尤其是研究形成篇章內容之要的《辭章意象形成論》，以及結合文本縱向之意象組合與橫向之邏輯條理，全面探討篇章結構的《篇章縱橫向結

構論》、《篇章縱橫向結構論別裁》等，在前書引用之際，除可顯示研究者系列研究之歷程外，亦乃本書理路推展之需。

三、關於語文教材之徵引。小教語文教材由國立編譯館統一教科書版本到九年一貫課程綱要推行，直至108新課綱實行之際，小學國語教科書開放各家出版社經教育部審訂後，得由各校選為教學用書，唯因本書研究取材之版本不一、學年度跨度大、選用課數多，加以課文全文授權不易，尤其是由作家執筆寫作之課文，因此本書若遇需徵引課文之時機，將儘量以敘述形式代替引用全文，並註明版本及年段課數，使語文教師或研究者易於查閱原文出處。

四、關於統整圖表之繪製。在理論系統建構的部分，為求簡要與明晰之效，本書將在論述之後，按需擇要，廓清關係、歸納要點，編制相關圖示或表格說明。在教材文本分析的部分，本書也會運用辭章章法學的篇章結構分析圖表，輔以理清層次邏輯，包含縱向的意象組合與橫向的章法組織。由於含藏在篇章內容深層的結構關係具有多樣性與複雜性，善用這種圖層化方法，在純文學研究或語文教學指導，都能發揮理清層次關係、化渾沌為清晰的良好效益。陳滿銘曾在確立結構表的繪製原則時，縷析道：在辨明一篇辭章作品／課文的結構型態後，就得繪製結構分析表，使之清晰呈現。繪製時，先主要著眼大處，以統括全篇；其次要兼顧內容與形式、以邏輯考量而不受原文段落限制，也需避免僅偏向內容，以段落大意來權充；再其次要析出插敘用的語句或句群，以免產生阻礙；又其次要逐層標目，以統攝所屬文句；最後要畫線段連接，以表示前後照應關係及其與主旨的關聯性[20]。如此一來，才能藉結構表「深入內容底蘊、理清文章脈絡」（修

---

20 參見陳滿銘：〈如何進行文章分析〉，收於《文章結構分析——以中學國文課文為例》（臺北：萬卷樓圖書股份有限公司，1999年5月），頁344-346。

辭學家宗廷虎語）。其次，就繪製篇章結構表的功能而言，宗廷虎在
《20世紀中國修辭學》第四編〈台灣及港澳地區的修辭學研究〉中就
評述：文章結構分析的特色，確實能收到一種執簡馭繁、直觀形象
的效果，為讀者提供迅速把握文章的思想內容提供便捷之徑。無論對
於教或學都有實用價值[21]。澳門大學教育學研究者陳藝康也分析道：
辭章章法結構融入語文教學，目的在以科學化、圖層化的分析，讓學
生更具體的把握文章的結構和旨意。並在以辭章學方法詩作後，總結
出以圖表的方式表現出文學作品的篇章結構與旨意，有助於學生理解
文人的布局、更細緻的品嚐出匠心所在，這也正是圖像化教學的優點
所在[22]。至於篇章結構分析表在繁簡程度的拿捏與教學應用方面的問
題，將一併在本書第伍章析論。據此，本書編有表次與圖次，唯出自
教材之圖表，即以註腳或括號方式標示出處，不另編表次或圖次，教
材文本分析之篇章結構圖，直接搭配課文或其他教材分析而呈現，亦
不另編表次或圖次。

---

21 參見宗廷虎主編：《20世紀中國修辭學》（北京：中國人民大學出版社，2007年12
　月），頁400-404。
22 參見陳藝康：〈辭章章法結構在語文教學上的應用〉，《國文天地》第26卷第5期（2010
　年10月），頁46、53。另參見Richard E. Mayer, 'Introduction to Multimedia Learning' in
　The Cambridge Handbook of Multimedia Learning (England: Cambridge University
　Press, 2005, Online publication date: 2012.6), pp.1-16.

第貳章
辭章學與篇章教學之理論基礎

　　文藝理論能提升辭章鑑賞、創作與教學之深度與廣度，而文藝現象與應用實踐則能驗證理論的可靠性與適應性，足見在理論與應用之雙端互有密切的聯繫。此外，奠基於學科系統性理論基礎的探究，才得以使相關研究能有所本。因此，本章著重在辭章學與篇章教學的層次系統、辭章學的學科特質、四元六維理論等，以奠定全書論述之理論根源。

第一節　辭章學系統論

　　本節首先由探討辭章、辭章學、篇章辭章學之義界與內涵入手，以圈定此學科之研究範疇及本書之研究旨趣；其次，提出辭章學的三大學科特質，以三大思維力收編辭章學含括的相關研究領域，並形成具有上下位概念的體系關係，以見其層次性系統，同時連結辭章學在語文篇章教學應用之啟示。

一　辭章的義界與辭章學的內涵

　　所謂「辭章」，從狹義觀點而言，泛指詩詞散文等各類文學作品[1]；廣義來看，辭章除了指詩詞散文等各類文學作品，也包含各類透過語

1　見陳佳君：《辭章意象形成論》（臺北：萬卷樓圖書股份有限公司，2005年7月），頁1。

言或文字輸入和輸出訊息的載體。前人多用文章、辭章、詞章等總稱詩文等寫就之「作品」，有時也用以指稱與寫作有關的「方法與技巧」[2]。與此專有名詞相關之文獻曾早見於《後漢書・蔡邕傳》：「少博學，師事太傅胡廣。好辭章、數術、天文，妙操音律。」劉勰：「五情（疑作性）發而為辭章」（《文心雕龍・情采》）以及「晉之辭章，瞻望魏采。」（《文心雕龍・通變》）、韓愈：「居閒（閑），益自刻苦，務記覽，為詞章。汎濫停蓄，為深博無涯涘，而自肆於山水閒（間）。」（〈柳子厚墓誌銘〉）、姚鼐：「余嘗論學問之事，有三端焉，曰義理也，考證也，文章也。是三者苟善用之，則皆足以相濟；苟不善用之，則或至於相害。」（〈述庵文鈔序〉）戴震：「古今學問之途，其大致有三，或事於義理，或事於制度，或事於文章。」（〈與方希原書〉）梁章鉅：「王夢樓嘗言，詞章之學，見之易盡，搜之無窮。今聰明才學之士，往往薄視詩文，遁而窮經注史，不知彼所能者，皆詞章之皮面耳。」（〈退庵論文〉）等。雖然後期這些概念的主張，多是在某種特定的學術風氣之下所產生，但可見當時對「義理、考據、詞章」的追求或平衡，已多所論述，然或因指稱寬泛、或因直接體現於豐富的詩話文論與評點、抑或因偏重「文辭」之「辭」而落於形式面等，總未得見「辭章」周遍之定義。若結合時代之需、回歸辭章學的本質而言，鄭頤壽曾在《辭章學導論》中表示：

2　關於此研究／學科領域之用詞，在古典文獻中，使用「詞章」與「辭章」皆得見之；早期的辭章學研究領域也有使用「詞章學」一詞者，唯今於學界已統一使用「辭章學」一詞。蓋「詞」與「辭」雖相通，且亦皆具有多義性，然「詞」仍多指語言文字的基本單位（如詞彙）與其於文法中的性質（如詞性）等；而「辭」則有話語、語篇（Discourse）之指涉，或用以統稱詩文等文學作品，「辭章」一詞在現代漢語辭典中，也含有詩文寫作技巧之意。參見鄭頤壽：《辭章學發凡》（福州：海峽文藝出版社，2005年8月）開卷語，未編頁碼；姜望琪：《語篇語言學研究》（北京：北京大學出版社，2011年8月），頁1-15。

　　辭章是「話語藝術形式」，它包含口語之話篇、書語之文篇，
包括藝術體、實用體及其融合體。[3]

　　這裡的「話語」乃借鑒於語篇語言學的觀點，融合傳統文章學和漢語
辭章學的理論，而被賦予了以下含義：一、在內容上有一定主題（完
整話題），且結構上有不同單位的獨立性又彼此銜接的一連串語句；
二、包括口頭語和書面語；三、此一連串話語是由不同層級的語言單
位構成[4]。雖然辭章學在研究範疇和研究方法上，皆與語言學有所不
同，但也並非毫無關聯，此處即在某種程度上，助以解釋辭章的指
涉。鄭教授在解釋辭章的概念時，還有一段值得推敲的說明，他說
道：辭章的「辭」是多方位的，「以辭抒意」是就「表達」（說寫）來
講；「即辭知心」是就「鑒識」（聽讀）而言；「情經辭緯」則是就話
語文本而論。整體看來，這就體現出「表達←→話語←→鑒識」三元
一體、雙向互動的辭章觀[5]。其中，「以辭抒意」出自《墨子・小
取》，主要是借墨辯的邏輯用語，表示用言語清楚表達含義與內容，
故謂之與「表達」（說寫）之路徑有關；「即辭知心」出自魏了翁〈攻
媿樓宣獻公文集序〉，側重在借以說明辭章乃有循辭以明其意（內
容）之用處，故與「鑒識」（聽讀）有關；而「情經辭緯」則出自劉
勰《文心雕龍・情采》，此以織布的經緯線，比喻文章的義旨材料與
組織修飾等內容及形式的關係，是文本構成的重要依據，故謂之「就
話語文本論」，因為對話語文本來說，達成「辭」與「意」的相成，

3　見鄭頤壽：《辭章學導論》（臺北：萬卷樓圖書股份有限公司，2003年11月），頁1、
　　15-16。

4　參見鄭頤壽：《辭章學發凡》，頁98-101。

5　參見鄭頤壽主編、馬曉虹等十九人合著：《大學辭章學》（福州：福建人民出版社，
　　2004年12月），頁5。

正是目標所在，本書研究者亦已於《篇章縱橫向結構論別裁》中專章討論「情經辭緯」觀與篇章縱橫兩向結構（意象系統與組織邏輯）的關聯性[6]。

　　綜上所述，這樣的闡釋揭示出辭章的研究，需要注意訊息媒介的口語和書語、訊息構成的內容與結構、以及訊息傳遞的收與發。於是，鄭頤壽在《辭章學發凡》中，為「辭章」所做的定義如下：

　　　　辭章是有效、高效地表達、承載並藉以適切、深入地理解話語信息的藝術形式。[7]

林大礎和鄭娟榕補充說：「辭章是說、寫與聽、讀雙向互動以有效、高效地交流思想、感情的話語藝術形式。」[8]「承載」是辭章之能指，是文本本身；「表達」是語言文字透過辭章在說、寫上的應用；「理解」是語文透過辭章在聽、讀方面的應用。而上引所謂達到有效甚至高效的訊息往返，是辭章的語用效果，除了就表達的路徑而言，是重要的辭章要求之外[9]，就接收訊息的角度來說亦是，不僅要適切理解（正確或貼切的合宜性理解、「顯」的理解），還要追求深入理解（感動或體悟等觸發性理解、「隱」的理解）。注重審美性的表出或賞析，則是強調辭章的藝術特質，這也是辭章活動需奠基於秩序、變

6　參見陳佳君：《篇章縱橫向結構論別裁》（臺北：萬卷樓圖書股份有限公司，2010年10月），頁19-50。

7　見鄭頤壽：《辭章學發凡》，頁88。

8　見鄭娟榕、林大礎：《中國當代辭章學史稿》（廈門：廈門大學出版社，2017年12月），頁140。

9　葉聖陶：「我們所有的情思，化成一句句具體的話，從表現的效力講，從使人家明瞭且感動的程度講，就有強弱、適當不適當的差異。」見葉紹鈞（聖陶）：《作文論》，收於《萬有文庫》（上海：商務印書館，1929年10月），頁58。

化、聯貫、統一等規律以及誠、美等原理上的原因，關於辭章學的規律，將於本書下一章進一步探討。上述之辭章界定雖然完善周備，唯「形式」一詞，不免易被誤以為辭章只是形式問題。事實上，連結悠久的文章學史而言，辭章是辭、意並重的，仍需講究文本內容與形式的側重與彼此的結合。那麼，這樣的辭章觀對於語文教研的啟示何在，鄭教授隨即直指其要：

> 這一辭章觀（按：指上述三元一體、雙向互動之說）貫穿本書
> （按：指《大學辭章學》），是我們寫作的指導思想，也是師生
> 之教與學必須理解、掌握的思路。我們想，這是全面培養「說
> 寫」與「聽讀」能力的基礎。[10]

這也是張志公教授主張：漢語辭章學就是在探討漢語語言文字藝術的學問，對於人們學習與應用語文都會有更多實質幫助的緣由[11]。
　　就此，我們也應該回望張志公如何定義辭章。張志公從一九六〇年代初期，即倡議建立漢語辭章學，並在一九八〇年代於北京大學講授辭章學。他由前人所談的有關辭章的各種具體問題中歸納，得出以下看法：

> 凡是寫作（作詩和作文）中的語言運用問題，無論是關乎語法
> 修辭的，關乎語音聲律的，還是關乎體裁風格的，都屬於辭章
> 之學。[12]

10　見鄭頤壽主編、馬曉虹等十九人合著：《大學辭章學》，頁5。

11　參見張志公：《漢語辭章學論集》（北京：人民教育出版社，1996年3月），頁36。

12　見張志公：《漢語辭章學論集》，頁13。

首先，由引文中可以觀察到，他認為辭章之學所包括的範圍很廣泛，凡與「運用語言的技巧與效果」等相關的探討，都含括在內。從六〇年代起即致力漢語辭章學研究與教學的張志公教授，最早是為編寫《漢語》課本，而面臨語法教學體系分歧、學習困難、應用薄弱等苦惱，又進而連帶牽涉到語音、文字、詞彙、修辭、邏輯等知識[13]，這樣的研究契機與臺灣辭章學研究團隊的初始很相像，只是北京大學的研究隊伍重在語法、臺灣師大的研究隊伍則嘗試解決章法問題，而在一開始的關注點上有所差異。其次，上述辭章之學接近傳統的文章學概念，以書面語寫作之種種面向為探討之主。再次，除所羅列的語音、語法、修辭、文體、風格之外，關於內容材料及其意義生成的意象經營與謀篇布局之篇章結構（章法）也應該被列入。

「辭章」既含上述諸多豐富的意義，則所謂「辭章學」即是指研究一切關於各種文藝作品內容與形式之理論與應用的學科，包含其理論體系、規律、方法論原則，以及現象的研究。陳滿銘即曾簡明扼要的說明道：就一篇辭章而言，內容必須靠形式來呈現；形式又得依賴內容來支撐，兩者存在交互依存之關係，並主張：「辭章是離不開內容與形式的，而以此為研究對象的，便稱之為『辭章學』」[14]。雖然張志公表示：「辭章之學」就是「文章之學」[15]，然而，即便辭章學與文章學存在著相同或相近的原理與現象，但在學科內涵上，仍有些許相異之處，諸如文章學的研究對象偏重在書語的作詩作文[16]，而辭章學

13　參見王本華：〈張志公先生與漢語辭章學〉，收於張志公：《漢語辭章學論集》，頁4-5。

14　參見陳滿銘：《章法結構論》（臺北：萬卷樓圖書股份有限公司，2012年2月），頁196。

15　見張志公：《漢語辭章學論集》，頁12。

16　孫移山主張：「文章是表達一個完整意思的有組織的書面語言。」其強調文章學的研究對象主要是書面語，並指出文章學的研究目的在於提高讀寫文章的能力。參見孫移山：《文章學》（北京：檔案出版社，1986年8月），頁1-3。

包含話篇（口語）和文篇（書語）；文章學在指引詩文寫作技巧方面特別突出[17]，而辭章學的任務則在培養聽與讀、說與寫的語文能力等。

　　林大礎、鄭娟榕對於辭章與辭章學的本原與現象、尤其是辭章學史的發展脈絡，亦是長期傾注心力，多所研究。鄭娟榕說：「辭章是『話語藝術形式』，是『信息的載體』。辭章學是研究、總結辭章的理論體系、規律、方法、效果和現象的一門科學，它融合了漢語語言學研究的諸多學科，如文字學、語音學、語匯學、訓詁學、語義學、語法學、修辭學、語體學、風格學及其相關學科邏輯學、文章學和美學等，在語言運用中得以發展，又最終指導於語言運用。」[18]這裡論述到關於辭章和辭章學的四個重點。一是辭章之「所指」；二是辭章學作為一門學科領域的研究旨趣；三是辭章學特殊的融合性，辭章學有其獨特之性質，是一門獨立的學科，但同時也與臨近的學科關係緊密；四是辭章學的橋樑性，指示了語文活動的實踐、學科向深向廣之發展、及其二者在理論與實踐中不斷往復循環、向上提升的螺旋式活力。關於後兩項，本書亦將於下一節析論。

　　事實上，辭章學這門研究領域的內涵是具有層級性的系統。張志公在〈談「辭章之學」〉一文中，雖尚未明確廓清辭章學內涵的層次性，但實已有脈絡可尋，他主張：辭章之學是一門契合漢語特點、探討語言藝術的學問，並具體提出其內涵：

　　　　（辭章之學的內容）以煉字煉句為基礎，進而考究比喻、誇飾
　　　　的運用，篇章的結構組織，終於表現為文章的「體性」。[19]

---

17 需要進一步說明的是，由於讀和寫是透過書語傳達／接收訊息的雙面，極具關聯
　　性，因此也有許多文章學專著同時關顧讀與寫。參見〔清〕唐彪：《讀書作文譜》
　　（臺北：偉文圖書出版社有限公司，1976年11月）。
18 參見鄭娟榕、林大礎：《中國當代辭章學史稿》，頁1、3、6。
19 見張志公：《漢語辭章學論集》，頁16。需進一步說明的是，本書原則上是以當頁註

他解釋道：煉字煉句是掌握語言的根基，是語法修辭之學和語音聲律之學的綜合運用；而文章的體性，無非是表達效果的集中表現（同上註，頁14）。這裡所說的體性，即是風格，是總納全篇的用字遣詞、修飾、組織條理等細節，而全面展現出來的韻律格調。如此一來，不但能初步看到辭章學各個面向的層次關係，也能呼應前文所述：辭章是講究有效、高效的載體。張教授即言：「煉」就是不僅要求用得對，還要求要用得好、用得精，整體要能考慮到是否能引起想像、加深理解，而收到較高的表達效果（同上註，頁14-15）。

由兩岸十九位教授博士共同執筆而成的《大學辭章學》，全書的編排如下：

> 調音——聽音、用字——解字、遣詞——釋詞、組句——析句、辭格運用——辭格解讀、構篇——析篇、擇體——觀體、風格形成——風格賞析。[20]

由此脈絡可以觀察出，這些項目都是兩兩相對而成組，前者與表達有關，後者與鑒識有關。其次，它主要是以辭章構成的語言單位——體、篇、章、句、詞、字、音等形成層次，這些項目也是表達與鑒識活動的對象和學科研究的範圍。

至於辭章學所關涉的各個面向及其所形成帶有層級性的體系，則必須結合思維力的運作一併討論，本書將於下一節「辭章學的融合性」中，做出進一步的闡述。

完整呈現引用文獻之出版資料，除註明資料出處之外，亦依論述需要，加以補充、說明、或對照。其次，本章節因理論背景梳理之需，若於同一段落中有多筆相同出處之文獻，則於該筆引用資料首次出現或需加以補充說明者，以當頁註處理，其餘則以括號註明頁碼，以避複之。

20 參見鄭頤壽主編、馬曉虹等十九人合著：《大學辭章學》，第五章至第十八章標目。

　　本書的論述範疇乃鎖定篇章辭章學，篇章辭章學是大辭章學體系中的一個研究面向，「篇章」所處理的是句子以上的語言單位，包含小節、段落（章）、全篇（篇）。劉勰《文心雕龍・章句》有云：

> 夫人之立言，因字而生句，積句而成章，積章而成篇。篇之彪炳，章無疵也；章之明靡，句無玷也；句之清英，字不妄也。振本而末從，知一而萬畢矣。[21]

就辭章之字句層面而言，往往涉及用字與詞彙、辭格之修飾、從詞組到單／複句再到句群的文語法等；如就章與篇來論，則與意象組合、篇章結構、核心主意、氣韻格調等有關[22]。孫移山在談文章學的研究對象時曾提及，部分學者將傳統文章學的研究重點放在文章的「篇章」上，所關注的也就是「研究語段和語段以上的部分」[23]。

　　張志公在建構漢語辭章學的研究面向時，亦列有「篇章論」，並且是放在辭章學內涵的第一講[24]，其問題意識源自於二：一是文語法只管到句子為止，二是文語法主要針對正／誤，而不論優／劣，因此，句子以上的節段章篇、表達與鑒識的相對性好壞[25]，由什麼學科

---

21 見〔梁〕劉勰著、范文瀾注：《文心雕龍注》（臺北：學海出版社，1991年12月再版），卷七，頁570。

22 參見陳佳君：《篇章縱橫向結構論》（臺北：文津出版社有限公司，2008年7月），頁3。

23 見孫移山：《文章學》，頁5。

24 接續是句讀論、語匯論、字、比興、體裁論、風格論。參見張志公：《漢語辭章學論集》第二部分「漢語辭章學引論」之章節安排。

25 例如篇章結構的分析，一般不論絕對的是非，但會有相對的優劣，端視切入的角度和二元對待關係能否切中其篇章義旨、突顯其篇章特色。陳滿銘曾闡釋道：「分析一篇辭章的章法結構，就現階段來說，由於沒有絕對的是非可言，而必須從不同角度切入，看看哪一種角度最足以呈現它內容與形式的特色，所以掌握角度之轉換，便成為分析章法結構成敗的關鍵所在。」見陳滿銘：〈談篇章結構分析的切入角

領域來處理？但是，就語文現象的現實面而言，在許多語境底下，為了讓語文信息量充分、使對方能夠明晰理解，張志公指出：此時非得用兩三個、甚至更多的句子連著說不可，而這些句子之間，「不僅有意念關係，甚至也不無結構組合的關係」[26]。「意念關係」就是辭章由意象系統組合而成的篇章縱向結構；「結構組合關係」即為辭章內容深層的邏輯條理所組織而成的篇章橫向結構[27]。是故，張氏明確指出：「這種包含不只一個句子的、能夠完成一次相對完整的交流思想感情或者交流信息的任務的整體」，即是辭章學中所說的「篇」、「章」、「篇章」（同上註，頁122）。可見，辭章之「成篇」，並不在篇幅的長短，主要還是看內容的完整度，並且受到語境、目的和受眾等話語因素的影響。而「章」，一般是被視為「段落」，除此之外，還有比段落更小的「節」。張志公解釋：「介乎字句和篇之間的兩個以上的片段，平常叫作段或者段落，用傳統的說法就是『章』。」（同上註，頁122）他也呼籲，介於字句和篇之間的「章」很重要，因為它具有「中間性」：

> 傳統辭章學裡有時以「章」為主幹，向下聯，說成「章句」，有時以「篇」為主幹，向下聯，說成「篇章」。「章」的中間性是很明顯的。[28]

以螺旋結構理論的觀點而言，「章」會發揮徹上啟下的作用。因而在

度〉，《國文天地》第15卷第8期（2000年1月），頁86-94。此外，這樣的分析探討，也透顯出「篇章結構」的呈現與「篇章義旨」的重心有著緊密的連動性，同時亦能理解到兩者在辭章中的重要性。

26 參見張志公：《漢語辭章學論集》，頁121。

27 參見陳佳君：《篇章縱橫向結構論》，頁1、3-5。

28 見張志公：《漢語辭章學論集》，頁123。

進行語文教學及研究時，梳理節段的切分與銜接（Segmentation and Cohesion），對於文本理解和建構，具有決定性的因素。所以，張志公指出：初步通讀文章，以得其大要，再進一步分解，以明其講了幾層意思、這幾層意思是何關係、怎麼組織起來的、篇章結構的藝術性和表達效果等等（同上註，頁123、132）。如果未能花工夫推敲出內容旨意以及藏在內容深層的紐帶關係，就有可能導致篇章的渾沌不明。教學時，除了引導學生觀察自然段，意義段的歸併也會直接牽涉到篇章結構的關係，因此，意義段也被稱為結構段；在篇章義旨的體會上，也有章旨與篇旨的不同，就是鎖定篇旨而言，也有顯隱、安置部位等各種巧妙的藝法[29]。這也是張志公在專論中強調「從篇入手」之要的緣由，無論是「揣摩觀點」、「釐清組織」、「整體品味」（「讀」的角度），以及「立意」與「謀篇」（「寫」的角度），在研究和教學上都不能忽視這些應用語文的實際需求[30]。此外，當以邏輯關係、聯章成篇的組織等概念看待文本時，有時甚至會發現結構單元與自然段不完全相符、意義段亦並非直接合併自然段的情況，原因大致出現在：段落裡面還有小節，篇章結構分析的層次與精細度，會有所影響；其次，作者書寫時，或有自覺與不自覺的段落安排，有時也會產生「段分意連」的情況；其三，結構段的處理必須以邏輯觀來考慮。這點將在本書第肆、伍章透過語文教材實例進一步探析。

---

29 參見陳佳君：《辭章意象形成論》，頁71-215。

30 張志公認為，辭章學的教學和研究有「靜態的研究」和「動態的研究」，也需要「從大向小」和「從小向大」的雙向研究。蓋其所謂靜態研究指文本分析，並以辭章作品為探討對象，歸納出辭章層層組合的一些規律、規則、規範；動態研究則指讀寫應用方面。從大向小是由篇入手，再到語句的推敲；從小向大則是從字組合成詞、再組織成句、成段、成篇。他特別突出辭章研究的動態面、由篇入手、從大向小，是因為越小的語言單位，倚賴語境的作用就越大、歧義性也越多，並且以讀寫的實際狀況切入，而著重在辭章學重視應用的特性。參見張志公：《漢語辭章學論集》，頁123-124。

　　談到篇章辭章學的定位及其在語文教學中的重要作用，張慧貞也曾做過一些討論。首先，他直指：篇法、章法是辭章學的重要內容，也是語文教學的關鍵所在[31]。誠如上文從張志公闡發的概念中所歸結的啟示，由於篇章是立足於全局的視角，因此在語文教學中，無論是範文解析、寫作指導，或是由書面之讀寫到口語的聽說上，欲處理訊息輸出的表抒，或是訊息輸入的理解，都離不開篇法和章法。張慧貞解釋說：從表達講，在立意、定體之後，就要考慮整篇話語的結構，篇章關係著各種表達方式、藝術方法的運用，還和選擇載體、協調風格緊密連結；從鑒識講，要能解讀得出作者在全篇想傳達的話語中心（情理）是什麼、運用怎樣的篇章關係來有效安置話語的部分與部分、部分與整體等（同上註，頁368、370），就此以掌握篇旨、作者的思路和組篇的藝術特點。在教學效果上，張慧貞也提到，透過理清與講解範文篇章內外部的結構關係，不僅有助於學生把握全篇內容與形式的「大格局」和「一體性」，把結構關係反過來用於說寫活動中，將能使學習者的思維清晰、條理清楚、主題思想明確（同上註，頁369-370）。

　　陳滿銘在《篇章辭章學》中認為，篇章辭章學是辭章學中重要的一環，專門研究有關「篇章」的種種議題，並且先從推動此研究領域中各種辭章活動的思維運作切入，而提出這樣的定義：

　　篇章辭章學是研究篇章「形象思維」、「邏輯思維」、「綜合思維」的一門學問。[32]

---

31 參見張慧貞：〈兩岸辭章學研究和語文教學隅談〉，收於鄭頤壽主編、馬曉虹等十九人合著：《大學辭章學》，頁368。

32 見陳滿銘：《篇章辭章學・內容簡介》（福州：海風出版社，2005年2月），上冊，未編頁碼。

究其緣由，乃因材料（象）與義蘊（意）是以形象思維為主，組織條
理（結構）是以邏輯思維為主，其後，統「章」於「篇」而擴及主
旨、文體、體性等，則以綜合思維為主的篇章內涵[33]。所以，陳滿銘
在書中做出了更清楚的說明，其云：

> 篇章辭章學為辭章學的一主要分支，是研究篇章意象（形象思
> 維）、章法（邏輯思維）、主旨與風格（綜合思維）等的一門學
> 問。[34]

這樣一來，篇章意象、篇章結構、主旨與風格等，就形成了篇章辭章
學的研究取向。若進一步探析這部上下兩冊的《篇章辭章學》在章節
上的安排，則可見由「章」而「篇」的步驟，包含：「章」辭章學的
形象內涵，討論意象生成與取材角度；「章」辭章學的邏輯內涵，闡
述章法類型和篇章聯絡照應的技巧；「篇」辭章學的統一性，分析主
旨、綱領和韻律格調；最後再合「章與篇」，深究篇章的「多、二、
一（0）」理論和美感效果[35]。據此，在教學現場中，引領學習者找到
方法或路徑，去觀察與思考文本訊息在篇章層級上之表出或接收，亦
是語文篇章教學的指導重點，例如：如何運物為材、運事為材，及其
如何被賦予意義而與章旨、篇旨扣合；又如：情理事景等內容如何聯
節成段、聯段成篇，以形成思路和脈絡；透過文本傳達出什麼樣的情
感或觀點，以統貫全篇；在各種靈活應用的篇章藝法中，又產生什麼
樣的美感效果等。由於在「積章」而「成篇」的過程中具有聯貫性，
加上篇章辭章學探討的就是辭章各段內容中，關於事景（物）材料、

---

33 參見陳滿銘：《篇章辭章學》，上冊，頁27-58。

34 見陳滿銘：《篇章辭章學》，上冊，頁33。

35 參見陳滿銘：《篇章辭章學》上冊及下冊第二至八章之章節安排。

情理義蘊的意象表現和布置安排，同時又貫串於全篇之綱領而統合於全篇之核心情理下，因此，「章」和「篇」雖各種側重點，卻宜合而觀之，故謂之「篇章辭章學」。

前文所引《大學辭章學》在框定研究範圍時，即以辭章構成的語言單位來看，而含括章與篇。而鄭頤壽在談辭章藝術的運用分析時，亦特別提出篇法論與章法論。除了定位「篇章」即是「建構與鑑識話語的最大語言單位」，更清楚的闡釋了篇法論與章法論的要求：

> （「篇法」與「章法」）要求首先思考關係到全篇題材、中心信
> 息與話語藝術形式之間的辨證法，考慮語體、文體、表現風
> 格，考慮關係全篇的表達方式；考慮關係全篇的藝術方法等
> 等；這就是「篇法」。接著考慮「章法」，就是安排、組織好部
> 分與部分、部分與整體的辨證關係。[36]

在「篇」，需考慮選擇的題材、傳達的義旨、運用的體裁、表現的風格，以及或說明或議論、或借物吟懷法、或對比照應法等藝法。在「章」，則需講求內容的安排布置和組織條理，在篇章結構學中所說的章法，當含篇法[37]。這樣的研究視域，能收到以整體觀看待辭章的效用[38]，就教學實踐而論，上述辭章學的章法論與篇法論之研究對

---

36 見鄭頤壽：《辭章學發凡》，頁93。

37 此所謂「章法」並非僅指個別組織節段的邏輯關係，而是作為一門學科（章法學）的總體性概念，包含客觀存在於辭章作品中的篇章組織，以及從文學現象凝煉的知識、方法與理論。王希杰曾論述道：「章法」即「文章之法」，章法學是章法知識的總和，是一種概念系統。參見王希杰：〈章法學門外閒談〉，《平頂山師專學報》第18卷第3期（2003年6月）頁53。

38 陳滿銘：「由『字』而『句』、由『句』而『章』、由『章』而『篇』，就形成了一篇辭章。其中『章』與『篇』是最大的單元，用於統括全文。」見陳滿銘：《篇章辭章學》，上冊，頁1。

象，亦標誌著語文篇章教學所需著力的各個知識節點，更能使得相關
之教學環節能「有所本」（張志公語），此部分容待本書後半針對文本
分析及教學設計時，接續探討。

二　辭章學的學科特質

在上文中已提出：辭章學是一門研究關於各種文藝作品內容與形
式之理論與應用的學科。而對於一門學科的研究，除了前述之義界與
內涵，還需對其特質加以闡釋，以見其獨特性，林大礎和鄭娟榕就
說：認識辭章學的性質，不僅是學科建立之必要項目，且有助於掌握
和運用辭章學的規律與方法[39]。其次，鄭頤壽就曾在《大學辭章學》
中指出：辭章學有理論框架大、角度大、任務大、作用大的特點[40]，
也因而促成了辭章學所能探究的內因外緣具有多元性，學理的適應面
也有廣度大的效用。具體歸納起來，其原因來自於辭章學具有融合
性、客觀性、橋樑性等三大學科特質，以下即一一闡述。

（一）辭章學的融合性

辭章學的「融合性」意指其具有融合多學科的特質，也就是以大
辭章學體系為上位概念[41]，含攝由「形象思維」、「邏輯思維」、「綜合
思維」的運作下，所關聯的各個下位次領域，包含：意象學、詞彙
學、修辭學、文法學、章法學、主題學、文體學、風格學等。在各個

39　參見鄭娟榕、林大礎：《中國當代辭章學史稿》，頁146。

40　參見鄭頤壽主編、馬曉虹等十九人合著：《大學辭章學》，頁1-2。

41　孟建安：「辭章學是章法學的歸屬，是章法學的上位概念。」見孟建安：〈章法學體
　　系建構的系統性原則〉，《章法論叢》第二輯（臺北：萬卷樓圖書股份有限公司，
　　2008年3月），頁90。

研究範疇之間，是有系統的互相聯繫著，整個辭章學體系也呈現出立體關係。

辭章學的這種融合特質之生成，實是為了適應萬象多元的文藝現象。對此，鄭頤壽即指出：

> 漢語辭章學具有鮮明的融合性、多科性，這才能適切於實際運用的需要。……辭章章法，不限於文章學，是多科相關理論、規律、方法的綜合運用。[42]

所謂「能適切於實際運用的需要」，實是為了適應萬象多元的辭章現象，以及細部的「讀」（鑑賞）與「寫」（創作）、「研」（原理）與「教」（教學）相互聯繫之需要，故而生成辭章學的融合特質[43]。文中並舉例說明辭章學多科綜合運用的研究方法，如以議論性內容寫成的篇章，可著重從邏輯學理論來分析；又如從情景交融的詩學理論，對照情景章法，切入詩歌的深層結構；再如借鑒美學觀點，掌握詩文的時空設計及美感；或從風格學分析陽剛的邊塞詩與陰柔格調的詩作等。黎運漢在談辭章章法學的研究方法時，也特別提出「多角度切入法」，他說道：

> 辭章章法現象是一個十分複雜的語文現象，它的生成既植根於民族文化沃土，又從相關學科汲取營養，因而研究章法現象的章法學必然關涉到文章學、修辭學、語體學、風格學、言語交

---

42 見鄭頤壽：〈臺灣辭章學研究述評〉，《首屆海峽兩岸閩南文化學術研討會論文集》（2001年11月），頁4-5。

43 參見陳佳君：《篇章縱橫向結構論別裁》，頁83。

際學、邏輯學、心理學、社會學、文化學和美學諸多方面。[44]

上述諸多相關學科中，有的就收編在大辭章學體系下，而成為子系統，如修辭、文體、風格等；有的則用於辭章章法的多科角度闡釋法，如運用美學、心理學、言語交際學（表達與理解）等，輔助於分析實際作品。既然文藝作品分析之角度極多、範圍極廣，如果小學語文教師能進一步強化辭章學學理，必定能對語文學科知識地圖更具通盤的觀照力[45]，亦能依照文本特點，靈活運用多元融合的教學策略，而其首要之力，則應歸本於思維力所帶動的各種語文素養。

誠如前述，辭章學的多科融合性，與許多文藝學相關領域都有關聯，而這些知識節點又離不開各種思維力的運用，並且導向各種語文能力的培養。因此，許多學者主張，研究辭章，不能離開思維。林大礎和鄭娟榕就曾闡述過其箇中緣由，他們提出：

> 從語言學、言語學、信息學的角度來看，思維、語言、辭章，這三者是一個事物不同的三個方面。首先，思維是「內核」，語言是「外殼」；思維是「本質」，語言是「形式」。其次，辭章是言語的「載體」「信息」「效果」。因此，思維、語言、辭

---

44 見黎運漢：〈陳滿銘對辭章章法學的貢獻〉，收於仇小屏、陳佳君、蒲基維、謝奇懿、顏智英、黃淑貞編：《陳滿銘與辭章章法學——陳滿銘辭章章法學術思想論集》（臺北：文津出版社有限公司，2007年12月），頁64-65。

45 張慧貞曾特別針對辭章學的對象、性質和語文教學的關係表示：辭章學的研究對象，含用來表情達意的一切載體，如文字、語音、詞語、句子、章篇、辭格、藝術方法、表達方式、語體文體、表現風格，語文教學都不能脫離這些內容。如此由點而線而面而體，就是要求語文教師胸中有這個辭章學的體系。參見張慧貞：〈兩岸辭章學研究和語文教學隅談〉，收於鄭頤壽主編、馬曉虹等十九人合著：《大學辭章學》，頁366-367。不過，語文教師除了了解辭章學與哪些學科領域相關聯之外，若能知其背後的原理與形成的層次系統，相信在教學應用上，能更有觀照力。

章三者是相互依存、不可或缺的。沒有辭章，思維和語言就失去了傳遞的載體；沒有思維和語言，辭章就無從產生，人們的言語交際就無法進行。[46]

辭章的成形，奠基於思維的運轉、協作以及語言文字的運用。首先，若上溯至心理基礎的層面來談「思維」，張紅雨在《寫作美學》中，特別論述了人們對於引起刺激的訊息，並非僅只於被動接收，而是靠腦神經活躍的活動，他說：

心理學指出，思維是主體對外界輸入信息的加工、推理和製作思想產品的心理過程，也是主觀意識作用於客觀信息的過程，是分析研究事物矛盾性並促使矛盾發展轉化的過程。在這一過程中分析與綜合、歸納與演繹、縱比較與橫比較，同一聯想與矛盾聯想、想像與幻想等等，許多因素都要發生作用。[47]

雖然張紅雨在這個章節中，主要是從寫作主體的角度，來探討美感湧現以及如何揀選、如何呈現的問題，但實際上，對訊息進行表達和理解的雙向路徑，都需要運用形象化與邏輯化的思維力來處理。其次，若從大腦複雜的機轉落實到語文活動，周元主編的《小學語文教育學》中，即指出思維與語言的關聯性：

思維靠語言來組織。我們進行思考時，必須借助於單詞、短語和句子。因為思維的基本形式──概念，是用語言中的詞來

---

46 見鄭娟榕、林大礎：《中國當代辭章學史稿》，頁2。

47 見張紅雨：《寫作美學》（高雄：麗文文化事業股份有限公司，1996年10月），頁149-150。

標誌的，判斷過程和推理過程也是憑藉語句來進行的；也正是因為人憑藉語言進行思維，才使思維具有間接性和概括性。[48]

正因為人們具有思維能力，才能進行概念的分析綜合、聯想想像、抽象概括、判斷推理、比較評估等。陳滿銘就主張：「思維力乃語文能力之母。」因此，語文教學必須歸本於語文能力[49]。語文教學需兼顧聽、說、讀、寫（識字與寫字）、作（寫作）等能力的培養，而這些能力又歸根於人類一切知行活動的原動力——思維，也就是說，思維系統直接與語文能力的開展息息相關[50]。如果將思維力的功能，作用到文藝作品的創作與鑑賞活動而言，思維力乃體現在「形象思維」、「邏輯思維」、「綜合思維」。

關於三大思維力的闡釋，本書研究者曾概括性的提出：「形象思維」是運用獨特或典型的藝術形象，來顯示各種事物的特質，以表情達意；「邏輯思維」是用抽象概念來顯示各種事物的組織，使情意思想及物事材料形成條理；「綜合思維」是結合形象思維與邏輯思維，

48　見周元主編：《小學語文教育學》（上海：華東師範大學出版社，1992年10月），頁26。

49　參見國立臺北教育大學「篇章結構分析理論在提升國小閱讀教學之應用」研究計畫第二場專家諮詢會議會議記錄，與談人：陳滿銘教授，2014年4月2日，臺北：中華章法學會。

50　參見陳滿銘：〈語文能力與辭章研究〉，收於《篇章結構學》（臺北：萬卷樓圖書股份有限公司，2005年5月），頁387-423；及陳滿銘：《章法結構原理與教學》（臺北：萬卷樓圖書股份有限公司，2007年4月），頁1-22。又，王珩在論「語文教學的原則」時，亦特別列出「語言訓練」應與「思維訓練」結合，他解釋道：語言是思維的工具。提升語言能力，才能為良好的思維品質奠基；另一方面，強化思維發展，則更能促進語言的完善與意義性。是故，良好的語文能力訓練，實應包含語言訓練和思維訓練兩方面。參見王珩等十人合著：《國語文教學理論與應用〔第二版〕》（臺北：洪葉文化事業有限公司，2016年10月二版三刷），頁10。

將文藝作品統合為有機整體[51]。

在形象思維的部分，彭漪漣曾謂：「形象思維需要遵守聯想律，也就是形象結合的方式。具體一點說，人們在文藝創作中，必須從對象中選取最足以揭示其本質的形象，用聯想律（如時空上的接近聯想、現象上的相似聯想、事件間的因果聯想和對立面的對比聯想等）來把握形象的內在聯繫，形成具體的詩的意境，或構想出典型環境中的典型性格。」[52]在邏輯思維的部分，吳格民曾專門針對邏輯思維，提出其與語文教學之間的密切關係，當中與語文知識節點相關的部分，就包含主謂語和單複句的結構、關聯詞語的構句功能，以及文章謀篇布局的思路、結構與脈絡等[53]；而吳應天則指出：「人們的思維既有形象性，也有邏輯性，所以既可寫成形象體系，也可寫成邏輯體系。」對於形象與邏輯的複合性，他述及：「如果辨證地看問題，那就知道形象體系中寓有邏輯性，邏輯體系中也包含著形象性，兩者不僅互相聯繫、互相滲透，而且還互相結合、互相轉化。原因在於形象性和邏輯性具有對立統一關係。正由於這個緣故，由於簡明扼要的邏輯系統很容易為人們所理解，而生動具體的形象體系更容易使人感動，所以許多文學作品往往是形象性和邏輯性結合的複合文。」[54]此外，劉雨也提到了綜合思維的發揮，有著決定性的因素，他說：「在整個寫作實踐活動中，寫作主體的智力結構是以綜合的能力發揮其整體效應的。沒有這種綜合能力的發揮，寫作者就不能順利完成寫作目的。」[55]這是因為成形的辭章作品，本身就是一個統一的有機體。除

---

51 見陳佳君：〈論辭章學的學科特質與跨領域研究〉，《語文集刊》第19期（2011年1月），頁245。

52 見彭漪漣：《古典詩詞邏輯趣談》（上海：上海人民出版社，2001年9月），頁13。

53 參見吳格民：《邏輯思維與語文教學》（北京：人民教育出版社，2003年3月），頁3、49-56、70-71、146-147。

54 見吳應天：《文章結構學》（北京：中國人民大學出版社，1989年8月），頁345。

55 見劉雨：《寫作心理學》（高雄：麗文文化事業股份有限公司，1995年3月），頁87。

了兩相運用形象性、邏輯性的知識及能力，立定統一篇章的情理、選用適當的體裁[56]、全文調性的反映等，亦考驗著統合性的思維能力。可見，形象思維、邏輯思維、綜合思維這三種思維力，各有所主，亦相互聯繫。

若欲具體的來看待思維力所構成的辭章學體系，及其與各種語文能力之間的關係[57]，陳滿銘即曾針對整體辭章學的研究系統闡釋道：如果是將一篇辭章所要表達之「意」，訴諸各種偏於主觀之聯想、想像，和所選取之「象」連結在一起，或者是專就個別之「意」、「象」等本身設計其表現技巧的，皆屬「形象思維」，這涉及了「取材」、「措詞」、「修飾」等有關意象之形成與表現等層面的能力，主要以此為研究對象的，就是意象學（狹義）、詞彙學與修辭學等。其次，如果是專就各種「象」，對應於自然規律，結合「意」，訴諸偏於客觀之聯想、想像，按秩序、變化、聯貫與統一之原則，前後加以安排、布置，以成條理的，皆屬「邏輯思維」，這關乎「運材布局」與「構詞組句」等意象組織方面的能力，而主要以此為研究對象的，就語句而言，即文（語）法學；就篇章來說，就是章法學。至於結合「形象思維」與「邏輯思維」為一，探討整個意象體性的，則為「綜合思維」，這牽繫著「立意」、「體裁」、「格調韻律」等有關意象之統合的

---

56 關於「文體」何以歸屬於綜合思維所轄，鄭頤壽曾有精闢的解說，他表示，在「構篇」之前要先「立意」，接著還要考慮用什麼體裁來承載情意，例如是選用文藝體，還是實用體，或是兼顧審美與致用功能的融合體，就算是選擇文藝體，還得考慮是用散文體或韻文體等。這些問題不先解決，則構篇、組章、選句等就無依據。若從鑑識的角度講，依《文心雕龍・知音》「六觀論」中的「觀位體」而言，「辨體」之要，會制導著該如何閱讀。參見鄭頤壽主編、馬曉虹等十九人合著：《大學辭章學》，頁6。

57 由於廣義的語文能力包含一般能力（如觀察力、記憶力、聯想力、想像力等）、特殊能力（如立意、取材、布局等）與綜合能力（如創造力等），此處所指乃著重在落實於語文活動中的特殊能力而論。

能力，而主要以此為研究對象的，為主題學、意象學（廣義）、文體學、風格學等[58]。

從學科體系的上下位概念而言，因為三種不同的思維力彼此相互運作與連結，而使得各個子領域學科之間，形成有層級性的立體關係，茲圖示如下：

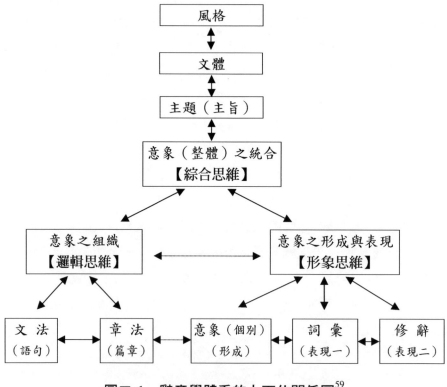

圖二-1　辭章學體系的上下位關係圖[59]

58　參見陳滿銘：〈論語文能力與辭章研究——以「多」、「二」、「一（0）」螺旋結構作考察〉，《國文學報》第三十六期（2004年12月），頁67-102。

59　本圖之原型最早參見陳滿銘：〈論篇章辭章學〉，《國文學報》第三十五期（2004年6月），頁35-68。此立體圖表與相關論述由陳滿銘修訂於〈篇章內容、形式包孕關係探論——以多二一（0）螺旋結構切入作探討〉，《中國學術年刊》第三十二期秋季

從體系圖表可以清楚觀察到「形象思維」、「邏輯思維」、「綜合思維」擔負辭章學研究得以運作之地位，也能看見收編於大辭章學上位概念下的各個子學科及其多科融合的特性。

由於人們在進行有效的溝通交流時，無論是接收訊息、理解轉譯、輸出訊息等過程中，都需要倚賴思維力的發展和應用，而在上述這種具有上下位層級性及橫向關聯性的辭章學體系中，除了在傳統文學理論與研究、鑑賞或創作方法上的指引，具有一定程度的價值外，對於更具基礎性與實務性的語文教學來說，同樣清楚的指引出在教學時必須把握的各種語文素養。這些語文知識向度包含形象思維方面的文意理解、大意摘要（段落、全篇）、景物事件等寫作材料的選擇及其寓意（個別意象）、用字遣詞、語言文字的修飾技巧等；邏輯思維方面的語法結構（短語、單句、複句、句群之組織）、篇章結構；以及綜合思維方面的文本核心義旨、表述體式、氣氛韻味等[60]。當然，三大思維力之間關係密切，而且必須靈活調控，例如作家所描繪的景物，必然投射著他想傳達的旨意；而筆法和寫作素材的性質，也會影

號（2010年9月），頁283-319。復於2018年9月因本書研究者備課與研究之需，經進一步請益後，再次修訂繪製。

60 需再進一步補充說明的是，上述三大思維力、語文知識節點與十二年國教國語文領域課程綱要之關聯性，可從新課綱中的「學習內容」來檢視。新課綱中的「學習內容」分為「文字篇章」、「文本表述」、「文化內涵」三大主題。「文字篇章」包含標音符號、字詞、句段、篇章，這是從語文表意單位去看待文本的角度；其中，字詞若與意義的指稱有關，偏形象思維，句段和篇章單位需從兩方面而言：在意義面上，會和形象思維有關，而組織結構的條理，則和邏輯思維有關；至於全篇的中心主旨，則屬綜合思維。其次，「文本表述」列有記敘、抒情、說明、議論、應用等，屬文學體裁的範疇（綜合思維）。其三，「文化內涵」無論是有關食、衣、住、行、科技，或倫理、規範、制度，或藝術、信仰、思想等層面，在文本中可能牽涉材料（例如描述某個特定時空場域所傳承的某種民俗活動，即是「事材」的運用）或文意（例如透過節慶書寫，傳達出重視倫常與家族團圓的價值觀念），因而涉及形象思維或綜合思維。關於十二年國教國語文領域課程綱要中的「學習內容」，參見：https://cirn.moe.edu.tw/WebContent/index.aspx?sid=11&mid=5737。

響到文本風格的生發；又如在判斷篇章結構的條理關係上，來自於文本內容的內部紐帶等。此處之論述主要是站在不同的思維力管轄著不同的語文能力這個研究視域來談的，也就是說，與複雜而各有所司的大腦運作功能極其相關的思維力，原就具有不同的特質，落實在語文能力的培養上，也會各有側重點。在實務應用的部分，本書將進一步於第肆章以歸本思維力的研究視域，對語文教材進行焦點式文本分析，並且在第伍章以這樣的辭章學暨語文能力系統，進行繪本融入語文教學之設計與實踐。

此外，辭章學的這種多學科融合特性表現在語文教學的研究與實務上，也形成了一種具有科學性與螺旋性的教研系統，此專題將在本書第參章繼續探討。

（二）辭章學的客觀性

辭章學的學科特質之二，是「客觀性」。意指和辭章創作或鑑賞活動有關的心理基礎、哲學淵源、文藝作品之生成過程與現象，是客觀存在的。篇章構成的法度是隨著辭章作品的成形就同時存在的，故而有所謂「有文章就有章法」的概念，端視輸出話語訊息者有意識的去調控或是不自覺的流露[61]。

以篇章辭章學的研究範疇從「表達元」的一方來看，可先就縱向的意象內容而言，辭章家在創作時，總會透過具體材料（事材或物材）的揀擇與運用，將內在抽象的義旨（情意或道理）予以表出，《文

---

61 陳滿銘在解析王希杰「章法為客觀存在」的觀點時，認為辭章內容邏輯之「章法」的表現，與「自然規律」相對應，是為「客觀的存在」。參見陳滿銘：《當代辭章創作及研究述評》（臺北：萬卷樓圖書股份有限公司，2011年1月），頁259。本書亦將於第參章推源於哲學層面，從「多、二、一、（0）螺旋結構」的方法論，探討上述所謂「與『自然規律』相對應」之概念。

心雕龍・神思》就提到了這種「心物交融」的文藝構思過程[62]。辭章創作者通常於內在有所感悟，並與外在的事景物象共振後，在腦中交會互動，去蕪存菁，於意識中留下印記，並透過語言文字，將此精神活動落實於文藝作品，而在內容上形成鮮明的意象[63]。再就橫向的邏輯結構來看，只要是思路縝密的人，在創作時，都會自覺或不自覺的運用合宜的條理來安排內容。這些處理章法結構的理則，不僅是人們與生俱來的能力，更是對應於宇宙「二元對待」、「多樣統一」等自然規律的原理原則[64]。王希杰即肯定的說道：「章法是客觀存在的。」並舉例解釋說：人類生活在時空中，不能超時空而生存，章法就是建立在此時空基礎上，如時間類今昔法、久暫法、時間的虛實法等，和空間類的遠近法、左右法、高低法、空間的虛實法等[65]。同樣的，若轉由「鑒識元」的一方而言，由於「人同此心，心同此理」，只要有一定閱讀理解力，並能掌握辭章學的鑑賞方法，那麼，辭章家所創作的文藝作品是可感知的、可分析的，此亦足證辭章學是客觀性的。也由於辭章學理是客觀存在的，故使其對於話語／文藝活動的解釋力和適應面較大。這也促使了在進行語文篇章教學與研究時，會著重於表達元之說與寫、鑒識元的聽與讀，以及形成篇章內容的「意」（義旨）與「象」（材料）、將意象組織起來的篇章結構等面向。

---

62 《文心雕龍・神思》：「故思理為妙，神與物遊。神居胸臆，而志氣統其關鍵；物沿耳目，而辭令管其樞機。」見〔梁〕劉勰著、范文瀾注：《文心雕龍注》，卷六，頁493。

63 參見陳佳君：《辭章意象形成論》，頁6。

64 謀篇布局之理則為人所本有，並對應於萬物運行之規律，所以未習章法者，仍能不自覺的運用某些條理，安排辭章的橫向結構；而了解或已習章法者，則能由不自覺走向自覺，透過方法的學習，將原本處於沉睡狀態的語文能力喚醒，進而對辭章橫向結構之處理，更能覺知，並且運用得更好。參見陳滿銘：《章法學新裁》（臺北：萬卷樓圖書股份有限公司，2001年1月），頁21、89。

65 參見王希杰：〈陳滿銘教授和章法學〉，收於《陳滿銘與辭章章法學——陳滿銘辭章章法學術思想論集》（臺北：文津出版社有限公司，2007年12月），頁33。

　　進一步以篇章的組織關係來考察，即可發現，事實上，在事物具有一定的有機整體性或是一切言語在能夠達成交流目的的前提下，沒有「無條理」的內容，邏輯結構是存在於任何事物內部的，雖然一般有所謂「文無定法」之說，但正如王希杰所言，在「無法」中事實上有「法」，「無法」就是「法」。王教授論述道：

> 對法和章的追求，是人類的本性。有章有法，才能夠安定和諧。雜亂無章，無法無天，只能夠給人帶來煩躁、焦慮、恐怖感的。凡存在的事物，都是有「章」有「法」的。德國哲學家黑格爾說，凡存在的，都是合理的。這個「理」，其實就是「章」和「法」。[66]

對於邏輯條理的存在，以上論點先回歸到初始的心理機制，提出為了獲致穩定感，追求「章」和「法」本是人之天性，再引證黑格爾之說，歸納出「凡存在的事物，都是有『章』有『法』的。」其闡釋是十分重要的，尤其是對於未能意識到邏輯思維會在人之大腦中運作，並反映在文學藝術之創造上，或對章法不自覺、甚至認為沒有「法」的存在者，更有著肯綮的闡釋效用。也由於辭章的「內容邏輯結構」源自「自然規律」而具有客觀存在性，那麼，辭章學的研究語料就應深入各種話語藝術形式，除了取法乎上的傳統古典詩文之外，其實也應該去觀察「一切人的一切言語活動」[67]，因為口語裡有意義、有章法，日常對話裡也有意義、有章法，如果能好好研究它，可以幫助人

---

66 見王希杰：〈陳滿銘教授和章法學〉，《陳滿銘與辭章章法學——陳滿銘辭章章法學術思想論集》，頁32。

67 語出王希杰對開拓篇章結構學之研究對象、強化學科之社會功能的建議。參見王希杰、仇小屏、陳佳君：〈章法學對話〉，收於陳佳君：《篇章縱橫向結構論別裁》（臺北：萬卷樓圖書股份有限公司，2010年10月），頁185。

們更好的進行溝通，再如經濟時代下發達的廣告、影視產業（電影、電視劇等），又如相聲、應用文、網路信息，甚至遊戲筆墨等的內容與形式，社會都會需要這方面新語料的篇章研究。

（三）辭章學的橋樑性

辭章學研究具有很強的橋樑性，架起理論基礎與實務應用之間的聯繫。其中，「理論系統」包含各子領域學科的研究範圍、類型與規律、原理原則、方法論等；「實踐系統」則指落實於各種文藝作品，透過具體的語料，進行分析鑑賞，以及各學習階段在閱讀與寫作、聆聽及說話等方面的語文教學，前者屬於「實務分析系統」，後者屬於「教學指導系統」。因此，也有方家學者直指這是一門實用性很強的學問[68]。張志公早先就提出了這種橋樑性概念，他說：

> 辭章學是一門橋樑性學科，橋樑的一端是關於語言的基礎之識和基礎理論，另一端是語言運用，也就是語言教學問題。[69]

王本華也進一步詮釋：

> 漢語辭章學是一門應用學科……「橋樑性」的學科，是語言學的基礎知識、基礎理論同語言運用之間的過渡性、橋樑性學科。前者包括語音學、語彙學、語法學、修辭學等基礎知識、基礎理論，後者主要指語文教學，也就是培養提高聽說讀寫的實際運用語言的能力的學科。[70]

---

68 例如王希杰、鄭頤壽、孟建安等學者之說。參見〈章法學門外閒談〉、〈漢語辭章學四十年述評〉、〈陳滿銘與漢語辭章章法學研究〉等相關文獻資料。

69 見張志公：《漢語辭章學論集》，頁64。

70 見王本華：〈張志公先生與漢語辭章學〉，收於張志公：《漢語辭章學論集》，頁4。

這裡就將辭章學的「知識與理論」與提升聽說讀寫能力的「語文教學」對舉。鄭韶風也解釋了橋樑性的含義，他說：

> 橋樑性有兩個含義：
> （一）在語言學的各種基礎知識、基礎理論（以下簡稱「雙基」）這一端，同培養提高聽、說、讀、寫這實際應用的另一端，建一座「橋」。……
> （二）從「四六結構」來分析，辭章學還是架在說、寫與聽、讀之間的一座橋（鄭頤壽《辭章學導論》，頁331）。[71]

這段引述是從兩個角度來說明辭章學的「橋樑性」意義，其一是架在「雙基理論端」與「實際應用端」之間；其二是架在「說、寫之輸出端」與「聽、讀之輸入端」之間。

鄭頤壽則是從學術研究的社會功能來看待辭章學的橋樑性特質，他表示：

> 學術研究，新學科建設，都具有社會功能，為解決社會人群的一定需要，而不是虛無縹緲的為研究而研究，與社會不沾邊的學術活動。[72]

---

71 見鄭韶風：〈試談陳滿銘教授「讀寫雙向互動」的辭章觀〉，收於《陳滿銘與辭章章法學——陳滿銘辭章章法學術思想論集》（臺北：文津出版社有限公司，2007年12月），頁326。需補充說明的是，由於辭章是由「意」與「象」結合而成，其中，「讀」（鑑賞）是由「象」而「意」的逆向過程，而「寫」（創作）是由「意」而「象」的順向過程，兩者往往是互動的。因此，鄭韶風也在專文中，以雙箭頭表示此「讀寫雙向互動」之關係如下：「表達（寫）⟷承載（作品）⟷理解（讀）」。另參見本書第伍章第二節「圖五-2 讀寫雙向互動關係圖示」。

72 見鄭頤壽：〈臺灣辭章學研究述評〉，收於《首屆海峽兩岸閩南文化學術研討會論文集》（2001年11月），頁9-10。

辭章學的功能就在於為社會人群透過話篇、文篇等任何藝術載體,以進行溝通、交流等辭章活動的需求而服務。因此,學者們無不致力透過辭章學的原則、範疇、內涵為媒介,搭起「知」(理論)、「行」(實踐)相輔相成的橋樑。鄭教授接著說:

> 辭章章法學,是從實實在在的「行」(教學實踐)中總結出來的「知」(理性認識),又用之於「行」(教學實踐),進行檢驗,進一步「充實」、「擴充」,昇華為更高一層的「知」(理性認識),循環往復,而使辭章章法的理論逐步「由樹而成林」,建構辭章章法論的系統。[73]

足見辭章學在「知」(理論系統)與「行」(教學實踐)之間,實是雙向互動而又循環、向上提升的螺旋關係。

另外,與辭章學相近的文章學研究,亦可藉以探討此類學科具有橋樑性的現象。孫移山指出:以書面語言為主的文章學就是在研究文章的各種規律,包含描述性的理論和實用性的讀寫實踐。他闡述道:

> 描述的目的從根本上說仍然是為了指導實踐,而對實踐的指導又必須提高到理論的高度,才更帶有規律性。[74]

可見,辭章學與文章學的橋樑性特質,同時也與強化學科的原理原則(規律性)有關。

---

73 同上註。需進一步說明的是,辭章章法學最早是為了因應與解決中學國文教學上,有關內容與形式深究的種種問題。

74 見孫移山:《文章學》,頁2-4。

　　王德春從廣義語言學的理論與應用，提出它們各自的任務和彼此的關係：

> 一切理論科學的原理在用來解決實際問題時，都會產生與之相
> 應的應用科學⋯⋯理論語言學的根本要務是系統而深刻地進行
> 語言學基礎理論的研究，對應用語言學提出啟發性的、指導性
> 的意見和科學根據。應用語言學一方面要應用理論語言學的成
> 果，另一方面要研究應用過程本身，因時因地制宜地應用語言
> 理論解決實際任務。[75]

理論語言學與應用語言學是互為體用的關係，它是一門學科科學化的
必然發展，以理論解決實際問題亦是學術研究的社會責任，辭章學亦
是如此，它不僅有「理論原理」，也有「在教學領域的應用」（王德春
語）。若能將辭章學的「雙基理論端」搭建穩固，就能與「實際應用
端」產生好的連結橋樑。

　　孟建安在強調章法學體系建構和系統性原則時，除了縝密的梳理
出辭章章法學具有嚴密的多層級理論體系外，更能看到理論與實踐兩
大系統的橫向關聯。首先，他以「章法學體系」為第一層級，以「理
論系統」和「實踐系統」為第二層級，前者又下開原理系統、類型與
規律系統、結構系統、方法論系統、美學系統；後者則收攝實例分析
系統和教學指導系統，以上為第三層級。第三層級之下都還有各自的
子系統，例如規律系統下又包含秩序律、變化律、聯貫律、統一律，
本書亦將於下章探討；又如類型系統可就共性分為底圖、因果、虛

---

75 見王德春：〈適應語言學發展趨勢的論著──評陳滿銘教授的辭章學〉，收於《陳滿
　　銘教授七秩榮退誌慶論文集》（臺北：萬卷樓圖書股份有限公司，2005年7月），頁
　　44。

實、映襯四大章法家族，每類依其族性又有各自歸屬的章法類型，形成學科體系中的第五層級，而本書將於附錄的論文中呈現此部分之細節。其次，在整體系統的橫向關聯上，他指出：

> 章法實用系統主要是討論章法理論在章法分析和章法教學中的積極影響。[76]

此外，孟教授也在另一篇專文中特別說明道：

> 體系圖中所給出的「章法實踐系統」主要是指運用章法理論來指導辭章章法分析和辭章章法教學，因此雖然說是實踐系統，但依然具有較強的理論性。[77]

可見「理論系統」與「實踐系統」之間，也存在著包孕關係，而非切割成兩個無關的獨立系統。

　　事實上，這樣的系統性原則也能擴大到篇章辭章學來看待，也就是說，下位系統包含篇章辭章學的原理系統、類型系統、方法論系統等，以及教學系統、分析系統；第二層級同樣是由「篇章辭章學理論系統」、「篇章辭章學實踐系統」組成，最終統合於「篇章辭章學體系」的一級層次。茲將上述之層級具體呈現如下：

---

76 見孟建安：〈章法學體系建構的系統性原則〉，收於《章法論叢》第二輯（臺北：萬卷樓圖書股份有限公司，2008年3月），頁96。

77 見孟建安：〈陳滿銘與漢語辭章章法學研究〉，收於《陳滿銘與辭章章法學——陳滿銘辭章章法學術思想論集》（臺北：文津出版社有限公司，2007年12月），頁131。

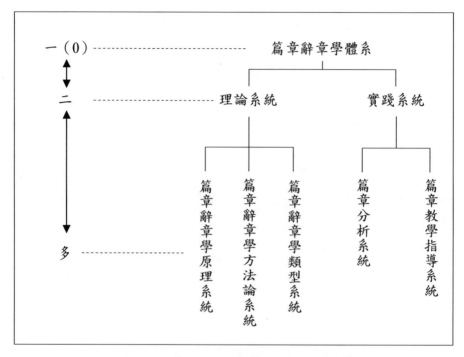

圖二-2 篇章辭章學橋樑性層級圖示[78]

透過層級圖示，更能清楚的觀察到篇章辭章學在理論與實務的橋樑性。至於其中細部的內涵指涉，依本書前章對篇章辭章學之義界，則可歸納出篇章意象、篇章組織、篇章主旨與格調等子系統，並分別涵蓋原理系統的意象同構原理、章法二元對待原理，方法論系統的篇章構成規律與螺旋論，以及類型系統的意象類型、結構類型等更次級的子系統[79]。

在實例印證方面，鄭韶風特別從寫作教學的「讀寫雙向互動」觀點，突顯辭章學的「橋樑性」。他以陳滿銘的《作文教學指導》為

---

78 本圖由本書研究者繪製。

79 關於篇章縱橫向結構論之理論與實踐系統，參見陳佳君：《篇章縱橫向結構論別裁》，頁99。

例，認為書中談「命題原則」、「命題範圍」、「命題方式」等，都是雙基理論端；「命題舉隅」，就轉入實際運用端。談「立意」、「運材」、「布局」的原則是「雙基」；談主旨安置的實例，又連結到實際應用技巧。而在「非傳統式」作文命題中，如擴寫、縮寫、改寫、閱讀心得、設定情境等，多半要求學生先就提供素材「閱讀」，然後扣緊「讀」的內容進行聯想或想像，然後「寫作」，這種寫作教學就在「讀」與「寫」之間架了一座「橋」[80]。除此之外，從這個橋樑性檢視實例，亦可看出辭章學與寫作學、閱讀學、教育學的跨域結合。本書亦將於第伍章設計和分析讀寫互動觀點下的篇章布局寫作教學。

第二節　辭章學四元論

　　辭章活動基本上由外部世界、訊息輸出端、語篇（Discourse）／文本（Text）、訊息接收端等四要素構成，並依此四元之間的紐帶關係，直接或間接的連結成豐繁的網絡維度。四元與六維的相關理論，建構自實際的文藝活動與現象，也指導著文藝理論的發展，助以更細緻的、更系統的闡釋辭章運用的原則與規律。本節將著重於從四元論的要素與維度、理論前承、四六結構之作用與五類具次第性的辭章理論、及其與語文篇章教學之關聯等面向，探討辭章四元理論，以厚植辭章學與篇章教學之理論基礎。

一　四元論之意義

　　由於辭章學及語文教研所關注的面向，涵蓋透過語言文字將自我

---

80 參見鄭韶風：〈試談陳滿銘教授「讀寫雙向互動」的辭章觀〉，收於《陳滿銘與辭章章法學——陳滿銘辭章章法學術思想論集》，頁326-327。

與外部世界作用之意念，予以輸入（聽、讀）與輸出（說、寫）的雙向路徑；復就篇章內涵而言，無論在主體所生之感懷或體悟（情或理）、對客體之觀察、選取或描述（景／物或事），都離不開人所寓居的世界，因此，本書在論述過程中，多由「表達」（訊息輸出）、「鑒識」（訊息輸入）、「宇宙」（世界）、「文本」（辭章、話語）等視角進行分析討論。事實上，這樣的研究範疇與對象即符應於辭章學的「四六結構」理論，也因而有必要立一專節析論之，以強化辭章學體系與篇章辭章學研究之理論架構。

辭章學的「四六結構」理論，內含兩大要點，一是「四元」──辭章活動四要素，二是「六維」──四要素之間彼此聯繫的六種維度。四元要素與六維關係組成了辭章學的宏觀理論架構，由於辭章四六結構概括了有關於鑑賞與表抒、主體與客體、內容與形式等面向，而用以處理文藝活動中關於信息論、生成論、解讀論、交際論、規律論、作用論、效果論、辭格論、藝法論、篇章論、語境論、文體論、風格論等種種問題，同時也用以闡釋辭章學的理論系統和原理原則[81]。

辭章活動無論是創造或解讀，是一種依存於社會環境，並且在內外部和自他之間相互溝通交流的複雜過程。對此，呂叔湘即點出了一個語文運用的關鍵性概念：

> 說話（以及寫文章）是一種社會活動，語言是社會活動的產物；社會是複雜的，因而語言也就不可能不是複雜的。[82]

---

81 參見鄭頤壽：《辭章學發凡》，頁3。又，本節對於辭章學四元理論之爬梳與討論，主要參考辭章四六結構之理論建構者鄭頤壽教授之研究，如《辭章學發凡》、《辭章學導論》、《大學辭章學》等氏著或編輯之專書，並旁徵其他相關文獻。

82 見呂叔湘：《呂叔湘語文論集》，收於《呂叔湘全集》（瀋陽：遼寧教育出版社，2002年12月），第七卷，頁114。

除了說話與寫作，聆聽與閱讀亦是，其複雜性是來自於聽、說、讀、寫都需要關顧到很多影響因子、考慮許多細節和效用。呂教授認為，談論語言運用，不能抽離「人們」，不能只就工具性的一面，講語音、語法、詞彙的部件。鄭頤壽也提醒：語言文字的運用，不可能是孤立的，它會牽涉到言語主體（說寫者、聽讀者）和特定的語境（時代、社會、文化等）[83]。從上述兩位學者的看法中可以發現，「四元」在語文綜合協作的過程中，確實是重要的元素，其中，「社會」、「語境」對應於「宇宙元」，「人們」、「言語主體」、「說話（以及寫文章）」等，則是對應於「表達元」與「鑒識元」，而「語言」、「產物」則指「話語元」。

　　在傳統古典或西方文論中，對於上述這種關乎於文藝活動的四要素理論，都有相關探討。艾布拉姆斯（Meyer Howard Abrams, 1912-2015）的《鏡與燈》（*The Mirror and the Lamp: Romantic Theory and the Critical Tradition*）即標舉出藝術活動的四大元素——「Work」（作品）、「Artist」（藝術家）、「Universe」（世界）、「Audience」（欣賞者），他闡釋道：

Four elements in the total situation of a work of art are discriminated and made salient, by one another synonym, in almost all theories which aim to be comprehensive. First, there is the *work*, the artistic product itself. And since this is a human product, an artifact, the second common element is the artificer, the *artist*. Third, the work is taken to have a subject which, directly or deviously, is derived from existing things—to be about, or

---

83　參見鄭頤壽主編、馬曉虹等十九人合著：《大學辭章學》，頁14。

signify, or reflect something which either is, or bears some relation to, an objective state of affairs. This third element, whether held to consist of people and actions, ideas and feelings, material things and events, or super-sensible essences, has frequently been denoted by that word-of-all-work, 'nature'; but let us use the more neutral and comprehensive term, *universe*, instead. For the final element we have the *audience*: the listeners, spectators, or readers to whom the work is addressed, or to whose attention, at any rate, it becomes available.[84]

文意大致是指出，藝術作品都會涉及四種要素，而且所有力求完備的理論，也都會根據此四要素加以審辨。首先是「作品」本身，其次是作品賴以人為產出的「藝術家」，其三是作品主題總會關聯、或象徵、或反映某種源於現實的客觀狀態，可以用「自然」一詞，或用含義更廣的「世界（宇宙）」一詞來替代，最後一個要素是作品的受眾——「欣賞者」，包含聽者、觀者、或讀者[85]。

當艾布拉姆斯以「analytic scheme」（分析圖式）來表示此四個「Co-ordinates」（座標）的地位、關係和其中所產生的批評理論時，他選擇以三角形安排，並且將「Work」（作品）擺在中間，形成以下圖式：

---

84 M. H. Abrams, *The Mirror and the Lamp: Romantic Theory and the Critical Tradition* (New York: Oxford University Press, 1953), pp.6.

85 參考〔美〕M. H. 艾布拉姆斯（M. H. Abrams）著，酈稚牛、張照進、童慶生譯：《鏡與燈：浪漫主義文論及批評傳統》（北京：北京大學出版社，2004年1月），頁4。

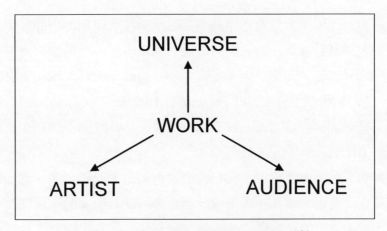

圖二-3　藝術批評四座標分析圖式[86]

圖表中的中央元素和由中心指向其他三元素的單箭頭，可以看到一種以文本為本位的立場。他主張應該用一種方便且實用的模式來安排這四個座標，而運用這樣的分析圖式可將闡釋文學本原及其價值的理論分為四類，其中的關係如下：

Application of this analytic scheme, therefore, will sort attempts to explain the nature and worth of a work of art into four broad classes. Three will explain the work of art principally by relating it to another thing: the universe, the audience, or the artist. The fourth will explain the work by considering it in isolation, as an autonomous whole, whose significance and value are determined without any reference beyond itself.[87]

---

86 M. H. Abrams, *The Mirror and the Lamp: Romantic Theory and the Critical Tradition*, pp.6.

87 M. H. Abrams, *The Mirror and the Lamp: Romantic Theory and the Critical Tradition*, pp.6-7.

其意指：有三類主要是透過作品與其他三要素的連結，來解釋作品；
第四類是獨立看待作品的意義與價值而加以研究。四種探討藝術本質
的理論則分別是：在作品與宇宙之間的「Mimetic Theories」（模仿理
論）、在作品與讀者之間的「Pragmatic Theories」（實用理論）、在作
品與作者之間的「Expressive Theories」（表現理論）、作品本身的
「Objective Theories」（客觀理論）[88]。

當然，在論述過程中，艾布拉姆斯也保留了詮釋空間，認為這四
個座標在含義上，並非一成不變，而是會根據其所處的不同理論、理
論家所持的論證方法、構成的觀點、意義、功能等，隨之產生變化，
例如，「世界」可以是特指，也可以是泛指；可以是想像豐富的直覺
世界，也可能是常識世界或科學世界。此外，四要素的排列和其中所
涉及的理論，都有可能用更為複雜的分析方法去處理，不過，這樣一
來也可能會因而失去簡便性和提綱挈領式的分類[89]。由於文藝活動中
的四要素和彼此之間的關聯，是十分根本又重要的議題，因此，後續
也有許多學者提出補充或修訂，雖更見其中的複雜性問題，但也提供
了珍貴的思考面向。例如劉若愚（James J. Y. Liu, 1926-1986）將艾布
拉姆斯的三角形圖式調整為圓形，也由於只討論文學理論，故以「作
家」（Writer）代替「Artist」（藝術家），以「讀者」（Reader）代替
「Audience」（欣賞者／觀眾），而用以探討構成藝術過程的四階
段——作家的創造過程、讀者的審美經驗、創造之前和審美經驗後的
情形[90]，並在四階段中有形上、決定、表現、技巧、審美、實用六種

---

88 M. H. Abrams, *The Mirror and the Lamp: Romantic Theory and the Critical Tradition*, pp.8-29.

89 M. H. Abrams, *The Mirror and the Lamp: Romantic Theory and the Critical Tradition*, pp.6-7.另參考〔美〕M. H. 艾布拉姆斯（M. H. Abrams）著，酈稚牛、張照進、童慶生譯：《鏡與燈：浪漫主義文論及批評傳統》，頁5-6。

90 James J. Y. Liu, *Chinese Theories of Literature* (Chicago and London: The University of

理論[91]；又如黃慶萱結合艾布拉姆斯與劉若愚的圖式，以「作品」置中的三角圖，加上外圍在「宇宙」、「作家」、「讀者」之間的圓形連線，又在「作家」、「讀者」下方，增加「文學研究」這一要素，形成更複雜的十種理論[92]。

　　以上學者主要在透過四要素及其間的各種聯繫關係，來探討文學藝術之本體論問題，而辭章學研究者則是著重在運用此四元及其相互關聯，開展辭章學的理論系統。誠如上文所述，在辭章學的四六結構理論中，牽涉到文藝作品內核與外緣的要素、構成的組合與組織問題、主體與客體的交會互動、訊息輸出與輸入的對應、辭章語用效果等宏觀、中觀、微觀的理論，茲擇要及其與篇章辭章學較為相關者，繼續於下一小節分三部分論述其理論內涵。

二　四元論之內涵

　　首先，釐清四元的意義與作用。宇宙元，又稱物事元、世界元、社會元、第一自然元等。早在陸機《文賦》中就有「遵四時以嘆逝，瞻萬物而思紛」[93]之語，所謂「四時」、「萬物」即宇宙萬事萬物。在辭章意象形成的過程中，「意」之情、理，與「象」之物、事等內容

Chicago Press, 1975), pp.64-67. 另參見中譯本：劉若愚著、杜國清譯：《中國文學理論》（臺北：聯經出版事業公司，1998年9月五刷），頁12-17。

91　James J. Y. Liu, *Chinese Theories of Literature*. 另參見中譯本：劉若愚著、杜國清譯：《中國文學理論》（臺北：聯經出版事業公司，1998年9月五刷），頁27-248。

92　參見黃慶萱：〈劉若愚《中國文學本論》內容析議〉，《中國學術年刊》第十九期（1998年3月），頁508-516；及〈劉若愚《中國文學本論》架構方法析議〉，《國文學報》第二十七期（1998年6月），頁271-306。

93　見〔晉〕陸機：〈文賦〉，收於〔梁〕蕭統編：《文選》（臺北：藝文印書館，1991年12月十二版），第十七卷，頁二上。

四大成分[94]，就少不了源自客體的事、景（物），是組成辭章內容的重要成分，也是表達者賴以「嘆逝」、「思紛」的根本。因此鄭頤壽說，宇宙元指物質世界、人類社會、文化現象，其重要性就在於：此要素是表達者發出訊息的刺激之源，是話語生成的土壤，亦是時空場景和語言情境的依據。客觀事物透過各種思維的運作，在腦中形成具有審美效果的美感訊息或啟智作用的理性訊息。由此可看出，宇宙元關乎人與自然、人與自我、人與他者的聯繫，因此語文教學需要從文本讀講作家選擇賴以生發情意思想的事景（物）等寫作材料、語境（寫作背景和文化脈絡等）；指導說寫時，也需要從觀察人所寓居的世界（自然社會）、搜尋物事材料著手。陳望道在講述無論透過筆墨或唇舌以形成辭章的第一階段，就是基於宇宙元的「收集材料」[95]，其要不言可喻。

　　表達元，又稱說寫元、編碼元、作家元、情意元等。在中國傳統文論中，有豐富的文獻討論「抒情」、「言志」等關於「意」的表露，而《文心雕龍》從卷六至卷九亦皆屬剖情析采的「創作論」[96]，一般

---

94 〔元〕陳繹曾匯整出「景」、「意」（按：此指以理為主之議論）、「事」、「情」乃構成內容之要素，並謂：「凡文體雖眾，其意之所從事，必由此四者而出。」參見〔元〕陳繹曾：《文說》，收於文淵閣《四庫全書》（臺北：臺灣商務印書館，1986年3月），頁246。本書研究者曾由主客性質、主從關係，將辭章內容四大成分歸納為核心成分（意——情、理）與外圍成分（象——事、景含物）。參見陳佳君：《辭章意象形成論》，頁59-64。

95 陳望道指出：語辭的形成，大約都需要經過三階段，一、收集材料；二、剪裁配置；三、寫說發表。參見陳望道：《修辭學發凡》（上海：上海教育出版社，2001年7月），頁6。

96 王更生在談《文心雕龍》的全書結構時，對於其中二十篇關於「文學創作論」的內容提出兩大重點，一是考證卷九〈時序〉與卷十〈物色〉刻書順序誤倒，故〈物色〉應屬創作論；二是此二十篇可分為三組，一為統攝之「總術」，二為神思、體性、風骨、通變、定勢等運思行文的「綱要」，第三，其餘諸篇則是創作方法與技巧的細目。參見〔梁〕劉勰著、王更生注譯：《文心雕龍讀本》（臺北：文史哲出版社，1997年10月六刷），上篇，頁23-24。

認為,「意」是表達元之核心[97],是表達之主體在與客體互動交會產生的情意思想,並透過語文為媒介,加以符號化為辭章[98],以承載訊息,因此也是辭章之主。可見,表達元是辭章理則與藝術的運用者和體現者,上引陳望道所謂語辭成形之二階與三階——剪裁配置、寫說發表,就是在表達元完成。然而,表達元會受到創作主體之背景與環境的多重影響,如其才、膽、識、力、生命經驗、文化修養,以及對社會、政治、道德、信仰、藝術、哲學等觀點,考驗辭章作品是否得以合乎辭章學「誠」與「美」的規律。在語文篇章教學說與寫的環節中,即直面意念抒發的表達元問題,教師則可以據此指導學習者,掌握立意與組篇等要求。此外,教師亦可透過讀與聽的語料,幫助學生理解表達者的背景、用意、目的、表達特色等,促進由聽讀到說寫、由學而用的效果。

話語元,又稱文本元、作品元、代碼元、第二自然元。在古典詩文理論中,多用「文」、「辭」指稱並加以析論一系列文與質的問題,故而較為偏重在與內容相對應的形式層面[99]。《淮南子》有云:「文者所以接物也,情繫於中,而欲發外者也。以文滅情則失情,以情滅文則失文。」[100]即視「文」為表達出來、以承載「情」的文本。口語或

---

97 在古典詩文理論中,多有探討「意為主」的論述,例如:「立片言而居要,乃一篇之警策。」(見〔晉〕陸機:〈文賦〉,收於〔梁〕蕭統編:《文選》,卷十七,頁五下);「情志為神明,事義為骨鯁。」(見〔梁〕劉勰著、范文瀾注:《文心雕龍注》,卷九,頁650);「大凡作詩須立意。意者,一身之主也。」〔見〔明〕黃子肅:《詩法》,收於〔清〕顧龍振編:《詩學指南》(臺北:廣文書局,1998年8月再版),卷一,頁16〕;「情志者,詩之根柢也。」〔〔清〕黃子雲:《野鴻詩的》,收於《清詩話》(臺北:藝文印書館,1977年5月再版),頁五下〕等。

98 劉雨表示:語言文字是一種符號系統,言語表述能力就是指語言文字的表達能力,它是一種「物化思維內容的『轉換器』」。參見劉雨:《寫作心理學》,頁82-85。

99 參見鄭頤壽:《辭章學發凡》,頁220-223。

100 見〔漢〕劉安著、〔漢〕高誘註:《淮南子·繆稱訓》(上海:中華書局,1930年),冊三,卷十,頁七上。

書語文本的構成，會牽涉到許多部件，必須妥善運用語音、字詞、句式、辭格、章篇、表述方式、文體、各種藝法、風格等，通常這一系列的知識節點被歸屬在辭章內部，並形成構件體系[101]，也就是本書前一節在辭章學的融合性中所談的辭章學體系，及其由「多」（下位概念的各個相關學科）而「二」（形象思維、邏輯思維）而合於「一」（綜合思維）的圖式。話語元的重要性在於它是訊息產出的成果、也是訊息傳遞的起點，更是連結表達元與鑒識元之間的溝通中介，因此，以語文聽讀教學而言，就需要重視話語、回歸文本，並藉以了解作者（如創作意圖與背景、作家筆法與風格等）、接觸世界（如環境議題、人際互動、文化底蘊等）、欣賞辭章達到審美或致用效果的技巧；而說寫教學時，則是考驗話語元的成形和產出，學習掌握口語和書語的話語特色和構成。

鑒識元，又稱聽讀元、解碼元、理解元、審美元、接受元等。鄭頤壽曾解釋「鑒識」一詞借自西晉歐陽建〈言盡意論〉（《藝文類聚》卷十九），並指出此為古典辭章學、文學理論之用語，包含解讀、理解、欣賞、接受、品鑑、批評等活動[102]。鑒識元的任務主要在解碼和理解訊息，除了分析、取捨，也有反饋和再創造的作用。如同表達元的影響因子，在上述辭章活動其間，也會受到聽讀者或評論者的才識、能力、生命經驗、文化涵養，以及主張與觀點的左右。如此一來，在語文教學上，首先要能引導學生成功理解文本，再由淺而深的能夠對鑒識對象進行欣賞、詮釋、比較、評價等活動。

其次，是四元之間的六種維度。從上文的探討中可以發現，四元

---

101 鄭頤壽、鄭韶風表示：話語的藝術形式構成部件很多，並形成辭章內部的體系和辭章學研究的中心內容。參見鄭頤壽主編、馬曉虹等十九人合著：《大學辭章學》，頁18。

102 參見鄭頤壽：《辭章學導論》，頁57。

都不是孤立存在的元素，而是彼此皆有所聯繫，這是因為四元之間會自然產生六種維度。六維是四元之間的六種雙向關係，其中，「一維」在宇宙元和表達元之間，除了牽涉表達元「登山則情滿於山，觀海則意溢於海」（《文心雕龍‧神思》）這種主客／心物關係[103]，也含藏著創作主體與世界互動的方式、移情或投射的情景鏈、構思歷程、語境作用等，與一般性語文能力中觀察力、聯想力、想像力的涵養，也有極大的關係；「二維」在表達元及話語元之間，素材和意識相互交會後，還要經過「審思和美的釀造」[104]，透過語言文字，將表達前的一連串精神活動落實於辭章中[105]，故謂此二元連線是編碼以形成代碼（文本）的階段；「三維」在話語元和鑑識元之間，文本需要聽讀者進行解碼、理解、分析、鑑賞等活動而產生意義，並與訊息接收端構成關聯；「四維」在鑑識元與宇宙元之間，一方面，鑑識元透過文本建立對世界的認識、思考、或想像，另一方面，鑑識元也會運用「已知」去解讀作品；「五維」在宇宙元和話語元之間，是第一自然（客觀外在）與第二自然（文藝作品）的交互關係，第一自然是訊息之源，第二自然則是對其概括或典型的反映；「六維」在表達元和鑑識元之間，兩者都是辭章活動的主體，離開主體，話語活動則無從展開，從日常人際溝通、課堂聽說互動，到作家與讀者的交流等，都可以體現六維的存在與重要性，其中，達意與善解、真誠與禮貌、得體與適切等，都會影響這條線的雙向疏通。值得留意的是，如此所形成的辭章四六結構是一個統一整體，內部存在著複雜的相互關係，因此，並非是表面呈現的六條各自獨立的「線」，每一個元素都會和其他元素具

---

103 見〔梁〕劉勰著、范文瀾注：《文心雕龍注》，卷六，頁493-494。

104 見黃永武：《中國詩學──設計篇》（臺北：巨流圖書公司，1999年9月十二刷），頁3。

105 參見陳佳君：《辭章意象形成論》，頁6。

有「多維關係」（鄭頤壽語），除了存在著上述六維的直接關係，還有與其他維度具有的間接關係，形成一個網絡。例如，表達元除了生成作品，與話語元連結，也透過話語元反映出作品的語境和世界觀，而與宇宙元有關，復經文本為媒介，與鑒識元有了交流互動的可能等。

　　無論如何，辭章四元之所以能揭示出文藝活動之種種要素、關聯、原理等，主要是因為辭章內外部和四元之間存在各種紐帶關係，並且在互動、往復、循環的過程中，形成網絡化系統。劉雨在《寫作心理學》中闡述道：

> 人類的藝術活動過程，實際上是一個循環往復的完整系統，即現實→藝術家→作品→欣賞者→現實。現實生活經過藝術家的加工改造，創造出具有審美價值的藝術作品，然後通過視覺和聽覺作用於欣賞者的心靈，從而產生一種改造現實生活的力量。……整個藝術活動過程，可以相對分為三個相互聯繫的組成部分，即創作心理過程、作品分析過程和欣賞心理過程。[106]

在這段引文中，有幾個重點值得關注。一是關於四元名詞，這裡所稱之「現實」即客觀世界。二是「現實→藝術家→作品→欣賞者→現實」的循環往復，是以橫排的方式來表現四種元素形成迴圈的現象。當然，元素彼此之間的箭頭記號，也可以是雙箭頭，以呈現其中的互動性。此外，本書下文在談「辭章生成與鑑賞交互論」時，亦將使用這種橫排圖式，以取得說明上的簡潔效果。三是「通過視覺和聽覺作用於欣賞者」，點出了訊息輸入的媒介可以是聆聽或閱讀，相對來說，創作的成品也可以是透過說話或寫作來呈現，而聽、讀與說、寫

---

106 見劉雨：《寫作心理學》，頁10。

都是語文教學的重要面向。四是在四元的循環往復關係中，構成了文藝活動中的三大重要過程——構思創作、文本分析、鑑賞品評。

　　就四元內部之紐帶關係而言，鄭敏很早就注意到了詩具有「內在結構」的觀點，他在〈詩的內在結構〉一文中指出：

> 詩的結構像一座橋樑，連結著詩人的心靈與外界，連結著詩人與讀者，詩人通過這種結構給他的精神境界以客觀的表現。[107]

這段話不僅點出了上一節論述的辭章特質之一——橋樑性，也蘊含了四六結構的理論，其中，詩作是詩人的精神境界得以表現的載體，此即「話語元」；這座橋連結著詩人內在之心與外部世界者，就是「表達元」與「宇宙元」；在文藝活動的運作中被拉進關係軸線裡的讀者，即是「鑒識元」。不過，何以需要注重辭章內部結構的「橋」，及其所產生各種連結關係，鄭敏解釋道：

> 詩的真義存在在它的結構裡，在詩的欣賞中，培養自己的結構感是很重要的。結構感是打開全詩的一把鑰匙，特別是在讀現代較艱深的詩時，如果有了這把鑰匙，即使個別詞句、詩行費解，也能對詩的全局和要義有所理解，而不至產生無從接近的感覺。[108]

雖然文中主要是針對現代詩的閱讀而言，但講究篇章結構以形成整體的辭章作品亦是如此，而這種「結構感」的培養、對於文本的「全局」和「要義」具有掌握力，自然是語文教學不容忽視的重心。對

---

107 見鄭敏：〈詩的內在結構〉，《文藝研究》1982年第02期（1982年2月），頁62。
108 同上註。

此，張慧貞也曾提出：語文教師要能胸有成竹般的具備篇章辭章學
「一體性」的知識地圖，能夠放眼全篇、扣緊題旨、辨識表述方式、
協調風格，除了在教學中談詞句、段章、到整篇，還要能「用『四六
結構』理論為指導方針，連結『話語』產生的客觀世界、言語主體
（表達者、鑒識者）之諸多方面、諸多因素，形成語文教學的
『體』。」[109]據此，為能突顯掌握文本的全局與要義的重要性，亦成
為本書選擇以篇章縱向結構（內容義旨）和橫向結構（組織條理）為
研究取向的原因之一。

綜上所述，辭章學四元論即可以下列圖式來表示：

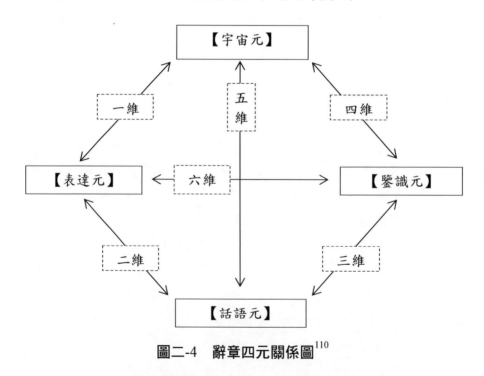

圖二-4　辭章四元關係圖[110]

109 見張慧貞：〈兩岸辭章學研究和語文教學隅談〉，收於鄭頤壽主編、馬曉虹等十九
　　人合著：《大學辭章學》，頁367。
110 本圖由本書研究者修改繪製。參考鄭頤壽：《辭章學導論》，頁39。

　　其三，探討四元的交互關係而產生的辭章理論。在《辭章學發凡》中，「四六結構」共列有二十多項關於辭章生成、訊息、組織、通變、語境、體裁、誠美、效用等理論[111]，本書將依辭章學理論系統的本末關係，擇其五類之要者，重新排序整併和詮釋。

　　首先，回歸指稱的問題談「辭章學定義」。前文已述及，所謂辭章學，是研究有效表達、良好承載、適切理解話語訊息等一切關於內容形式之理論與應用的一門學科。其中即關乎訊息賴以生發的「宇宙元」、訊息輸出之「表達元」、承載內容與形式之「話語元」、訊息輸入的「鑒識元」，而達成有效或至高效的語用效果，則存在於表達元與宇宙元／話語元之間，而能適切甚或深入理解的程度，則是鑒識元與話語元／宇宙元之間的追求。

　　二是「辭章訊息論」。從上述之辭章定義中不難發現，「訊息」是一切辭章活動得以往復傳遞、產生作用與反作用關係的內涵。在四六結構論中，訊息之源是「宇宙元」；為訊息編碼是「表達元」的工作；落實話語中「意」與「象」之種種訊息以形成作品者，是「話語元」；將訊息中的意象解碼則是「鑒識元」之工作。

　　三是「辭章構成論」，由辭章構成的議題複雜，故其中又可包含有三項次理論，分別為「辭章生成與鑑賞交互論」、「三辭三成說」、「結構組合結合論」。

　　「辭章構成論」之一，是在生成與鑑賞之間所產生的交互作用中，我們會看到一個往復、循環、提升的螺旋動態過程。從生成的順向歷程而言，就如前引陳望道之闡釋：說寫之主體在客觀世界生活、從中汲取材料，再從宇宙元到表達元的進行揀選、剪裁、配置，再到話話元的「成辭」，發表作品，而後推進到鑒識元，由聽讀者對文本

111　參見鄭頤壽：《辭章學發凡》，頁77-97。

做接收、消化、補充、詮釋、反饋等活動，又進而了解世界、影響世界[112]。從逆向歷程來看，鑒識元處於一定的時空，依其才膽識力對「辭」——話語元解讀，進而「知人」——明白、尊重或同理說寫者，產生共鳴或共識，達到「論世」——作用於世界的積極意義。在順逆向的辭章生成與鑑賞之間，並非單向，元素與元素之間是以雙箭頭的方式，不斷的在回望又前進的相互影響。由此亦顯示出語文教學必須重視以文本（話語元）為主，連結生活經驗與所處環境（宇宙元），培養說寫（表達元）與聽讀（鑒識元）之能力及其雙向互動性[113]。茲試以圖表呈現如下，以清眉目：

---

112 張紅雨在分析契訶夫（Anton Chekhov）的文學觀時，不但認同其主張藝術家在構思和創作的過程中，已然包含問題意識和創作意圖，並且提出：寫作主體不僅要真實地反映世界，還要主動地去影響世界。此即說明了鑒識元和宇宙元之間直接或間接的作用。參見張紅雨：《寫作美學》，頁150-151。

113 鄭韶風曾表示：重視辭章生成與鑒識交互論的原因，是由於辭章學具有指引全面提高說寫（表達）、聽讀（理解）水平的學科性質。參見鄭頤壽主編、馬曉虹等十九人合著：《大學辭章學》，頁31。

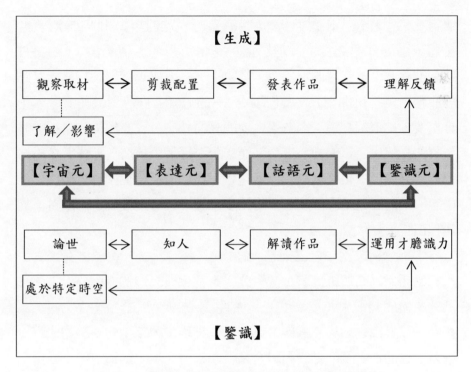

圖二-5　辭章生成與鑑賞交互論關係示意圖[114]

　　「辭章構成論」之二是「三辭三成說」。此理論所談的是「辭」與「意」在作家、作品、讀者之間具有交互作用的問題。從話語表達而言，主要是「意成辭」的過程；從話語接收而言，主要是「辭成意」的路徑；從形成有機統一體的辭章來說，則是「辭意相成」的狀態。相對而言，「意成辭」與「辭成意」會相互作用，偏屬動態；「辭意相成」的文本，則偏向靜態。事實上，《文心雕龍》的〈知音〉即有相關的闡發，從表達元來說，是「綴文者情動而辭發」，從鑑識元看，則是「觀文者披文以入情」[115]。就以鑑識與表達雙向互動的教學

114　本圖由本書研究者統整繪製。

115　見〔梁〕劉勰著、范文瀾注：《文心雕龍注》，卷十，頁715。

而言，也需顧及「由意而象」（說或寫的表達創作）和「由象而意」（聽或讀的理解鑑賞），以及「意」（情意思想）與「象」（物事材料）彼此連結與交融的現象[116]。基於「三辭三成說」與讀寫雙向互動的原理，吳格民即主張：「認清讀與寫的思維方向，對於語文教學十分重要。」他闡釋道：因為學生要能讀懂課文，就必須從辭章裡的寫作材料提煉出全篇的中心思想；而學生在練習表達時，若要避免不知所云或變成流水帳，就必須抓緊題旨來構思，從一個中心思想演繹出內容[117]。前者是就「辭成意」的角度來說，後者則是就「意成辭」的過程而言。

「辭章構成論」之三則是「結構組合結合論」。鄭頤壽在談表達元與話語元之間的維度時，曾對此二維轉化與成形的過程分析道：在話語主體的腦海中（或筆下），以情意為統帥，以辭體（含文體）為指向，以辭篇之結構為框架，以組合為手段，因字生句、積句成章、聯章成篇的把辭章的結構與組合結合起來[118]。唯「結構」與「組合」相結合的辭章觀，不僅是辭章（話語元）何以生成的組織問題（表達元），也是在解讀文本時的重要切入點（鑒識元）。本書研究者曾於《篇章縱橫向結構論》及《篇章縱橫向結構論別裁》中提出，呼應

---

116 參見本章註71對讀寫雙向互動之補充說明。另外，楊淑華在解釋「說話教學的有效實施原則」時，特別提到篇章結構概念對語文學習在輸入與輸出之間的交互運用，具有一定的效益，例如：以「課文範讀」為基礎，觀摩課文的敘事條理、學習組織語料的方法；又如：配合「思考訓練」，在說話練習中，發展抽象思維；再如：與寫作教學連接，由口語暢達進展到書寫時的結構清晰、文筆簡練等。參見王珩等十人合著：《國語文教學理論與應用〔第二版〕》，頁101。此外，本書研究者亦曾於移地研究時，與新加坡資深小學教師共同研討「由『讀』而『說』」的教學。參見陳佳君：〈運用篇章結構輔助「以讀帶說」教學——一則新加坡小學的華文課例分析〉，《國文天地》第31卷第12期（2016年5月），頁89-94。

117 參見吳格民：《邏輯思維與語文教學》，頁59。

118 參見鄭頤壽：《辭章學發凡》，頁22。本段引文中的括號處為本書研究者所加註。

「情經辭緯」（《文心雕龍・情采》）的原則，辭章含有縱向的內容結構與橫向的邏輯結構[119]，就篇章的語言單位而言，前者指意象的形成和組合，後者是意象的組織條理，而兩者又會經由意象的統合，也就是上引之「以情意為統帥，以辭體為指向」，產生有機連結。這種辭章經緯觀除了做為研究篇章之意象與章法現象的理論基礎外，並曾藉以探究兒童文學領域之繪本在縱橫交織概念下的圖文特質[120]，本書亦將在第伍章繼續討論在篇章辭章學的視野中，繪本如何融入語文教學與研究。

　　續論四元交互關係中的辭章理論第四項，為「誠美律」。從宇宙元而言，是萬事萬物運行的規律和人事之倫理道德，也是客體美之展現；在表達元之端，則是遵循客觀世界的理則，將客體之美與主體感知交會作用，並做出真誠的表達；在話語元本身，是體現主體與客體、內容與形式有機統一，並承載誠與美之特質的成品；而在鑑識元，則藉文本以理解宇宙事物原理、陶冶審美素養、提升心性才智之所依。由於「誠」與「美」屬於辭章規律層面，本書將在第參章中加以深入探析。

　　五為「辭章四在效果論」，這是辭章效果論。在表達元這一端，存在著「潛在效果」，這是主體預備或表現出訊息以達溝通交流成效的程度；在訊息呈現而出的文本，則有話語本身的「自在效果」；訊息接收者對話語元和表達元產生作用、反饋，則是「他在效果」；另

---

119 關於辭章「內容結構」的概念，還可參考劉雨之說，他闡釋道：「一篇文章，不管它是記敘一個人物或事件，還是論述一個道理，都應該具備一個完整的思想內容體系。這個思想內容體系是由若干意象或概念按照一定的邏輯關係構成的一個有機整體。」見劉雨：《寫作心理學》，頁84。

120 如〈論《百喻經》的意象經營與轉化——以〈債半錢喻〉與〈偷犛牛喻〉為考察對象〉，《語文集刊》第十三期（2008年1月），頁75-98；又如〈繪本《老鼠娶新娘》辭章意象探析〉，《中國現代文學》第十三期（2008年6月），頁47-62等。

外，還有對宇宙元而言的「實在效果」，探求辭章活動對外部世界產生的影響。唯表達效果的好壞，例如是否符合基本溝通的「零度」或達到「正偏離」的妙處，而品評是否能到位，例如能判斷健格或畸格（負偏離）[121]，能鑑定出「哪裡『好』」、「如何『好』」等，就需要文學創作、鑑賞與批評的理論支持和相關訓練。

上述四六結構中，具有本末關係的五大重要的辭章理論，可整理如下表：

表二-1　四六結構五大辭章理論表[122]

	四六結構辭章理論		本末關係	內涵
1	辭章學定義		義界	表達←→承載←→理解
2	辭章訊息論		訊息主體	訊息之源及訊息之編／解碼
3	辭章構成論	辭章生成與鑑賞交互論	辭章構成之輸出與輸入	生成與鑑賞之交互關係
		三辭三成說	辭章構成之辭意關係	意成辭、辭成意、辭意相成
		結構組合結合論	辭章構成之經緯關係	意象形成、意象組織、意象統合
4	誠美律		規律	符應客體之道，追求辭章審美與致用
5	辭章四在效果論		效果	四元之間外化、本有、反應、影響之效果

---

121 「零度與偏離」是語言規範性原則的理論。參見王希杰：《修辭學通論》（南京：南京大學出版社，1996年6月），頁183-211。另外，葉聖陶曾闡述道：為力求語言文字的表達效力，往往需要討究「化常格為變格」的方法。參見葉紹鈞（聖陶）：《作文論》，收於《萬有文庫》，頁58。

122 本表由本書研究者歸納繪製。

　　總之，上述這些存在於四元六維結構中的交互關係，能夠助以理清紛繁複雜的文藝活動運作、辭章本質與現象，都是辭章學重要的理論基礎與實踐應用的原則，深具指導與啟發之意義。

第參章
辭章學與篇章教學之方法論原則

　　有鑒於為奠定從較高的研究視域含攝辭章理論，同時亦能具有普遍性以適應各種辭章現象之目的，透過具有本源性之方法論原則，以建立辭章學與篇章教學的理論系統，是十分重要的研究步驟[1]。本章將分別由「多、二、一（0）」螺旋結構論及篇章辭章學的規律，一探堂奧。

第一節　「多、二、一（0）」螺旋理論

　　「多、二、一（0）」螺旋結構是一種在要素之間往復、循環、向上的動態系統，其原理源自中國古典哲學之義理，由於這樣的螺旋結構呼應著宇宙萬事萬物運行基本又核心的規律，因此在哲學、文學、美學、教育學等領域都有相關的研究。本節先論述「多、二、一（0）」螺旋結構中的三要素與關聯性、及其於篇章辭章學中的指涉，再探討此螺旋結構之動能，在語文教研領域中所發揮的作用。

1　孟建安曾在研究辭章章法學之系統性原則時，指出：辭章（章法）學體系的建構，必須遵循系統性原則，這實際上是一種方法論選擇……只有這樣，所建構的學科體系才更具嚴密的系統，更合乎漢語辭章的實際。文中也將系統性原則的第二層級分列理論系統與實踐系統（含實例分析系統與教學指導系統）。參見孟建安：〈章法學體系建構的系統性原則〉，收於《章法論叢》第二輯（臺北：萬卷樓圖書股份有限公司，2008年3月），頁88、96-98。

一 「多、二、一（0）」螺旋結構

　　「『多、二、一（0）』螺旋結構」是宇宙事理運行變化的規律與原則[2]，此理論體系源自於《周易》（含《易傳》）、《老子》、《中庸》等中國古代哲學義理，尤其是關涉著宇宙創生、含容萬物的歷程，以及天賦（自誠明）與人為（自明誠）的交互關係。其中的交互歷程包括：由「無象」到「有象」的過程中，所體現的「（0）一→二→多」順向結構；以及由「有象」到「無象」的過程中，所揭示的「多→二→一（0）」逆向結構。特別的是，在「（0）一、二、多」與「多、二、一（0）」的順逆向運作理路之間，又會透過「反」（循環、往復）的作用接軌[3]，形成雙向互動、往復循環、向上提升的螺旋結構。

　　由此可見，「『多、二、一（0）』螺旋結構」包含兩個重點，其一，在組成元素的部分有三大概念，「多」是多樣，「二」是聯貫，「一（0）」是統一；其二，在元素關係的部分是形成「螺旋」（Spiral），「多」與「一（0）」透過「二」為聯貫的橋樑，徹上啟下[4]，達到多樣的統一與終極的境界，並且互動、循環、提升，生生不息。所以「『多、二、一（0）』螺旋結構」是具有立體層次的、是具有動能的。

2　關於「多、二、一（0）螺旋結構」之理論基礎及其於文哲領域之相關研究，參見陳滿銘：《多二一（0）螺旋結構論——以哲學文學美學為研究範圍》（臺北：文津出版社有限公司，2007年1月）一書。

3　如《老子》：「反者道之動。」（四十章）、「凡物芸芸，各復歸其根。」（十六章）又如《周易・序卦》中亦提出「既濟」而「未濟」之說。參見〔周〕老子著、〔魏〕王弼注：《老子》（上海：中華書局，1930年，華亭張氏本），下篇頁四上、上篇頁八下；〔魏〕王弼注、〔晉〕韓康伯注、〔唐〕孔穎達疏：《周易注疏》（上海：中華書局，1936年，聚珍仿宋本），卷九，頁八下。

4　陳滿銘在解釋「二」的地位與作用時解釋道：「二」徹下以統合「多」，徹上以歸根於「一（0）」。參見《多二一（0）螺旋結構論——以哲學文學美學為研究範圍・自序》，頁9。

　　「『多、二、一（0）』螺旋結構」是一上位概念、源頭性的方法論原則，由於其邏輯系統掌握了宇宙人生基本而核心的規律，具有原始性與普遍性，因此在科研領域的適應面與含蓋面極廣[5]。若特別針對哲學層面而言，「一（0）」可歸屬於本體界，即《周易》所說的「太極」、「道」等觀念，和《老子》中所提出的「道」、「無」，以及《中庸》的「至誠」境界等[6]；而「多」則屬現象界，即《周易》和《老子》所謂「一生二，二生三，三生萬物」之「萬物」（含人事）；而「二」指的就是「多樣」與「統一」之間過渡的橋樑，然在宇宙萬事萬物裡的各種二元對待關係中，又可歸納為「陰陽（剛柔）」。

　　在談到『多、二、一（0）』螺旋結構」成形的根本原因時，陳滿銘曾表示：

　　　　大體說來，對於任何思想體系之形成，關涉得最密切的，莫過於「本末」問題。[7]

書中更舉出中國哲學中的「有」與「無」、「理」與「氣」、「道」與「器」、「知」與「行」、「性」與「情」、「天」與「人」等，即存在著

5　陳滿銘在《多二一（0）螺旋結構論——以哲學文學美學為研究範圍》即針對哲學、文學、美學等領域，探討「『多、二、一（0）』螺旋結構」的根本原理、文學現象、審美體系。本書研究者在《篇章縱橫向結構論別裁》則主要就辭章學領域，輔以圖表建立篇章縱橫向結構的方法論原則和理論體系。參見陳佳君：《篇章縱橫向結構論別裁》（臺北：萬卷樓圖書股份有限公司，2010年10月），頁51-78。

6　「0」並非空無一物的「沒有」，而是「道生一」的「道」。參見陳滿銘：《多二一（0）螺旋結構論——以哲學文學美學為研究範圍》，頁46-47。這種「0」的概念在佛學義理中同樣可見，佛家所論之「空性」（Emptiness）並非「沒有」，依中觀派之理論，「空」是能聚合因緣條件、含生一切的本源（緣起），但其本質上非實有（性空）。

7　見陳滿銘：《多二一（0）螺旋結構論——以哲學文學美學為研究範圍》，頁1。

有本有末的性質和順逆雙向的螺旋結構。《禮記·大學》開宗明義即謂：

> 物有本末，事有終始，知所先後，則近道矣。[8]

事實上，「『多、二、一（0）』螺旋結構」就是在探討事物與真理的本末層次。從有象的現象界（末）以探知無象的本體界（本）之逆向結構，或由無象（本）以解釋有象（末）的順向結構，再透過「反者道之動」的原理，形成循環，向上發展，是一種帶有螺旋性的自然流動；黃慶萱亦點出了《周易》有「終而復始」之周流，無論是生命也好、文明也好，都會「循著一定的周期而流動前進」、進化發展[9]。

前段述及「多、二、一（0）」螺旋結構具有根源性和普遍性，因此適應面很廣。

對此，陳滿銘闡釋道：

> 這種螺旋結構，不但可在哲學上，理出它的根本原理；也可在文學上，透過辭章章法規律與結構檢驗它的表現成果；甚且可在美學上尋得比「多樣的統一」更完整的審美體系。[10]

除了從《周易》、《老子》、《中庸》等哲學層面探其源頭之外，在與本書密切相關的文學領域中，亦存在著這種本末先後的螺旋動能，而且是十分豐富而多面向的，就從上引專書所針對之章法與意象來看，例

---

8 見〔漢〕鄭玄注、〔唐〕陸德明音義、〔唐〕孔穎達疏：《禮記注疏》（上海：中華書局，1936年，聚珍仿宋本），卷六十，頁一上。

9 參見黃慶萱：《周易縱橫談》（臺北：三民書局股份有限公司，1995年3月），頁236。

10 見陳滿銘：《多二一（0）螺旋結構論──以哲學文學美學為研究範圍》，頁9。

如章法四大律、包孕式及特殊章法結構中的螺旋，又如文學意象之形成、連結意象之軌數、整體意象系統中的螺旋等。研究者則在《篇章縱橫向結構論別裁》中，已爬梳篇章縱橫向結構中的這種深蘊於辭章中的「多、二、一（0）」層次系統。就其要點而言，辭章在內容方面的縱向結構若對應於「多、二、一（0）」螺旋結構而言，則辭章中所出現的各種個別性的情意象、理意象、事意象、景（物）意象，為「多」；連結起各種外在材料（象）與內在情意（意）的「構」[11]，會有對比或調和的關係，是「二」；統一在最核心的「意」（「情」或「理」）下，並形成抽象的風韻格調，是為「一（0）」。其次，若從辭章謀篇布局的橫向結構來看，緣於秩序與變化原理所形成的各種結構類型，屬於「多」；對比或調和的聯貫原理會居間發揮組篇銜接功能，為「二」；而透過主旨或綱領將材料與情／理一以貫之者，由於會構成辭章之整體性，並蘊藉著美感和風格，因此屬於「一（0）」之地位。關於上述秩序與變化、聯貫銜接、整體統一等四種篇章辭章學的重要規律，本書將在本章下一節進行細部探討。其三，若疊合辭章縱橫向結構，則於此體系中所構成的「多、二、一（0）」層次系統，則可目為：整體性篇章結構為「一（0）」，辭章縱向與橫向結構為關係緊密的「二」，個別意象、整體意象、章法規律、章法類型等，則為「多」[12]。爰此就形成了辭章學的方法論原則，可以說，建立適宜的方法論原則，藉以掌握語文教學原理中的本末先後與互動關係，與哲學、美學等研究同樣顯得重要。

　　質言之，所謂的螺旋結構（Spiral Structure）源自於宇宙運行的

---

11 將「意」與「象」連結成有機體的內部紐帶，格式塔（Gestalt）心理美學家稱之為「構」。參見陳佳君：〈論意象連結之媒介〉，《中國學術年刊》第三十期春季號（2008年3月），頁244-250。

12 參見陳佳君：《篇章縱橫向結構論別裁》，頁54-75。

原理，並存在於萬事萬物之中，因此具有普遍性意義。在內涵上，螺旋結構由三大元素——「多」（Multiple）、「二」（Binary）、「一（0）」〔Unitary (zero)〕以層次關係組成，包含由本開末的順向結構，也就是：「一（0）」→「二」→「多」；以及由末推本的逆向結構，意即：「多」→「二」→「一（0）」。若以縱向式的方向性，則可將此三層次與順逆向關係表示如下：

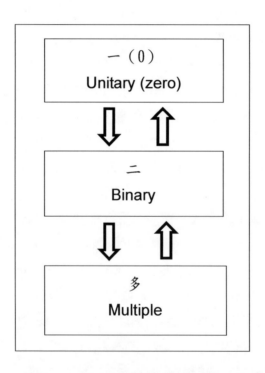

圖三-1　螺旋結構順逆向層次關係[13]

存在於此三大層次之間的順逆向關係，則呈現出「互動、循環、提升」的動能，茲以下圖示意：

---

13 本圖由本書研究者繪製。

圖三-2　螺旋結構的動能示意圖[14]

至於「『多、二、一（0）』螺旋結構」在語文教學研究的領域範疇中發揮著什麼樣的作用，容待下節持續探討。

二　辭章學教研系統中的螺旋動能

透過上一章之梳理可知，在形象思維、邏輯思維、綜合思維的整體調控運作下，大辭章學體系中收編著彼此關聯的各個上下位學科領域，而辭章學的這種學科融合特性表現在語文教學的研究與實務上，就形成了一種具有科學性與螺旋性的教研系統，因為這些由三大思維力貫串起來的各種語文能力——取材、措詞、修飾鍛鍊、構詞組句、謀篇布局、立意、文體、確立格調等，會在教學過程中不斷形成互

---

14 本示意圖文由本書研究者製作，中譯為：「存在於『多』、『二』、『一（0）』之間的螺旋動能有三：彼此或順或逆的雙向『互動』、往復的『循環』、向上的『提升』。」參見陳佳君："Why We Fold Palms: The Abundant Connotations of Folded Palms in Buddha Dharma", *Parliament of the World's Religions*, Toronto, 2018.11.

動、循環、提升的螺旋結構（Spiral Structure）。周元在談小學語文教育的基本理論時闡述道：

> 我們理解語言時，要經歷從語文形式到思想內容，又從思想內容到語文形式的思維過程。言語表達則相反，經過從內容到形式，又從形式到內容的思維過程。[15]

他也進一步說明在這樣的反覆過程中，需要形象思維和邏輯思維的交替進行。事實上，綜合思維也在此過程中發揮統領的效能。而王耘、葉忠根、林崇德編著的《小學生心理學》更指出了兒童思考能力的發展：

> 在小學生辯證思考的發展中……有一定的順序性，是一個從簡單到複雜，從低級到高級的不斷提高的過程。[16]

從兒童思維力的發展心理學而言，其學習的疊加過程確實存在著由簡單而複雜，而且是「不斷提高」的動態歷程。陳滿銘也明確的主張：

> 思維力的鍛鍊與語言能力的進展，可說是密切相關，是可以互動、循環、提升的。[17]

---

15 見周元主編：《小學語文教育學》（上海：華東師範大學出版社，1992年10月），頁26。

16 見王耘、葉忠根、林崇德編：《小學生心理學》（臺北：五南圖書出版股份有限公司，1998年10月臺初版二刷），頁168。

17 見陳滿銘：〈語文能力與辭章研究〉，收於《篇章結構學》（臺北：萬卷樓圖書股份有限公司，2005年5月），頁400。

這是由於思維是倚賴語言系統來標示訊息與概念處理的大腦運作功能，而有「思維是語文能力之母」的說法，因此說思維力的鍛鍊和語文能力的培養息息相關。本書在上一章也已論述了思維、語言、辭章密不可分的關係。上引之思維力包含：基礎性的一般能力，即觀察與記憶；開展性的一般能力，即聯想與想像；進一層也包含落實到語言文學領域而論的特殊能力，也就是意象（廣狹義）、詞彙、修辭、文（語）法、章法、主題（主旨與綱領）、文體、風格等各種語文學科之內涵，其中都存在著互動、循環、提升的螺旋結構。

　　正如前節所述，這種互動、循環、提升的螺旋結構原理可上溯到中國古代哲學理論，無論在有與無、體與用、理與氣等陰陽二元範疇中，都存在著由二元而互動而循環而提升的螺旋動能[18]。將互動、循環、提升的螺旋結構概念運用於教育理論，可追溯至十七世紀的捷克教育家約翰·阿摩司·夸美紐斯（John Amos Comenius, 1592-1670），美國哈佛大學的心理學教授布魯納（J. S. Brunner, 1915-2016）也提出「螺旋式課程（Spiral Curriculum）」，強調應根據某一學科的知識結構，以促進學生的認知能力發展為目的來設計課程。《教育大辭典》中解釋道：

　　　　螺旋式課程（spiral curriculum）圓周式教材排列的發展，十七世紀捷克教育家夸美紐斯提出，教材排列採用圓周式，以適應不同年齡階段的兒童學習。但這種提法，不能表達教材逐步擴大和加深的含義，故用螺旋式的排列代替。二十世紀六○年代，美國心理學家布魯納也主張這樣設計分科教材：按照正在成長中的兒童的思想方法，以不太精確然而較為直觀的材料，

---

18 參見陳滿銘：《多二一（○）螺旋結構論──以哲學文學美學為研究範圍》，頁1-5。

儘早向學生介紹各科基本原理，使之在以後各年級有關學科的
教材中螺旋式地擴展和加深。[19]

上述所提到的從「圓周式」的教材排列、到「螺旋式」的課程設計、
「逐步擴展和加深」的效能等，就是循環、往復、提高的概念。

《教育大辭書》對「螺旋式課程（Spiral Curriculum）」也解釋道：

> 螺旋式課程是根據某個學科的「概念結構」，配合學生的「認
> 知結構」，以促進學生認知能力發展為目的的一種課程發展與
> 設計。螺旋式課程組織的方式，根據布魯納（J. S. Bruner）的
> 教育理論而設計的〔人的研究〕（MACOS）最具代表性，合乎
> 課程組織的繼續性（continuity）和順序性（sequence）等規
> 準。……螺旋式課程強調學科基本概念結構與學生認知發展之
> 交互關係，因此重視課程組織的基本概念之重複性並加深加
> 廣，是課程設計上的一大貢獻。[20]

螺旋式課程設計同時考慮學科結構之邏輯順序和學生之認知發展過
程，具有繼續性與順序性的特徵，和重複、加深、加廣的基本概念，
因此可以做出較具程序性和照顧到學習需求的教學設計。

熊川武在為庫伯（David A. Kolb）的《體驗學習（*Experiential Learning*）》譯本寫序時也提到這樣的概念，他評論道：體驗學習是
一種過程，是一個起源於體驗並在體驗下不斷修正並獲得觀念的連續
過程；並表示：在幾個基本階段中並不是單純的、平面的循環，而是

---

19 見顧明遠主編：《教育大辭典》（上海：上海教育出版社，1990年6月），頁276。
20 參見國家教育研究院「雙語詞彙、學術名詞暨辭書資訊網」：http://terms.naer.edu.tw/
   detail/1315003/。

一個「螺旋上升的過程」[21]。

從前引方家學說中不難發現，建立學科系統性的知識結構，是螺旋動能得以發揮效力的重要因素，以語文教學理論研究與實務應用上而言，也是同樣的道理。在三大思維力運作下而開展的上下位學科立體系統，就是辭章學和語文教學研究的學科概念結構，形象思維、邏輯思維、綜合思維之間的調控培養和語文能力的訓練推展，也具有內在「螺旋上升的過程」。這樣一來，螺旋式教學法與三大思維力的關係，大致可透過下列圖表示意：

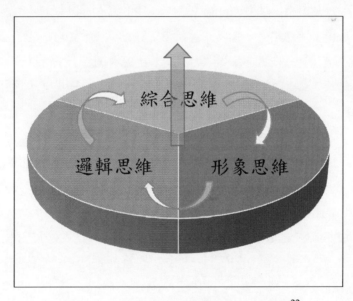

圖三-3　三大思維力螺旋動能示意圖[22]

思維是人類藉助廣狹義的語言系統，去認知宇宙事物特徵和規律、與世界反映互動的高階的心理活動。心理學家指出，這一次又一

---

21 參見〔美〕庫伯（David A. Kolb）著、王燦明等譯：《體驗學習——讓體驗成為學習和發展的源泉》（上海：華東師範大學出版社，2008年2月），頁3-4。

22 本圖由本書研究者繪製。

次的認知過程與概念建構，必須在獲取大量感性材料（按：指透過感官知覺而感受到的訊息）的基礎上，運用已有的知識經驗，才能進行一次次的推論、假設、檢驗、揭示事物本質和內容聯繫[23]。前引周元等語文教育家所總結的觀點，也認為思維過程是擺盪在語文形式與思想內容之間的往復，過程中的分析綜合、抽象概括、判斷推理等，都需要形象思維和邏輯思維的互動交替[24]。由此可見，只要有系統性的語文教學整體概念，每一次有順序、有架構的語文新知學習，也都是在各語文知識節點和先備經驗的交互與向上。

思維力及其相互關聯的語文素養之間，之所以能產生互動、循環、提升的螺旋動能，還需再從語文教研系統中的「多、二、一（0）螺旋結構」來進一步闡釋，並且可從兩個視角來看待。其一是宏觀性視域，以總體性的思維力（依靠語言來組織的心理活動）為「一（0）」，這是語文「一般能力」的核心，內含觀察力、記憶力、聯想力、想像力；形象思維（意象的形成和表現）、邏輯思維（意象的組織）為「二」；因形象、邏輯、綜合三大思維力之內部運作而生的各種相關特殊能力，則為「多」。陳滿銘曾對此解釋說：在這個整體性視角下運行的螺旋結構，會從一般能力推擴出特殊能力，再發出綜合性的創造力，然後又回歸、拉高一般能力[25]。其二是針對語文「特殊能力」（語文專門能力）而言，「多」的層面匯聚了意象經營、詞彙指稱、修辭鍛鍊、構詞組句的文法、謀篇布局的章法等能力；「二」指居間的形象思維和邏輯思維，是做為中介以聯貫上下的雙端；「一（0）」則是使文藝作品的各種元素統一起來、形成有機整體的主題

---

23 參考彭聃齡主編：《普通心理學》（北京：北京師範大學出版社，1990年10月三刷），頁352。

24 參見周元主編：《小學語文教育學》（上海：華東師範大學出版社，1992年10月），頁26-27。

25 參見陳滿銘：《篇章結構學》，頁414。

（核心義旨）、體裁、審美風貌等面向，其中，「0」更偏向於辭章中統合各個元素與條件、自然生發的抽象性韻味力量。茲圖示如下：

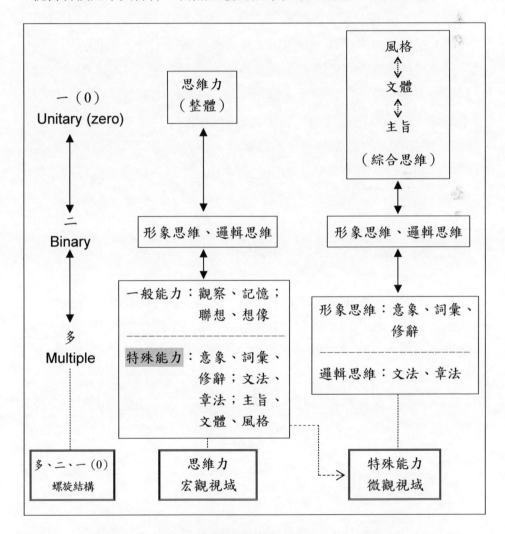

圖三-4　思維力與語文素養之「多、二、一（0）」
螺旋結構對應關係圖[26]

由此即可廓清語文教研之主要內涵，以及各個面向之間形成「多、二、一（0）」螺旋結構，並從中產生互動、循環、提升之動能的緣由。其次，前引方家學者們所強調的「歸本」的語文教研，無非就是回歸上述思維力的培養，並以語文能力和素養為化育之重心。

　　本書所探究的主題意識，即是以辭章學「多、二、一（0）」螺旋結構為方法論原則，以秩序、變化、聯貫、統一為規律，鎖定句子以上的篇章處理為析論對象，其中包含辭章之「篇」（全篇、整體）與「章」（節段）的意象內涵、組織條理、核心旨意等關於意象之形成與組織的層面，兼及各層次相關之語文知識節點，以達全面性的掌握辭章特色。

第二節　篇章辭章學的規律

　　本節從兩個辭章原理之視域切入，一為從秩序、變化、聯貫、統一的四大律，談「篇章結構化規律」；二為從「誠」與「美」及其二者融合的概念，談「篇章藝術化規律」。目的乃欲由辭章學的高層次規律，闡述本學科重要的方法論原則，並兼及此規律與前揭之「多、二、一（0）」螺旋結構的對應關係，和辭章學的方法論原則對語文教研之指導意義。

一　篇章結構化規律

　　辭章作品在組織成篇的方法上，會存在著一些內部的規律，也就是本書所謂的「篇章結構化規律」。這種理論系統源自於「章法四大

律」，也就是秩序律、變化律、聯貫律、統一律[27]。誠如上節所論述，由於文本篇章之構成關涉三大思維力之調控聯繫，在銜接小節而成段落、組織段落而成全篇的思路中，雖主要以邏輯思維來考慮謀篇布局，但仍需以形象思維為輔助，結合辭章的內容（意象之形成與意象之表現）來進行，並以綜合思維為高層之指揮，因為所有關於文本內容與形式的安排，都需要為表達核心情理（主題）、展現筆法調性（風格）而服務。因此，所謂的章法四大律，也是在辭章的整體視角下，能將內容與組織形成結構化的篇章規律。

　　這樣的篇章構成原理，早先嘗於曹冕的《修辭學》一書有類似之說，對於辭章學研究具有一定之提點與參考性。曹冕所謂之「修辭學」，並非現代熟悉之狹義修辭，而是將「辭」視為「篇章」，所論者重在有物、有序之「文」，和積字句而成章篇的作文之法。其中，曹氏將「段法格律」列有統一律、銜接律、變化律，而將「篇法格律」列有統一律、銜接律、變化律、側重律。他闡釋道：統一律者，一篇有篇之旨，一段有段之旨，而段之旨則統屬於篇之主旨；銜接律者，強調表達需重倫次，句與句相續而為段，段與段相續而為篇，彼此之間的銜接，端賴虛字和各種銜接之法；變化律者，因為文章如同音樂，皆起自人心感於物而動，故主變而不主常，並引劉熙載之說，謂：「章法之相間，如反正、淺深、虛實、順逆皆是。」[28]以見段法與篇法之多樣；側重律者，篇法側重之重點有二：一在篇首，一在篇末[29]。

　　蓋其統一律以篇與章分述，或可見辭章有章節之「小統一」與全

---

27 「章法四大律」之理論由陳滿銘所提出。本節有關四大規律之說明，主要參考陳滿銘：〈論辭章章法的四大律〉，收於《章法學論粹》（臺北：萬卷樓圖書股份有限公司，2002年7月），頁3-18。
28 見〔清〕劉熙載：《藝概》（臺北：華正書局有限公司，1988年9月），卷六，頁181。
29 參見曹冕：《修辭學》（上海：商務印書館，1934年4月），頁85-132。

篇之「大統一」。能立一篇之主意，再依此「審擇辭料」（曹氏語），方能為篇法統一之道。又，其變化律是以謀篇布局的種種章法，來談方法上的豐富多樣[30]，唯除章法類型之多元，還有結構模組亦需一併考慮，除了「主乎變」之變化律之外，為文之道尚有專注於單純順向或逆向組織的秩序律，以生穩定之辭章美感。而側重律則主要在探討主旨放在篇首或篇末，此實與義旨之表現有關，故可納入統一律中討論，此外，除了將一篇之大旨安置於篇首或篇末之外，尚有安置於篇腹、甚至篇外之情形[31]。

本書研究者曾於《篇章縱橫向結構論別裁》中，針對四大律及其與「多、二、一（0）」螺旋結構的對應關係進行析論，茲重新整編增補如下。

首先，所謂「秩序律」（Principle of Order）是指辭章的結構符合於或順或逆的「移位」式條理原則，如「先昔後今」、「先凡後目」等順向移位結構，或是「先反後正」、「先果後因」等逆向移位結構。其次，「變化律」（Principle of Variety）是指辭章的結構符合於順逆交錯的「轉位」式條理原則，如「遠—近—遠」、「實—虛—實」、「景—情—景」等結構，這些因往復變化而形成的轉位，包含由順而逆的運

---

30 書中舉有虛實法、淺深法、反正法、賓主法並配合選文加以說明。參見曹冕：《修辭學》，頁95-100。

31 若篇旨實際呈現於字裡行間，則可有多種安置方式。吳闓生：「凡行文必有總挈之處，或在前，或在後，或在中央，無總處則散錢無串，不成片段，不能成章矣。」見〔清〕吳闓生：《桐城吳氏古文法》（臺北：華正書局有限公司，1970年3月），上篇，頁5。又，宋文蔚：「主意既定，或於篇首預先揭明，或在中間醒出，或留於篇終結穴，皆無不可。」見〔清〕宋文蔚：《評註文法津梁》（臺北：蘭臺書局有限公司，1983年7月），上冊，頁50。不過，若欲鑑賞主旨呈現於篇首、篇末或篇腹之巧妙，需從篇章之結構來判別，而不只依篇幅字句看待。關於辨識主旨安置部位之影響因素，參見陳佳君：《辭章意象形成論》（臺北：萬卷樓圖書股份有限公司，2005年7月），頁150-159。

動過程是「陰→陽→陰」，屬於「拗向陰的轉位」；由逆而順的運動過程則是「陽→陰→陽」，屬於「拗向陽的轉位」。上述這些符合秩序律和變化律所形成的篇章結構模式，本書將在第伍章續以「基本型」和「相間型」結構分析之。其三，所謂「聯貫律」（Principle of Coherence），是針對材料的銜接或呼應來說的。無論是哪一種組篇方法，都可以由局部的「調和」與「對比」，形成銜接或呼應，而達到聯貫篇章的效果[32]。第四，「統一律」（Principle of Unity）則是就辭章的整體性，來論其材料與情意的通貫，通常是透過「主旨」與「綱領」，使辭章作品達成「統一」。

對此，陳藝康從四大律的法則及其生成研究需求的順序性闡述道：作為一套層次邏輯的方法學，其哲學根據源自於《周易》、《老子》的「二元互動」，下落至文章時，則引出辭章學的法則依據。此「二元互動」會產生兩個支柱，其一為「二元互動」，其次是「二元互動」統合後的道，由此可以推論出，辭章至少包含「統一律」與「秩序律」；而秩序中有了變化，文章才不至於單調，因此成就出「變化律」；然於秩序與變化之間，欲整合為統一，又必須要聯貫，因此又會引申出「聯貫律」的出現[33]。如此將四大規律的作用和關係，理得十分清楚。

由此看來，「秩序律」、「變化律」、「聯貫律」三者，主要就材料運用而言，著重於分析，前兩者探討結構的順逆模式，後者突顯呼應的效果；「統一律」則主要就情意思想的抒發來說，重在統整通貫。因此，四大律各有其職，也各具重要性，茲以表格整理並說明如下：

---

32 見陳滿銘《章法學論粹》，頁11。
33 參見陳藝康：〈辭章章法結構在語文教學上的應用〉，《國文天地》第26卷第5期（2010年10月），頁46-47。

表三-1　篇章結構化規律及其多、二、一（0）性質表[34]

篇章結構化規律	研究對象	研究方法	內涵		多、二、一（0）之性質
秩序律 Principle of Order	材料運用	分析	移位結構	順向移位	多
				逆向移位	
變化律 Principle of Variety	材料運用	分析	轉位結構	扣向陰的轉位	多
				扣向陽的轉位	
聯貫律 Principle of Coherence	材料運用	分析	呼應關係	對比的聯貫	二
				調和的聯貫	
統一律 Principle of Unity	情理抒發	綜合	統一作用	主旨	一（0）
				綱領	

　　在四大律中，前三者比較偏向分析性的方法論原則，後一種則比較偏向綜合性的方法論原則，辭章家即藉由這兩種思維的運作來組織各種內容材料，以表達內在的情意思想。王希杰指出，四大規律實具有兩個不同的層次，一是局部與整體的對立，前三者屬於局部的規律，統一則是高於三者之上的規律。其中又可分為兩層關係，首先是秩序與變化的對立，然後是這兩者與聯貫律的對立。因為秩序是簡單的，變化是複雜多樣的，可視為秩序的變體；而聯貫事實上是關係律，談的是對立面之間的相互關係，及如何依靠這種關係組織成一個相對整體；然而，聯貫律與統一律也有聯繫，其區別即在於前者屬局部，後

34　本表由本書研究者歸納繪製。修訂自陳佳君：《篇章縱橫向結構論別裁》，頁60。

者是最高等級、最終的，作用在於使整個篇章保持和諧統一[35]。

　　由此看來，篇章結構化的四大規律乃對應於「多、二、一（0）」螺旋結構的理則。其中，「秩序律」與「變化律」所形成的各種結構類型，屬於「多」，也就是說，即使從「求同」的角度，歸納出移位結構（秩序律）與轉位結構（變化律）的篇章結構化原則，但落實到辭章作品而言，則又充滿豐富的表現性（多）；「聯貫律」則透過「對比」或「調和」，居間發揮通暢上下的銜接作用，為「二」[36]；而「統一律」則是以主旨或綱領將材料與情意一以貫之，形成統一性的和合體[37]，甚至由此生發美感、蘊含風格，屬於「一（0）」之地位。如此由「多樣」而「二」而「統一」，突顯了四大規律之間，不是平列的關係，而是有層次性的「多、二、一（0）」螺旋結構[38]。所以兩者的對應關係可透過下列圖表呈現之：

35　見王希杰：〈章法學門外閑談〉，《平頂山師專學報》第18卷第3期（2003年6月），頁54-55。

36　由於章法生發自對應於宇宙運行的二元對待關係，所以陳滿銘曾闡述道：「秩序」與「變化」之「多」，也由「二」形成，但比較而言，「聯貫」之「二」是關鍵性之「二」。參見陳滿銘：〈論章法結構之方法論系統──歸本於《周易》與《老子》作考察〉，《國文學報》第四十六期（2009年12月），頁72、76、87。

37　「和合體化結構」一詞，語出張立文：《中國哲學邏輯結構論》（北京：中國社會科學出版社，2002年1月），頁73。

38　參見陳滿銘：〈論章法四大律之方法論原則──以多二一（0）螺旋結構作系統探討〉，《中國學術年刊》第三十三期春季號（2010年8月），頁113。

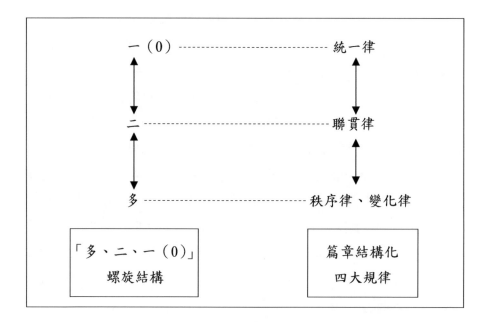

圖三-5　「多、二、一（0）」螺旋結構與篇章結構化規律對應關係圖[39]

　　這四大律既然是一種方法論原則，必然可適應於實際的文藝活動，包含各類辭章作品的鑑賞與表達的實踐系統，以及國語文教學指導系統[40]。就以在語文教學的歷程所發揮的效用而言，可進一步探討並以曾實際出現於教學應用之課例，略舉一二如下。

　　在掌握秩序律的結構化原則方面，教師能指導學習者在訊息輸入（讀或聽）時，梳理訊息流的順向或逆向邏輯，例如遊記體的課文，從行前準備到出發，再從遊覽的地點分述所見所聞，文末收筆於旅程的尾聲，所運用的主要就是符應秩序原則的時空順承條理；又如聆聽一則新聞廣播時，教師可帶領學生聽出新聞導言中的主訊息，以及依

主訊息具體分項細說的各個面向，此即凡目（總分）式條理中的「先凡後目」秩序律結構。在進行訊息輸出（寫或說）之教學活動時，同樣可以思考符合秩序律的段落安排，使文本由章成篇的組織起來，例如低年級可按照「由遠而近」的秩序性結構，搭配上學路線圖，來講述一段上學途中的經驗；又如高年級之寫作，可運用「由因及果」、「先凡後目」的秩序性結構，從全球化的能源危機現象，論述節能減碳的重要性，再回歸自身，分述自己能在生活中落實節約能源的方法等。

　　由於變化律的結構化原則是將材料次序的順逆向結構，加以參差安排的方法，因此不僅會在文本中形成轉位式結構，而且由此所產生的「動」之態勢（文本節奏），就比秩序律更加明顯。秩序律雖然會使篇章結構具有穩定感，但由於要在文藝「可感覺性」的層面，突破「齊一」之秩序帶來的疲乏，因此追求變化亦是一種自然而生的創作心理[41]，因此在語文教材中同樣廣受運用。例如議論文常用的構篇方法：先總提論點、再分別條析論據（安排論據亦有各種變化的方法）、最後再總收重要觀點，形成「凡—目—凡」轉位結構；再如前文述及之遊記類課文，教師進行仿寫教學時，也不一定只能使用順敘法，若從結束旅行之後的當下講起，回顧整趟旅行難忘的人事物，再拉回書寫的現在，則時間軸將形成「今—昔—今」的變化。再說，變

---

41 陳望道在談「反復與齊一」（即符合秩序的事物結合關係）時，補充說：「但人類心理卻都愛好富於變化的刺激，大抵喚起意識須變化，保持意識的覺醒狀態也是須要變化的。若刺激過於齊一無變化，意識對它便將有了滯鈍，停息的傾向。」見陳望道：《美學概論》（臺北：文鏡文化事業有限公司，1984年12月），頁63-64。又，陳滿銘亦曾引述一則小學生作文結構的調查指出：在學童對結構層次的安排上，喜歡結構多變的比例佔58.9%。並對此闡釋：「由『齊一』而求『變化』，是人共通的心理。唯有求變化，才能提升人的思考能力，而使頭腦保持靈活。」參見陳滿銘：《篇章辭章學》（福州：海風出版社，2005年2月），上冊，頁187。

化律的結構化原則可以夾寫型（例如「遠—近—遠」或「近—遠—近」式）呈現，也可以透過迭用型（例如「因—果—因—果」或「果—因—果—因」式）呈現，這些具有變化的結構原則及其所產生的文本節奏，都能在語文教材中見到，也是教師能仔細處理的文本篇章分析。

　　而說到聯貫律的結構化原則，作家在創作時，總會考慮上下文的銜接與過渡、前後段的呼應、對比性或調和性的材料關係等。所以，在指導語文讀寫時，就需要留意篇章聯絡照應的各種藝術技巧，例如借重文章的照應處，找出課文裡某些人物反應或舉措、文本觀點等支持、推論的理由；或是揀出關聯詞語的使用，並理解其產生的上下文接榫類型，以協助判讀文意；除了具有文法功能的關聯詞語，還有用以過渡的橋樑句或小節，考驗著文本如何過脈順暢或得以承上啟下[42]；再如分析篇章局部或整體的呼應方式，看作者是使文本首尾遙映、還是一路照應，或是暗示伏筆、層遞過渡等。此外，用以聯節成段、聯段成篇的各種章法，依其性質，有源自於對比性的、調和性的或中性的二元對待關係之不同類型，這些安排節段章篇的結構，都會有不同的聯貫效果，以對比聯貫來說，像是議論文運用正面與反面的相對性角度而產生的聯貫（正反章法），又或是敘事文運用緊張與弛緩的節奏來描述過程（張弛章法），而寫景也可出現動態與靜態的迥異風貌（狀態變化法）等；以調和聯貫而言，則常見於以賓主法、凡目法、情景法等章法的布局；中性聯貫則是指所選以書寫的材料之

---

42 關聯詞語的教學，通常需要搭配複句句型來講解，而銜接上下文用的橋樑句或小節，則需要仰賴篇章結構教學來進行，此項語文知識向度，通常可安排在中年級教學，例如康軒版四下的語文統整活動即編有「文章的過渡」小單元，教學目標在使學生了解「過渡」在文本中的功能、目的，以及認識常見的過渡方式，練習找出文章中連結上下文的過渡句或節段。參見康軒版：《國小國語》（臺北：康軒文教事業股份有限公司，2019年2月三版）。

間，可能形成對比關係，也可能形成調和關係，需要回到文本內容去判斷，例如詳略法、今昔法、虛實法等。

至於統一律的結構化原則在教學實踐上的意義，則可鎖定在理解課文主旨和掌握貫穿全文寫作材料的綱領。有時課文的主旨和綱領會重疊，有時則否；而為合於辭章家之創作意念和題旨闡發之需，主旨還存在著隱顯與安置的問題，綱領則有單一線索、或雙線索、或多線索的軌數之別[43]，是故更需於文本分析時詳加考察。而在說與寫的教學上，統一律的指導重點則落在「立意」的層面。正所謂「意者，一身之主也。」[44]無論聽與讀的理解主旨或是說與寫的立定核心之意，都是指向文本最重要的精神所在。劉勰在談「附辭會義」的文學主張時，即提出若欲「理枝」則必「循幹」，唯能「務總綱領」，才得以使文章前後聯貫（附辭）、使章旨合乎全文主旨（會義）[45]，因此在教學上著力於統一律的結構化原則，也就相形重要。

在這樣有理論系統的支持下，連接文藝活動之四元──宇宙元、表達元、話語元、鑒識元，一面從紛繁的文藝現象中總結規律，發展鑑賞與創作的理論體系，一面亦能在教學實踐系統中，針對含兒童文學、語文教材範文在內的各類辭章作品，指導學習欣賞詩文篇章之過脈銜接、層次組織、材料聯貫、核心義旨和格調韻味的方法。可以說，在進行範文教學時，這些篇章辭章學的藝術原理，當然都能轉化為備課研究、教案設計、實際教學的切入點，並且引領學習者從閱讀各類文本中習得篇章概念，再應用於結合生活情境的說寫練習。

---

43 關於主旨與綱領之內涵與關係的析論，參見陳佳君：《辭章意象形成論》，頁71-97。另外，本書第肆、伍章亦有相關之教材分析。

44 見〔明〕黃子肅：《詩法》，收於〔清〕顧龍振編輯：《詩學指南》（臺北：廣文書局，1987年3月再版），卷一，頁16。

45 參見〔梁〕劉勰著、范文瀾注：《文心雕龍注》（臺北：學海出版社，1991年12月再版），卷九，頁650-651。

二　篇章藝術化規律

　　辭章作品形成藝術化的方法論原則，必然牽涉到文本內容與形式的種種層面。古今中外的許多文學理論學家也都有相應的討論。歸結起來，可以說就是以「誠」與「美」為指導原則。由於此為辭章「美的構成」的原理[46]，故稱之為「篇章藝術化規律」。關於「誠」與「美」，鄭頤壽教授即對此議題傾其心力提出「誠美律」為辭章運用的高端原則[47]，廣受兩岸辭章學家及語文教育家的重視[48]。在「誠美律」這條辭章學的根本規律中，「『誠』就內容言，『美』從形式講，它們高度統一於話語文本之中」[49]。

　　關於「誠」的概念，最早的原義是等同於「道」，指的是自然規律。《禮記》有云：

　　　誠者，天之道。[50]

古人認為，宇宙運作之秩序，如日升月落、晝夜更迭、四季輪替等，

46　參見歐陽周、顧建華、宋凡聖：《美學新編》（杭州：浙江大學出版社，2002年6月十刷），頁50-81。

47　「誠美律」之理論由鄭頤壽所提出。本節有關辭章誠與美之藝術規律的闡述，主要參考鄭頤壽：《辭章學發凡》（福州：海峽文藝出版社，2005年8月），頁240-288。

48　例如語言學家張靜、曾任中國修辭學會會長的王德春、修辭學史專家宗廷虎、曾任福建省修辭學會會長的石重山、章法學家陳滿銘、語文教學研究者張慧貞、林虹等，皆有相關專文討論。

49　見鄭頤壽、鄭韶風：〈辭章學的理論體系（一）〉，收於鄭頤壽主編、馬曉虹等十九人合著：《大學辭章學》（福州：福建人民出版社，2004年12月），頁35。其中所謂的「話語」，接近西方語言學所指之「Discourse」（語篇），意為在內容上有完整話題，在結構上互相銜接的篇章，因此包含口語和書語。

50　見〔漢〕鄭玄注、〔唐〕孔穎達疏：《禮記注疏》，收於《十三經注疏》（臺北：藝文印書館，1997年3月），卷五十三，頁一下。

都是「守誠」的，此即天道。篇章之組織規律亦合乎宇宙運行之各種二元對待關係。「誠」除了是自然之道，當然也指人道之倫理道德。《禮記》裡亦說：

　　誠之者，人之道也。[51]

由於「天道配德」，這樣的「誠」之概念在辭章活動上所表徵的意義，就與表達元之文學創作者良善的創作動機與透過文字流露出來的真情實理有關。也因此鄭頤壽在進一步探討「誠」之原則時，還徵引歷代與之相關的同／近義詞，尤其是「真」、「信」、「樸」。首先，《莊子·漁父》謂：「真者，精誠之至也。不精不誠，不能動人。⋯⋯真在內者，神動於外，是所以貴真也。⋯⋯真者，所以受於天也，自然不可易也。故聖人法天貴真，不拘於俗。」[52]呼應上述「誠者，天之道」與「誠之者，人之道」，而「精誠」之「真」則契合於辭章活動的「有效」與「高效」[53]。其次，再以《周易》所記載之「情欲信，辭欲巧。」和《論語》「忠信，所以進德也。修辭立其誠，所以居業也。」來談「信」是先秦諸子對言辭的一致要求。其三，關於「樸」，則可引證於清代賀貽孫論文之觀點，謂之「大文必樸」、「修辭立誠」，強調「樸誠者，真之至也。為文必本於樸誠。」[54]足見，

---

51 同上註。

52 見〔周〕莊周著、〔晉〕郭象注、〔唐〕陸德明音義：《莊子》（上海：中華書局，1930年，明世德堂本），卷十，頁五下-六上。。

53 辭章活動的有效與高效主要是從表達元而言。張慧貞曾指出：「有效」是相對於「無效」來說的，「高效」則是「有效」的增強提高。由此看來，語文教學的指導原則即應由不通、不對、不妥之畸格，化為常格或變格（按：指零度以上的正偏離）。參見鄭頤壽主編、馬曉虹等十九人合著：《大學辭章學》，頁365-366。

54 〔清〕賀貽孫：〈答友人論文二〉，《水田居文集》（清敕書樓刻本），卷二。

「誠」所揭示的言之有物、內容真切、具感染力等，確實是辭章活動之根本要求和重要原則，金代元好問就曾闡述：「由心而誠，由誠而言，由言而詩也。」並以唐詩之所以能絕出於《詩三百》，是因為「知本焉爾」，而主張：「何謂本？誠是也。」[55]

陳滿銘在闡發「誠」的概念時，則連結「真」與「善」來詮釋，歸納出鄭頤壽所總結的辭章誠美律和真、善、美的文藝理論關係密切，其中，「誠」的概念含融「真」與「善」在內。基本上，他認為鄭頤壽所論述的觀點，與美學家王朝聞在談「真、善、美的相互聯繫和區別」時所說的「只有當人在實踐中掌握了客觀世界的規律（真），並運用於實踐，達到了改造世界的目的，實現了善，才可能有美的存在」[56]等內容若合符節，呈現出「『誠』（真⟷善）⟷『美』」的邏輯理路[57]，其中的「真」意指客觀世界的規律，而關於「善」，若用李澤厚的說法，則可視為社會普遍性[58]，兩者都融合於「誠」的意義中。

至於「美」的概念，鄭頤壽解釋道，古今中外對於「美」的探討，大概不脫美的觀念、美的事物、美的功能、美的內容、美的形式等論題，它與哲學、倫理學、心理學、文藝學、言語學等都有關聯性，美的理論對於辭章之美的認識與評價，具有一定的指導意義，並且進一步的說：

　　辭章是有效、高效地表達、承載並藉以適切、深入地理解話語

---

55 〔金〕元好問：〈楊叔能小亨集引〉，《遺山先生文集》（景烏程蔣氏密韻樓藏明弘治刊本），卷第三十六。

56 見王朝聞主編：《美學概論》（北京：人民出版社，1981年6月），頁34-35。

57 參見陳滿銘：《當代辭章創作及研究評析》（臺北：萬卷樓圖書股份有限公司，2011年1月），頁109-118。

58 參見李澤厚：《美學論集》（臺北：三民書局股份有限公司，1996年9月），頁167。

　　信息的「藝術形式」，它追求「言語之美」，這與美學、語言學
就有特別密切的聯繫。[59]

「有效」與「高效」的辭章功能，除了指意義性的傳達，也包含審美
的感染力。由於辭章本就是「言語藝術之美（審美）」與「實用之美
（致用）」的高度展現，因此鄭頤壽明確指出：

　　　　內容與形式達到高度統一的文藝體，則具有「審美」功能。它
　　　　能引人入勝，耐人尋味，或愛不釋手，或迴腸蕩氣，或拍案叫
　　　　絕，久久不忘。[60]

如此一來，「美」就在作者的創造力和讀者的感受力之間，產生了共
感。張貴勇在以「文學是人類特有的審美活動」為綱的闡述中，則提
出了一些原因：由於辭章作品具有獨創性、形象性、情感性等特質，
使其表現出「美」，從而形成上引之閱讀效果。獨創性，指抓住對世
界獨特的觀察視角、運用具有創造力的藝術手法；形象性，指營構出
具有「可感覺性」的藝術形象；情感性，指能夠產生令人感同身受的
情感與思想[61]。對於語文教學而言，辭章之「美」的原理及其生成的
要素，也提醒著教研工作者，文本實蘊含著由此而來的審美教育功
能。甘其勛提醒道：

　　　　在學校教育中，審美教育途徑很多，語文教育是審美教育的主

59　見鄭頤壽：《辭章學發凡》，頁256。
60　見鄭頤壽主編、馬曉虹等十九人合著：《大學辭章學》，頁4-5。
61　參見張貴勇：〈文學是人類特有的審美活動〉，收於許鵬主編：《文學概論》（北京：
　　中國人民大學出版社，2003年9月），頁46-51。

渠道之一。在語文審美教育中，文章審美教育的實質，簡而言
之，就是在文章讀寫的審美實踐中創造美的主體。……在語文
教育中，文學作品和一般文章作為審美對象，都有陶冶情操、
啟發睿智、培養意志、增進健美的功能。[62]

品鑑、導善、啟智、養德皆為美的功能，而且必須在辭章活動的實踐
中去體現。張貴勇也說：

文學的審美教育功能是指文學作品通過藝術形象傳達的審美體
驗影響人的心靈和行為，幫助人們提高思想境界，淨化靈魂，
增強生活的信心和力量。[63]

可見，在語文教學中藉由範文的講解，帶領學生感受文本內容與形式
的美、體悟真切正向的情理與價值觀等，並由「導之以讀的欣賞美」
連結「引之以寫的創造美」[64]，亦是十二年國教課綱素養導向教學值
得著力的重點。若落實於辭章學的體系來談，則各種篇章意象生成與
意象組織的方法，都能透顯出運用材料、賦予意義的意象美，以及篇
章層次邏輯中所帶有的結構美[65]。前者如以種種花草物色或事件故實

---

62 見甘其勛：〈文章學與語文審美教育〉，收於曾祥芹主編：《文章學與語文教育》（上
海：上海教育出版社，2001年6月四刷），頁267。

63 見張貴勇：〈文學是人類特有的審美活動〉，收於許鵬主編：《文學概論》，頁55。

64 「導之以讀的欣賞美」及「引之以寫的創造美」之說，參見甘其勛：〈文章學與語
文審美教育〉，收於曾祥芹主編：《文章學與語文教育》，頁296-298。

65 吳格民在探討「語文美育」時總括出：語文教學中的審美教育，應當指向人文情懷
的陶冶和追求語言表達的得體與精彩。並進一步解釋說：「美」雖有豐富的內涵，但
諸如整齊美、協調美、層次美、清晰美等，都與明確概念和思維的條理化有著密切
的關係。參見吳格民：《邏輯思維與語文教學》（北京：人民教育出版社，2003年3
月），頁35。吳氏之分析，事實上就是從指導篇章義旨與條理的整合，來探求語文
之美。

中展現自然美、社會美、理性美（理意象）或感性美（情意象）[66]；
後者如集中美、立體美、和諧美等[67]，此外，尚能注意材料聯貫上的
對比美或調和美。這些篇章構成的藝術技巧，有時更會直接影響到文
本整體偏向陽剛或偏向陰柔的篇章風格。

　　若是融合「誠」與「美」來看待此規律於辭章學的啟示，鄭頤壽
與鄭韶風歸納出：「『誠美』是統管言語之內律、外律和綜合律的最高
規律。」[68]其所稱之「辭律」，即為表達與理解等辭章活動的規律，辭
律是運用辭章的指針，也就是這門學科的方法論原則，是辭章學的根
本性課題。以四六結構理論對應而言，內律是就文本本身的種種辭章
現象而言（話語元）；外律是辭章的外部因素，包含宇宙、辭章活動
中的能所二者（宇宙元、表達元、鑒識元）；綜合律是兼容內律與外
律的規律。鄭敏則以讀詩所獲致之「美」與「智」的愉悅感，觸及誠
與美的規律，他指出詩會將讀者引入深博的智慧世界，使你頓然感到
一種心靈的提高，專文中也進一步的從文藝心理的角度概括出：詩以
豐富、新穎、精確、深刻的意象，表達作者的思想感情，啟發人頓悟
真理，並在強烈的感受中，得到精神的提高與審美的享受[69]。其中，

---

66 參見陳佳君：〈意象形成美感論的原理與實際〉，《國文天地》「學術論壇」第32卷第
　　1期（2016年6月），頁119-136。

67 參見本書附編之〈篇章結構四大家族綜述〉。鄭頤壽曾特別針對「多層次的辭章之
　　美」闡述道：辭章話語之美，表現在諸多方面，其內容和形式都要顧及，而且還要
　　看到全篇結構，因為「結構美是大局」。文中亦引茅盾〈漫談文藝創作〉中的觀
　　點，點出這種「全篇結構」必須勻稱、平衡、有機性。其中，勻稱是在節段與全篇
　　之間有動靜交錯或疏密相間等等關係的局部美和整體美；平衡是講究段落的分合不
　　相妨礙、互相呼應；有機性則是構成整體的每個部分都不可或缺。參見鄭頤壽：
　　《辭章學發凡》，頁274。

68 見鄭頤壽、鄭韶風：〈辭章運用的原則、規律〉，收於鄭頤壽主編、馬曉虹等十九人
　　合著：《大學辭章學》，頁55。

69 參見鄭敏：〈詩的內在結構〉，《文藝研究》1982年第02期（1982年2月），頁55、61。

思想感情之真，為「誠」；精神層次與審美興味，則為「美」，可見，
這裡也是誠美兼論的角度。前引張貴勇之說，也是將「誠」與「美」
的概念兼論，他指出：文學內容的美來自作家對生活與人生獨特的發
現、體驗、感悟（誠），透過合於藝術創造力的表現形式，傳達出辭
章的審美特質（美）[70]。

由於「誠」關涉到辭章「真」與「善」的問題，而「美」也是辭
章本然生發、並且亦是作者與觀者同樣追求的審美要素，因此合併
「誠」與「美」的概念來討論辭章學理論與現象的文獻非常豐富，鄭
頤壽在提出誠美律時，也已就目前能掌握的資料加以爬梳，茲簡錄其
要者於下，以為參照。例如《周易》的「旨遠辭文」和前引之「情信
辭巧」、王充的「辭妍情實」（《論衡・對作》）、陸機的「會意尚巧，
遣言貴妍」（〈文賦〉）、劉勰的「理懿辭雅」（《文心雕龍・諸子》）、歐
陽脩的「事信言文」（代人上王樞密求先集序書）與「意新語工」
（《六一詩話》）、陸游的「有實有文」（〈上辛給事書〉）、陳師道的
「語意皆工」（《後山詩話》）等。鄭頤壽解釋道，雖然詩文家們所使
用的語彙稍有不同，但大致上都屬於「誠美」並論的辭章觀。其中，
遠、實、信、實等，都含有「內『誠』」的意思，文、巧、妍、雅、
工等，都含有「外『美』」的意思[71]。這種由歷代辭章家所總結出來的
「律」，就是鑑賞與創作、聽讀與說寫等辭章活動的方法論原則。

不過，在《文心雕龍》裡，除了上引出自〈諸子〉篇之謂：「研
夫孟荀所述，理懿而辭雅；管晏屬篇，事覈而言練。」[72]之外，還有
一段重要的記錄。〈徵聖〉篇裡提到：

---

70 參見張貴勇：〈文學是人類特有的審美活動〉，收於許鵬主編：《文學概論》，頁46-
　48。
71 參見鄭頤壽：《辭章學發凡》，頁284。
72 見〔梁〕劉勰著、范文瀾注：《文心雕龍注》，卷四，頁309。

褒美子產，則云言以足志，文以足言；泛論君子，則云情欲
信，辭欲巧。此修身貴文之徵也。然則志足而言文，情信而辭
巧，迺含章之玉牒，秉文之金科矣。[73]

「志足」、「情信」相近於「誠」，要求情志要真摯的意思；「言文」、
「辭巧」則偏向於「美」，要求言辭要有文采的意思，劉勰強調了這
些規律就是「含章秉文」的法則（「玉牒金科」）。鄭頤壽認為，劉勰
這段話，是目前所知，標誌著辭章學史上第一個把「誠美」理論拉高
到「玉牒」、「金科」之地位的重要文獻。

　　以誠美律對應於四元論所構成的篇章藝術化規律，可圖示如下：

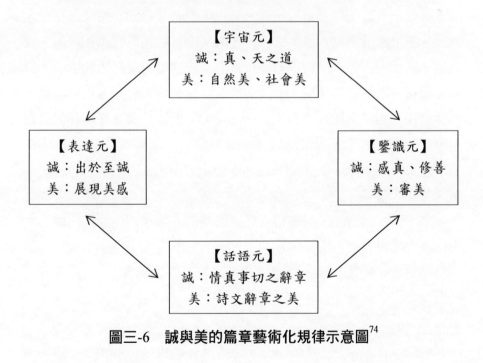

圖三-6　誠與美的篇章藝術化規律示意圖[74]

---

73 同上註，卷一，頁15。

74 本圖由本書研究者歸納繪製。另參考鄭頤壽：《辭章學發凡》，頁244、258。

宇宙元（或稱「世界」）是所有人事物賴以寓居與活動的「境」。所謂「誠者，天之道也。」（《禮記正義》）「天者，真也。」（明代鄧雲霄《空同子集》語）等，皆可見其本質；無論是萬象繁景之自然美，或多元人事之社會美等，皆是蘊含美感的緣由。話語元是指人們透過各種藝術形式創作表現出來的文本，以辭章而言，即透過語言文字傳達出來的符號化產出物，也是符合藝術規律而成形的有機整體之篇章。在誠，承載情真事切的內涵；在美，體現詩文之美、畫之妙、錦之奇。表達元是作家、詩人、畫工、錦匠等藝術作品的創造者，在藝術創作的過程中，出於至誠之胸臆，並展現各種美的創造力。鑒識元是藝術作品之受眾（或稱「觀者」），在閱聽經驗中，感真、修善、審美。

　　事實上，誠美律就是追求真、善、美的辭章活動總指導，從源頭來說，它也與前揭之「多、二、一（0）」螺旋結構的觀點相呼應。雖然從「誠」與「美」所奠定的篇章藝術化規律屬於文藝學的範疇，但其淵源可上溯至哲學領域，也因而能成為具有普遍性的方法論原則。若從哲學的角度來理解「多、二、一（0）」螺旋結構，在陳滿銘對此原理的長期研究中，有段話引《中庸》第二十六章並直述其要：「至誠」經由「久」的時間歷程作用不已，而有所徵驗，成為「一（0）」；接著帶出「悠遠」的時空歷程，終成「博厚」之「地」（坤元）、「高明」之「天」（乾元），這種帶有陰陽體性的含容與創生功能，使萬物規律的生成和變化，此即為「二」；當萬物依循宇宙運化的規律，盡其本性而實現、完成自我，以趨於和諧之境，就是「多」[75]。而「多、

75　《中庸》第二十六章之原文為：「故至誠無息，不息則久，久則徵，徵則悠遠，悠遠則博厚，博厚則高明。博厚，所以載物也；高明，所以覆物也；悠久，所以成物也。」以《中庸》之理則解析其中的「多、二、一（0）」螺旋結構關係，參見陳滿銘：〈《中庸》「多」、「二」、「一（0）」螺旋結構論〉，收於《第三屆中國經學國際學術研討會論文集》（臺北：洪葉文化事業有限公司，2003年11月），頁227-238。

二、一（0）」螺旋結構之所以能連結誠美律，也是因為「誠」和「美」
的概念都能以哲學義理為根柢，「誠」在原理上指涉配德的天之道的
自然規律，而「美」的牽涉範圍雖廣，然其中關於美學的探討即屬於
哲學領域，李澤厚闡釋道：

> 為什麼美學屬於哲學學科？……這是因為美的哲學所要處理
> 的、探尋的問題，深刻地涉及了人類生存的基本價值、結構等
> 一系列根本問題，涉及了隨時代而發展變化的人類學的歷史本
> 體論。[76]

他認為，真、善、美也好，知、情、意也好，有關人類存在的基本價
值語詞，雖然古老，卻仍保持它長久而動人的魅力，不斷的引人思
索，每一個時代、每一種學派都會對這些涉及人類價值的基本課題，
做出重要的回答和應用[77]，文藝學與辭章學領域亦是。

　　總而言之，以《中庸》的道理來看真、善、美所對應的「多」、
「二」、「一（0）」之性質，「真」就是「無息」之「至誠」，由於此為
宇宙運作的源動力，屬「一（0）」；「善」是天、地、人三才之道，分
別對應著陰與陽、剛與柔、仁與義的規律，以順應人生的規律（禮）
和天地自然之規律（理）而合於「善」的要求；「美」則是當「至誠」
不息，使天地發揮創生和含容的效用，化育萬物、形成規律，進而臻
於和諧的至美之境，不過，這裡的「美」還有主客體的不同，因此包
含主體所能感受和傳達的美感，以及紛繁豐盛的各種客體之美[78]。

---

76 見李澤厚：《美學四講》，收於《美學三書》（合肥：安徽文藝出版社，1999年1
　　月），頁449。
77 同上註，頁450-451。
78 參見陳滿銘：《當代辭章創作及研究評析》，頁136-140、142。另參見李澤厚：《美學
　　四講》，頁502-508。

　　至於「誠」與「美」的篇章藝術化規律和辭章「多、二、一
（0）」螺旋結構的關係，陳滿銘有如下之詮解：「0」，在美學上，指
主體（含表達元之作者、鑒識元之讀者）之「美感」；在辭章上，指
風格、境界之屬。「一」，在美學上，指「真」；在辭章上，指作者所
欲表現的核心情理（一篇之主旨）。「二」，在美學上，指「善」（規
律），包括自然萬物發展之規律和人類社會發展的規律[79]；在辭章上，
指陰陽二元對待關係形成的核心結構、對比或調和的聯貫。「多」，在
美學上，指客體所具之各種「美」；在辭章上，指由陰陽二元對待關
係形成的各層輔助結構，篇章中的個別意象和寫作材料，亦得以組合
起來。於是，誠美律與「多、二、一（0）」螺旋結構的關係可嘗試以
下圖呈現：

---

79 歐陽周在《美學新編》中論述「美與真、善」時指出：所謂「規律性」，既包括自
　然界發展的規律，也包括人類社會發展的規律。參見歐陽周、顧建華、宋凡聖：
　《美學新編》，頁52。唯本書依《中庸》的思想體系，以「真」為本源，以「善」
　為規律，在分類上，與之稍有不同。

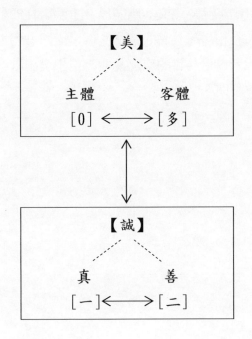

圖三-7　誠美律與「多、二、一（0）」螺旋結構關係圖[80]

這樣一來，則本書所欲確立的方法論原則，並用以開展後章實務研討的理論基礎——「多、二、一（0）」螺旋結構、篇章辭章學的規律，也都彼此產生了密切的聯繫。

　　綜上所述，本節可以透過一段鄭頤壽對誠美律的定義做為總結，其謂：誠美律，就是合乎事物發展的自然規律、社會倫理道德，能反映出言語主體真實思想情感和客觀事物本質屬性，又有智慧，有助於通情、達意，能感動人，說服人，以取得審美（怡情）、致用（啟智）之最佳效果的辭章規律[81]。此方法論原則在語文領域教學研究的

80　本圖由本書研究者歸納繪製。另參考陳滿銘：《當代辭章創作及研究評析》，頁143-
　　144。

81　參見鄭頤壽：《辭章學發凡》，頁261、286。

實踐上，則標舉出：話語或文本應能以合乎藝術性的種種表現技巧，承載足以感動人心和引起共鳴的情意、或是能啟發體悟的道理觀念、或是能說服閱聽者以達共識的陳述說明，並生發出辭章獨特的美感效果或致用功能的原則。

第肆章

辭章學系統的文本分析

由於文本分析是教研工作與教學設計的前提，故本章將運用前兩章所探討的理論基礎與方法論原則，落實在語文教材文本分析的研究視角。首先是依據本書第貳章之理論基礎，以歸本於思維力系統的架構，與重視四六結構「辭章訊息論」的原理，進行焦點式文本分析；其次是呼應議題融入的新課綱教學趨勢，考察篇章辭章學觀點下的文本內涵與題材比較。

第一節　歸本思維力的文本分析

從根本而言，國語文能力的開展與培養主要是依賴三種思維力的運作，包含形成情理事景等內涵的形象思維、合乎構句謀篇等組織條理的邏輯思維，以及統貫內容與形式的綜合思維。若是落實到教學而言，則會涉及取材與意義、用字遣詞與修飾、篇章結構和字詞句法、文學體裁、核心旨意、韻律格調等語文層面之理解與運用。本節在論述思路上，先理清三大思維力的層次關係，並探討思維力與語文教學的密切關聯，再據此提出課文文本分析的切入點，以彰顯歸本於形象、邏輯、綜合三大思維力的語文教學。教師若能參照辭章學體系中的語文知識向度來分析語文教材的文本內涵，對於掌握課文書寫特點與設計教學內容等方面當能有更系統性的視野。

一　問題意識與研究背景

　　本章研究之問題意識乃緣於如何協助在職教師提升語文教材文本分析之專業知能。教育部師培聯盟國語文學習領域教學研究中心於舉辦全國教師專業需求焦點會議中，曾針對問卷結果歸納出：在職教師所面臨的教學困境之一，是第一線的語文教師在具備文本分析能力、掌握國語文教學本質、熟悉語文學科專業能力等面向中，較感困難。與會教師代表亦進一步解釋：由於小學教程以包班制為主，若教師之學經歷為非中文或語文教育相關科系出身，則對於規劃與進行有效而具深度的語文教學，極需專業協助。這項教學難點亦進而導致教師變得過度依賴教師手冊或指引，並且對於如何裁擇與轉化教師手冊或指引裡龐大的知識量，倍感困擾[1]。不過，教師們所面對的現實是，無論在教學現場能設計並進行微觀層面的詞句理解或宏觀層面的段篇理解、歸納段意與掌握主旨、建立文體知識、欣賞與運用課文的修飾藝術及寫作技巧等，前提為教師必須能夠具備解讀文本、分析文本的專業知能[2]，因此，良好而妥適的分析教材文本，無疑是備課時最重要且根本的第一步。是故本節之研討期望能提供有學理支持、具焦點性

---

[1]　參見「教育部十二年國民基本教育課程國語學習領域之國小專業需求分析焦點會議」上下午場會議記錄，臺北：國立臺北教育大學，2015年11月；及許育健、莊汶樺、茅雅媛：〈十二年國民基本教育國語文學習領域之師資專業需求與培訓策略研擬〉，教育部國民小學師資培用聯盟「2016國語文學習領域大學教授教材教法論文發表會」會議論文，2016年5月，頁20、24。

[2]　吳格民在談語文教學的分析與綜合之思維方法時主張：課文是語文教學的主要憑藉，課文分析是語文教學的主要活動。幫助學生對於課文能有所理解和把握，其實就是一個分析和綜合往返統一的思維過程，並進而提升學生的語文程度和思維品質，而教學關鍵即在於以整體、有機的視角進行文本分析，若沒有分析，便只能囫圇吞棗、死記硬背，很難有清醒、高質量、高效率的語文教學。參見吳格民：《邏輯思維與語文教學》（北京：人民教育出版社，2003年3月），頁143-151。

及系統性的文本分析角度，使教師能更好的連結內容深究與形式深究進行語文教學。

　　此研究規劃乃先由學術研究端講解相關學理知識，以奠定文本分析之理論基礎，並結合教學實務端之在職教師進行焦點式文本分析實作與交叉研討。本研究過程所參與的成員共有十二位，其中包含小學在職教師七位、國中在職教師三位、語文教材專任編輯兩位。具體而言，先由教師成員依各自所屬之任教年段選擇課文做為研究對象，在熟讀課文後，依思維力運作所展現的文本特色，針對課文之一個焦點進行文本分析。在本章節中所選錄的研究對象計有：小學學習階段低年級一篇、中年級五篇、高年級兩篇，以及國中學習階段四篇[3]。

　　誠如第貳章所述，由於人類的思維需要依靠語言文字來進行符號化以及詞句段篇組織的過程，因此，許多方家學者主張思維力和語文能力的運作直接相關，故謂語文教學必須歸本於思維力。具體來說，思維力乃體現於「形象思維」、「邏輯思維」、「綜合思維」三方面的調控互動。形象思維關乎於主體之情感、意念、觀點（意）如何與客體所聞所見所歷之景物事件（象）形成聯繫；邏輯思維能使字句和篇章以合乎規範的條理關係組織起來；而綜合思維則能使前兩者產生交互作用，將文藝作品裡的各方面統合成整體。這三大思維力各有所主而又彼此緊密關聯，並使各個語文知識向度之間，形成有層級性的立體系統。茲以下表統整其內涵與關係：

3　思維是語文能力運作的本質，故思維力系統具有一定的普遍性，本研究之目的乃在提供立足於辭章學系統的語文教研理論架構。雖然教材必然會依學習階段而有不同的序列和難易度，但在方法上能幫助中小學教師在進行文本分析時找到入手處，以掌握文本特色和教學重點。

表四-1　思維系統及語文知識向度的層次關係示意圖[4]

【綜合思維】				
格調韻律				
文學體裁				
核心旨意				
【邏輯思維】		【形象思維】		
構詞組句	謀篇布局	文意與取材	用字措詞	修飾技巧

其中，在形象思維的運作下，會形成文本的內容，包含物事形象
（象：取材）與及其蘊含的情理成分（意：文意）；也會涉及文本的
表現，包含用以指稱的詞彙和各種為增進語文的藝術效果而使用的修
飾手法。在邏輯思維的推動下，人們得以組織起文本中的種種素材，
包括就篇章而言的課文結構以及就字句而言的構成詞語或短語的條
理、句法等。綜合思維則管轄了文本的中心思想、書寫方式的體裁，
和最終生發的作家作品風格等。

　　以下即分別鎖定三大思維力舉課文為例，以窺語文教材文本分析
之門徑。

二　形象思維的語文教材文本分析

　　形象思維的運作，能構成文本中的意象形成、指稱、修飾等關於
內容的層面。若實際應用於課文文本分析，則可參考幾下幾例。

　　若鎖定「文意與材料」方面來看，例如翰林版國語四上第八課林
良的〈靜靜的淡水河〉[5]，本課以四段現代詩的形式，分就空間與時

4　本表由本書研究者歸納繪製。

5　〈靜靜的淡水河〉之課文資料及焦點分析之選擇，由新北市小學在職教師詹秀雲提
　供。

間描繪淡水河流經田野與都市，及其在傍晚與深夜時的不同風貌，藉此讓學生學習從各種角度欣賞河川之美，進而喚起愛家愛鄉的環境意識。而本課最特別的創作手法，應屬色彩意象的營造。首段以松針和苔蘚寫綠色的淡水河，充滿山林的自然氣息；次段以晴空和熱絡的都市節奏，寫藍色的淡水河，蘊含人們的歡快與奮勉；三段以晚霞的映照，寫金色的淡水河，烘托祥和又美麗的大地；末段以星光和明月寫銀色的淡水河，帶出人間安適潔淨之感。四個小節，色彩分明，不但描繪出清晰的畫面感，也蘊蓄了色彩背後的象徵意涵，使讀者深刻的感受到淡水河之美。

又如康軒版國語三上第三課〈老寶貝〉[6]，課文以擬人化的手法，記敘功成身退的老火車頭被送進文物館的一趟「特別的旅行」。而課文裡的兩大重要角色——老火車頭與站長（爺爺）形成了一虛一實、相互映襯的關係，而且連結起課文旨意裡雙線式的情誼，意即：爺爺多年來擔任站長，負責照顧和保養老火車頭，培養出在工作上相依的情感；以及透過祖孫兩人在文物館老火車頭前的溫馨對話，所帶出來的祖孫親情。可以說，火車頭是站長心目中的「老寶貝」，而爺爺在「小寶貝」——孫子的心中亦如是。無論是「人與物」或是「人與人」之間，都是彼此珍視的對象。因此，本課的文本焦點就很適合針對寫作材料與文意的呼應關係，探討角色的象徵性。

若就「詞彙」來看，如翰林版國語五上第三課〈一池子的綠〉[7]，文中敘述作者從朋友家移植一株水芙蓉到自家池塘，並用心觀察和欣賞水芙蓉的成長，後來也將逐漸增多的水芙蓉移植到社區池塘，期待共享綠意與生機。行文中，作者運用了許多鮮活的動詞描述水芙蓉、

6　〈老寶貝〉之課文資料及焦點分析之選擇，由桃園市小學在職教師秦棣提供。
7　〈一池子的綠〉之課文資料及焦點分析之部分內容，由新北市小學在職教師陳姿蓉提供。

池中的魚，以及作者與植物的互動，使文章更具感染力，例如：第一段「我發覺水芙蓉淺綠粉嫩的身體，擠在那麼小的玻璃容器裡」、第二段「水芙蓉就像是一艘帆船，在浴盆大的水池裡漂來漂去」、第四段「在大水芙蓉的牽引下，手牽著手，在那個水池裡隨波逐流，盪過來又盪過去。」等，課文裡使用擠、漂、披、牽、盪等動詞，增加了畫面的動態感，使水芙蓉形象更加鮮明。再如文中以「躲、避、嬉戲、穿梭」等詞，藉由魚兒的動態活動，連動看似靜止於池塘中的水芙蓉，營造出池中世界一片生氣盎然的景況。又如運用於形容作者本身舉措的動詞依序出現，除了展現作者對水芙蓉的欣賞之情，乃由起初獨自長時間的「佇立」欣賞，進而產生「愛」意之外，最後更萌生想與眾人分享這份美好綠意的心願，希望大家亦能「瞧見」，讓一池子的綠和賞心悅目之情，持續蔓延。

　　再以「修辭」來進行文本分析，可以翰林版國中國文第三冊（八年級上學期）第三課廖鴻基〈飛魚〉為例[8]。作者記錄了臺灣東海岸阿美族人在飛魚季捕魚的情形和意義，以及自己夜間出航與白日行船時的所見所想，更細膩的描繪出飛魚的構造、貼海滑翔、趨光性等生態，特別是運用了許多譬喻的修飾技巧，強化了文章的形象性。例如第一段：「飛魚群抖波顫起海面，薄翅開展貼海四散滑翔，海面上一片紛紛匆匆，如黃昏時刻原野上漫飛的小昆蟲。」海面上的飛魚與原野的飛蟲對映，確實將為數眾多、速度飛快的魚群，在海面上滑翔的樣態，透過文字表現出來。再如第七段：「燈光彷彿是牠們的亢奮藥引！」用「亢奮藥引」比喻燈光對飛魚的強烈作用，寫飛魚瘋狂衝撞、出水暴走的趨光特質。又如第十段：「突出的下尾鰭像一根電動搖槳」，描述飛魚的下尾鰭在牠凌空滑翔時，會快速點撥水面的姿

8　〈飛魚〉之課文資料及焦點分析之選擇，由新北市國中在職教師曾期星提供。

態。教師除了引導學生欣賞譬喻格能製造出生動且充滿畫面感的語言效果外，也應與學生共同探討本體和喻體二者之間的相似點何在。

三　邏輯思維的語文教材文本分析

在語文創思與解讀的歷程中，篇章結構與文法結構主要是依賴邏輯思維的運作而來[9]。

首先，就字句層面而言，能習得課文裡的重要句型，通常是教學目標之一，這是由於掌握文語法結構與否，會直接影響到文意是否能合乎語言規範、更具組織力的表達呈現。茲以翰林版國中國文第三冊（八年級上學期）第十課梁實秋的〈鳥〉為例[10]，全文透過描繪鳥的形體、動態、聲音，來闡述作者自身對於鳥的喜愛之情。其中，第二段寫道：「從前我常見提籠架鳥的人，清早在街上蹓躂（現在這樣有閒的人少了）。我感覺興味的不是那人的悠閒，卻是那鳥的苦悶。」這裡運用了對舉式的並列複句，分句呈現出相對相反的關係。透過這種句型，突顯出作者的觀察點與眾不同，顛覆了一般性想法，使文章的上下句關係，形成了對比性的語言效果，這樣一來，不但能引起審美注意，更重要的是透過作者感受到籠中鳥的不適，從反面扣緊了「我愛鳥」的旨趣。再如第四段：「世界上的生物，沒有比鳥更俊俏

9　曾永義在第五屆語文教育暨第十一屆辭章章法學學術研討會之專題演講中闡述道：解詩必須注意全詩的針線脈絡、章法布局、語法形式。他說：「如果能用『科學』的方法，先由全詩的章法入手，觀其句意的連鎖照應；又能對每個字每個音每個詞每個典故考索正確清楚；也能對每個句子的語法結構、意義形式作最貼切合適的分析；然後再以感性作合乎邏輯的直觀神悟，去補苴綴合、襯托渲染。那麼全詩的真諦，其所含括的旨趣情境，庶幾可以顯現出來。」見曾永義：〈一篇〈錦瑟〉解人難〉，《章法論叢》第十一輯（臺北：萬卷樓圖書股份有限公司，2017年11月），頁2-3。

10　〈鳥〉之課文資料及焦點分析之選擇，由新北市國中在職教師林宗緯提供。

的。」這是一種具有比較功能的語法結構，其句法特徵是比較語意出現在「沒有」這個否定詞之後，並且加上副詞「更」，在程度上，即形成了比單純比較句更為強烈的最高級比較句。在本段中，作者從正面用揚筆形容鳥的形體之美，也透過比較句的語言形式，道盡了他對鳥兒極其賞愛的心意。

其次，再就篇章層面來看[11]，例如翰林版國語六上第十課〈秋去秋來〉[12]，本課課文改寫自徐仁修的〈小雪〉，主要是以十一月下旬的時間參照點，稍稍回溯十一月中旬，然後順著深秋而入冬的時間序，寫到十一月的遠去，以此條理來記錄秋季自然界的變化與觀察自然的所思所想。因此，作者隨著外境變化而生的情緒和感受，也是另一個值得推敲的文章脈絡。它大致上形成以下的文意走向：第一至四段，跟著秋葉或轉紅而飄零、或較晚才急忙變色、或在秋陽下閃耀等景象，愉悅的欣賞，不忍離去；第五段，認為秋天是進入極寒冬季前，一段緩衝的美好，但也對於它如此短暫感到傷懷；第六段，因為秋天的落葉而生起惆悵；第七段，寫到了少年時擔心秋天的消逝和害怕漫漫寒冬的心情，但現在也能體會燦爛秋日的意義；第八段，最後敘述自己雖然對漸趨寂然的大地覺得傷感，但也期待著冬季的來臨。可見，透過情緒脈絡的梳理，確實能夠帶領讀者跟著作者的腳步，一起欣賞秋天之美，並感受文章中情與景呼應的藝術性。

除了寫景，敘事類的課文也需要講究篇章結構，它關係著如何把一個或多個事件的來龍去脈交代清楚。以翰林版國語四上第六課〈特別的滋味〉[13]來看，課文內容是記敘一個溫馨的家庭事件，謀篇的條

---

11 篇章層面的邏輯思維是處理文本綴句成節、聯節成段、統段成篇的組織條理，所探求的是文本內容的深層結構。

12 〈秋去秋來〉之課文資料及焦點分析之選擇，由臺北市小學在職教師謝卉婷提供。

13 〈特別的滋味〉之課文資料及焦點分析之選擇，由基隆市小學在職教師邱昭榕提供。

理是先「由因及果」的點出事件的成因——媽媽因身體不舒服而無法做飯，但是弟弟肚子餓，於是作者和爸爸決定攜手下廚。接著從第三段至第六段，敘述兩人手忙腳亂完成蛋炒飯的經過，此意義段又包含了依時間先後順序所寫成的幾個烹煮過程——找出食材、備料、依序炒食材、媽媽提醒撒蔥花等。最後則是品嚐時發生的糗事，雖然炒飯忘了加鹽巴，卻是媽媽心中最有「味道」的蛋炒飯，全文也在家人的歡笑聲中作結。

此外，小說場景的變換，也可能構成情節推展的組織脈絡，康軒版國中國文第六冊（九年級下學期）第九課歐·亨利的〈二十年後〉[14]就是一例。這篇短篇小說敘述兩個身為好友的美國青年，相約二十年後於紐約的同一地點再會，然而，這場重逢卻充滿戲劇性的意外發展。小說情節的衝突點是建立在吉米與鮑伯兩位角色的雙重性上——吉米身為鮑伯的朋友，同時也是打擊犯罪的警察；鮑伯是吉米二十年前的朋友，卻變成芝加哥警方要逮捕的通緝犯。除了帶出面對抉擇的內在拉扯外，全文在場景營造方面亦十分具有特色。作者透過視覺、觸覺和聽覺，為故事塑造一個在冬夜淒風苦雨中的幽暗街道，然後運用兩次光線變亮的瞬間，來推展情節的轉折點。第一次是老友重聚，同時也是警察認出重犯的會面，開啟吉米內心的矛盾；第二次則是真相大白，鮑伯發現了眼前的人並非自己的朋友，而是吉米委託的便衣刑警。其脈絡關係可表示如下：

14　〈二十年後〉之課文資料及焦點分析之部分內容，由語文教材專任編輯暨閱讀講師陳昆志提供。

【黑暗】	【光亮】	【黑暗】	【光亮】
1.寒風細雨的暗夜 2.值勤警察與男子攀談	1.男子劃了根火柴，點燃雪茄 2.警察發現對方身分，但秘而不宣	1.寒風細雨的暗夜 2.吉米與鮑伯充滿暗示的對話	1.兩人走到燈還大亮的藥房 2.鮑伯發現對方不是吉米。鮑伯被捕、讀信

圖四-1　〈二十年後〉場景明暗脈絡示意圖[15]

這兩次在場景上光線的「點亮」，不僅在意象上有「揭露」涵義，對於劇情的推展與串連也具有關鍵作用，是篇章中不容忽視的解讀線索。

四　綜合思維的語文教材文本分析

在綜合思維的部分，可含括「主旨」、「文體」與「風格」的語文知識面向。

首先，主旨是指一篇文學作品中最核心的情意思想[16]。以能掌握課文主旨的教學目標而言，如康軒版國中國文第一冊（七年級上學期）第三課宋晶怡的〈雅量〉[17]，這篇論說文最大的特點在於善用藉事說理的技巧，作者透過生活實例，以兩次提出論據、隨後說明論點的方式，極具說服力的勉勵讀者培養雅量。由於文中所舉之事例都是重要的寫作材料，而這些寫作材料必須能符合主旨所要傳達的意義。作者先於第一至三段，透過對話，敘述同一塊「布料」卻引發三位朋友各自表述的三種比喻，並由果推因的指出：人的性格與生活環境各

---

15 本圖由本書研究者歸納繪製。

16 關於辭章義旨與綱領的分類、異同與關係之論述，參見陳佳君：《辭章意象形成論》（臺北：萬卷樓圖書有限公司，2005年7月），頁71-100。

17 〈雅量〉之課文資料及焦點分析之選擇，由新北市國中在職教師劉于琦提供。

不相同，使得欣賞的角度也不盡相同，這個意義段能夠為「人應培養雅量」奠定立論的基礎。其次，再於第四、五段以布店與鞋店裡，各種產品都有人選購，以及人與人之間總有順意與否的友伴，準備為主旨的呈現做出鋪墊。接著，作者將全文主旨安排在第六段才被揭示出來，提出人和人的相處，應該要有彼此容忍和尊重對方看法的雅量。最後，作者又在第七段以欣賞鳥鳴、日出為例，讓讀者去思考這些美感體驗都有其價值，無需強迫他人與你有相同的見解，如此一來，人與人必能減少摩擦、增進和諧，也就是於文末再次強調出培養雅量的重要性和好處。可見，本課主旨確實能夠透過事例被闡釋出來，而文中的多項寫作材料也都能統合於中心觀點之下。

除此之外，有時課文的題目會具有凝聚內容、歸納文意、統貫材料的關鍵作用，是教師教學時，可加以著力的重點之一。例如康軒版國語四上第五課〈海倫‧凱勒的奇蹟〉[18]，課文大意是敘述身體有多重障礙的海倫‧凱勒，在蘇利文老師用愛與關懷細心指導下，完成大學學業，也鼓舞了許多人的艱辛歷程。本文的核心情意即可從課文題目的「奇蹟」二字來歸納。此二字就如同題眼一般，雖然通篇文章並未出現「奇蹟」一詞，但人物傳記式的內容卻無不和「奇蹟」兩字環環相扣，讓讀者深受感動。進一步而言，本文在首段先說明海倫‧凱勒身陷令人絕望的多重障礙之況，尤其原本她出生時是健全的寶寶，後來卻因病造成聾、啞、盲的反差性，除了生活與學習等各方面令人難以想像的辛苦之外，還有大家都認為她的一生恐怕已無望的內外壓力。文章接著以蘇利文老師的出現，為開啟其人生的奇蹟點亮一盞光，蘇利文老師長期耐心的教導海倫‧凱勒用觸覺來感受、學習點字與手語、透過觸摸學會發聲和說話，完成了大學學業，其後，更推己

18　〈海倫‧凱勒的奇蹟〉之課文資料及焦點分析之選擇，由臺北市小學在職教師胡慧萍提供。

及人，終身服務人群。而「奇蹟」之意，正在於翻轉了原本被認為不可能克服的種種困境。因此，教師在教學時，即能引導學生練習「扣題」，嘗試去領會：蘇利文老師的關愛，促成了海倫‧凱勒的生命奇蹟；而海倫‧凱勒感念師恩，貢獻社會，同時又鼓舞人們，創造了更多的奇蹟。

在「文體」的部分，故事體（Narratives）是小學學習階段常見的文章體裁之一，這種文類在PIRLS國際閱讀評量的分類中，屬於「連續性文本」[19]。茲以康軒版二上第十課〈「聰明」的小熊〉[20]來說明鎖定文體的文本分析。本課是寓言〈烏鴉喝水〉的延伸新編故事。內容敘述動物們的讚美烏鴉用聰明的方法喝到水。小熊到外地旅行時，口渴想喝水，也看到一個裝了半瓶水的瓶子。小熊模仿烏鴉把石頭丟進瓶子的方法，想等到水升高之後再喝水。小馬看到了，卻質疑他：為什麼不直接拿起瓶子喝水。由此可見，故事角色共有烏鴉、動

---

19 對於故事體的篇章架構要素或模式的研究，一般稱為「Schemata for Story」或「Story Grammar」，中譯為「故事結構」，或譯為「故事文法」、「故事語法」，主要用來指稱構成一篇故事偏於形式面的要素，與本文所探討的篇章結構有概念上的差異。早期研究「Story Grammar」的重要學者包含David E. Rumelhart, Stein, N. L., Glenn, C. G.等。在"Secondary School Reading Instruction: The Content Areas"一書中寫道："Schemata for stories are called 'story grammars' and are composed of the structural components of a story. Although they have been described in different ways by different researchers, one example of a story grammar is this: story → setting + theme + plot + resolution."指出故事體文本通常會有背景、主題、情節、結局等項目。見 Betty D. Roe, Barbara D. Stoodt, Paul Clay Burns, *Secondary School Reading Instruction: The Content Areas* (Boston: Houghton Mifflin, 1983), pp.72. 此外，王瓊珠從多位學者的研究中，歸納故事體的結構成分大致有：主角（含角色特質、心理狀態）、情境（含時間、地點）、主要問題或衝突、解決問題的經過（事件經過）、主角的反應、結局，有的故事會有啟示。參見王瓊珠編著：《故事結構教學與分享閱讀（第二版）》（臺北：心理出版社股份有限公司，2010年9月二版），頁18、44。

20 〈「聰明」的小熊〉之課文資料及焦點分析之選擇，由桃園市小學在職教師吳怜縈提供。

物們、主角小熊、配角小馬。在故事體情節脈絡方面，第一段為「故事背景」，敘述森林裡的動物們都覺得想出辦法喝水的烏鴉很聰明；接著是「故事主體」，第二、三段描寫小熊學烏鴉喝水的方法，最後一段則藉由小馬的反問，營造一個開放式結尾。而這也合乎故事體的三要素──目標（口渴而需要找水喝）、行動（模仿烏鴉丟石頭入水瓶）、結果（受到這樣做是否得當的質疑）[21]。在故事寓意方面，課文文題特意將「聰明」加上引號，可知「聰明」在此是反語的用法，透過小熊未能變通的模仿行為，點出能夠欣賞別人的表現固然是美德，但也要能活用得到的訊息，做出適當的判斷。然而，故事創作者並未將旨意在課文裡明白的寫出來，事實上，這正是寓言體中的「正體寓言」[22]，也就是純粹說故事，而將故事寓意安置於篇外的書寫模式，因此，很適合教師在教學時引導兒童思考什麼才是「聰明」真正的意義。

　　談到「風格」在文學作品裡的體現，大致會牽涉到作家風格、時代風格、作品風格、地域風格、流派風格等。由於風格是高階又抽象的韻味與格調，它是結合內容意象與藝術形式所產生的整體審美風貌[23]，因此容易在教學現場被有意或無意的忽略，但事實上，透過文

---

21 陳正治提出：「故事」需要具備目標、行動和結果的三個基本要素。參見陳正治：〈童話〉，收於：林文寶、徐守濤、陳正治、蔡尚志：《兒童文學》（臺北：五南圖書出版股份有限公司，2004年3月），頁315。

22 陳滿銘分析說：寓言體的普遍特色即在於用一個簡單的故事，使人於興味盎然之間在篇外領悟道理，是其他各類文體所無法趕上的。不過，寓言體文章也有將道理直接在篇內點破的，這樣就與正體的寓言故事將主旨置於篇外兩樣了。參見陳滿銘：《文章結構分析──以中學國文課文為例》（臺北：萬卷樓圖書股份有限公司，1999年5月），頁131。

23 參見陳滿銘：《章法結構原理與教學》（臺北：萬卷樓圖書有限公司，2017年4月），頁13-14。又，顧祖釗曾謂：風格的成因是從作品中的內容與形式所構成的統一性有機整體中，所顯示的一種總體的審美風貌。參見顧祖釗：《文學原理新釋》（北京：人民文學出版社，2001年5月），頁184。

本分析與教學設計，還是有可能找到語文風格教學的切入點。例如康軒版國語四上第十二課〈兩兄弟〉[24]，本課改寫自托爾斯泰〈兩兄弟〉，故事敘述兩位兄弟發現一塊石頭，上面寫著獲得幸福的指示。弟弟相信並按照石頭上寫的方法執行，哥哥卻不相信。後來，弟弟當上國王卻因戰爭流離，哥哥則過著平順的日子。哥哥仍舊不認同弟弟當時的決定，弟弟卻表示不後悔。課文主旨在於引領學生理解每個人對「幸福」的定義不同，應學習尊重。全文的自然段共分八段，除了第一、五、六段敘述情節內容之外，其他段落皆以兄弟之間的對話，呈現事件的衝突和兩相對照，也表現出兩個人物角色不同的情緒與個性。因此，本課的文本焦點就可以放在「語言風格」來分析。例如兩人在看完石頭上的指示後，反應不盡相同。弟弟只用十八字的短句，直接而明確說出想法，並用「走吧！」的祈使句提出建議，表現出弟弟興奮的情緒與積極的個性；哥哥用了一百八十多字的長段落，字面上更清楚的以「憂心的」，道出哥哥當時的情緒。在這個對話中，還運用「首先」、「接著」、「最後」呈現出哥哥的思考較為理性、有層次，但也透過疑問句以及「也許」、「也有可能」、「即使」、「就算」、「如果」、「可能」等猜測性詞語，表現出哥哥懷疑的態度與悲觀的個性。接著，弟弟的回話不僅再次表示相信石頭上的說法，並以「不會有損失」、「如果不試」、「什麼也得不到」的強烈語氣，表現出內心的堅決。整體來說，比較上，弟弟慣用簡短語句，思考直截了當；哥哥的話語多為長段落，思考委婉曲折。弟弟的用詞顯示出直率的語氣和樂觀的性格；哥哥多使用關聯詞語和不確定性的詞語，表現出他條理分明但也充滿諸多懷疑、偏向悲觀的特質。

---

24 〈兩兄弟〉之課文資料及焦點分析之部分內容，由國語教材研究專員許似俐提供。

第二節　議題融入的文本分析

　　「十二年國民基本教育課程綱要」在108學年度自各學習階段逐年開始實施。由於新課綱強調核心素養的培育，而素養又與世界公民之養成所應該了解的重要議題極度相關，是故議題融入學習領域成為新課綱的重要發展趨勢，以期強化與社會的關注和連結。其中，海洋教育更列入四項重大議題之一，足見海洋意識的涵養對於身處四面環海的臺灣學生而言，具有其價值意義。本章節乃立基議題融入之教育趨勢，以辭章學為學理依據，探討海洋教育議題在語文領域的教材編纂情形與文本篇章分析，除能突顯海洋議題融入語文教材的篇章教學節點、文本特色外，亦兼論同題材之教材比較與相關教學建議。

一　議題、素養與語文教學

　　為因應時代的快速變遷，重要議題融入各學習領域一直是國民基本教育課程綱要的重點之一，這是因為議題就存在於人們的生活情境中，而核心素養就在強調學習應與生活情境緊密結合，以培養能適應現在生活和面對未來挑戰的知識、能力、態度[25]，可以說，議題融入和素養導向的教學理念是密不可分的[26]。

　　關於重要議題融入學習領域，可先從本國課程綱要的訂定與沿革來看。早先，在「九年一貫課程綱要」中，即列有六大議題，包含：性別平等教育、環境教育、資訊教育、家政教育、人權教育、生涯發

25　參見教育部「十二年國民基本教育課程綱要」《總綱‧核心素養》：https://cirn.moe.
edu.tw/WebContent/index.aspx?sid=11&mid=285。

26　參見教育部「十二年國民基本教育課程綱要」《議題融入說明手冊》：http://www.
stgvs.ntpc.edu.tw/~tyy/sch_pdf/16.pdf。

展教育，其後在100課綱微調時，新增海洋教育。接著，「十二年國民基本教育課程綱要」在108學年度從中小學各級的第一年（小一、國七、高一）起逐步實施，而議題融入同樣是重點項目，值得注意的是，議題總共列有十九項之多，其中有四項屬於「重大議題」。十九項議題分別是：性別平等、人權、環境、海洋、品德、生命、法治、科技、資訊、能源、安全、防災、家庭教育、生涯規劃、多元文化、閱讀素養、戶外教育、國際教育、原住民族教育，在這十九項議題中，性別平等教育、人權教育、環境教育與海洋教育等四項列為「重大議題」，在教育部《議題融入說明手冊》中解釋：

> 性別平等、人權、環境與海洋等四項議題，為全球關注、屬國家當前重要政策，是培養現代國民與世界公民之關鍵內涵，同時也是延續九年一貫課程之重大議題。[27]

其中，從九年一貫到十二年國教的教育政策變革中，「海洋教育」一直收編在「重大議題」之中，足見對於地處島嶼的臺灣而言，海洋議題對國民基本教育培力的重要性。因此，本節選以聚焦海洋教育在語文領域的議題融入做為考察對象。

雖然議題融入一直是九年一貫和十二年國教新課綱的重要趨勢，唯於語文教學現場所面臨的問題是，海洋議題在國小教育階段（以下簡稱小教）的語文教材中，整體的呈現概況是如何？從九年一貫到十二年國教課綱，其教材編輯情形如何？小教端又該著重在哪些海洋教育的部訂「學習主題」？其次是語文教師在經營語文課堂時，如何能合乎跨領域教學的趨勢，又能掌握語文教學的本質與重點？這是由於

---

27 見教育部「十二年國民基本教育課程綱要」《議題融入說明手冊》：http://www.stgvs.ntpc.edu.tw/~tyy/sch_pdf/16.pdf。

若教師未能理清文本的文學性特質和語文教學的根本，那麼，教師恐怕有很大的可能性，會把語文課堂經營成自然課、社會課、或是綜合課。這些關涉文學理論背景與教學實踐所面臨的問題，的確應該獲得相關教學研究的支持，而歸本於語文教學的內涵，更是重要的解方。教師在以海洋議題融入語文領域進行教學時，除了培養學生親海、愛海、知海的概念，同時也要能掌握欣賞海洋文學的方法，從而提升語文溝通交流與審美情趣的素養，並能連結於生活情境中。

　　由此，本節之研究目的在於提供有學理支持、具焦點性及系統性的文本分析角度，使教師能更好的掌握海洋議題融入語文領域的教學。在研究步驟上，擬先交代研究背景及相關文獻的研究概況，再分就海洋議題在語文學習領域（國語文）中的「教材編纂」和「文本分析」來探討。在教科書的編輯方面，先觀察各家新版海洋題材類課文分布情形，以明教材編輯情形；再從三個學習階段分析這些課文所歸屬的主題軸，以銜接到下段探討的文本分析，同時提出檢討與建議。在語文教材的文本分析方面，本節將借鑒辭章學的理論系統，鎖定整體性宏觀視角的「篇章」之文學層級，分析語文教材中的海洋意象之內涵生成、海洋意象之邏輯組織、海洋意象之整體統合。期望能為現今議題融入的教學趨勢一盡棉力，為師培生與在職教師提供教學上之參考。

二　研究背景及文獻探討

　　關於海洋教育列入四項重大議題之一的「基本理念」，教育部在上引《議題融入說明手冊》中闡述道：

　　　臺灣是一個四面環海的國家，每一位國民都應具備認識海洋、

善用海洋與愛護海洋的基本能力與情操。……各級學校應以塑
造「親海、愛海、知海」的教育情境，讓學生親近海洋、熱愛
海洋與認識海洋。……奠定國民之海洋基本素養，建立海洋臺
灣的深厚基礎，完成海洋國家永續的發展。[28]

而在教育部訂定的海洋教育議題之「學習主題」，則共有五項，依序
是：海洋休閒、海洋社會、海洋文化、海洋科學與技術、海洋資源與
永續。在小學學習階段中，此五項學習主題之實質內涵概念，及其與
三大海洋教育「學習目標」（親海、愛海、知海）的對應關係，可列
表於下，以收參照之效：

28 見教育部「十二年國民基本教育課程綱要」《議題融入說明手冊》：http://www.stgvs.
ntpc.edu.tw/~tyy/sch_pdf/16.pdf。

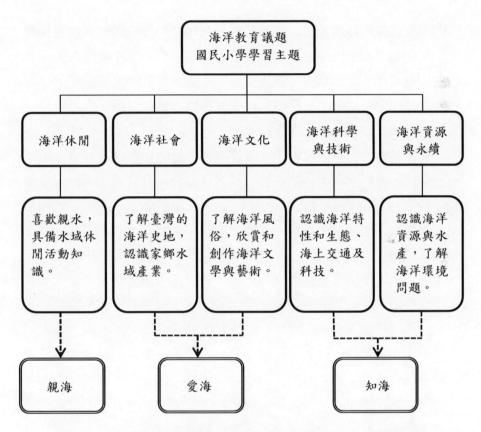

圖四-2　海洋教育議題國民小學學習主題項目、內涵及其與學習目標之對應[29]

　　據此，本研究之待答問題有以下幾項：首先，海洋議題在小教語文教材上的整體編輯情形是如何？此問題會牽涉到教師如何理解與因應教材的層次性、銜接性、和教學內容難易度的掌握；其次，海洋教

---

29 本圖之學習主題重點內容及項目關係由本書研究者歸納繪製。需特別說明的是，依教育部《議題融入說明手冊》之敘述，「愛海」之學習目標為「了解海洋社會與感受海洋文化」，可將之視為偏重在從了解而促進關心、認同以及感受、欣賞等能力；「知海」之學習目標為「探究海洋科學與永續海洋資源」，則偏重在探究科學知識面。

育的相關題材如何體現於語文教學的教材中？海洋議題如何融入國語
文學習領域？誠如上述，教師迫切的需要了解語文教材裡的海洋教
育，符應著哪些部訂的「學習主題」，怎樣能合乎跨領域教學的十二
年國教課程綱要趨勢，又能掌握語文教學的本質和目標，而不至於有
將語文課變成自然課或社會課的窘況。

在與本研究相關的文獻中，近期所執行過的研究面向包含：鎖定
某一年段、不限學習領域之各科教科書理的海洋教育，如《國民小學
高年級教科書海洋教育內容之分析——以康軒版為例》，其結論指
出：七大學習領域海洋教育內容的總出現率仍偏低，且比較集中在社
會和國語領域，但已具有橫向跨領域融入海洋教育的統整概念[30]。另
外，也有以海洋概念建構為主的觀察，如《海洋環境教育概念階層表
之建構及中小學教科書涵括海洋概念之研究》，文中統計小學教科書
中的海洋環境概念僅佔2.67%，且以自然領域佔比最多，與上篇之研
究結果不同；同時，作者提出國小教科書偏重在敘述海洋之美以及到
海邊遊玩的快樂，但本研究在爬梳語文領域之教材後，發現文本題材
並不僅於海洋休閒的學習內涵，也包括海洋生物、地質、浪潮洋流等
海象、環境永續等內容；另外，文中也參考了汪靜明的河川環境教育
概念階層表，擬訂海洋環境及資源、海洋生態、海洋環境變遷、海洋
資源與環境管理四個項目，嘗試建立海洋環境教育概念階層表，希望
提供教科書編輯者參考[31]。

若關注於語文學習領域的文獻來看，則可參考《九年一貫國小語
文教科書海洋教育之研究》、《海洋教育融入國小四年級國語文閱讀教
學歷程之研究》、《國民小學國語教科書海洋教育內容之分析》、《國小

---

30 參見張美雲：《國民小學高年級教科書海洋教育內容之分析——以康軒版為例》，國
　立臺中教育大學教育學系博士論文，2017年6月。

31 參見范雪凌：《海洋環境教育概念階層表之建構及中小學教科書涵括海洋概念之研
　究》，國立中山大學海洋環境及工程研究所碩士論文，2000年6月。

國語領域教科書海洋文化教育之內容分析》等。在上述相關研究的發現上，這些文獻提出，海洋課文僅佔整體比例的3.1%-4.4%，與教育部期望的10%，比例上顯有落差；在三個版本的國語教科書中，以翰林版所編入的海洋相關內容比例最高，但大多有年段間分量分配不均的現象，這些教材主要編入與探索自然、臺灣風情等有關的單元裡；題材廣度雖過於偏狹（多「海洋休閒」與「海洋文化」），但國語課文仍是能兼顧海洋教育概念和閱讀教學目的的媒介；此外，也有輔以訪問調查法，訪談臺灣本島與離島教師對海洋教材的期望，或嘗試提供各種文體的海洋題材補充教材，以為教學之參；也有針對海洋文化進行探究的研究取向，並指出各版本海洋文化融入語文的次類目中，皆呈現出「海洋文學」高於「海洋歷史」與「民間信仰」的現象[32]。

　　綜合觀之，這些相關的研究者背景以教育學門居多，主要著重在教科書編輯方面的統計和比較，較少直面語文教學的向度和文本文學性的探究分析。由於十二年國教課綱從二〇一九年才逐年實施，因此，這些研究都是以九年一貫課程綱要與教材為對象。是故，本章節擬針對最新版語文教材，重新梳理海洋議題在語文學習領域的編纂情況；其次，由於目前相關文獻資料多以比較高的比例關注在教科書統計與比較，而較少回歸語文教學本質來探討，所以本節亦將著重在回歸語文教學的本質，以辭章學系統為學理依據對海洋議題的文本做出考察。

　　辭章學的研究對象包含所有語言文字的藝術形式，它包含口語

32 參見陳佳秀：《九年一貫國小語文教科書海洋教育之研究》，國立臺中教育大學語文教育學系碩博士班博士論文，2011年5月；蘇麗芳：《海洋教育融入國小四年級國語文閱讀教學歷程之研究》，國立臺北教育大學語文與創作學系語文教學碩士班碩士論文，2012年7月；呂姿瑩：《國民小學國語教科書海洋教育內容之分析》，國立臺灣海洋大學教育研究所碩士論文，2015年6月；顏敬儀：《國小國語領域教科書海洋文化教育之內容分析》，國立臺灣海洋大學教育研究所碩士論文，2019年1月。

之話篇、書語之文篇，在文體上可表現為藝術體、實用體、及其融合體[33]。其整個理論體系含括從字詞句到篇章的點線面體知識點，例如詞彙、意象、修飾、文／語法、篇章結構、文體、主題思想、格調韻味等[34]。由於「篇章」的研究視域具有宏觀性與整體性，故本節的討論是以句群以上的篇章做為研究範疇。

　　總體而言，本節的研究取向以教科書編輯的觀察為初步，以明議題融入學科的教材編輯概況，接著再將研究重心聚焦於文本的文學性分析，以回歸語文教學的根本，期對師培生、在職教師在掌握海洋議題融入課程兼及語文知識／情意教學之重點時，能有所參照。

三　海洋題材在語文教材中的編纂

　　由於海洋教育在十二年國教課程綱要中列入四項重大議題之一，因此，各家版本都編選有海洋題材的課文。研究者針對108學年度最新版的國語領域教材，從南一、康軒、翰林三家版本、一至六年級，共三十六冊課本中，做出以下的課數統計，以觀其最新編纂分布概況。

---

[33] 參見鄭頤壽：《辭章學導論》（臺北：萬卷樓圖書股份有限公司，2003年11月），頁1、15-16。

[34] 張志公在〈談「辭章之學」〉中主張：凡是語言運用問題，無論是關乎語法修辭的，關乎語音聲律的，還是關乎篇章結構組織、體裁風格的，都屬於辭章之學。參見張志公：《漢語辭章學論集》（北京：人民教育出版社，1996年3月），頁13。

表四-2　各版本海洋題材類課文分布情形[35]

學習階段＼版本	第一學習階段				第二學習階段				第三學習階段			
	一年級		二年級		三年級		四年級		五年級		六年級	
	上	下	上	下	上	下	上	下	上	下	上	下
南一	1	1			3		1		*3			
康軒		1				1	1	1	1		1	1
翰林		1	1	1	3		*4 1		1	1		

　　綜觀上表，在該冊編有一課者，是海洋題材編入語文課文的大宗，包含南一：一上（亦是水與海洋題材最早出現在國語課本的課文）、一下、四上；康軒：一下、三下、四上、四下；翰林：一下、二上、二下、五上、五下、六下。編入三課者，有南一三上和翰林三上。比較特別的是以一整個單元選編海洋題材之課文者，則出現在南一五上以及翰林四上，前者共有三課，後者共有四課（另有一課亦關涉海洋題材，出現在另一個單元）。再以學習階段來統計的話，第一學習階段共有六課，第二學習階段共有十五課之多，第三學習階段則有八課，可見海洋題材的課文多集中在中年級的教材[36]。若以三家版本觀察，南一共有九課，康軒有七課，翰林則有十三課，在整體課數比例上較高。

---

35 本表由本書研究者統計繪製。其中，以全單元編選海洋題材教材者，以「＊」記號標示。

36 陳佳秀在《九年一貫國小語文教科書海洋教育之研究》中亦指出：「三家版本海洋課文多集中在中年級，分布不均。」見陳佳秀：《九年一貫國小語文教科書海洋教育之研究》，國立臺中教育大學語文教育學系碩博士班博士論文，2011年5月，頁132-134。

　　其次，研究者以上述這些課文的主題軸歸屬，從主題的範疇上做觀察，為下節探討課文中的海洋意象做前導。以下是各篇課文所編入的大單元名稱彙整表：

表四-3　各版本海洋題材類課文主題軸歸屬情形[37]

版本及單元名稱　　學習階段			南一	康軒	翰林
第一學習階段	一	上	壹、一起玩遊戲		
		下	貳、大自然	肆、快樂時光	肆、說故事
	二	上			貳、奇妙的大自然
		下			壹、我愛大自然
第二學習階段	三	上	壹、動物世界 肆、臺灣風情畫		參、走進大自然
		下		參、探索大自然	
	四	上	貳、文化交響曲	壹、親近大自然	＊壹、海洋世界 參、家鄉行腳
		下		貳、文化廣角鏡	
第三學習階段	五	上	＊壹、擁抱海洋	參、觀察與探索	壹、自然饗宴
		下			壹、臺灣風情
	六	上		貳、臺灣印象	
		下		參、童年故事	

---

37 本表由本書研究者爬梳繪製。其中，以全單元編選海洋題材教材者，以「＊」記號標示。需要說明的是，本節將先歸納各篇課文所屬的單元主題，以明其文本範疇，再據此概況於下節進一步探討這些海洋文本的內容義旨及其與教育部訂定之學習目標上的對應。

首先，以低年級語文教材來看，多以在遊戲中學習為設計理念，例如玩紙船、去海邊玩；也鼓勵兒童親近大自然，如：看海的活動、介紹海洋的奇妙生物或是蘭嶼的飛魚季；當然，透過有趣的故事來教學也是低年級不可少的教學策略，例如翰林版編入了北極熊學游泳的故事以連結海洋教育。

其次，在中年級的部分，南一版在「動物世界」介紹了海生節肢動物——鱟；臺灣風情則選編了七美地標——雙心石滬以及蚵田風情；而翰林版三上第參單元的自然主題，則在四課中有三課關於海洋（另一課是講述月世界的地貌），包括海豚、野柳特殊地質等，可見，整個單元是比較偏重在海洋來談大自然的選文；康軒版的自然探索單元也記述了野柳的奇石。南一版與海洋文化相關的課文是寫達悟族的飛魚與成年禮，值得一提的是，102年2月三版之前的康軒版四下教材，編選有「民俗風情」單元，其中也有以飛魚季為題材的課文，108學年度因應新課綱改版後，則在「文化廣角鏡」單元收錄林海音的〈請到我的家鄉來〉，當中提及了與海爭地的荷蘭，算是部分段落合乎海洋文化的教材；此外，康軒版「親近大自然」的單元是以鷹之視角描繪外木山的海岸；特別能關注的是翰林版四上，用了一整個單元的篇幅，編入四課，包括透過浮潛看海中生物、介紹海底資源、描述海的聲音、浪潮與陸地的消長關係；另有一課描述澎湖，收編在「家鄉行腳」單元。

其三是高年級的教材選編情況，南一版五上的第一單元「擁抱海洋」，是小教語文領域唯二的全單元海洋議題教材之一，本單元共有三課，內容涵蓋南方澳的漁港地景和產業、陸蟹保育、雅美（達悟）族從潛水射魚歷練。其他版本則編有自然觀察，介紹海豚生態、呼籲保護貝殼沙灘；臺灣風情／印象單元，主要在認識王功海景與養蚵生活，以及介紹澎湖虎井沉城之謎。此外，也有藉由童年記憶，從雕刻

澎湖小島作品懷想故鄉的課文。

綜上所述，海洋題材在語文領域的教材選編，除了能看出各學習領域在思考體悟的深淺與難易度具有層遞性外，主題大多從親近自然的角度切入，民俗史地、文學藝術、科普知識等層面則相對較少。在地域空間方面，幾乎圍繞在臺灣的海洋地理，尤其是澎湖，觸及世界其他地方的海洋素材比例則偏低，兒童恐較難藉此拓展海洋國際視野[38]。在海洋文化方面，教材與描述蘭嶼達悟族相關的風俗居多，並且集中在飛魚季／祭的相關內容。在海洋地質與生物上，則是關於野柳和海豚的敘述。雖然在海洋議題的教材選編上具有代表性，但也在一定程度上顯示海洋題材的廣度還可加以擴充[39]。

四　海洋議題的語文教材文本分析

為能宏觀而整體的呈現文本在內容與條理上的特色，本節將依篇章辭章學之縱橫向結構論為理論基礎，研究取向包含內容義旨（篇章

---

38 教育部在海洋教育的基本理念裡列出：海洋教育應能讓全體國民有能力分享珍惜全球海洋所賦予人類的寶貴資源。唯於小學所編選的海洋題材語文教材中，較無法達到這項目標。參見教育部「十二年國民基本教育課程綱要」《議題融入說明手冊》：http://www.stgvs.ntpc.edu.tw/~tyy/sch_pdf/16.pdf。另外，吳靖國從臺灣的歷史背景推測，一種隔絕性的海洋意識可能造成教科書中少見海權或海洋與國際化的相關內容。參見吳靖國主編，吳靖國、施心茹等著：《海洋教育：海洋故事教學》（高雄：麗文文化事業股份有限公司，2011年7月），頁3。

39 關於海洋題材融入語文教學的廣度尚可擴充的部分，可參羅綸新、黃明惠、張正杰：《海洋教育：認識海洋的教與學》（臺北：高等教育出版社，2011年10月）；陳佳秀：《九年一貫國小語文教科書海洋教育之研究》，國立臺中教育大學語文教育學系碩博士班博士論文，2011年5月，頁199-274。教師亦可於課外閱讀時補充相關兒童文學作品，例如范欽慧：《海洋行旅》（臺北：天下雜誌股份有限公司，2006年12月）、陳素宜：《海洋的故事》（新北市：聯經出版事業公司，2000年8月）、海洋題材的中外繪本等。另可參閱臺灣海洋教育中心：http://tmec.ntou.edu.tw/。

縱向結構）與謀篇布局（篇章橫向結構）之層面[40]，其體系關係可透過下圖示意：

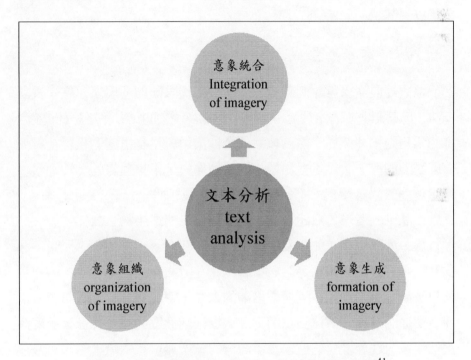

圖四-3　篇章縱橫向文本分析模板系統示意圖[41]

---

40 劉勰《文心雕龍・章句》：「夫人之立言，因字而生句，積句而為章，積章而成篇。」見〔梁〕劉勰著、范文瀾注：《文心雕龍注》（臺北：學海出版社，1991年12月再版），卷七，頁570。李瑞騰在一場關於國語文教材教法的專題演講中主張：「國語文教學的根本之一即在於『通過課文了解作者如何組成篇章及闡明題旨，並且認識文本背後的社會與文化。』」見李瑞騰：〈請循其本──國語文教學之我見〉，《108國語文教材教法課程設計學術研討會會議手冊》（臺北：國立臺灣師範大學，2019年10月18日），頁7。本書研究者曾指出：「關乎篇章縱向的意象生成，是讓辭章作品得以充實內容的要件；牽涉篇章橫向的組織條理，是使文本的情意思想與物事材料能夠獲得安置的橋樑。」見陳佳君：《篇章縱橫向結構論》（臺北：萬卷樓圖書有限公司，2008年7月），頁5、105。

41 本圖由本書研究者歸納繪製。

以下章節即分就意象的形成、意象的組織、意象的統合加以探究海洋教材之文本分析。限於篇幅，本節將選擇具代表性的課例作為研究對象，以窺其貌。

（一）海洋意象之生成

綜觀經典文學意象的營構，海洋書寫從未缺席。廖肇亨在〈長島怪沫、忠義淵藪、碧水長流──明清海洋詩學中的世界秩序〉就提到：寄託幻想的十洲三島、熱情喧囂的港口市場、錯身擠塞的帆檣星影、血腥暴烈的海上戰役、繽紛炫奇的琉璃珠貝、千里孤身的弘法高僧、爛漫旖旎的異國戀情，都曾透過文學作品撼動著一代代人的心魄[42]。文學作品中的海洋書寫題材橫跨海洋景致、海洋生物、海洋傳說、海洋行旅、海洋史事（如貿易與戰事）等；在內容上，敘事、寫景、詠物、記遊、抒懷、議論等，各擅勝場；在詩文作品中所賦予的海洋意象也十分多元，例如：以浩浩湯湯的大洋，寄寓空間阻隔的悲苦；以海上交通的艱險，傳達強烈的意志；以神話仙鄉的海洋想像，展現浪漫情懷或對理想境界的追求；以海洋的寬廣無垠象徵無盡的宇宙觀或開闊胸襟的生命境地；也有純粹表現大海的自然美與靜謐平和的氣氛；更有從海戰書寫表現戰士驍勇形象、反映生靈與家國的苦難、寄託諷諭與省思等海洋意象[43]。這些豐富的海洋意象大致可歸納為

---

42 參見廖肇亨：〈長島怪沫、忠義淵藪、碧水長流──明清海洋詩學中的世界秩序〉，《中國文哲研究集刊》第三十二期（2008年3月），頁42。

43 參見李劍亮：〈中國古典詩賦中的「海」意象〉，《浙江海洋學院學報》第16卷第3期（1999年9月），頁21-25；廖肇亨：〈浪裏挑燈看劍：中國海戰詩學之書寫特質與價值信念初探〉，《中國文學研究》2008年01期（北京：中國文聯出版社，2008年1月），頁285-314；張高評：〈海洋詩賦與海洋性格──明末清初之臺灣文學〉，《臺灣學研究》第5期（2008年6月），頁1-15；顏智英：〈論歸有光詩中的海戰書寫──兼述其古文中的禦寇思想〉，《成大中文學報》第四十三期（2013年12月），頁87-126；

「情」、「理」、「美」三大面向的意義性。

　　值得思考的是，文學與語文教學的研究者與實踐者，該如何運用海洋議題融入語文課程的機會，引領兒童從小扎根，提升文學薰陶、文化涵養、國際視野、科普知識、環境永續的意識。李瑞騰在談新課綱素養導向與議題融入架構下的國語文教學時，就闡述道：透過國語文學科領域來進行議題融入是最自然、最有效的路徑，因為文學之形成通常是作家從自我出發，寫其所聞所見及其思感，碰觸人的種種處境與社會文化議題，透過生動、深刻、能感動人心的文學作品，將議題融入文本講解，本就是理所當然之事[44]。然而，海洋書寫無論是題材、語言、旨趣、意象等都必須符合兒童文學的特質，需要講究是否適合兒童的心智發展、理解領悟層次與生活經驗。那麼，現今語文教材中的海洋題材，多半呈現出怎樣的書寫材料、經營出怎樣的海洋意象，這些海洋意象在上述的「情」、「理」、「美」三大面向上有何連結，就需要教師和研究者進一步剖析。

　　一般而言，作家會藉由具體可見的景物、各種現實或想像的事件，來表抒抽象的情意或道理，當物材或事材被賦予意義性的寄託和象徵，文本意象亦於焉產生[45]。以下即一一從課例進行觀察分析。

　　康軒一下〈到海邊玩〉一課之作／編者在寫作材料的使用上，是運用自然之景與人事之景，描述了在沙灘上玩水追逐、玩沙堆城堡的人，以及唱著歌、捲上岸的浪花，在人與海的互動中，營造了親水活

　　陳宣諭：《李白詩歌海意象》（臺北：萬卷樓圖書股份有限公司，2011年11月）；顏智英：《宋詩海洋書寫研究》（臺北：萬卷樓圖書股份有限公司，2017年9月）。

44 參見李瑞騰：〈請循其本——國語文教學之我見〉，《108國語文教材教法課程設計學術研討會會議手冊》（臺北：國立臺灣師範大學，2019年10月18日），頁7，及當天專題講述之內容。

45 參見陳佳君：《辭章意象關鍵論》（薩爾布呂肯：金琅學術出版社，2016年6月），頁257-341。

動的歡快氣氛，展現出趣味連連的海洋情意象。

　　翰林二下〈飛魚季〉以銀白色的飛魚為動物類物材，以蘭嶼人在產季捕飛魚的過程為事材，點出了生態保育的永續觀念。文章先從視覺，渲染出充滿動態感和畫面感的飛魚躍水，再從「招魚祭」和「漁止祭」簡述飛魚季所經歷的階段。可以說，文中描繪藍色的大海、像是長了翅膀的飛魚，表現了海洋之美；而藉由淺顯易懂的書寫方式，讓低年級的兒童也能有機會一窺與海相依的族群，如何保存傳統，又能尊重自然，呼應到海洋保育觀的理意象。

　　就海洋物材的運用來觀察，描述單一海洋物種，是小教海洋題材的語文教材中常見的書寫模式，南一三上〈鱟的願望〉就介紹了鱟這種有動物活化石之稱的海洋節肢動物，作者捨棄說明式科普文，而是化身成鱟，以第一人稱現身說法，從外形特徵、演化發展，再到生命歷程、生存條件順敘，接著筆鋒一轉，反映沙灘、大海等生存空間都受到破壞而使物種的延續岌岌可危，最後據此以許願的方式提出呼籲，顯得有力，是一篇用動物類物材突顯海洋環境永續與海洋生態保育觀念的課文（海洋理意象）。

　　翰林四上〈水中奇景〉一文，記錄了一次充滿樂趣的浮潛活動（事材），從期待、到準備、再到潛入淺深不同的海中，觀察到各種海中生物和變化多端的海中美景（物材），從兒童視角的實際體驗中，寄寓了親近大海的快意、珍惜海洋環境的旨趣（海洋情意象）。

　　翰林四上〈大海的旋律〉一課，作者張嘉驊並不是從常見的視覺角度來寫，而是主要從聽覺（兼視覺）與膚覺集中表現大海的律動。文中描述海之韻律的部分，是運用物材以形成意象，具體記錄聽海的實際體驗和在海水浴場游泳的回憶，則是運用事材以烘托出海的印記。尤其作者還透過層遞的手法，寫聽海最勝者，莫若月光下；寫感受海之旋律，莫若親身交融於海的樂章裡；寫海中悠游，最愛仰泳。

在人海共振的氛圍裡，不僅賦予了海洋的浪漫韻味和音樂美，也寫出了兒時親近海洋的美好記憶（海洋美／情意象）。

　　談到多樣化的海洋書寫素材，編在同單元的〈海底世界〉也是一例，本課的描述對象是海底深處，不同於一般常見的海邊或海面等素材。文中所運用到的寫作材料包括光線明暗、物種、地形、資源等，作者開篇先以相對於波光閃動的海面提問和導入，首先描寫海底寧靜黑暗的生態環境，和會發光的海底生物；接著說明海底地形有山、有溝、有火山，以及冷卻的岩漿形成的新生島嶼；第三部分則是介紹海底的藏有石油、海洋深層水、洋流能源等。全文營造出「景奇」、「物豐」的深海世界（海洋美意象），喚醒兒童對認識和關心海底環境、留意海洋永續發展的心態（海洋理意象）。

　　所謂的物材，包含自然物與人工物。海洋議題的書寫，除了以描繪自然生態環境為主，在小教語文領域教材中也出現了人工物，例如康軒六上〈神秘的海底古城〉，本課從史料記載、海底可見的類城牆遺跡和各國探勘隊的調查，揭露澎湖海域虎井沉城的謎團，取材特殊。其中，《臺灣通史》、澎湖地方誌、當地文人詩詞的相關記錄，都是文獻資料，屬人工物材；而文中關於臺灣、日本、英國尋訪隊的實地探查情況、科研發現、引起國際關注等敘述，則是事材類型。這些寫作材料（「象」）所連結的「意」，無論是引領兒童了解海底古城的報導，對神秘的史地保持好奇與探究之心，或是對歷史遺跡與遠古文化的珍惜、敬重等，都能帶來啟發意義（海洋情／理意象）。

　　翰林版原本在六下「萬物有情」單元，編選〈墾丁風情〉一課，收錄了兩首余光中的詩作──〈貝殼砂〉和〈風翦樹〉，108新版則置換了「萬物有情」單元的三課課文，而將〈貝殼砂〉一詩保留，移至五上教材中。〈貝殼砂〉以沙灘地質，將珊瑚、貝殼喻為海神的珍品，再以人類製造出來的假期垃圾，突顯環境污染問題；〈風翦樹〉

以生長在海邊的植物，因對抗猛烈海風而偏向一側生長的狀態，宣揚無所畏懼的堅毅精神，兩篇課文共同傳達出欣賞與保護家鄉自然環境的重要性（海洋理意象）。

（二）海洋意象之組織

就謀篇布局的組織條理而言，小教學習階段通常會透過日常中較具普遍性、極常用的章法類型，一方面可收簡明的邏輯效用，另一方面也合乎學習歷程的難易度，一般而言，文本多半顯示出低年級簡易、中高年級加深的進程。

在課例分析方面，康軒一下〈到海邊玩〉的組篇方式，運用了因果、總分等條理，不但是極常用章法，也是低年級兒童在日常生活裡的語文應用都會碰觸到的邏輯思維。課文的結構表如下：

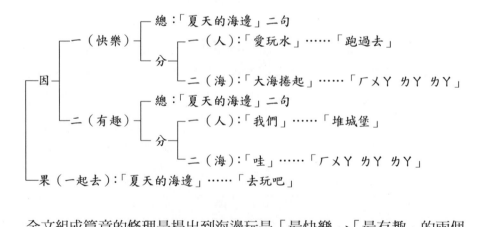

全文組成篇章的條理是提出到海邊玩是「最快樂」、「最有趣」的兩個原因，再順推出末段一起去海邊玩的邀請，因此在篇章的第一層形成「先因後果」的典型結構。其次，作者在處理節段時，都用了相同的句式與結構，使短文具有穩定感，三個意義段皆在句法上，以「夏天的海邊，是最……的地方」開始；在章結構上，則是運用「先總

（凡）後分（目）」的方法細述海邊如何好玩；在分目的地方，也不單是從玩耍的人來落筆，而是兼顧了人與海的互動性，讓玩水追逐的人和捲動的浪花相映，也讓開心堆沙堡的遊戲和打上來的浪推倒沙堆的過程連動，孩子們在海邊玩的歡笑聲，彷彿也和海浪「ㄏㄨㄚ ㄉㄚ ㄉㄚ」的聲音唱和著。這是作／編者細細考慮到的寫作安排，教師不妨在教學時，設計一些活動引導兒童去發現段篇關係。

翰林二下〈飛魚季〉的作者是岑澎維，全文以「先敘事後抒情」的結構組織成篇。其篇章結構可表示如下：

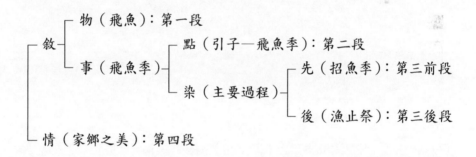

作者先在首段運用藍色和銀色的色彩，以及平靜海面、陽光下躍出的動靜對比，讓主角——飛魚登場，再點出三月展開飛魚季之事（點——引子），而主要敘寫捕飛魚的段落，又依活動先後，分為初期的「招魚祭」與後期的「漁止祭」來介紹（染——主體內容）[46]，末段則是由事入情，道盡湛藍大海與銀白飛魚相映的畫面，正是令人心動的家鄉之美。由結構表足見文章的篇章組織是極具層次關係的，

---

46 點染章法中的「點」是指書寫對象的時空定點，功能是做為提起引子、過渡橋樑、或是收尾餘波；「染」則是指書寫對象的主體內容。本課是屬於「引子」與「主體」的邏輯關係。若低年級兒童不易理解「點、染」之專有名詞，教師可以「提出活動名稱（飛魚季）」與「說明活動內容（初期和後期）」代稱，並將教學重點放在「先點後染」的組織概念習得上（先點出活動，再介紹活動主要內容）即可。

不過，指引只用「先說—再說—後說」說明課文結構。如果教師在備課或講解時，只停留在僅具有標示段落先後功能的方式，將有可能無法建立關係式組篇概念。

翰林四上〈水中奇景〉一課，作者葉雅琪藉浮潛之事，描述了許多海中生物，組篇條理清晰：

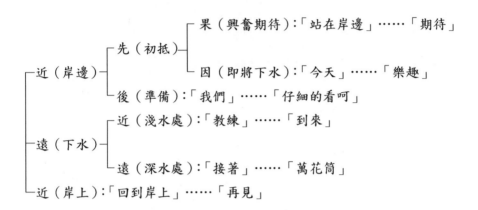

可見，本文是以空間的遠近和時間的先後來謀篇。以首二段來看[47]，由於兩段的書寫空間都還在「岸上」，故可將其歸併於同一意義段，此節段是依時間先後，先透過因果關係傳達出興奮期待的心情，再寫家人都合乎安全規範的做好下水前的準備，另一方面也以螃蟹的現蹤為下一段的入海，增添文章發展的期待感。唯教材裡的心智圖標示如下[48]：

---

47 本文首二段內容如下：「站在岸邊，看著清澈的海水，我心裡既興奮又期待。今天，終於有機會和爸爸、媽媽一起享受浮潛的樂趣。／我們依照教練的指示，做好下水的準備。這時，眼前爬過一隻螃蟹，速度時而快，時而慢，好有趣！教練說：『這裡的生物很多，等一下大家要張大眼睛，仔細的看呵！』」見翰林版：《國民小學國語》（臺南：翰林出版事業股份有限公司，2019年8月三版），頁14-15。

48 參見翰林版《國語教師手冊》（臺南：翰林出版事業股份有限公司，2019年8月三版），第七冊，頁85。

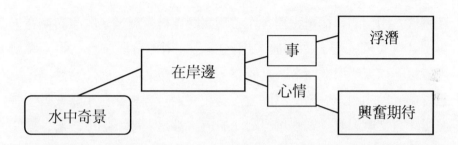

如果教師僅以心智圖輔助，不但看不到第二段的定位，也可能僅能解決第一段的內容問題，而無法看出因果和先後的段落組織關係。接著是寫真正入海浮潛的中段，包含兩個自然段，一寫淺水處所見的海膽、河豚、海星；一寫深水處的珊瑚、熱帶魚、小丑於和海葵、許多不知名的海底生物，呈現出兩層遠近章法。最後是返回岸上，回頭與翻湧的海浪道別，以線性的時間軸推移出一幕幕海洋的奇景。透過教師的講解，學生就能欣賞到作者如何透過清楚的時空脈絡，安置在海岸、海中的觀察與感受等寫作內容。

　　康軒六上〈神秘的海底古城〉取材自至今仍未有定論的虎井沉城，用敘事加議論的條理來組織篇章，很適合正在培養思考力的高年級。課文結構表如下：

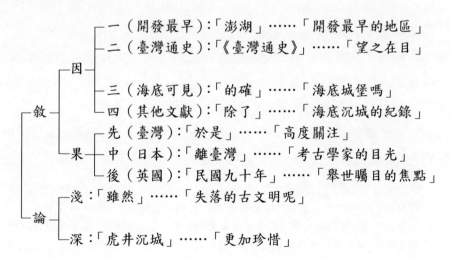

在屬於「因」的結構單元裡，作者寫到澎湖是臺灣最早開發的地區，再引述《臺灣通史》中關於「虎井嶼之東南，有沉城焉」的一段記載，接著以天晴退潮時，眼真能見，加以印證此說。而此結構單元還包含第二段的開頭，略記澎湖地方誌和文人詩詞也都有相關文獻。開發早、有文獻記錄、肉眼可見海底城跡，都是引發下個節段寫各國展開探查的緣由。

中段進入較長的篇幅記述臺、日、英的搜尋研究。首先是臺灣的潛水專家，此段運用了多層因果（由於該地是軍事重地，需申請，致進度緩慢；勘查的結果引起國際學者關注）、先後（從一九七六年起至一九八二年首度發現長石牆）等組織條理。

接著是日本探勘隊的調查，這個節段包括第三自然段和第四自然段前半，主要以正反、因果關係來組段，例如：有高度興趣，但限於管制而無法前來；搜尋沒有解答，但留下影像記錄。

之後是英國的葛瑞姆團隊，文章運用前後對比和詰問句，讓整個長章節的鋪陳充滿時快時緩的節奏感，先是以為發現的「長牆」只是海底岩脈（先／誤），最後卻證明岩脈之下是平整的牆面（後／正），以上也是這個章節的「因」，底下再據此假設出沉城可能真的是古文明遺跡（果）。事件也因而吸引了許多國外媒體報導。

最後，文章依此敘事脈絡推進議論的環節，先交代目前真相尚未確定，再語重心長的表達出古文明遺跡存在著失落的危機，文末再推深一層的提出人們面對史跡和古文明應有態度。

從本課的篇章組織分析可以觀察到兩個現象：一是篇章結構不一定和分段狀況一致，而是需要靠邏輯關係去判斷[49]；二是指引在針對

---

[49] 清代呂留良在《晚村先生八家古文精選》之凡例中曾闡釋：因為辭章家的文心變化，使「段落有極分明者，有最不易識者，其間多有過接鉤帶，顯晦斷續，反覆錯綜之法」，但也因此易「多方以誤人」，並直指：「故段落分則讀文之功過半矣」。參

本課做文意脈絡分析時，是以「事由—經過—結果」，各收編第一
段、第二至五段、第六至八段[50]。唯對於小教第三學習階段的學生而
言，學習組篇概念時，應從初階的「原因—經過—結果」加深邏輯力
的難度。高年級的文本訊息量與組篇結構，原本就比中低年級複雜，
教師在教學時，亦可嘗試分就篇結構與章結構逐層講解。

　　高年級教材還可再看翰林六下〈貝殼砂〉，本課的篇章結構有著
鮮明的正反關係：

```
┌ 點:「白淨」句
│       ┌ 正:「你來看」八句
└ 染 ───┤
        └ 反:「而人呢」三句
```

詩歌先以沙灘為「水陸的交易會」，點出時空場景（點），敘述主體的
部分（染）則用一正一反的結構，在回扣首段所形容的「交易」時，
對比出海洋的慷慨和人類的破壞。

　　另一首〈風翦樹〉則是用「果—因—果」結構，運用有力度的動
詞，描繪出樹木抗風的形象：

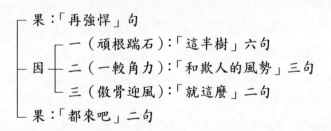

```
┌ 果:「再強悍」句
│       ┌ 一(頑根踹石):「這半樹」六句
├ 因 ───┤ 二(一較角力):「和欺人的風勢」三句
│       └ 三(傲骨迎風):「就這麼」二句
└ 果:「都來吧」二句
```

　　見〔清〕呂留良：《晚村先生八家古文精選》，收於《四庫禁毀書叢刊》集部第九十
　　四冊（北京：北京出版社，2000年1月），頁312。

50　參見康軒版《國語教師手冊》（臺北：康軒文教事業股份有限公司，2019年9月三
　　版），第十一冊，頁180。

詩以第一個「果」先下一斷語——強風拔不起，接著分別以頑根踞住岩石的意志、與狂風一較角力也絕不跪倒的氣勢、在呼嘯的風口挺一身傲骨，直寫能在惡劣環境生存的理由，最後一句的條理，乃再從「果」上，向風喊話，深刻的刻劃了海洋生態中，大自然的生命力。

（三）海洋意象之統合

　　一篇文本要能達到完整有機體的要求，通常需要依賴核心旨意統貫起所有的寫作內容[51]。由於本研究所探討的是海洋議題的融入，因此，文本主旨如何扣合教育部訂的五項海洋教育「學習主題」，並且在親海、愛海、知海的三個「學習目標」中，又呼應到哪些面向，都是本節要討論的重心。茲以下列課例分析之。

　　康軒一下〈到海邊玩〉一課，以簡單的因果結構和人與海愉快交會的旨意，把全文統一起來。指引也清楚列出本課在海洋教育的議題融入方面，是對應著「願意並喜歡參與親水活動」指標。在新課綱中則是屬於「海洋休閒」的學習主題[52]，並連結到「親海」的學習目標。

　　翰林二下〈飛魚季〉的課文主旨是透過蘭嶼人捕飛魚的理念和做法，建立尊重自然生態與環境永續的意識。由於本課屬於低年級的文本，作者特別從橫跨五個多月的飛魚祭典之各項活動中，選擇飛魚招魚祭、飛魚收藏祭，說明族人唱著祭歌、不捕過小的魚，以及飛魚魚汛期結束就不再貪捕的過程。因此，本課在海洋教育的主題習得上，含括了解海洋風俗文化、認識海洋生態特性、傳達生物保育的永續概

---

51 〔清〕王夫之：「無論詩歌與長行文字，俱以意為主。意猶帥也，無帥之兵，謂之烏合。」見〔清〕王夫之：《薑齋詩話》（北京：人民文學出版社，1998年2月），頁146。

52 對照於九年一貫課程綱要中的能力指標，在十二年國教課程綱要中調整為「議題實質內涵」。小學學習階段「海洋休閒」學習主題中，列有「海-E-1.喜歡親水活動，重視水域安全。」

念，應合了「愛海」、「知海」的學習目標。

　　南一三上〈鱟的願望〉雖是收編於「動物世界」單元，但是屬於海洋生物，因此也應當添入海洋議題的討論範圍。本課旨在引導學生認識兩億多年前就存在的「動物活化石」，除了了解此物種的特殊性之外，更能警覺其即將瀕臨絕種的危機，思考保護海洋自然環境和物種的永續生存。因此，本課在海洋議題的五大學習主題中，符合「海洋科學與技術」（認識生態）、「海洋資源與永續」（環境問題），對應「知海」的目標向度。

　　翰林版的第七冊（四上）編有「海洋世界」主題軸，以全單元四課的分量，聚焦於海洋議題。〈水中奇景〉描述作者與家人一次驚奇的浮潛活動，並觀察到海洋生物的多樣性，在海洋教育的學習主題上，不但緊扣親水的海洋休閒活動（親海），也介紹了海中生態（知海）。〈大海的旋律〉以澎湖為場景，先透過聽覺形容海的美好旋律，更親身游入海中，與海的韻律共鳴，旨在傳達多接近海洋，感受與自然互動的喜悅（親海）。〈海底世界〉則偏重在說明海底深處的少光闇黑、發光生物、火山岩地形、和海洋深層水、石油等豐富資源，呼應「海洋資源與永續」主題和「知海」的學習目標。〈藍色海洋大軍〉從浪潮衝擊陸地的現象來認識海洋特性，提醒身處海島的國民，留心周遭的地理環境、海洋與陸地的關係，屬於「知海」的範疇。

　　康軒六上〈神秘的海底古城〉以一環扣一環的因果關係和許多的疑問句，敘述澎湖虎井嶼附近的一處尚未完全解開謎團的海底沉城遺址，在文章由敘事進入論理的後段時，清楚提出：即便各國考古專家潛入海底，親見令人費解的石牆構造，還是存在著太多無法確定的秘密，然而，長形海底石牆、圓形疊石等結構，並不會永遠安然等在海底深處，因而促發了人們探求人類古文明的迫切性；而文章旨意也在末段點出發現並持續研究海底沉城所給予人的啟示：對於不能再複製

的史跡、難以解釋的古文明，都是人類應當珍惜的珍貴文化財。由此可知，本文以獨特的海洋題材，連結到在小教學習階段比較少見的「海洋社會」主題（海洋歷史、家鄉水域環境、海洋意識）和「愛海」的學習目標[53]。

原編於翰林六下的〈墾丁風情〉，是以貝殼砂、風剪樹為寫作對象，呼應「海洋科學與技術」、「海洋資源永續」主題中，關於海洋生態與地質地貌的認識，強調了淨灘護砂的應行性與對自然生命力的體會；此外，本課是新詩體，因此教學目標也包含學習新詩的文體特色，對應「海洋文化」中「能欣賞海洋文學作品」，因此在學習主題上，兼及「愛海」和「知海」的學習目標。

五　同題材之文本分析及比較

上節主要是以文本意象之生成、組織、統合為綱，透過焦點式分析的角度，分別舉課例說明，本節將鎖定題材觀點，並借鑒篇章辭章學為學理依據與方法論，從同題材之整合式的視角繼續分析海洋議題的相關教材[54]。誠如本書前述，「篇章」是處理句子以上關於內容與形

---

53 張美雲在《國民小學高年級教科書海洋教育內容之分析——以康軒版為例》的統計中也發現，連結生活面向與社會發展的海洋應用科學、海洋開發和海洋社會學習內涵的篇幅偏少。參見張美雲：《國民小學高年級教科書海洋教育內容之分析——以康軒版為例》，國立臺中教育大學教育學系博士論文，2017年6月，頁81-83。

54 馮永敏即主張教學者應重視教材以單元來編排的用意，並以統整、類化的觀點，立足於同屬性的教材內容，找出其中蘊藏的共同重點和規律，以改善單篇課文之間聯繫鬆散或被孤立分解的問題。參見馮永敏：〈展開過程　揭示規律——試探九年一貫本國語文統整教學的實施〉，《九年一貫語文統整教學學術研討會論文集》（臺北：臺北市立師範學院語文教育學系，2001年8月），頁76-77。此外，除了找出教材的共性，以利突出學習重點、促進舉一反三的學習效能之外，教師若能比較出教材之間的異同、特色或難易度，也會對教師進行整合式教學有所助益。

式組織的語文單位[55]，陳滿銘在定義篇章辭章學時，曾闡釋道：

> 篇章辭章學為辭章學的一主要分支，是研究篇章意象（形象思維）、章法（邏輯思維）、主旨與風格（綜合思維）等的一門學問。[56]

職是之故，本節將具體從篇章意象的生成與篇章結構的組織，針對各篇文本的篇章層面，完整依序由海洋文本的書寫內容、寫作材料所蘊含的海洋意象、課文的核心旨意及其與海洋教育學習內涵與目標之連結，與篇章邏輯條理的組織等面向，來探討語文領域教材中的海洋文本特色。

由上一節的探討中，已知海洋教育議題融入語文領域之教材編寫情形，在各版本語文教材中皆有選編，並集中在第二學習階段較多[57]；從書寫題材上來考察，其文本內容則大致有關涉到海邊遊玩、體驗浮潛等海洋休閒活動，以及介紹海豚、鱟等海洋生物生態，描述澎湖石滬、野柳奇岩、潮汐現象、貝殼砂等海洋地形地貌，解說飛魚民俗、虎井沉城等人文風土，也有記敘蚵田景象、南方澳漁港風光等地景，更有藉以提出海洋環境與生物所面臨的污染與危機等內容。本節從具有兩課以上之同題材者，選擇濱海自然人文風情題材和海洋生物生態題材，進行文本篇章分析及同題材之教材比較，並兼論相關教學建議，以見一斑。在這兩類海洋題材中，前者主要以蚵田為書寫素材，

---

55 參見陳佳君：《篇章縱橫向結構論》（臺北：萬卷樓圖書股份有限公司，2008年7月），頁3。

56 見陳滿銘：《篇章辭章學》（福州：海風出版社，2005年2月），上冊，頁33。

57 經研究者針對108學年度最新版的國語領域教材所做的統計，第一學習階段共有六課，第二學習階段共有十五課，第三學習階段則有八課。詳見本書第肆章第二節第三小節。

包含南一三上的〈蚵田風光〉和翰林五下的〈潮起潮落〉；後者則是鎖定海豚來觀察，包含翰林三上的〈看海豚跳舞〉及康軒五上的〈海豚〉。

　　這樣一來，透過論述海洋議題融入語文教材的篇章教學節點與同題材之教材比較，應能使議題融入之教研工作具有更清楚的視野，同時對於教師在掌握海洋議題的教材文本特色、決定教學重點、和透過文本引領學生建構海洋意識等方面，提出一些教學與研究的可行性。

（一）海洋議題之自然人文題材篇章分析

　　南一三上〈蚵田風光〉以回想的方式，藉由暑假返回彰化王功探望身為蚵農的外公，描述了蚵田的景致和養蚵人家的苦與樂。其中，課文裡形容退潮時所見的廣闊蚵棚和蚵架上的串串蚵殼，以及海風吹拂下的忙碌蚵農、轉動著的大型風力發電機等，渲染出一幅幅獨具風情的濱海蚵田景象；而刻劃外公養蚵的過程、依靠天候潮汐的養蚵條件、掛心蚵苗生長情形的憂慮與收成的喜悅等，則是表達出養蚵人的勞動。由此可見，全文是透過蚵田之景與養蚵之事，營造出海洋的美意象與情意象。全文的主旨——了解海邊養殖蚵仔的人文風情，體會蚵農的苦樂心境，也從中透顯出來。本文在海洋教育的學習主題上，對應了「海洋社會」（認識水域產業）和海洋資源與永續（認識海洋資源與水產），屬於「愛海」、「知海」的目標向度。

　　本文在篇章結構上，是透過總分兼今昔的章法組織成篇，其結構表可表示如下：

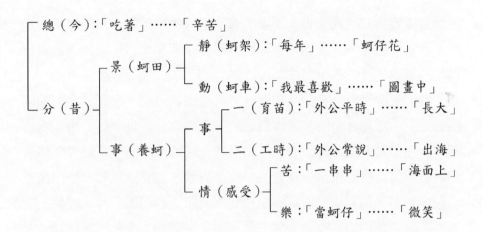

　　透過上表的梳理可見，本文是以「先總（凡）後分（目）」和「由今而昔」的脈絡，將「蚵田之景」與「養蚵之事」兩軌綱領貫串起來[58]，這是一種章法的兼格現象，也就是段落在組織成篇時，同時具有兩種以上的二元對待關係[59]。

　　從組篇功能而言，「先總後分」結構梳理了蚵田的海濱風光和養殖蚵仔的工作情形，「由今而昔」結構則突顯了時間軸的逆推。再從結構特色來說，後者的結構從現在正在品嚐可口的傳統美食——蚵仔煎落筆，並由此聯想到暑假回鄉的經驗，除了讓思路的連結順當之外，一來，味覺是兒童都會有的生活經驗，飲食也是具有口腹吸引力的感官知覺，在閱讀上，自然形成一種審美注意；二來，文章首段從蚵仔烹調而成的傳統小吃，也呼應了末段的蚵仔收成，產生了因果式

---

58 綱領是用以統合文學作品中的事材與物材，貫串全文內容的線索。由於辭章家的匠
　　心或為闡發題旨之所需，有些作品以單軌綱領一脈到底，有些則會運用雙軌甚至多
　　軌綱領來連接起文本的內容材料。參見陳佳君：《辭章意象形成論》（臺北：萬卷樓
　　圖書股份有限公司，2005年7月），頁83-89。

59 章法兼格又稱兼法。王希杰指出，不同的章法可能實現在同一個文本上。這是由於
　　事物內部的邏輯關係有角度的不同，但又是有條件的相互轉化。參見王希杰：〈章
　　法學門外閒談〉，《平頂山師專學報》第18卷第3期，2003年6月，頁56。

首尾對應的篇章組織效果。不過，若欲進一步釐清本文寫作材料的條理，除了前述的倒敘手法，還是得落到凡目關係來看，這是因為這裡所謂的倒敘，僅能標示出從首段過渡到二至六自然段的篇結構。

就「先總後分」結構來觀察，本文是以首段的「想起外公家的蚵田風光」、「想起外公的辛苦」為總起，其後再分「景」與「事」兩目細述。在寫景的部分，作者先點出彰化王功漁港的時空落足點，接著分從靜態與動態，書寫退潮時的一排排蚵架、以譬喻形容一串串像花一般的蚵殼，還有乘坐採蚵車穿梭蚵田間所見的海風吹拂、養蚵人的勞動、旋轉葉片的風車，一靜一動，使文章顯得具有狀態上的變化。在敘事的部分，先寫解釋外公如何為蚵仔育苗，再敘述天候潮汐天敵等影響，導致外公的前往蚵田的時間不定、隨時都必須出海。文末由「事」轉「情」，一方面寫出了外公身為養蚵人的牽掛，另一方面也透過外公的微笑，訴說收成時的欣慰。

由此可知，在分析文本結構後，分布在六個自然段裡看似零散的文本訊息，因而得以在總分、景事、動靜、苦樂等條理關係中整合起來；同時，教師在處理本文「由實（景與事）入虛（心境）」的部分，亦可從篇章結構中了解到，課文其實抒發了外公心繫蚵田的憂慮和蚵仔豐收時的喜悅，因此，教師在講解文本旨意時，應該從只關注在蚵農的辛苦加以擴大[60]，以涵蓋甘與苦的情意傳達性。

翰林五下〈潮起潮落〉一課，作者為楊美玲，內容敘述途經王功海邊時，所觀察到的潮汐變化，並由此表現出漲退潮的奧妙大地和海邊養蚵維生的民情風土。文中書寫路過王功海邊、實際走訪退潮時的灘地、欣賞漲潮時的不同風情，烘托出海洋美意象，並且呼應了「海

---

60 本課在進行文本討論時，針對核心旨意的掌握，師培生僅依指引提出本文主旨為「體會養蚵人的辛苦」，並在本書研究者引導下，於觀察篇章結構脈絡後，予以修正補充。

洋休閒」的海洋教育學習內涵，和「親海」學習目標；而了解潮汐的科學知識、觀察潮間帶孕育的豐富生態資源、感受養蚵產業的勞苦，則生發出海洋理意象和海洋情意象，同時也對應了「海洋社會」、「海洋科學與技術」、「海洋資源與永續」的項目，和「愛海」、「知海」的目標。

　　本文共有十一個自然段，其中包含眼前的敘述主線（收）和盪開的聯想（縱），兩者在篇章結構上形成以下的關係：

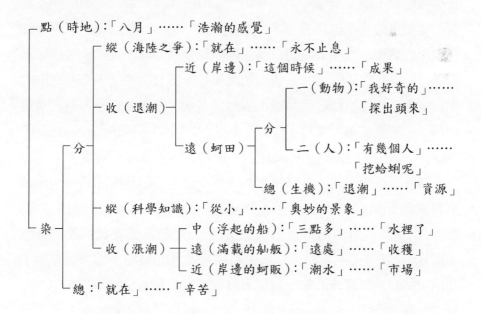

　　第一段是全文的引子（「點」的結構單元），為時空定下落足點——八月中的王功海邊，午後一點的退潮時機，見到灘地上遼闊的蚵田。以下則是「染」（敘述主體）的結構單元。

　　第二、三段隨即縱離書寫主軸（縱），寫漲潮與退潮像是海與陸彼此的勢力消長，此景當是海邊居民熟悉的現象。

　　第三段以「這個時候」為接榫的時間詞，把文章走向拍回主線

（收），分別從擱淺的「船」與零星的「人」，寫現在眼前所見的淺灘景象，並且以「人」為文脈線索，一方面解答了人煙稀少是因為蚵農得趁退潮忙採收，讓文章銜接到下段。

第四段運用了摹寫和轉化的技巧，展現了潮間帶上豐富又充滿生機的環境。這裡的章結構則是以「濕黑的泥灘地」為「底」（時空背景），以招潮蟹與白鷺鷥的過招、挖蛤蜊的人為「圖」（焦點所在），再用「先果（充滿生機）後因（富含營養）」的條理，以潮間帶的豐富生態收束本段。

從第六段至第九段表述方式再度盪開（縱），由兒時對潮汐的神秘浪漫的想像，到長大後明白潮汐現象的科學知識，歸納出潮汐並非神話，而是自然界的定律。唯需留意的是，第七段前三句寫到潮汐的相關傳說，會帶給作者神秘感，雖然具有承上啟下的功能，但在章法結構上，應往前劃入書寫「兒時」的節段內容中。這是由於結構單元的歸併必須由文意判斷，有時確實會與自然段的分段不一致。

第十段再扣回當下，時序來到下午三點多，已是漲潮時分，作者以移動鏡頭遠近的手法，描繪原本擱淺的船已都浮在海面上（中程）、遠處滿載將歸的採蚵舢舨（遠程）、岸邊準備卸貨轉運的蚵販（近程）。其中，在空間遠近上先寫中程距離的船隻，一方面照應了前面第四自然段擱淺的船，是作者最感驚奇的潮水漲退差異，另一方面也在空間推移上製造了「中—遠—近」的非常規序列條理。

最後一段則是以雙軌式的綱領——自然和人文，總收上文，扣題強化潮起潮落的自然景象，並刻劃出居處海邊以養蚵討生活的人們。

縱收章法會在筆法上產生馳騁渲染與有所歸趨的文勢變化[61]，本

---

61 傅更生在《中國文學欣賞舉隅》中闡述：「不縱，則不足以騁驟其情思」、「不收，或至於縱轡迷所歸」。參見傅更生：《中國文學欣賞舉隅》（臺北：國文天地雜誌社，1990年4月），頁73。

文更迭用了兩次的縱與收，增添了文章開合起伏的程度，也由於這樣的布局方式，加以篇幅較長，本課在師生研討時，師培生普遍反映文本脈絡並不容易掌握，並且由此衍生出一個教學難點：如何能幫助高年級的學生在閱讀長一點的文本時，能比較順利的理解文本內容、深化記憶？其實，透過篇章結構的分析，就能嘗試解決這個難題，因為當教師能引領學生把謀篇布局的組織理清楚，就能有助於明白作者的思路、上下文的銜接、段落的關係。以本課為例，若教師能帶領學生找出並理清作者展延思緒（海陸之爭與潮汐知識）、收回主脈（一點退潮到三點漲潮的所見所思）的段落，閱讀時就不會感到毫無頭緒。

　　綜觀兩篇文章，其所歸屬的主題軸都是關於臺灣風土的單元，〈蚵田風光〉編入該冊「臺灣風情畫」單元，〈潮起潮落〉則是該版本的「臺灣風情」單元。文本的地理寫作背景都是彰化王功漁港，本身即具有海邊漁港城鎮的空間特性。

　　在書寫內容方面，兩篇都有提及潮汐與蚵田的關係，但中年級課文比較簡略的交代是在退潮時才看得到一大片蚵田，以及潮汐時間會影響外公的工時；在高年級的這篇課文裡，潮汐則是作者進行自然觀察的一大重點，筆墨多，訊息量比較廣，結構也比較複雜，寫蚵農的部分反倒居次。中年級的課文以祖孫的親屬關係，拉近了文中主人翁與蚵田的關係，高年級則偏向旁觀的旅行者視角。

　　貫串兩篇文章內容的綱領都有兩軌。〈蚵田風光〉是「蚵田景致」與「養蚵工作」，並且在首段就合攏總起，以開啟全文；〈潮起潮落〉是潮汐變化的「自然之景」與「人事之景」。中年級的課文運用了具有普遍性的常見章法形成總分式結構，但高年級這篇則是運用了較少見也較難理解的縱收章法。由此亦可觀察到第二、三學習階段兩篇同題材的文本內容，其寫作重心和組篇方法上略有不同，在難易度上也有層次上的差異。

（二）海洋議題之生物生態題材篇章分析

翰林三上〈看海豚跳舞〉的作者是嚴淑女，內容是以遊記的形式，記錄一次到綠島旅行時所見的日光、奇岩和海豚的景象與趣事。文中所揀擇以書寫的寫作材料包含在藍色海面上躍動的金色光點、各具名稱又充滿形象性的海蝕岩石群、還有本文的主角——在海中嬉戲的海豚，營造出來的海洋意象則生發出海岸地景地貌的獨特性與景觀美感（海洋美意象），以及與海豚相遇的雀躍驚喜、滿懷期待之情（海洋情意象）。由於本課的題材和旨意關涉了親水活動和觀察海豚習性，因此扣合了部訂的「海洋休閒」（到綠島遊覽）與「海洋科學與技術」（觀察海豚生態）的主題項目，對應了「親海」和「知海」的學習目標，使兒童能增廣鯨豚與海岩等海洋知識之外，更能樂於享受與大海的互動。

本課在上述的寫作材料之間，是運用賓主、總分等組篇關係形成完整文本的，其篇章結構表可圖示如下：

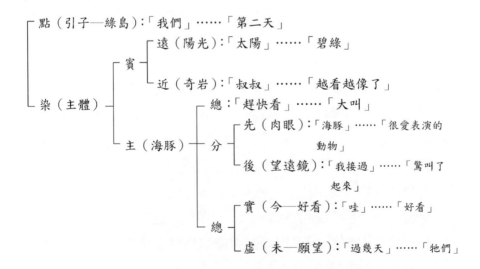

　　課文的首句先點出全文的時空背景——到綠島旅行的第二天，接著從空間的遠處、廣度，以鮮明的色彩詞和擬人的手法，形容海面上閃爍的陽光，然後再拉回近處的海岸，用「總—分—總」的章結構，有條理的描述岸邊因形狀特異令人產生聯想的奇岩怪石。閃動的光點和靜止的岩石，也在一動一靜之間相映成趣。以上是做為輔助性的材料，在組織關係上，與下段所書寫的主要材料——海豚，形成「先賓後主」的邏輯條理。

　　從第三自然段起，文章進入呼應題目的書寫主軸。其組織脈絡為：先以海豚現蹤的驚喜做為總括，以開啟下段的細寫。中間的分目是以時間先後為序，先寫在沒有預期之下以肉眼欣賞海豚成群在浪裡跳躍的情況，再寫用望遠鏡觀察到海豚似乎對他咧嘴一笑的特寫。因此，在這個段落裡的隱性章法，也呈現出眾與寡的對應。

　　文末再以「由實入虛」的結構總結這次的賞豚經驗。「實」的部分是針對「現在」，以「真是好看」收束上文；「虛」的部分則是將時間伸向未來，期待幾天後搭船出海時，還能再遇。而在這一實一虛之間，也具有事實（實，實際觀察與體驗到的事實）與願望（虛，希望還能再看到的心願）的關聯，這也是為什麼文本能透過段落安排的藝術性，烘托出驚奇感並產生期待感的原因。

　　綜觀全文，陽光撒落海面上的光點，是到海邊才能欣賞到的美麗畫面，而經過海水、海風的長久刻蝕才能形成的特殊岩石，也是海岸獨有的地貌，這些輔助性的賓材料都為後文的主材料做了很好的鋪墊。而關於海豚跳舞的節段，則是運用了許多動態描述、顏色形容、對話、情緒語彙等，使全文充滿畫面感，也營造出親近海洋和生態觀察時興奮、驚奇、期待的心境。

　　編入康軒五上的〈海豚〉，是偏向知識性說明文的科普文本，改

寫自葉建成〈乘風破浪尋鯨豚〉[62]。文章先簡介鯨豚的分類，再分別由海豚的科屬、外形特徵與器官功能、生存的環境與面臨的威脅等，說明海豚的特性並提出海洋保育的呼籲。文本的寫作目的在使兒童建立對海豚這種海洋生物的常識，同時喚起重視海洋環保、保護海洋物命的海洋意識，因此，在意象經營方面，透過動物類物材和面臨的生存危機與人們應做的舉措等事材，形成知識與觀念方面的海洋理意象，並且在海洋教育的學習主題上，自然連結到「海洋科學與技術」（認識海洋生態）、「海洋資源與永續」（守護海豚的生存環境），屬於「知海」的學習目標。

　　本課的第一層篇結構是用少見的「平提側注法」組織起來的，平提側注法是指在辭章當中，以平等的地位提明幾項，並為了照應題面，而對其中一至多項加以側重的篇章布局法[63]，這種謀篇布局的方法很容易產生突顯主題的效果。若以篇章結構分析表來標示本文的段落關係，可表示如下：

---

[62] 吳孟芬在《國民小學國語高年級教科書本土教材之改寫探究》中曾比較出：〈海豚〉原文作者葉建成以生動活潑的筆觸講述海豚的生態，而改寫因顧及字數限制，亦為符合「認識鯨豚」的教學任務，故改變書寫方式，擷取知識性的部分做概括說明，體裁則從記敘文改寫為說明文，但仍保留「尊重海洋生態」的原文旨意。參見吳孟芬：《國民小學國語高年級教科書本土教材之改寫探究》（國立臺中教育大學語文教育學系在職進修碩士班碩士論文，2017年5月），頁64-66、69-70。

[63] 參見陳滿銘：《章法學新裁》（臺北：萬卷樓圖書股份有限公司，2001年1月），頁435。前此，宋文蔚在《評註文法津梁》中已探討到這種布局方式，他曾提指出，若義有輕重，則開首用筆平提，以下再用側注，偏重一項等。參見〔清〕宋文蔚：《評註文法津梁》（臺北：蘭臺書局有限公司，1983年7月），頁114。

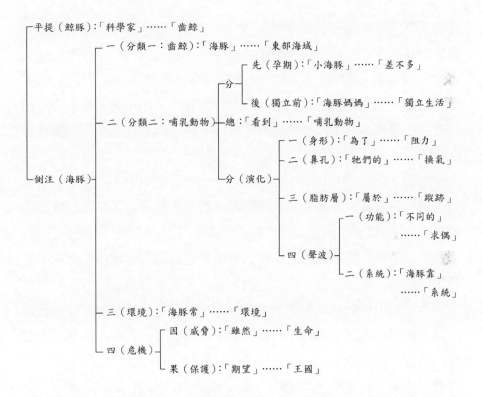

　　文章開篇先「平提」鯨豚類生物（鯨下目）現存的物種，可區分為兩個小目——鬚鯨和齒鯨，無論外形或生態皆有別，並進一步針對臺灣海域指出常見的鯨豚類有三十多種，再以「其中有二十四種是齒鯨」為過渡句，接著，文章隨即「側注」到主角——海豚身上來說明。

　　在「側注」的結構段中，首先，文章承上指出海豚的分類屬於齒鯨。其次，以第二自然段前半介紹的「哺乳動物」（海豚屬於哺乳綱），為總括（總），走筆向前交代出幼豚的成長過程（分目一），也向下展開海豚如何演化（分目二），是一種在篇腹兜攏重點的「分—總—分」結構。

　　以這樣的邏輯處理結構關係之後，可以發現，第一段的內容其實跨了三個結構單元，意即：先介紹鯨豚種類的第一部分（平提）、關

注在海豚的生物科屬分類（分類一：齒鯨）、還有與第二自然段構成
總分關係的第一個分目（海豚的孕期和幼豚獨立前）。事實上，從文
本第一段第五句開始，已鎖定海豚來書寫，故應視為下一個結構單
元，這樣一來，教師在理清第一段的內容時，才能引領兒童更清楚的
切分與銜接文本由小節聯結成段的條理，避免訊息接收過程的龐雜混
沌[64]。

　　從第二段後半起，共分四個條目，詳述海豚的生物特徵，依次
是：流線的軀體、演化至頭頂的鼻孔、豐厚的脂肪層、精密的聲波系
統。其中，聲納系統的部分又可歸納為兩小節，一是提出各種不同的
作用，二是解釋此系統的運作模式。由於這幾個段落闡述了海豚的特
性，因此這裡可視為全文的核心內容之一。也因為這部分的篇幅比較
多，若對初學篇章結構的學生而言，一次呈現整體的層次關係太複雜
的話，教師亦可在教學時採取逐層隨文講解的方式進行，也就是先掌
握四個分目（1.身形，2.鼻孔，3.脂肪層，4.聲波），待進行到說明聲
波的段落時，再進一步帶領學生發現裡面包含兩個小節（a.功能，b.
系統）。若再細部分析，則可了解到在這些段落中，是用因果邏輯去
梳理海豚的特徵和功能，例如為了減少水中阻力，因此牠們擁有流線
型的體形；為方便換氣，鼻孔演化到頭部等。如果教師能在處理段篇
時，提示這種藏在行文中的因果條理，兒童也能同步學習到一些說明
文的書寫技巧。

---

64 本項教學問題源於〈海豚〉一課在指引上之課文結構僅以平列的方式標出：一、鯨
　豚分類與特性；二、海豚特色；三、結論。如此一來，使得教師在教學時產生幾個
　處理文本內容與條理的難點。一是直寫海豚的部分應在第一段即已出現，篇章結構
　應該如何顯示出來；二是第一段後半段和二至四自然段的內容，若在課文結構上分
　別稱為「特性」和「特色」，要如何讓兒童加以區分；三是指引將第一段所述至少
　三至四個面向的文本內容全歸為一，如何在教學時釐清節段等。足見篇章的小節與
　段落之內容及其條理關係，還是需要教師細細梳理才能有助於將課文講解清楚。

　　此外，說明文的閱讀方式也很適合帶學生透過畫表格的方式整理資料。表格的層次和項目就可以參考其篇章結構的組織關係來製作學習單[65]。例如：

表四-4　〈海豚〉課文「海豚的特徵」學習單表格[66]

說明的項目			說明的內容
海豚的特徵	1.身形		海豚的身軀是（流線型）， 為了能（減少水中阻力）。
	2.鼻孔		海豚的鼻孔（演化到頭頂上）， 為了能（方便在水中呼吸和換氣）。
	3.脂肪層		因為海豚的皮膚下有（厚厚的脂肪層）， 所以（冰冷的南北極都看得到牠）。
	4.聲波	（1）功能	（偵測）、（捕獵）、（警告）、（求偶）
		（2）系統	經由（額隆）投射，聲波遇到物體會（折返），經由海豚的（下顎）進入（內耳），就能（知道狀況，採取行動）。

　　文章最後兩部分是交代臺灣周邊海域就是海豚的生存空間，因此可以近距離觀察與欣賞。接著轉筆揭露海豚的生存威脅（因），提出要重視海洋環境與物種保護的理念（果）。

　　綜合對照兩篇課文，其所歸屬的主題軸重心略有不同，中年級的

---

65 蘇伊文在介紹「有效的閱讀理解策略」時，以文體觀舉故事體和說明文來談「文體結構教學策略」，並提出說明文適合以「文章模式引導」（Pattern Guides）策略進行教學，教學重點在於藉由「圖表」的輔助，引導學生認識說明文的文體結構和重要概念。參見王珩等十人合著：《國語文教學理論與應用〔第二版〕》（臺北：洪葉文化事業有限公司，2016年10月二版三刷），頁249-250。

66 本表由本書研究者繪製。

〈看海豚跳舞〉是「走進大自然」單元[67]，高年級的〈海豚〉是放在「觀察與探索」單元。足見前者的教學概念重在親近與領會海洋的自然之美和獨特物種，後者著重在觀察與發現大自然裡的奧秘，了解海豚的習性。

從文體的角度來看，〈看海豚跳舞〉是遊記類的記敘文，〈海豚〉則是一篇科普性的說明文，因此，在表述方式上，前者多所見所感的描述和記錄，後者是知識面的介紹。

在文本的組篇方式上，中年級可學習辨識主要材料與輔助材料的賓主關係，以及從低年級起就已出現的總分關係、先後和遠近的時空結構；高年級此篇課文在結構層次上就比較複雜，而且篇結構是形成較少見的「平提側注」式的章法，章結構也出現了比較特別的篇腹式「分—總—分」結構，在教學上都需要教師多做引導和解說。值得關注的是，中年級文本運用「先賓（陽光和奇岩）後主（海豚）」結構，高年級文本運用「先平提（鬚鯨和齒鯨）後側注（海豚）」的結構，同樣都產生了使書寫主題——海豚獲得了聚焦與突出的語意效果。

比較而言，在閱讀理解的難易度方面，中年級的文本著重在表達在綠島海域和海豚相遇、觀賞到海豚在海上跳躍玩耍的驚奇與興奮；而高年級的文本則是更多海洋生物的知識面習得，以及正視海洋生物的生存危機，喚起海洋保育和永續的意識觀，其文本內涵已從情緒感受拉升到對環境問題的思考。

---

67 翰林版三上第參單元的「走進大自然」，在選編的四課中有三課關於海洋題材（另一課是講述月世界的地貌），包括海豚、野柳特殊地質等，可見，整個單元的選文是比較偏重在海洋面向來談大自然題材。

第伍章
篇章教學實踐設計與效益

　　本章之論述理路乃承續本書前文之理論基礎與文本分析，回歸思維力運作之根本，從教學實踐之角度，自課內而課外、從閱讀理解到讀寫互動、由設計應用至教研效益等，依序分別探討篇章層面的語文概念在習作配套中的題型設計，並透過語文篇章教學的設計、實施、省思，歸納出相關之教研原則、類型與建議；讀寫結合的篇章安排及新式寫作命題設計；兒童文學中以繪本為教材的語文學習扶助教學設計；最後再由語文篇章取向教學之任務與作用，突顯其功能性與重要性。

第一節　篇章理解的習作佈題設計

　　本節以語文教材中不可或缺的習作配套，來探討其於文本篇章分析及篇章結構概念的習得上之題型設計，並做出相關教學研究的考察與省思。本節之所以定位為「篇章理解」的層面，源於本書在第貳、參章所爬梳的教研理論建構，一篇形成有機整體的辭章作品包含縱橫兩向之篇章結構，一是情理事景等成分所組合匯聚而成的內容，一是透過節段章篇的關係體現的組織布局。雖說對於文本條理關係的疏通和掌握，主要是靠邏輯思維的運作而來，但由於思維力之間實彼此關聯緊密、相互調控，加以辭章的層次邏輯本是文本內容的深層條理，因此，篇章理解的教學是需要結合內容和形式來處理的。以下先從研究背景的交代起始，再分別探析此研究課題之作用、類型、省思與建議。

一　問題意識與研究背景

　　本節之研究契機乃開啟於執行國立臺北教育大學「篇章結構分析理論在提升國小閱讀教學之應用」教研計畫之延續。在執行此教研計畫的過程中，已透過講授、實作、觀課與議課，並舉辦專家諮詢、案例分析、教師訪談及工作坊等活動，以精進課文篇章結構分析之教學[1]。然而，在計畫進行期間又進一步發現，當師培生及第一線教師能理解語篇分析的必要性及其對於閱讀理解的關鍵影響因素之後，除了立足教育部所推動之課文本位精神，能對課文進行課文篇章結構（含文本內容與組織）之梳理、統整之外，對於國語習作在落實這些語文知識節點方面如何佈題、其與文本相互對應的教學策略應該如何運用等，就成為研究者、師培生、語文教師持續共同面臨的教研課題，同時也促成了本節在析論背景上，形成一個具有延續性的探究關注點。

　　本研究乃為回應教育部及師培大學精緻師資培育、精進師資素質之精神，而聚焦於小教學習階段國語領域教學之研究，研究緣由則是基於篇章理解與文本結構的教學和指導，需要習作等配套教材的搭橋，唯目前學界與教學現場對於國語習作在篇章結構教學的理論與應用方面，皆尚待進行相關研討。因此，本研究範疇是關注在句子以上的語篇（含語段），研究對象則鎖定小學國語習作，兼及國語課本和教師手冊，並以任務導向形式進行探討，包含分析歸納常見的篇章結構教學習作佈題類型、省思題型的侷限與改善方案等，借鑒文章結構學、語篇切分與銜接理論、評量設計等學理依據，以及國語文領域教材及教法等教學實務，期發揮篇章辭章學及語文學科在理論系統與實

1　參見陳佳君：〈國立臺北教育大學教學實務或教材教法研發補助「篇章結構分析理論在提升國小閱讀教學之應用」計畫成果論文〉，2014年5月。

務系統的雙邊橋樑性[2]。

　　其次，本研究亦符應「以課文為本位」之精神，所謂「課文本位」是指以現行的各版本教科書為語文教學的主要文本，不需要捨近求遠的另外編寫語文讀寫及評量教材，這樣的理念不但合乎語文教學之特點[3]，也是近年來教育部推動的重要教學方針[4]。課文篇章組織的分析與語文邏輯條理的教學，同樣不需要再另外搜尋或編寫教材，只要鎖定課文，並搭配習作，在進行內容深究與形式深究的同時，就能融入相關語文知識概念，隨講課文的篇章內容安排和謀篇布局的藝術技巧。故本節擬以現行各家版本之小學國語習作為研究對象（兼及課本與指引），探討習作上所編寫之課文篇章理解、結構分析、佈題模式方面的情況。如此一來，即能提供機會使師培生更加熟悉教材，思考如何運用，也能使在職教師在原有的課室基礎上精進教學。

二　篇章教學與習作佈題之功能

　　在針對習作篇章教學的佈題設計進行類型歸納和細部分析之前，需先釐清篇章概念之習得在強化理解力和組織力的語文素養上，所發揮之教學效用，以及教材配套的習題設計所具有之功能性，以確立此探究之必要性。下文即分別從「篇章結構教學的重要性」、「習作佈題的搭橋作用」兩方面詳述。

2　參見王本華：〈張志公先生與漢語辭章學〉，收於張志公：《漢語辭章學論集》（北京：人民教育出版社，1996年3月），頁4；孟建安：〈章法學體系建構的系統性原則〉，收於《章法論叢》第二輯，臺北：萬卷樓圖書股份有限公司，2008年3月，頁94、96。

3　曾祥芹就說：語文教科書是用來揭示寫作規律或印證某種知識的範例，是傳授語文知識和訓練語文能力的憑藉，應該視典範文章為語文教材的主體。參見曾祥芹主編：《文章學與語文教育》（上海：上海教育出版社，2001年6月），頁17-18。

4　參考教育部五區閱讀教學研發中心「課文本位閱讀理解教學」計畫：https://pair.nknu.edu.tw/pair_System/Search_index.aspx。

（一）篇章結構教學的重要性

篇章結構分析主要是在處理文本如何由句群連綴成小節、由小節聯結成段落、再由段落組織成全篇的層次條理，而這種條理也是文本內容的定位倫次[5]，所以篇章結構不僅是形式問題，它也與內容息息相關[6]。就段落的切分與銜接而言，語文教師在引導兒童體察課文分段以初步了解課文架構時，除了標示出「自然段」，通常還會進一步歸納出文本的「意義段」。鄭文貞在《篇章修辭學》中就闡述了意義段這種篇章當中最大構件的要點：

> 意義段即文章的層次，也叫結構段，大段或部分。……它是篇章的最大構件，它的上一層結構就是篇。意義段是由段落或段組構成的，它表示一個大於（或等於）段落、段組的相對完整的意思。[7]

其中，段組是指大於段落、小於意義段的結構單位。此外，張友諒也曾針對文章中大於「段落」的「層次」元素，來談其與作者構思歷程之間的扣合，他指出：

5　清代陳澧即主張作文之法必須講求「有倫有脊」（語出《詩經‧小雅》），強調辭章當中「不只一意」的紛繁內容，必有「淺深本末」等「倫次」，才能得如同人身脊骨般核心的「主意」明朗，並且指出所謂「倫」者，就是文章的「層次」。參見〔清〕陳澧：《東塾集》（臺北：文海出版社，1969年），卷四，頁266-267。

6　劉雨從表達元的路徑提出了以下的現象和原因：寫作主體的結構能力在創作的運思階段就已在發揮作用，因為「伴隨著主題的產生，意象和概念的形成，寫作主體便自覺不自覺地進行著這樣或那樣的謀篇構局，這完全是由於內容和形式無法分離的客觀規律所決定的。」參見劉雨：《寫作心理學》（高雄：麗文文化事業股份有限公司，1995年3月），頁83。需補充說明的是，雖然內容與形式關係緊密，但在實際的思維運作中，仍有偏於形象或偏於邏輯的側重性。

7　參見鄭文貞：《篇章修辭學》（廈門：廈門大學出版社，1991年6月），頁90-93。

層次，是指文章或作品各部分內容的表現順序。層次是就寫作
的思想內容而說的，所以也稱為「意義段」、「結構段」或「邏
輯段」。它體現著作者展開思路的步驟。[8]

意義段之所以又被稱為「邏輯段」或「結構段」的緣由，就是因為它
關係到上下文的銜接、段落與全篇的邏輯等，而且已有研究證明語篇
結構分析對於文意的理解、歸納與推論實具有一定的影響力，沈大安
就主張：一篇好的課文應該主題明確、內容連貫、層次清楚、過渡自
然，因為文本的主題和結構對理解有明顯的影響，他進一步以實驗結
果表明：講究主題所處的位置和結構嚴謹不混亂的材料，學生回憶的
成績最佳[9]。

　　另一方面，在語文學習領域裡，無論是在「鑒識元」的聽、讀，
或「表達元」的說、寫，理解謀篇布局的方式和講求章法條理的要
求，都是十分重要的語文能力。教育部「國語文課程綱要」即明列
（1至3學習階段）[10]：

　　2-1-2-4　能有條理的掌握聆聽到的內容。

8　見劉玉學主編：《寫作學教程》（北京：中國政法大學出版社，1999年8月），頁47。

9　參見朱作仁、祝新華主編：《小學語文教學心理學導論》（上海：上海教育出版社，
　　2001年7月），頁140。另外，蘇伊文在談「閱讀教學」理論篇時，亦曾總結學者們
　　的研究而分析出：文章訊息的組織（即文章組織架構），對於閱讀理解有顯著的影
　　響。學者們的研究結果皆顯示出，不同的文章類型及組織，會影響學生的識字和理
　　解；比起胡亂拼湊的文章，成熟的讀者對組織良好的文章，其所能記起的內容越
　　多。因此，文章架構越清晰、緊密，越有助於讀者對文章的理解。參見王珩等十人
　　合著：《國語文教學理論與應用〔第二版〕》（臺北：洪葉文化事業有限公司，2016
　　年10月二版三刷），頁235。

10　見教育部「九年一貫課程綱要」《語文學習領域國語文100課綱分段能力指標》：
　　https://cirn.moe.edu.tw/WebContent/index.aspx?sid=9&mid=227。

2-3-2-1　能在聆聽過程中，有系統的歸納他人發表之內容。

3-1-1-1　能清楚明白的口述一件事情。

3-3-3-3　能有條理有系統的說話。

5-1-7-3／5-2-14-3　能從閱讀的材料中，培養分析歸納的能力。

5-2-3-2／5-3-3-1　能瞭解文章的主旨、取材及結構。

5-3-5-1　能運用組織結構的知識（如：順序、因果、對比關係）
　　　　閱讀。

6-2-4-1　能概略知道寫作的步驟，如：從蒐集材料到審題、立
　　　　意、選材及安排段落、組織成篇。

6-2-6／6-3-1　能正確流暢的遣詞造句、安排段落、組織成篇。

6-3-2-3　能練習從審題、立意、選材、安排段落及組織等步
　　　　驟，習寫作文。

「十二年國民基本教育課程綱要」在國語文學習領域之「學習重點」
（由「學習表現」及「學習內容」組成）也列出相關要項[11]：

2-II-3　把握說話的重點與順序，對談時能做適當的回應。

2-III-5　把握說話內容的主題、重要細節與結構邏輯。

5-I-6　利用圖像、故事結構等策略，協助文本的理解與內容重
　　　　述。

5-I-7　運用簡單的預測、推論等策略，找出句子和段落明示的
　　　　因果關係，理解文本內容。

6-II-3　學習審題、立意、選材、組織等寫作步驟。

11　見教育部「十二年國民基本教育課程綱要」《語文領域-國語文學習重點》：https://
　　cirn.moe.edu.tw/WebContent/index.aspx?sid=11&mid=5737。

6-III-3　掌握寫作步驟，寫出表達清楚、段落分明、符合主題
　　　　的作品。

Ad-I-1　自然段。

Ad-II-1　意義段。

Ad-II-2　篇章的大意、主旨與簡單結構。

Ad-III-1　意義段與篇章結構。

Ad-III-2　篇章的大意、主旨、結構與寓意。

Ba-I-1　順敘法。

Ba-II-1　記敘文本的結構。

Ba-II-2／Ba-III-1　順敘與倒敘法。

Bb-II-6　抒情文本的結構。

Bc-II-2　描述、列舉、因果等寫作手法。

Bc-III-2　描述、列舉、因果、問題解決、比較等寫作手法。

Bc-III-4　說明文本的結構。

Bd-III-2　論證方式如舉例、正證、反證等。

Bd-III-3　議論文本的結構。

Be-II-4　應用文本的結構。

從各個學習階段的能力指標或學習重點中可以發現：在聆聽能力方
面，需要訓練學生能有條理、有系統的傾聽與歸納他人言說的內容；
在口語表達能力方面，口述時應該要講求條理、清楚陳述；在閱讀能
力方面，能透過閱讀素材學習組織結構的知識並加以運用、培養分析
能力、藉以了解文章主旨等[12]；在寫作能力方面，能知道如何安排段

---

12 王國元指出：要深入理解文章的內容，就必須理清文章的層次結構，理解作者的思

落、組織成篇。

　　由此觀之，在語文教學的過程中，除了原有的課程內涵架構，如：生字形音義教學、詞義教學、內容問思教學、摘取大意，或文體、句型、修辭等面向之外，還應加強整體性的篇章分析，以培養學習者對於組織語段及語篇的藝術技巧，並從中學習歸納、演繹、先後、因果、順逆、正反等邏輯思考能力。尤其小學階段為兒童形成抽象思維之培養時期，合宜的進行篇章節段的結構教學（含內容與組織）不但能培養兒童的邏輯思維能力，也能使語文教學更為全面，兼顧形象與邏輯兩大層面[13]。

（二）習作佈題的搭橋作用

　　在「篇章結構分析理論在提升國小閱讀教學之應用」計畫執行期間，參與的教師群曾反映，課文結構教學除了以課本範文為主之外，還需要有配套或輔助教材。一般而言，教學指引上所列出的「心智圖」、「課文結構」或「內容示意圖」等，或能提供課文結構教學的參考之外[14]，結合該單元之邏輯概念所設計的習題也很重要。這是由於習題具有在教師端與學生端的重要搭橋作用。茲以下圖彙整其功能性：

　　路，並沿著這思路去了解句與句、段與段、段落與中心思想之間的內在聯繫。參見周元主編：《小學語文教育學》（上海：華東師大出版社，1992年10月），頁129。

13　永齡臺東教學研發中心在投入弱勢教育時，亦十分重視以文章結構來教閱讀理解，除了課本，也編有與教學結合的習作。陳淑麗教授在相關講座中（國立臺北教育大學，2014年4月），即曾與本書研究者針對課文結構教學的助益進行對話，提出文章結構能幫助學生理解文本、摘取內容重點、重述課文、建立邏輯觀念等。

14　需補充說明的是，教學指引裡所提供之「課文結構圖」是否能準確呈現該篇課文的層次結構與邏輯特色，是另一個關於文本分析及教材編纂的問題。

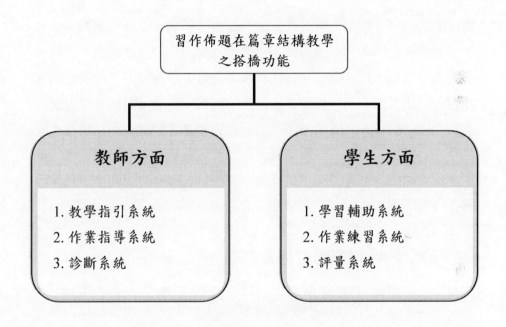

圖五-1　習作佈題之雙端搭橋功能[15]

　　從教師端而言，習作裡的題目是教學時的參考點，甚至可能是課堂教學所直接使用的素材，其命題方向還有可能成為教師設計學習單的參考；其次，習作可做為主要教學活動告一段落之後的作業指導；另外，也可以用以評估教學後的成效。從學生端來看，習作是學習時的輔助與練習，也是學習後的複習和評量，由此足見習作的重要性與功能性。如果師生能好好運用習作，它將會是教學過程中合宜的鷹架。

　　在國語習作中，除了透過「國字注音」、「寫部首」類的題目練習識字與寫字能力，或是藉由「填詞語」、「寫短語」、「照樣造句」、「造句」等檢核詞彙、文法句型能力，還是「閱讀測驗」類的題目考驗閱讀理解或綜合能力等佈題之外，事實上，訓練結合邏輯思維與形象思

---

15 本圖由本書研究者繪製。

維能力的篇章分析，也需要相應的習作命題搭橋。但前提是教師必須了解習作裡有哪些題型能幫助學生學習課文內容的深層脈絡、謀篇布局之邏輯條理、段落關係、層次結構等篇章分析能力，才能更好的運用習作，融入語文篇章教學，提升教學品質。是故針對此研究課題，從國小國語習作來考察，不僅能支援在職教師希望能有配套教材並知所運用的需求，也能在師培相關課程為師培生加強語文學習領域（國語文）教材的介紹與講解，還能進一步檢討、思考及開發更多具有可操作性的題型。

三　篇章結構教學的習作佈題類型

　　本節之研究方法乃將相關的教學知能融入研究者所擔任之大學現行師培課程，如大學部之「國語教材教法」、「國小語文教學專題」、「教學實習」，以及教學碩士班之「閱讀教學研究」、「語文教材研究」等，於閱讀教學的單元中講授和操作篇章結構分析的基本概念與應用，並且實際進行課文架構梳理、結構取向的語文教學，同時考察國語習作裡關於語篇邏輯力訓練的佈題分析與教學省思，以提升小教語文教學之品質。

　　具體的實施方式是針對各版本的小學國語習作，歸納篇章結構方面的題型分類，並分析佈題技巧、鑑別何種邏輯思維力、答題指導、教學策略等。希望藉此呈現出小學國語習作所出現之篇章結構題型的風貌，統計各類型所佔之比例，更重要的是使師培生、實習生、在職教師能明白篇章結構教學可以怎麼給予鷹架、指導作業練習或評估學生學習成效等。

　　經研究發現，篇章結構教學之習作佈題可歸納出幾種常見的類型，例如依文意重組句子和排出正確順序、填入內容大意、填入適當

的標點符號、與結構概念相關的選擇題、故事線等，其中最常見之設計為填入內容大意的題型[16]。此外，也有一些跨類型的佈題，例如重組句子加上填入標點（組織與標點符號應用能力）、排序加上填入詞語（邏輯與詞彙能力）、排序加上說出故事寓意（結構助以突顯義旨）等。

以下茲依分類舉例說明之。

（一）填入內容大意

以填入內容大意的題型來設計篇章內容與組織教學之課例，其一是康軒四上第一課〈大地巨人〉。本課是詩歌體，課文大意是：想像大地像個和藹的巨人，他靜靜的躺著，讓我們在他身上自由自在的活動。主旨是引領孩童發揮想像力，欣賞大地之美，並且心存感恩之心。習作的題目是：

依照課文內容填寫：	
總說	把大地想像成（　　　）的（　　　）。
分說	丘陵、盆地和小草是巨人的胸肌與（　　　），雲彩是巨人的（　　　）。 森林是巨人的頭髮和（　　　），山谷的風是他的（　　　）。 （　　　　　　），是巨人把玩紅氣球的情景。
結尾	寬厚的巨人，任我們在他身上（　　　）。

---

16 據部分樣本統計，本次研究共取樣24則，其中填入內容大意的題型共有11則，比例約46%。

本題之參考答案為：

總說	把大地想像成（ 和藹 ）的（ 巨人 ）。
分說	丘陵、盆地和小草是巨人的胸肌與（ 絨衣 ），雲彩是巨人的（ 手巾 ）。 森林是巨人的頭髮和（ 鬍鬚 ），山谷的風是他的（ 呼吸 ）。 （ 日升日落 ），是巨人把玩紅氣球的情景。
結尾	寬厚的巨人，任我們在他身上（ 活動 ）。

此題的佈題的特色在於：不只停留在內容大意的整理，而是透過表格，顯示出本課的篇章結構為「總─分─總」式，第一段總說大地像是和藹的巨人，第二、三、四段圍繞著這個主題，分別從丘陵、盆地、小草、雲彩，以及森林、山風、太陽，描繪「大地巨人」豐富的形象，最後一段再總說和藹的大地巨人寬厚的對待每個生命，然後將感謝之情蘊藏於篇外。由此可見，若能將「結尾」改為「總說」或「總結」，就修正了非結構單元式的語彙，並且與前兩個結構單元呼應。另外，透過填入關鍵詞的方式，也能降低歸納段落大意的難度。唯中間分說的部分由於含括了課文的三大段，如果能依序標出一至三的序號，應該會使第二層的並列結構更加清晰。

例二是南一四上第十一課〈懷念淡水河〉[17]，詩分四段，歌詠淡水河昔日的美，包括流經田野的柔媚、流經都市的歡躍，以及夕陽照耀下的祥和、和深夜裡的安泰。本課習作就設計一大題引領兒童整理出課文的結構，其題目如下：

---

17 南一版〈懷念淡水河〉與本書第肆章所引之翰林版〈靜靜的淡水河〉之詩歌內容，於各段首句有所不同。

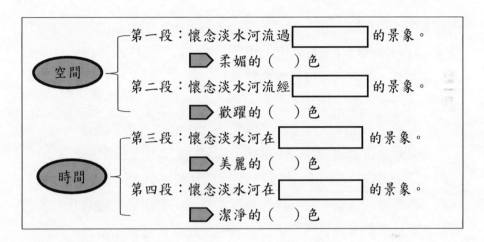

本題之參考答案為：

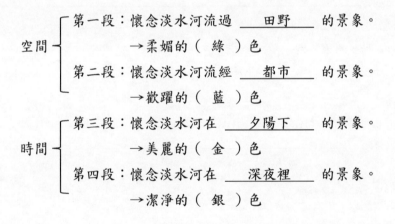

由林良所創作的這首童詩，乍看可能會被歸屬於散列式並列結構，但事實上，前兩節主要從空間書寫，後兩節則從時間著墨，是屬於時空對映類型的結構，而習作已經在佈題上展現出這個結構上的特點。填空題的設計則是以歸納出段落關鍵點為主，而不是寫出段落大意的長句，尤其是點出四個小節所表現的不同色彩，若能再加入情意的部分，將會更加完整，例如首段的自然氣息、次段的奮勉人們、三段的

祥和大地、和末段人間的安泰。透過這個習題，相信教師在帶領學生釐清詩歌內容脈絡和段落之間的對照互映，以突顯淡水河自然之美與人文之美時，能夠講解得更加清楚。

（二）重組與排序

依文意來重新組織句子、排出正確語序的習作佈題之例，其一是康軒四下第八課〈發現與發明〉，課文大意和主旨為：人類為了解決問題，滿足生活需求，而有許多發現和發明，促進了科技的進步，也提升了生活品質。本課內容則是以說明文本的表述方式寫成。習作的題目如下：

> 重組句子，並加上標點符號。
>
> ‧有些事物本來是沒有的　把它製作出來　就叫做「發明」　什麼是發明　經過多次的研究和實驗　人們為了解決生活上的問題
>
>
>
> ....

本題之參考答案是：

> 什麼是發明？有些事物本來是沒有的，人們為了解決生活上的問題，經過多次的研究和實驗，把它製作出來，就叫做「發明」。

判斷文句順序的邏輯條理為「先問後答」結構、事理發展的先後、因果關係等，其結構表可梳理如下：

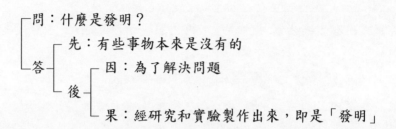

此結構教學佈題的特色在於：把句子的先後順序打亂再重組，是考驗學生如何把句子組織成段落的能力；組合的過程需要考慮前後文如何銜接，也需要找出組織構件之間的關係，才能正確排序。此外，標點符號與文句、節段的組織有著密切的關聯，例如首句與後段內容是問答關係，因此指導學生在此處使用問號。在教學時，教師可以事先做好黏有磁鐵的句卡、標點符號卡等教具，讓學生實際操作，排排看、唸唸看，從排序的過程中，學生也能逐步體會用以組織節段的問與答、先與後、因與果的二元對待關係，進而理解「發明」的定義。

其二是康軒二下第十三課〈月光河〉。本課是寓言體故事詩，課文大意是：從前有一條在月圓時，就會出現很多圓月的月光河，月圓那天的聚會，只有小白兔生病無法出席，於是動物們到牠家探望，並且在院子挖了小池塘，大家一起賞月，度過快樂的夜晚。故事的旨意是朋友應互相關懷，並透過團隊合作解決問題。習作的題目是：

根據課文內容，寫出圖片的順序，再依照提示填寫詞語。（寫代碼）

（圖略）

1. 排列順序：▨ ➡ ▨ ➡ ▨ ➡ ▨

2. 依照課文內容和題目的圖片，在空格中填寫適當的詞語：

・每到（　　）的時候，月光河就會出現很多（　　）。

・生病的（　　）沒有來參加月光河的（　　），動物們都去（　　）他。

・動物們合力在（　　）裡挖了一個（　　），請（　　）到月光河邊吸水。

・（　　）跟大家在（　　）過了一個快快樂樂的晚上。

第二小題之參考答案為：

> ・每到（中秋節晚上）的時候，月光河就會出現很多（圓圓亮亮的月亮）。
>
> ・生病的（小白兔）沒有來參加月光河的（月光河上的晚會），動物們都去（看看）他。
>
> ・動物們合力在（院子）裡挖了一個（大坑），請（小象）到月光河邊吸水。
>
> ・（小白兔）跟大家在（小池塘邊）過了一個快快樂樂的晚上。

其佈題特色在於：由於此題是低年級的教材，習作以故事分鏡圖片，來讓兒童排列順序，除了圖像較具有吸引力之外，也能透過圖片裡的素材，讓小朋友回想故事情節，而且當學生能排出正確順序時，故事大意也能被重述出來，教師在教學時，可將圖片放大，運用數位媒體展示圖片，引導孩子共說故事的來龍去脈。其次，教師亦可搭配圖

片，藉由填空填入課文各段落故事性質的關鍵詞，如時間、地點、動作、角色等，讓學生精熟故事內容的脈絡，故第二小題的並列式填入內容，就能增補故事前因後果、發展、轉折、結局之結構概念，茲示例如下圖：

> 1.點出故事背景：（中秋節晚上的月光河）

> 2.事件原因：（因／小兔生病）→大家決議：（果／前往探望）

> 3.小兔的心情：（高興欣喜與失望遺憾）→問題的解決方法：
> 　（挖小池塘）

> 4.故事結局：（大家一起快樂賞月）

因此，在探索故事脈絡時，教師可特別關注於事件的衝突與解決、角色的行為舉措或心情的前後轉折、事件發展的因果關係等，如此一來，將會比第二小題只填入段落內容大意的方式，更能發揮以故事體增進低年級孩童邏輯思維力與故事感知力的培力成效。

（三）其他佈題類型

　　篇章結構教學的習作佈題除了上述兩類比例較高的題型外，還有一些較為零星出現的題目類型，例如填上適當的標點符號、建立故事結構線、選擇題式等，這些題型在引導學生學習篇章結構的概念上，都會有所幫助。以下舉例說明之。

　　首先，以填入標點符號的題型而言，例如康軒四下第十三課〈我讀伽利略傳〉，課文大意是說小作者在圖書館閱讀了《伽利略傳》，了

解伽利略從小就喜歡追根究柢，後來以自製望遠鏡觀察星空，突破當時宗教所敘述的宇宙觀，發現太陽才是宇宙的中心。主旨是學習科學家對追求真理的堅持。本課習作的第六大題，就選了兩段課文，讓學生填上適當的標點符號，其一佈題如下：

在□裡填上適當的標點符號

1. 許多個夜晚 □ 他興奮的守在星空下 □ 透過望遠鏡 □ 觀察神秘的天空 □ 望遠鏡裡頭 □ 是多麼不可思議的世界啊 □ 月亮表面有高山 □ 也有深谷 □ 銀河原來是由無數個小星星組合而成 □ 木星有好幾個衛星繞著它轉 □ 金星竟然也有盈虧的現象 □ □

本題之參考答案為：

> 許多個夜晚，他興奮的守在星空下，透過望遠鏡，觀察神秘的天空。望遠鏡裡頭，是多麼不可思議的世界啊！月亮表面有高山，也有深谷；銀河原來是由無數個小星星組合而成；木星有好幾個衛星繞著它轉；金星竟然也有盈虧的現象……。

篇章結構的梳理需要倚賴邏輯思維的運作。楚明鋸主編的《邏輯學》指出：「邏輯」一詞可表示思維的規律或規則[18]。當抽象的思維透過具體的語言文字表出時，就必須符合一定的語文規律。而「標點符號」

---

18 參見楚明鋸主編：《邏輯學》（開封：河南大學出版社，2002年5月二刷），頁1。

就是一種賴以標誌邏輯思維的媒介，所以，標點符號存在著理清文句關係與段落層次的作用。楊遠編著的《標點符號研究》即提出：「標點符號是用來標明詞句關係、性質以及種類的。」[19]因此，標點符號的運用和語篇結構的習得相輔相成。就以本題來看，這個課文段落形成了以下的組織結構：

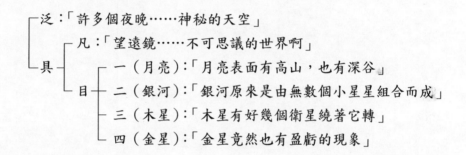

第一個句號之前，是整段文字的「泛」──泛泛的提起伽利略興奮觀察夜空之事，後半段則是「具」──具體敘寫觀察到怎樣的神秘星空。而後半段的「具」又是以「先凡後目」的結構組織起來：在驚嘆號之前的兩句，是總括；下文皆是舉例分目細寫，因此用了分號切分與連接，而後文還有許多不及舉例的宇宙現象，因此使用刪節號，並以最末一個句號作結。由此可見，良好的運用標點符號可以助以標誌文章的邏輯、了解文意。

其次，透過故事線來理清故事脈落和因果關係的題型，也出現在習作中。如南一五上第八課〈女媧造人〉，課文改寫自中國神話，內容描述開天闢地時期，女神女媧也在天地間遊歷。因感天地孤寂而捏塑泥娃娃，並賦予生命、教導溝通、耕作、生育，人類得以繁衍至

---

19 見楊遠編著：《標點符號研究》（臺北：東大圖書股份有限公司，1995年2月），頁5。

今。習作題目如下[20]：

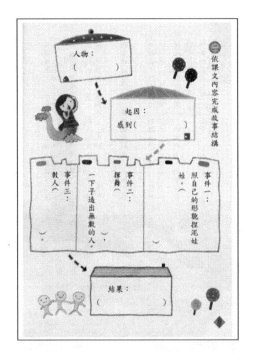

其參考答案為：

人物：（女媧）▐▬▬▷起因：感到（孤單和寂寞）

事件一：照自己的形貌捏泥娃娃，（又造出兩隻腳，吹氣讓泥
　　　　娃娃活起來）。

事件二：揮舞（沾滿泥漿的青藤），一下子造出無數的人。

事件三：教人（說話溝通、耕種生活、生兒育女）。

結果：（人們繁衍至今）

---

20 見南一版：《國民小學國語》，第九冊第八課〈女媧造人〉國語習作（臺南：南一書
　局企業股份有限公司），頁46。

在佈題特色上，是以故事發展線將故事內容的來龍去脈順出來，在題目中已經提供足夠的線索，讓學生從「主要角色」、「起因」、「事件」、「結果」去整理故事大要。填答完成後，就不難發現本課課文基本上是一個簡單的「原因—經過—結果」的線性組織，而不會落入一大堆文字和句子，弄不清文章內容的情況。教師在教學時，還能再進一步點出本課課文在因果關係上的特點，也就是：因為孤單而決定造人；因為造人的三步驟（即習作題目中的三大事件）[21]，而使人類得以繁衍生命，那麼，高年級的學生除了認識到這篇故事的線性發展（偏平列式），也能學習到兩層次的因果邏輯（偏立體層次）[22]。茲以結構圖表示如下：

因（因為孤單）

果（所以造人）

因（透過造人三步驟）

果（人們得以繁衍至今）

先（事件一）

中（事件二）

後（事件三）

此外，本題在形式上設計活潑，可愛的框板能引起嘗試填答的學習動機，色彩不同的箭頭也有標示段落連接與文意順序的功能；而且透過提示，用填空的方式完成故事結構，不僅能提高學生的完成度，一般被視為難以濃縮的課文大意也能同步歸納摘取出來。

---

21 事件一、事件二、事件三其實有先後順序而非平列關係，因此若能再於事件中間標出單箭頭（事件一→事件二→事件三），則會使課文的故事線更加清晰。

22 另外，課文第五自然段的後半，也透過因果關係使文章過渡到第六自然段。意即寫「捏出來的人終究有限」的部分是「因」，下一段寫「用青藤造出無數的人」的部分是「果」。

四　篇章結構教學的習作佈題省思

　　首先，雖然在研究訪談中，大部分的教師能理解課文篇章結構教學的重要性，但也同時反映出，若能更好的建立或加強語篇相關學理知識，將能更精準的掌握課文如何結合內容與形式而被組織起來，並且判別習作的篇章結構題目，以幫助學生練習邏輯思維能力，進而更有效的引導學生的語文學習。其次，在前文歸納出常見題型，同時提出各個題目的調整方向及教學運用之後，本小節將進一步針對習作在建構篇章節段組織與理解的命題、作用等方面，進行檢討與建議，希望能從中發現問題並思考改善方案。

（一）篇章結構學理知識之建立

　　無論是在學師培生或是在職語文教師，對於篇章組織取向的語文教學，需要一定的理論基礎，才能理解課文語篇、語段結構教學的重要性，並且知道如何找到施力點，來幫助學生練習邏輯思維能力、理解課文如何結合內容與形式被組織起來，同時能判斷國語習作有哪些命題是與材料間的關係和組織方式有關[23]，進而能搭起鷹架，對教與學雙向皆發揮效益。

　　誠如本書前述，篇章組織是內隱性的、是藏在辭章內容深層的條理，故於備課或教學上，確實對於課文結構分析和習題設計有不易理清的困難，解決之道是在課程或工作坊進行此類習作的實作分析前，先講解相關的重要基礎概念，以建立和運用相關的文本篇章處理知識。具體而言，依本書於理論基礎與方法論探究之章節所述，可由以下幾點來把握：一、篇章辭章學基礎概念，了解句子以上的語文單位

23　參考鄭圓鈴：《國中國文教學評量》（臺北：萬卷樓圖書股份有限公司，2004年1月），頁201。

和組織構件，掌握與三大思維力扣合的各種語文能力等；二、篇章結構化規律，初步認識文本內容材料在剪裁安置上的順逆參差、銜接與呼應、連結主要義旨與段落關係等原理和現象；三、篇章邏輯組織的常見類型，尤其是適合小教學習階段的兒童學習，以及在小學國語課文中常用的組篇方式；四、篇章縱橫向的交織關係，探討文學作品中「義」（內容）與「法」（條理）的關聯，以及辭章構成論中的「結構組合結合論」。透過理解這些語文篇章教研的重點，以達到有理論系統支持的實務，同時也能使學理具有應用面的驗證。

　　此外，本書研究者曾於解說學理重點之後，但在未提供習作題目示例的情況下，發現師培生誤判題目屬性的機率偏高。究其主要原因之一，是初學語文教材教法的師培生對於篇章組織概念尚未熟悉，導致有零星學員勾選到非聚焦於訓練兒童篇章結構概念的題目。經提供此類習作題目示例，並加強說明後，例如佈題需符合牽涉到文本本末、先後、因果等層次，或是處理到段與段或段與篇的銜接關係等，則練習者對習題之判讀、分析、教學應用等，皆有顯著改善。因此，在融入師培課程或舉辦工作坊時，可由講師提供與課文組篇之邏輯條理有關的習作佈題範例，以減少題型判讀錯誤的機率。另外，亦可規劃針對課文及習作佈題所欲分析的要項，如課文大意、本課結構特色、題型歸屬、命題特點與作用等，使參與者在練習或備課時，能有所依據。

（二）習作佈題之檢討與建議

1 習作中篇章結構類題型的侷限

　　目前在小學國語習作中課文結構的相關佈題，大多數都是列表讓學生填上大意，除了在上文第三節第一類中所舉之課例，南一六上第

十二課〈梅樹飄香〉[24]亦屬此類，其題目如下：

這種填充式的題目雖然可以練習歸納課文段落大意，但是較偏向於內容要點的整理，尚未能理出段落與段落之間的關係，文本的邏輯性也相對弱化，若能掌握並標示出條理關係，才能進一步形成結構[25]。

就以〈梅樹飄香〉這一課為例，文章的篇幅雖然比較長，描述的細節也很多，但全文的書寫脈絡透過篇章結構分析，其實可以很清楚

24 見南一版：《國民小學國語》，第十一冊第十二課〈梅樹飄香〉國語習作（臺南：南一書局企業股份有限公司），頁72。

25 謝秀芬老師就曾在會議中提供第一線教師所觀察到的一些習作編寫的問題，其中包含：習作的結構題型有過於單一的現象（大多是列表填空），而且若僅是依照段落大意機械填入的方式完成，就無法訓練學生對「理出關係」有所思考。參見國立臺北教育大學「語篇結構分析的教學與佈題」研究計畫第一場專家諮詢會議會議記錄，與談人：謝秀芬老師，2014年11月3日，臺北：國立臺北教育大學語文與創作學系。

的看到是形成「點（引子）─染（正文）─點（尾聲）」結構，不僅開篇先點出貫串全文的寫作材料──祖師廟，文末還以人名與梅樹的聯想來扣合題目，並透過嗅覺營造出文章的充滿美感的尾聲。而課文中敘寫祖師廟「重建過程」（堅持全用雕刻、請來優秀匠師、親自指導、中殿柱子的工法、嚴格要求品質）與「重建結果」（贏得東方雕刻藝術殿堂美名、從殘破變得輝煌、更加震撼人心、遊客必訪）的段落，事實上就形成了「事件因果類」的「先因後果」結構，於是習作的填空題型就可以疊合篇章縱向結構（內容）與橫向結構（章法）[26]，繪表如下：

表五-1　〈梅樹飄香〉縱橫向疊合之篇章結構表佈題[27]

---

26 辭章之縱橫向結構，存在著相當密切的連結性，沒有縱向的內容（情意思想與物事材料），即無法形成橫向的結構；而沒有章法，則無法理清內容如何獲得安排與布置、段落如何成篇的邏輯關係。若能在進行結構分析時，同時呈現橫向的結構單元與縱向的內容層級，較能全面展現篇章內容與形式的特色。參見陳佳君：《篇章縱橫向結構論》（臺北：文津出版社有限公司，2008年7月）。

27 本表為本書研究者設計繪製。

如此一來，語篇邏輯條理（橫向）即能帶動課文內容訊息（縱向）的提取與整理，而有助於篇章的閱讀理解。

因此，如何以課文內容為基礎，進一步強化對組織、條理等方面的邏輯概念，也就是訓練找出事物關係的思維力，如今昔、遠近、並列、因果、正反、總分等，是值得再思考的[28]。

2 習作中篇章結構類題型的研發

承上述問題，如果國語習作裡關於篇章理解及結構分析的題型有太過集中於某類的現象，或是有廣度與深度不足之疑慮的話，教師可以在有理論基礎的支持下，實際考量教學的目標與需求，開發具有可操作性的篇章結構分析之習作命題。以下舉兩類說明之[29]。

首先，文章在安排其內容之先後次序時，需要運用各種銜接技巧把句、節、段（含自然段與意義段）、篇連成一體，這關涉到篇章聯貫的規律與原則，而且上下文的過渡和銜接，有時也是影響文意理解的要素之一。其中，關聯詞語的作用和影響是十分重要的，唯習作裡較少關注到這一點。康軒五上第八課〈分享的力量〉編有「重組句子」的題組，其中至少有兩題需要輔以關聯詞語去判斷語句成段的聯絡規律，題目裡待選的句子有：

　　1.諾貝爾的成功　2.他的聰明才智而已　3.絕非只靠
　　4.他的心胸氣度　5.更重要的是　6.與分享的態度

---

28 仇小屏教授在專家諮詢會議上就建議，老師可提供課文結構表，但將結構單元（邏輯術語）的部分空下來，帶領學生分組討論、填寫，並共同檢討。參見國立臺北教育大學「語篇結構分析的教學與佈署」研究計畫第二場專家諮詢會議會議記錄，與談人：仇小屏教授，2014年12月12日，臺南：國立成功大學中文系。

29 本小節所探討之內容除可提供編寫教材者參考之外，教師亦可設計學習單來因應篇章結構分析之習作題型還可待開發的問題。

參考答案為：「1→3→2→5→4→6」，可供判斷句子前後銜接的關鍵詞
語就有：「而已」、「絕非只」、「更」、「與」等，其結構可表示如下：

果：「1.諾貝爾的成功」
　　淺：「3.絕非只靠」→「2.他的聰明才智而已」
因
　　深：「5.更重要的是」→「4.他的心胸氣度」→「6.與分享的態度」

可見此課文段落的組織屬於「先果後因」式，而寫原因的部分更是
「由淺及深」，推展出更重要的成功要素——氣度與分享。這樣的題
型能同時培養學生使用關聯詞語銜接句節段篇、從考慮句子的前後順
序建立語文邏輯觀念等，值得再予研發。

　　此外，使用「可是」、「但是」、「不過」、「不料」等詞，多半會使
上下文形成語意轉折或對比，在語段結構上就有可能構成正反對應的
邏輯關係，在習作命題設計時，即可嘗試給予一篇具有正反結構特色
的短文，讓學生練習圈出關聯詞語或關鍵句，再配合圖表進一步判斷
段落之間的關係，甚至可再依文本性質與內容，引導學生進行「比較
評估」的閱讀理解層次。

　　其次，將課文結構或語篇分析以測驗題形式命題的情形，在小學
國語習作裡較為罕見[30]，而翰林三下第四課〈清明掃墓〉國語習作第三

---

[30] 謝奇懿教授和曾進豐教授不約而同的提出可嘗試增加測驗題形式的佈題。謝教授建
議，選擇題可考慮就段落細部之結構表現加以命題，例如課文主角觀察景物的方法
（空間推移的邏輯）；曾教授建議，篇章結構教學可採閱讀測驗的形式，以選擇題
設計「題組」式命題。參見國立臺北教育大學「篇章結構分析理論在提升國小閱讀
教學之應用」第一場專家諮詢會議會議記錄，與談人：謝奇懿教授，2014年2月28
日，高雄：文藻外語大學；「語篇結構分析的教學與佈題」研究計畫第四場專家諮
詢會議會議記錄，與談人：曾進豐教授，2015年3月13日，高雄：國立高雄師範大
學國文系。

大題為「課文閱讀測驗」，其中有一題就出現與「組織」相關的題目：

（　　　）本課各段是依照什麼順序寫作的？（1）季節　（2）時間　（3）地點。[31]

這一課的「篇結構」是「先點（引子）後染（主體）」，文章先點出清明節和掃墓的時空背景，再依掃墓過程的先後，順敘主體內容，先說抵達山下時飄雨的天氣和眼見防火的消防車，再寫剛到墳前的除草整理、擺放祭品，接著，行禮上香，然後記敘祭拜過後的「掛紙」；最後寫離開墓園，並以細雨和百合花呼應前文，因此答案為「2」。教師在引導時，不妨帶著學生找出課文中的時間詞，串起事件的先後脈絡。

　　本書研究者在相關會議裡也曾針對「關係」、「組織」、「條理」、「結構」類的題目在習作中十分少見的現象，與語文評量領域的學者進行討論，而彼此也都認為，國語習作「課文閱讀測驗」在關係、組織、條理、結構等方面的練習是否不足、有哪些測驗題模組或題型是教師可以嘗試設計的、佈題技巧及其與教學目標是否對應、誘答性與鑑別度的考量等，都需要透過一些研究計畫去執行統計與命題等相關考察。此外，高年級兒童若能接觸以測驗題形式佈題的篇章理解與結構概念，對於銜接七、八、九年級的閱讀測驗或素養評量，亦將會有所幫助[32]。

---

31 見翰林版：《國民小學國語》，第六冊第四課〈清明掃墓〉國語習作（臺南：翰林出版事業股份有限公司），頁25。

32 國中學力測驗的國文題目即包含篇章結構類的考題，例如分析某段（篇）文章的脈絡發展（內容安排、次序）、重組文句的先後順序、判斷章法種類（前後句的承接關係）等。參考仇小屏：〈基測試題分析──章法篇〉文稿；以及鄭圓鈴：《國中國文教學評量》一書。

第二節　讀寫互動的寫作命題設計

　　本節將透過讀寫互動概念，從課文閱讀深究教學入手，設計與課文安排材料、謀篇布局的藝術技巧相關之寫作教學活動，使學生能由讀而寫的運用，掌握布置篇章內容與條理的方法。其次，在寫作命題的設計上是以新式寫作之題型為主，由於新式寫作在佈題時，能針對所欲訓練的各種邏輯思維力來設計，使教師教學時更能聚焦。研究重心則選擇小教學習階段常見的三種組篇結構原理：總括與條分的事理結構（凡目章法）、過去與現在的時間結構（今昔／先後章法）、正面與反面的對比結構（正反章法）進行教學研究之設計、實作與分析。

一　讀寫互動模式與新式寫作教學

　　辭章作品是由「意」（情、理）與「象」（事、景）結合而成，而此「意」與「象」兩者，存在雙向互動的關係。若是由「象」而「意」，即為「讀」（鑑賞）的過程；若是由「意」而「象」，則為「寫」（創作）的過程，因此讀與寫是雙向互動的關係[33]。這種存在於讀（Input／訊息輸入）和寫（Output／訊息輸出）之間的雙向互動性，即源於四六結構論中關於「辭章構成論」（生成與鑑賞交互論、三辭三成說、結構組合結合論）之理則，並且可以下圖示意：

33　參見陳滿銘：〈論讀、寫互動〉，《畢節師範高等專科學校學報》第23卷第2期（2005年6月），頁1。

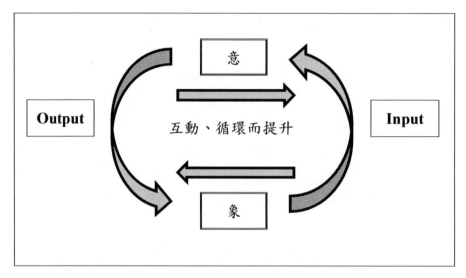

圖五-2　讀寫雙向互動關係圖示[34]

人們在進行寫作活動時，由意而象的構思形象、安排表達方式，以落實眼中所見與心中所思；在閱讀時，由象而意的透過詩文中的物事材料與表現手法捕捉作者欲傳遞的意念與作品的內涵美感。在本書第貳章所闡釋之辭章學理論中，前者即屬起始於「意成辭」的辭章構成論，後者則為「辭成意」，並且在兩者雙向互動中，最終達到「辭意相成」之境。

　　基於上述之讀寫互動原理，處理篇章安排的寫作教學自不應與文本篇章的閱讀教學切割，教師在進行課文閱讀教學之際，若能仔細深究課文的篇章內蘊與結構，然後設計與課文謀篇的藝術技巧相關的寫作教學活動，則學生更能由讀而寫的運用，掌握安排辭章內容與條理的方法[35]。這樣的教學模式也符合教育部推動的課文本位理念[36]，與

---

34 本圖由本書研究者歸納繪製。

35 讀寫雙向互動的語文教學除了能「以讀促寫」，還能「以寫帶讀」。這是由於因應寫作需求而進行的閱讀，會有更明確的任務導向，學生在學習過程中的內化傾向也會

小學國語文領域「混合教學法」的精神，意即教材皆來自課文，不但
以語文課本的課文作為閱讀教學的主教材，還要能兼顧聆聽、說話、
寫作、識字寫字之密切聯絡[37]。

　　然而，提到文本的篇章構成，即牽涉到能分析組織條理（讀）和
安排運材布局（寫）的語文素養。所謂篇章結構的規律，是指綴句成
節、聯節成段、統段成篇的組織原理，所探求的是「意象」（情理事
景之內容）的深層條理[38]，而章法寫作教學的目的，主要偏重在開展
學生的邏輯思維，並輔助帶動形象思維和綜合思維，使學生習得各種
運材與謀篇布局的藝術技巧，並且能夠從不自覺走向自覺，將各種組
織辭章的方法運用得更好。正因篇章結構探求的是文本內容的深層條
理，加上落實到語文讀寫活動時，是綜合調控思維力的展現，因此需
進一步說明的是，本節的研究焦點雖主要是置於「邏輯思維」層面，
來設計與論述讀寫互動模式下的篇章結構寫作命題，但也同步活化著
學習者的「形象思維」（取材）與「綜合思維」（立意）。

更有效。閱讀和寫作的能力就能在一次次讀寫互動的學習中相互促進語文力的提
升。關於「以寫作帶動閱讀」之研究，可參考林秋玉、劉良華：〈立足於自然法的
教學改革及其行動研究〉，《全球教育展望》2015年第2期（2015年2月），頁11-19；
潘葦杭、潘新和：〈為寫而讀：閱讀教學的重構〉，《語文建設》2014年第1期（2014
年1月），頁21-23等。

36　參考教育部五區閱讀教學研發中心「課文本位閱讀理解教學」計畫：https://pair.
nknu.edu.tw/pair_System/Search_index.aspx。

37　見教育部「國民中小學九年一貫課程綱要」，教育部國民教育司國民教育社群網：
http://teach.eje.edu.tw/9CC2/9cc_97.php。教育部「十二年國民基本教育課程綱要」
亦延續九年一貫課綱所訂，強調應把握混合教學法的原則，例如：應採取混合教學
精神，緊密結合口語表達、聆聽、閱讀、寫作等教學活動；又如：閱讀教學應兼顧
識字與寫字、聆聽、口語表達、寫作等各項教學活動的密切聯繫。見教育部「十二
年國民基本教育課程綱要」〈國語文學習表現之教材編選及教學實施說明〉：
https://cirn.moe.edu.tw/WebContent/index.aspx?sid=11&mid=5748。

38　參見陳滿銘：《章法結構原理與教學》（臺北：萬卷樓圖書股份有限公司，2007年4
月），頁11。

　　其次，本節在寫作題型的設計上主要以新式寫作為主。新式寫作是相對於傳統一題一篇的作文形式而言，其常見的題型有：詞語訓練式、仿寫式、改寫式、補（續）寫式、縮寫式、擴寫式、改正式、組合式、整理式、賞析式、設定情境式、圖表式等。新式寫作的佈題方式，通常有較長的說明文字、較多的條件限制，可以說是針對所欲訓練的能力而將「遊戲規則」訂定得非常清楚；不過，從另一方面來說，「限制」就是「引導」，因為能針對所欲訓練的能力作出清楚的規範，那其實就是一種明確的引導，使學生不至於漫無目標、無從措手，更何況這種命題方式很容易設計出活潑有趣的面貌，可以有效地吸引學生進行寫作，所以著眼於積極的一面，也可以稱之為「引導式寫作」[39]。

　　以下擬分就小教學習階段常見之總括與條分的事理結構，也就是「凡目」或稱「總分」章法；過去與現在的時間序結構，即「今昔（含先後）」章法；正面與反面的對比式結構（正反章法）等三類邏輯條理，從小學國語課文之篇章結構分析出發，運用新式寫作的題型，設計讀寫互動之章法寫作題目，並加以實作與探討。

二　凡目章法寫作命題設計

（一）閱讀教材分析

　　「凡目法」中的「凡」，指的是「總括」；「目」指的是「條分」。當作者在敘述同一類事、景、情、理時，以「總括」與「條分」的關

39　參見仇小屏、藍玉霞、陳慧敏、王慧敏、林華峰：《小學「限制式寫作」之設計與實作》（臺北：萬卷樓圖書股份有限公司，2003年11月），頁6-7。

係來組織篇章，就會形成凡目章法[40]。這類章法乃奠基於歸納與演繹的邏輯思維，由於實用性很高，因此在小學課文中十分常見。

　　本寫作命題之教材來源為康軒五下第三課〈做時間的主人〉[41]，表述方式屬議論文本。課文的內容在第一段假設人能活一百歲的話，一生大概可以擁有多少日子，但扣除睡眠、梳洗、用餐等生活瑣事，其實所剩不多，而且這些寶貴光陰更是沒有一刻停止流逝，故由此推論出人們一定要妥善運用時間。第二段舉企業家嚴長壽為例，敘述他在做第一份工作的期間，總是提早一小時上班，先將資料做好分類、規劃好遞送順序，因而有效率的完成工作、空出時間做更多的事。第三段選擇歷史人物歐陽脩為例，寫其著名的「三上」——馬上、廁上、枕上，善於運用零碎時間來思考和寫作，完成了許多佳作；接著把時間點拉回現代，以揚筆舉出許多人會利用通勤時，戴上耳機把握任何可以學習的短暫機會。第四段銜接上述古今之論據，提出本文的兩軌綱領——一、事先做好規劃並確實執行；二、累積零碎時間。第五段從善用時間的「結果」為切入點，論述好好運用時間，能使人如期完成工作，也能安排好生活，成為時間的主人。

　　其文本之篇章結構可梳理如下：

---

40 參見陳佳君：〈談凡目章法之讀寫教學及其美感——以小學階段為考察範圍〉，《畢節學院學報》第25卷第6期（2007年12月），頁8。

41 見康軒版：《國小國語》（臺北：康軒文教事業股份有限公司，2011年2月）。

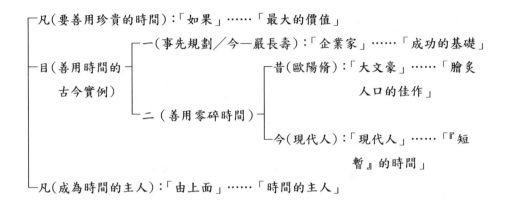

作者在首段透過量化的數字，突顯時光在人的一生中，有多麼寶貴，並且提出本課最核心的情意思想，也就是人們應當好好珍惜時間。以上為總括的「凡」。接著，在文章的二、三段，分就古代與現代實例，藉著嚴長壽提早上班以事先安排好文件分類與動線、歐陽脩的「三上」之道，以及現代人在通勤時抓緊學習機會等，予以引證，在課文第二層形成兩個條目——事先規劃安排、累積零碎時間，而這也是貫穿全文的雙軌式綱領，並且會在第四段歸併。此外，嚴長壽（第二段）、歐陽脩（三之一段）、現代人（三之二段）這三個事證也同時構成「今—昔—今」結構的章法兼格現象。最後，承上述之古今實例，重申提早規劃並確實執行、善用短暫時間的重要性（第四段），並以「成為時間的主人」扣題以總收全文（第五段），是為「凡」（總結），使本課之第一層「篇結構」形成「凡—目—凡」[42]。由此也可觀察出，本課課文在第三自然段實分「昔」、「今」兩小節，而全文論證的方式則是運用並列與今昔章法組織兩個重點、三個實例來建立論據；又如第四及第五自然段，相對於全篇而言，是可以整併成「凡」

---

42 如果初學章法的學生對於「凡」、「目」之專有名詞有距離感，或可使用國語教材中較為廣知的「總」與「分」。

（總收）的意義段。因此，教師在解說時，若能更細膩的掌握自然段與意義段的切分、歸納，對於理清文章脈絡、了解文本內容其實是很重要的步驟[43]，這也是教師在教學時需要多著墨的部分。下文將鎖定在本課「凡—目—凡」的篇結構為寫作教學之設計重心。

（二）寫作命題及理念

1 寫作題目

　　第三課〈做時間的主人〉是用「總—分—總」（凡—目—凡）結構寫成的，在文章中，作者先提出時間的可貴，再分別舉例來加強論點，最後再總結出：能善用時間就能做時間的主人。

　　想一想：

　　一、作者在第一段用什麼方法寫出時間的珍貴？你能用其他的方法寫出時間的飛逝與可貴嗎？

　　二、你曾經利用什麼方法好好運用時間呢？你曾經觀察過別人怎麼善用時間的呢？

　　請參考下面的結構圖，運用和課文一樣的「總—分—總」（凡—目—凡）結構，練習仿寫出一篇「做時間的主人」。

---

43 朱作仁、祝新華主編的《小學語文教學心理學導論》就指出：意義段（邏輯段、結構段）之間的關係、上下文的銜接、段落與全篇的組織對於文意的理解、歸納與推論有一定的影響力。參見朱作仁、祝新華主編：《小學語文教學心理學導論》（上海：上海教育出版社，2001年7月），頁140。

1. 總（凡）：提出時間很可貴的論點。

　　　　我想透過＿＿＿＿＿＿＿＿＿＿＿＿＿＿＿，

　　　　來表現時光飛逝，說明我們應該要好好利用時間。

2. 分（目）：提出善用時間的例子做為論據。

（1）我善用時間的方法：

＿＿＿＿＿＿＿＿＿＿。

（2）別人善用時間的方法：

＿＿＿＿＿＿＿＿＿＿。

3. 總（凡）：總結出我們要做時間的主人。

　　　　由以上的論據可以知道＿＿＿＿＿＿＿＿＿＿，

　　　　所以，我們要好好的利用時間，才能做時間的主人。

2 設計理念與指導重點

　　本題之教學目標旨在透過仿寫式（仿課文結構）的新式寫作題型，訓練學生熟悉「凡—目—凡」的篇章結構類型。

　　凡目法是應用得十分普遍的一種邏輯思維，其中的「凡」（總），可以是放在文章開頭或篇腹的總起，也可以是文末的總結；「目」（分），則是針對所要敘述的事物或欲說明的道理條分成幾個面向，一一縷析。在小學課文中，無論是記敘或論說，經常會出現以「總括」和「條分」以形成關係的方式來布局的課文。運用凡目法所組織而成的篇章結構，最常見的有「先凡後目」，也就是「演繹法」；還有「先目後凡」，即「歸納法」；以及綜合演繹與歸納的「凡—目—凡」等，本課就是一篇以「凡—目—凡」結構寫成的議論文。學生若能學習運用凡目法來安排內容，能使文章的條理更加清晰。因此，本寫作命題先從閱讀課文著手，透過「仿寫」的題型，引導學生在不更動課文主旨的前提下，以相同的題目，仿課文結構，練習總括與條分之事理結構的謀篇技巧，並尋找與課文不同的例子來舉證。過程中，也希

望學生能與自身經驗連結，觀察自己與他人如何善用時間，最後再為文章做出總結[44]。

在寫作題目中，除了說明和兩個問題陳述外，教師還提供了結構圖表，一方面使上述兩個問題更加具體，另一方面亦使師生在課堂中共同討論時能有所依據，而其更重要的功能則在於，能初步建立學習者對於「先總括、再條分、後總結」的組篇結構概念。

指導重點可包括：一、如何為文章開頭。做為總括出重要論點的首段，首先由閱讀開始，帶領學生了解作者在課文中，是用計算日子的方式，透過驚人的數字與比例，表達出時間的珍貴和不止歇。再針對題目中的第一個問題，鼓勵學生說出自己如何感受到時光之不待。在共同討論時，學生們曾提出幾個值得同儕參考的切身經驗，例如：透過翻閱兒時照片，對比現在已升上高年級的自己；兩個月看似不算短的暑假，卻常常一溜煙的就來到尾聲，連暑假作業都來不及做完；天剛亮的清晨就出門，到學校展開一整天的校園生活，上著喜歡的語文和美勞，有時候抬起頭才突然發覺，黃橙橙的夕陽已經打進窗子⋯⋯等。

二、如何找尋文章中段兩個分目的材料。第一小節先說明自己善用時間的例子，希望學生同樣能以實際經驗，報告自己如何好好利用時間的方法，而在團體分享的過程中，也同時在找尋第二小節的寫作材料——他人善用時間的方法。學生在課堂上發表時，曾分享：把英文單字寫在字卡上，可以用零碎的時間背誦；每天在聯絡簿上，標出寫功課的順序，就不會雜亂無章；用數學課學到的圓餅圖，規劃要做

---

[44] 本題以一課一重點的理念來設計不更動課文主旨、仿課文結構、回歸學生自身經驗的寫作練習，期能提高教學的可操作性。若教師依差異化教學之需，或學生已有良好的篇章結構安排能力，亦可將題目做半開放式設計，如「做○○的主人」，或能在學習結構的同時，也具有開拓內容的空間。

的事情和時間；限制自己看卡通、打電動和上網的時間……等。

三、如何為文章做總結。教師需特別指導學生在文章末段，總結自己和別人善用時間的方法，使文章產生前後聯貫，教師可嘗試帶領學生將上題所討論出來的個別經驗，依性質進行歸納，例如：屬於提早做計畫之類、屬於把握零碎時間之類、屬於分辨功課要事與玩樂之別的類型等。其次，書寫時，還要能在文章末段，強調出最核心的概念──「做時間的主人」。

三　今昔章法寫作命題設計

（一）閱讀教材分析

所謂的「今昔法」是指將時間中的「今」（現在）與「昔」（過去），依篇章需求作適當安排的章法。它所探求的是時間元素在「順序」方面的邏輯條理[45]，例如：「由昔而今」（順敘）、「由今而昔」（逆敘）、「今昔今」（追敘）、「昔今昔」等，而最常在小學課文中運用的篇章結構則有「由昔而今」和「今昔今」[46]，前者是按照時間自然流動所構成順敘型結構，後者是能夠產生前後對映的鏡像型結構。

在今昔章法教學的部分，選用的教材來源為康軒版五上第十二課〈我，不是現在的我〉[47]，本課是應用文書信體，文本內容為：開篇

---

45 關於時間感知的邏輯思維，一般會涉及的層面包含順序性（今昔法）、「量」的處理（久暫法）、或快或慢的「速率」問題，以及時間的「虛實」性質（時間的虛實法）等。參見仇小屏：《古典詩詞時空設計美學》（臺北：文津出版社有限公司，2002年11月），頁163-235。

46 參見仇小屏：〈論常見於國小國語課文的幾類章法──以因果類、映襯類、時間類章法為例〉，《國立臺北師範學院學報》第17卷第1期（2004年3月），頁37-38。

47 見康軒版：《國小國語》（臺北：康軒文教事業股份有限公司，2011年7月）。

三個自然段分別是上款與問候語，以及點出回信的緣由（冬冬遭遇一些挫折而致信作家）和答覆的角度（以分享自己的故事取代安慰的言語）。第四段提出生命是一連串的改變，並概述自己從十五、六歲的不更事，到十七、八歲的惶惶不安，再到十九、二十歲的設法突破。接著，作者在第五、六、七段自述早期的經歷，包括年少時在肥料廠擔任清潔工作，並因而痛定思痛，立志以讀書扭轉人生，以及求學過程的苦讀摸索，直至找到學習寫作的興趣與信心。文本第八自然段時序持續向前推進，寫他由於堅持書寫而成為工人作家、應聘報社副刊編輯、為少年朋友寫詩、獲獎而受到鼓舞、參與訪問與講座等，為社會服務和貢獻能力。信的結尾以引用格，鼓勵冬冬：「你，不會永遠是現在的你。」把握每一次改變的機會，為自己負責。最末則是祝福語、署名和寫信的日期。

　　全文呈現以下的組篇關係：

```
┌點（寫信的背景）:「冬冬」……「有所啟示」
│   ┌凡（心路歷程之梗概）:「生命的過程」……「改變自己」
│   │                         ┌昔（謀生、讀書與寫作）:「慶幸的是」……
│   │                         │                          「信心和自尊」
├染─┼目（改變自己的過程）─┤
│   │                         └今（成為工人作家）:「由於持續寫作」……
│   │                                                    「奉獻的機會」
│   └凡（為自己負責）:「兒童文學」……「自己的手中」
└點（信末祝福與署名）:「敬祝」……「十一月十日」
```

詩人林煥彰透過書信，與學子們分享自己的生命故事，傳達出只要肯努力、願意改變，就有可能讓自己找到新方向、跨越挫折。同時，信裡也彰顯出人生是一連串轉變的過程，不過，是好、是壞，都掌握在自己手中。信中的內容以「點（引子）─染（主體）─點（尾聲）」

形成第一層的「篇結構」，其中，「染」的部分，先總體的概述年少時由不懂事、憂鬱苦悶，到設法尋找生命出口的心路歷程，是為「凡（總）」（總提心路歷程之梗概）。然後，透過「由昔而今」的條理，細述改變自己、扭轉命運的過程，從昔日到城市謀生的辛苦，而漸漸自覺到要好好讀書，卻仍找不到方向，最後才在寫作中重拾信心，成為工人作家，服務社會。以上為「昔」與「今」的兩個「目（分）」（改變自己的過程）。接著，再以作家陳木城的話，一面扣題、一面總結，提出人生的每一次轉變是往正向、或是往負向，全由自己負責，形成第二層結構中的最後一個「凡（總）」（為自己負責）。比較而言，敘述主體「染」這個結構單元裡的第二層章結構，由於處理了生命轉變的歷程，因此可視為全文的核心結構，是故，以下的寫作教學設計，即針對「由昔而今」的時序性組織條理來設計。

（二）寫作命題及理念

1 寫作題目

（1）題組一

在〈我，不是現在的我〉這一課中，詩人林煥彰在信裡面和大家分享了人生轉變的故事。他從以前的聽天由命、悶悶不樂，到積極尋找自己感興趣的事物，並且努力學習，而成為青少年朋友們所喜愛的詩人。

小朋友，請想一想下列的問題：

1. 升上高年級以後，你有什麼「好的改變」？請寫下「以前的我」和「現在的我」有什麼不同。

（1）昔──以前的我：＿＿＿＿＿＿＿＿＿＿＿＿＿＿

＿＿＿＿＿＿＿＿＿＿＿＿＿＿。

我的改變

（2）今──現在的我：＿＿＿＿＿＿＿＿＿＿＿＿＿

＿＿＿＿＿＿＿＿＿＿＿＿＿＿。

2. 透過什麼努力或是獲得誰的幫助，你才有這樣的轉變？

請和大家分享「改變的過程」。

（2）題組二

請根據上一題所思考的內容，寫成一篇「由昔而今」結構的文章。

◎寫作的步驟：

└─ 第1步：先寫「以前的我」有什麼壞毛病或缺點。

└─ 第2步：再寫改變自己的「過程」。

└─ 第3步：接著寫「現在的我」和以前有什麼不同。

└─ 第4步：最後一段請用「我，已經不是過去那個○○的我。」

結尾，「○○」的地方需要填上與前面寫的內容有關

的詞句。

2 設計理念與指導重點

本題旨在藉由新式寫作題型中的補（續）寫式，指導學生練習

「先昔後今」的組篇邏輯力。

　　此則寫作命題的設計理念是源於這一課課文的主題在於努力改變自己，能變得更好、更成熟，而不是讓自己一直受困於逆境或挫折中，消極喪志。這類題材的書寫，若透過今昔對比來表現，很能清楚爬梳成長過程中的經歷與轉變脈絡。因此，就指導重點而言，在進行閱讀教學時，教師就可以特別強調課文結構表中「先昔後今」的四個段落；而本次的寫作練習，亦鎖定此結構類型來命題，引導學生依序書寫「過去的我」、轉變的過程，以及「現在的我」。在做共同討論時，教師可以提醒學生一些要點，首先是發現過去與現在的自己在哪一個部分有著前後不同的轉變，例如從情緒、習慣、學習、人際等方面擇一。其次，加強細述這個轉變的過程，例如調整的方法、下定決心改掉舊習的事件或契機、努力的過程、受到哪些人的幫助而改變等。

　　由於題目已經提供了文章結尾，因此在新式寫作題型上，屬於半開放式的補寫，唯學生需依上文內容，在「○○」處填入合適的詞語，例如學生在本題習作時所填入的「愛哭」、「霸道」、「膽小」、「不會替別人著想」、「常常變成『噴火龍』（生氣）」等詞彙或短語，以完成完整的句子。這樣的命題設計，一方面可以減低文章結尾的難度，另一方面也可以讓學生在寫作時，透過具有「總收」之語義功能的這段話，使文章的重點更加聚焦。

　　事實上，這類成長書寫的題材十分契合學生的生活經驗，因此，在課堂中帶領分享與討論時，學生多半都能侃侃而談。茲舉兩位學生所提出的寫作綱要為例，以見一斑：

昔：媽媽說，我很小的時候，跌倒了總是賴在地上號啕大哭，
　　要大人又哄又揉，才肯爬起來。

轉變的過程：媽媽教導我，長大了，要更勇敢。有一次在路上
　　　　　　看到一個小弟弟跌倒了卻一直哭，不肯起來，路
　　　　　　上的人都在看他，讓我覺得以前的我好丟臉。

今：現在我變得比較勇敢了，雖然跌倒了還是覺得好痛，但是
　　我不會哭，站起來，拍一拍就好了。

其次如：

昔：以前的我很容易生氣。我猜想，沒有人喜歡挨罵，所以，
　　那時候我雖然是小組長，但是我的朋友很少。

轉變的過程：三、四年級的導師教我一個很棒的方法，那就是
　　　　　　「轉過去，數到十」。

今：現在升上高年級，我還是很喜歡當小組長。雖然有時候「數
　　到十」還是會有點生氣，可是我會提醒自己，不可以隨便
　　對同學發脾氣。現在，我和小組的同學們都是好朋友。

在上述兩例中，學生能選擇一個具體的性情特質與轉變過程，運用昔
今對比安排寫作材料，並展現出「改變，讓自己更好」的成長義旨。
此外，尚有小朋友提到：從書法課磨練耐心、學溜直排輪的經驗而變
得比較勇敢和不輕易放棄、從家中添了小寶寶學習當個好姊姊、從參
加暑假營隊學習變得更合群……等，都是能夠幫助他們發展成文章的
好素材。有了好素材之後，可再進一步鼓勵學生發展細節。對於這類
能展現出流動感的時間結構，教師在教學時，也能將學習單設計成時
間軸的模式，來引領學生構思。

四 正反章法寫作命題設計

(一) 閱讀教材分析

正反法是透過正面材料與反面材料的相互為用，以彰顯義旨的一種章法[48]。這類邏輯思維的心理基礎就在於「對比」原理。透過兩方極不相同的事物或概念的比照，大多能產生一定的差異性，進而能增強主要義旨的說服力或鮮明度[49]。

正反章法寫作命題之教材來源取自翰林版三上第九課〈賞鳥去〉[50]。本課的文章體裁為日記體，文本內容則是記敘一趟賞鳥的校外自然教學。首先是日期與天氣的記錄。正文一開始則先點出自然老師要帶大家去賞鳥的行程，同學們早早就到校集合。正文第二段寫老師在車上為大家解說濕地環境，以及為何溪口是賞鳥的理想地點。第三段和第四段敘述抵達大肚溪口後，賞鳥的人們和自己以望遠鏡觀察候鳥的活動情況，特別是這兩個段落都透過生動的描述，扣合著老師的解說——鳥類易受驚嚇，需要放低音量的護生觀念，例如形容人們靜靜眺望和悄悄交談、小主角與同學們忍不住小聲驚嘆等，形成文章的呼應與重點的突出。文末交代因海風太大而不得不結束兩個多小時的觀察活動；返程的路上，大家還意猶未盡的討論如何保護這群大自然的小嬌客。

其全文的篇章結構表可表示如下：

---

48 見陳佳君：《篇章縱橫向結構論》，頁218。

49 唐彪在《讀書作文譜》中，談「反正」一法時，即引柴虎臣謂：「文家用意遣辭，必反正相因，無正不切寔，無反不醒豁。」見〔清〕唐彪：《讀書作文譜》（臺北：偉文圖書出版社有限公司，1976年11月），卷之七，頁87。

50 見翰林版：《國民小學國語》（臺南：翰林出版事業股份有限公司，2011年2月）。

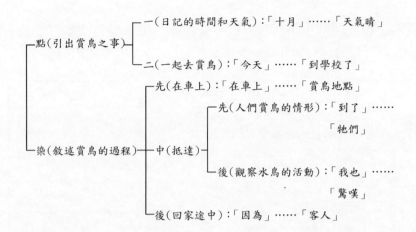

本課為日記體，以「先點（引子）後染（主體）」成篇。「點」的部分，記錄了當天的日期與天氣，並引出自然老師帶大家去賞鳥一事，為全文定下了一個時空落足點。「染」的部分是主要內容，從上表之梳理可知，作者是依賞鳥之旅的先後過程順敘（含時空雙線），由於文本屬於三年級上學期之教材，因此組織脈絡並不複雜。文章首先敘寫老師在車上所做的簡介；其次再描述抵達大肚溪口後，人們賞鳥的情形，以及自己透過望遠鏡所觀察到的水鳥活動和感受；最後則是記錄在回程的路上，大家仍持續討論如何保育鳥類，並以問句作結，留下思考的空間，而文章的開放式結尾，也正好拉開寫作課探討生態保育的帷幕。

（二）寫作命題及理念

1 寫作題目

　　在〈賞鳥去〉這一課裡，我們學到欣賞候鳥、關心牠們，是很有意義也是充滿樂趣的事。課文中的小朋友們在回家的路上，一起討論著怎樣愛護這些可愛的客人。

　　請根據課文裡自然老師提醒他們的事，以及課外閱讀的資料，運

用「正面」和「反面」相對的方法，整理出「傷害候鳥的錯誤行為」
（反面）和「保護候鳥的正確作法」（正面），並完成下面的表格。

【反】	傷害候鳥的錯誤行為	1.
		2.
		3.
		4.
		5.
【正】	保護候鳥的正確做法	1.
		2.
		3.
		4.
		5.

2 設計理念與指導重點

此題為屬新式寫作題型中的整理式，所欲訓練的是「先反後正」
的邏輯概念。

本課之特色乃在於以語文領域結合環境保護之議題。雖然課文是
以日記體描述一次賞鳥的經過，但透過文章最後一段的開放式結尾，
很適合延伸到候鳥生態保育上的正反討論。閱讀時，教師除了強調課
文中描述事件與視覺摹寫等技巧外，也能建立兒童愛護自然、尊重自
然的情操。本書在第肆章進行語文教材文本分析時，即依教育部十二
年國教課綱《議題融入說明手冊》指出，核心素養的培育是國家教育
政策的重要目標，而普遍存在於日常生活中並受文學或教材作編者選
以寫入詩文的議題，更是與素養關係緊密。其中，環境議題不但是列
入《總綱》十九大議題內，也是四大重要議題之一。本讀寫命題設計

即十分切合於透過覺察、探究、行動等素養導向，強化對環境倫理、環境永續的概念，促進語文學科能力習得[51]。

　　由於本課為小學三年級上學期之教材，故選擇難度較低的整理式題型，初步建立學生對於正反章法的概念。所謂的整理式題型，是指學生需依題目所提供或指定的閱讀素材，加以整理，組織成一篇條理清楚、主題明確的段落或文章。此題型可以測驗學生歸納、整理、排序及掌握要點、剪裁繁蕪的能力。命題時，所提供的各則資料最好能打亂次序，以便測驗學生重新組織的能力，而且整理後的文章，宜有字數限制，以免有「照單全抄」的情形[52]。

　　具體的指導步驟是先提供課文與課外閱讀之相關文本為資料，以本次教學示範為例，教師即選擇多本與鳥類生態有關的書，於教室裡布置了閱讀主題角，並特別以《候鳥慢飛》一書[53]，以及野鳥學會發表的相關資料，做為這次整理式寫作的資料來源；此外，亦可考慮以十二年國教新課綱的跨領域教學，與自然領域的教學內容結合，豐富寫作課的素材來源。其次，引導學生根據閱讀的資料，以小組及全班共同討論的方式，分別羅列出保護候鳥的正向行為與負面行為。討論範圍可涵蓋相關機構團體能執行的宣導，以及個人進行賞鳥活動時應該注意的事。教師也可以發給各個小組不同的資料內容，以利書寫和整理出更廣泛的護鳥正反向行為，如此一來，在課堂上也能營造出更多跨組傾聽、觀摩與合作的機會。

　　茲舉一則學生小組討論的成果為例（以結構表形式呈現）：

---

51 參見教育部「十二年國民基本教育課程綱要」《議題融入說明手冊》：http://www.stgvs.ntpc.edu.tw/~tyy/sch_pdf/16.pdf，頁2、7、28、40-44。

52 參見國家考試國文科專案小組：〈國家考試國文科專案研究報告〉（臺北：考選部，2002年）。

53 見高玉梅著、賴吉仁圖：《候鳥慢飛》（臺北：紅蕃茄文化事業有限公司，1995月6日）。

反（傷害候鳥的錯誤行為）
1.在賞鳥的自然環境中亂丟垃圾，破壞牠們生活的地方。
2.大聲的吵鬧嬉戲，嚇到鳥類。
3.隨意餵鳥類食物，破壞牠們的飲食健康。
4.拿走鳥蛋或用網子抓鳥。
5.拍照的時候，相機開閃光燈。

正（保護候鳥的正確做法）
1.不要穿太鮮艷的衣服。
2.不要撿幼（雛）鳥。
3.進出潮間帶時，要盡量沿著水路走。
4.繁殖期的時候，應該避免接近鳥巢。
5.用望遠鏡觀察，不可以干擾鳥類。

　　待資料整理好之後，教師還能引領學生在共同討論時，有條理的說出資料的原始內容，或是所填寫的文句細節，例如相關的現象、原因與結果等內容，藉以同時練習口語表述能力。此外，教師也能嘗試借鑒心智繪圖的操作方式，利用開數尺寸大一點的圖畫紙或海報紙，來指導學生邊畫邊整理正反材料；亦可將大開數的用紙對折，分別在左半面與右半面畫出正反做法的幅射式整理圖，閉合時再加上封面標題與圖畫，即可完成一本對折式小書。

　　由此可見，本寫作命題之讀寫結合乃體現在以下兩點：一、題目設計是由課文延伸而出；二、學生需在閱讀資料（含課內、課外）的過程中，練習以正反章法的對比概念，提取重點、歸納分類，並以通順的文句書寫下來。

第三節　繪本融入語文教學之設計

　　本章節之教學實踐設計與研究主要是針對語文學習扶助教學，以

貳、參章所探討之辭章學體系及螺旋結構論為理論支持，歸本於形象、邏輯、綜合三大思維力之運作，統整語文能力素養之知識向度。本節亦基於學習者學習興趣原則，以兒童繪本之融入為語文教學設計之課件，提供多元散點式與單一浸染式之教學實務運用方針。復經教學示例之研發與實施，提出教學省思與建議。最後總結出繪本融入語文教學之五大原則，提供相關教研之參。

一　繪本融入語文教學設計之研究背景

（一）問題意識

本教學實踐設計與研究之研究動機蓋緣起於教育部國小師資培用聯盟國語學習領域教學研究中心在執行國語領域「學習扶助教學」之教研工作，於教學示例研發、公開觀課與教師專業對話會議、教學演示成果發表暨評課與座談會之研討中，無論在學術研究端之教授群或是教學現場端的在職教師群，悉皆認同教育部大力推動學習扶助教學之美意[54]，唯於教學現場實際操作面上還存有許多問題待議。

在本教學研究案的相關會議中，與會的在職教師們多主張不宜在攜手班或扶助課程中，淪為「寫作業」班；或是僅依檢測診斷或導師之觀察通報，零散而單一的加壓於某個較弱的語文知識向度，例如無法寫出正確的國字，就在生字簿上寫更多的生字；或是無法流暢的讀出課文，就重複著領唸或耗著時間陪學生不順暢的唸讀，導致師生都失去耐性與信心。這樣的方式恐怕只像貼膏藥一般，而無法從根本幫

---

[54] 教育部自2006年推動「攜手計畫」課後扶助方案，協助提供學習低成就之國中小學生多元適性的學習機會。復為配合十二年國民基本教育之實施，推動「國民中小學學習扶助實施方案」，以鞏固學生基本學力。參見教育部「國民小學及國民中學學生學習扶助資源平臺」：https://priori.moe.gov.tw/。

助學生逐步帶起語文基本能力。另外，在學習扶助教學的教材選擇方面，教師亦提出一個重要的現場經驗，依實際指導學習輔導、攜手計畫或補救教學的教師們於課室中之觀察，經診斷而必須參加學習扶助教學的學生，在心理上已經失去自信心與學習動機，遑論學習成就。如果這時候老師還是使用教科書做為唯一的補救教材，那麼，教與學雙邊的成效恐大打折扣。

因此，關於語文扶助性教學，如何能減低學生對學習語文的那顆害怕和恐懼的心？是否有更強而有力的學理依據支持？是否能規劃出更具系統性的教學層次？如何能研發更有效的語文學習扶助教學設計？等，這諸多的扶助教學問題與教學需求，就成了迫切需要嘗試解決的議題。

有鑒於此，本節在研究取材方面，經實驗教學研究會議決議，為符應上述「引發學生學習興趣」、「避免再用課本為教材」的理念，選定兒童繪本為語文學習扶助教學設計之教材來源。在研究進程上，先由研究者透過先導研究爬梳運用繪本於語文補救教學的文獻回顧，以明研究概況；再由辭章學體系、語文能力、螺旋結構論等之探討，確立理論基礎與整體教學設計之工具。其後，將再進一步的依此架構設計實驗教學，並在教育部國語教研中心實務教師及資深在職教師實際執行教學後，提出設計理念、教學省思與建議，以供參酌。研究目的則在於嘗試建構具理論系統支持的語文學習扶助教學，並透過兒童繪本帶起低成就學生對語文的學習興趣與能力。

（二）文獻回顧

在近年語文學習扶助教學與繪本教學相關的文獻研究中，大致可歸納出以下三點與本文之研究基礎相應。

首先是低成就學生的學習動機。參與扶助教學的學生多半對學習

充滿失敗經驗，導致學習的意願和動力低落，然而，研究卻顯示，能力動機（Competence Motivation）是影響學生學習意願最根本的因素[55]。對此，李麗君就在診斷低成就學生的低動機與逃避行為並提供輔導策略時說道，教師需針對學生學習困難與問題正確診斷，並提供各種支援策略，例如差異化提問、幫助累積成功經驗、多元性成果展現方式、依診斷測驗給予補救教學等，才能有效激發學習動機，改善學習成效[56]。

其次，許多個案研究、教學實驗、行動研究皆不約而同的以繪本做為補救教材的來源。林敏宜在談圖畫書的價值時就談到，圖畫書可以增長兒童的認知學習經驗、豐富生活體驗、增進閱讀樂趣[58]。而黃敏秀、劉韓儀、胡靜怡、曾麗美等人則是在繪本教學對學障兒童語文能力提升的行動研究中，說明選擇繪本做為教材的原因為：繪本具有字數少、圖片鮮明、故事生動等圖文特質，他們也發現學習障礙兒童在

齊宗豫在以集中識字、閱讀理解、感官作文設計補救教學的行動研究時，即總結出學生的學習動機會影響學習成效，並提出多樣化的教學活動對於引起學生的注意力、提供學習成就、促進學習動機有幫助[57]。

55　參見黃永和：〈低成就學生的特質與輔導〉，《新北市教育》第九期（2013年12月），頁20。

56　參見李麗君：〈學習動機與輔導〉，收於臺灣心理學會教育心理學組合著：《我可以學得更好：學習診斷與輔導手冊【高年級版】》（臺北：心理出版社，2008年4月），單元九，頁236-259。

57　參見齊宗豫：〈結合識字閱讀作文教學做為國語文補救教學模式之行動研究——以五年級攜手計畫學生為例〉，《新竹縣教育研究集刊》第9期（2009年12月），頁1、17。論文全文PDF：https://eb1.hcc.edu.tw/edu/data/page/20150418112012081.pdf（瀏覽日期：2020年2月）。

58　參見林敏宜：《圖畫書的欣賞與應用》（臺北：心理出版社，2003年9月五刷），頁10-11。

閱讀繪本時，反覆重讀的現象減少了，亦提出運用繪本進行學障兒童的語文教學能增加個案閱讀的興趣、能增進個案自信、能提升個案聽覺記憶能力、聽覺理解能力、識字能力、閱讀理解能力及書寫能力[59]。

黃信恩在針對五十五名四、五年級學習障礙學生進行實驗教學時，從繪本的特性和閱讀功能提出運用繪本做為教學介入的理由，他從相關文獻中歸納出繪本包含了主題廣泛、風格多元、兼具視覺與文字的連結、生動豐富的想像等特性，以及提升閱讀樂趣、帶來閱讀愉悅、培養文學內涵的功能，對於一般生或低成就生而言，繪本都提供了豐富的語言環境和學習語文重要技能之機會[60]。

林秀霙的研究設計也在使用繪本能讓國語低成就學生有較高的學習動機的前提下，進行閱讀、提問、對話、合作、精熟、鷹架學習等補救教學，並以前後測數據總結出繪本閱讀能增進低成就學生的識字、理解、口語等能力[61]。

林詩婷、程鈺雄在設計低成就學童的文章結構和閱讀理解能力的教學活動時，就選用繪本做為十次教學介入期的教材，研究者認為，繪本主題生活化、圖片色彩豐富，能達到提高學習動機的效果，而其研究結果也體現出繪本的圖像能幫助低成就學生加深對故事內容的印象、甚至更容易建構起故事的結構[62]。

---

59 參見黃敏秀、劉韓儀、胡靜怡、曾麗美：〈閱閱欲試讀家秘方——繪本教學對學障兒童語文能力提升之成效〉，《臺北市第六屆中小學及幼稚園教育專業創新與行動研究徵件暨成果發表會》會議論文（2007年9月），頁29-57。

60 參見黃信恩：《繪本教學對學習障礙學生識字與閱讀理解之成效研究》，國立臺南大學特殊教育學系碩士論文，2008年6月。

61 參見林秀霙：《繪本閱讀教學對國語文低成就學生語文學習效果之研究》，國立臺南大學教育學系課程與教學碩士論文，2010年7月。

62 參見林詩婷、程鈺雄：〈透過繪本閱讀增進學習障礙學童的文章結構理解能力〉，《台東特教》第32期（2010年12月），頁28、30。

　　讀與寫本是雙向互動的機制，寫作更是綜合性思維力的展現，因此，林玉真、林錫輝就提出，複雜的寫作過程對很多學習障礙的學生形成了很大難題，文獻資料亦顯示，學習成就低落的學生在作品上多出現連貫與銜接的問題，為試圖解決這個難點，他們在行動研究上就以繪本設計仿寫教學，理由是仿寫所提供的鷹架較完整，適合能力較不足的學生，而藉由繪本圖文的相互對應，可促進讀寫抽象思考能力[63]。

　　其三，繪本能有效的提升口語表達、字詞彙認讀與辨識、故事文法／結構（Story Grammar/Structure）亦有利於閱讀理解的學習。林慧姿在以四位國小資源班學生運用繪本結合心智圖法進行閱讀教學的探究時，特別強調建構主義的理念，希望學生能學會運用放射式思考，以心智圖為工具，記下自己的想法並能與他人分享。而學生的成長則表現在聯想發散的線條更多、回憶文本或發表感受的內容更加豐富、更具有發言的勇氣、能針對問題回答、突破重述書面文字的難點等[64]。

　　陳淑麗、蘇倩慧、曾世杰在針對低年級低成就兒童進行口語能力提升之補救教學時，教學向度即包含注音、識字、理解、流暢，其中特別運用繪本為素材，以故事結構（背景、事件、行動、結果、內在反應）進行口語互動的繪本教學與評量，加強口語表達能力。研究成果指出，此補救教學方案能有效提升低成就兒童說故事的長度，內容比較豐富，語彙也較有變化，且實驗組的兒童在整體的故事結構層次

---

63 參見林玉真、林錫輝：〈對學習障礙學生實施繪本仿寫寫作教學之心得〉，《特教園丁》27卷4期（2012年6月），頁41。

64 參見林慧姿：《新手教師應用繪本結合心智圖法於國小資源班閱讀教學之質性研究》，國立臺北師範學院特殊教育學系碩士論文，2005年1月。

上，比對照組表現要好[65]。

在閱讀歷程中，識字與詞義能力和閱讀理解之間有顯著的關聯性，詞彙是語句中具有完整意義並且能自由運用的語言基本單位，鄭昭明很早就指出「詞優」的語言現象，也就是「字」在「詞」中比起在「非詞」之中更容易被辨識出來，而這也顯示出，學生在閱讀時需借助他們原有的詞彙經驗、語詞的識別和相關的背景知識，來助以理解文章內容[66]。邱小芳、詹士宜在探討詞彙導向繪本教學對學習障礙學生的閱讀成效時，就運用了繪本的特性與文句脈絡教學法，指導學生從繪本閱讀中了解詞彙的意義與用法，增進其閱讀表現，研究發現學習障礙學生在詞彙能力測驗、繪本閱讀流暢度、閱讀理解測驗方面具有成效[67]。

關於閱讀理解的補救教學，齊宗豫認為文章的結構知識可以幫助讀者在閱讀時建構文章的整體性，分辨出重要訊息，進而理解文章意義。他建議故事體文章通常具有明顯的主角、情境、主要問題或衝突、解決問題的經過、結局等成分[68]，易於分析學習；其次，故事結構分析可結合感官作文整合設計教學活動，以建立讀寫橋樑，而這部

---

65 參見陳淑麗、蘇倩慧、曾世杰：〈透過國語文補救教學提升低成就兒童的口語能力〉，《教育與心理研究》33卷3期（2010年9月），頁25、38、41-43。

66 參見鄭昭明：〈漢字認知的歷程〉，《中華心理學刊》23卷2期（1981年12月），頁137-153。

67 參見邱小芳、詹士宜：〈詞彙導向之繪本教學對國小學習障礙學生閱讀表現之研究〉，《特殊教育與復健學報》20期（2009年6月），頁75、78、109-110。

68 可參考王瓊珠對故事結構教學的相關工具與研究，參見王瓊珠：〈故事結構教學加分享閱讀對增進國小閱讀障礙學童讀寫能力與故事結構概念之研究〉，《臺北市立師範學院學報・教育類》35卷2期（2004.9），頁1-22。陳淑麗等人亦認為這種教學策略有助於兒童的閱讀回顧與理解，也可以因著故事結構的掌握，幫助說／寫故事。參見陳淑麗、蘇倩慧、曾世杰：〈透過國語文補救教學提升低成就兒童的口語能力〉，《教育與心理研究》33卷3期（2010年9月），頁29。

分所佔的補救教學時間也應該比較多[69]。而張瑞純對五名六年級攜手
班學生實施補救教學的教學材料，除了有三本圖畫書之外，雖是以三
篇課文與六篇取自王瓊珠《故事結構教學與分享閱讀》的故事性短文
為主，但透過故事地圖學習單、中文閱讀理解測驗、閱讀動機問卷等
工具，亦歸結出故事結構教學雖無法有效提升低成就學童的閱讀動
機，但有助於幫助他們增強對故事的記憶、掌握故事內容重點[70]。

　　林詩婷、程鈺雄在對一位原住民低成就學童進行繪本故事結構教
學的個案研究時，先歸納了多數的文獻都指向閱讀障礙兒童在閱讀過
程中缺乏專注力和解碼能力、對於閱讀較長的句子或段落、建立文章
整體架構都會感到困難。可見，他們需要對於促進閱讀專注度與文本
理解方面，更有效的教學策略。此研究結果也顯示，故事結構教學法
可以提升低成就學生在口述故事的能力，而繪本閱讀對於故事結構的
建立有助益；個案對有興趣的主角、故事、畫風等，或與其生活經驗
相關的內容時，表現出高度的學習熱忱，願意花更多時間描述細節、
與老師分享心得[71]。

　　綜上所述，無論是為了促進學習低成就學生的學習興趣、增進學
習意願，或是為了善加運用繪本的圖文特質和語文要素，以提升語文
學習扶助教學的成效，近期的相關教學與研究都可以看到兒童繪本融
入語文補救教學的成效與發展性。

69　參見齊宗豫：〈結合識字閱讀作文教學做為國語文補救教學模式之行動研究——以
　　五年級攜手計畫學生為例〉，《新竹縣教育研究集刊》第9期，頁1、13。

70　參見張瑞純：《故事結構教學對國小六年級低成就學童閱讀理解及閱讀動機之影
　　響》，國立臺南大學教育學系課程與教學碩士論文，2014年7月。

71　參見林詩婷、程鈺雄：〈透過繪本閱讀增進學習障礙學童的文章結構理解能力〉，
　　《台東特教》第32期（2010年12月），頁30。

二　繪本融入語文教學之設計模組

透過本書第貳、參章的探討可知，辭章學體系所建構的語文知識向度之間，具有層次性和螺旋動能，也就是說，文本意象經營、用字遣詞、增進文辭藝術效果的修飾、字句和篇章的組織邏輯、內涵立意、表述體裁、整體審美風貌等，是透過人們的三大思維力調控運作而生的特殊語文能力[72]，並且會在學習過程中，能力不斷的在原有基礎上向上疊加，形成互動、循環、提升的螺旋結構（Spiral Structure）。若以三大思維力為學科概念結構，扣合本節之教學實踐研究取向，則在語文扶助教學任務導向之下的繪本教學設計，就可以從以下幾個實例嘗試。

首先，在形象思維的語文素養方面，茲選以韓國民間故事改編的《豆粥婆婆》[73]為例。此部繪本出現了許多農家生活的好幫手——錐子、石磨、草席、木背架等，後來也都巧妙的發揮了各自的特性，幫助老婆婆擊退老虎，故適合設計材料識別與文意理解的教學活動。詞彙教學的部分，可運用《第一次上街買東西》[74]，連結學生實際的

---

72 語文能力可細分為一般性與特殊性。一般性的語文能力包括：觀察力、記憶力、聯想力、想像力等，是人們在日常交流互動、學習國語文學科和其他學習領域都必須具備的，因此被視為是相當基礎、運用十分廣泛的能力。特殊性的語文能力則特別是指落實到語文專業活動中表現出來的能力，包含：立意、取材、用詞、修辭、構詞與組句、運材與布局、選擇或辨識文體、確立風格等。參見彭聃齡主編：《普通心理學》（北京：北京師範大學出版社，1990年10月三刷）；吳應天：《文章結構學》（北京：中國人民大學出版社，1989年8月三刷），頁345；陳滿銘：《章法結構原理與教學》（臺北：萬卷樓圖書股份有限公司，2007年4月），頁2-16。

73 見〔韓〕趙浩相文、尹美淑圖、張介宗譯：《豆粥婆婆》（臺北：信誼基金出版社，2005年2月）。

74 見〔日〕筒井賴子文、林明子圖、漢聲雜誌譯：《第一次上街買東西》（臺北：英文漢聲出版有限公司，1988年12月八版）。

「第一次」經驗，感受故事中透過許多詞彙所營造出來的心境變化，尤其是中段的緊張與不安，例如「（高興的）跳起來」、「緊緊的（握在手心）」、「得意」、「驚奇」、「跌了一大跤」、「（心）緊張得直跳」、「（眼淚）滾下面頰」……等，教師或可繪製情緒起伏的折線圖，引導兒童跟著故事情節自然而然的認識更多詞彙。言辭或文句修飾教學的部份，則可閱讀《五歲老奶奶去釣魚》[75]，故事裡描述一個活到九十九歲的老奶奶，因為轉變心境，而帶來無比的樂活和自在，作者運用了鮮明的譬喻去表現抽象的心境，例如「五歲的感覺，好像一隻蝴蝶喔！」、「五歲的感覺，好像一隻小鳥喔！」等，值得師生探索[76]。

其次，在邏輯思維的語文素養方面，就字句組織層面而言，例如《好朋友》一書[77]，整部故事以「先果後因」的語義邏輯，運用「因為，好朋友總是……」的句法，在每段情節中不斷的重複出現，強調出朋友之間深刻的情誼。例如在農莊的早晨，三個好朋友會通力合作，叫醒動物們，繪本文字隨即接著出現「因為，好朋友總是互相合作的。」又如他們在池塘玩耍時，立下共同的志願——要成為海盜，「因為，好朋友總是一起做決定的。」而幾經波折後，三個好朋友發現無法一起睡覺，只得回到各自的窩，雖然體會到「好朋友也不能一直在一起」，卻又在夢中相見了，而文字就寫道：「因為，好朋友總是會出現在彼此的夢中。」等。老師可以在說故事的過程中，把因果關鍵句留給小朋友讀出來；也可以將繪本裡的句子，配上生動逗趣的圖像，轉換成小朋友熟悉的「先因後果」式的因果句，讓學生練習「換

75　見〔日〕佐野洋子圖文、湯心怡譯：《五歲老奶奶去釣魚》（臺北：大穎文化事業股份有限公司，2008年10月二版）。

76　本則教學方案由新北市語文補救教學現場教師於教育部國語學習領域教研中心之相關會議中提供，臺北：國立臺北教育大學，2015年12月。

77　見〔德〕赫姆・海恩（Helme Heine）著、王真心譯：《好朋友》（臺北：上誼文化公司，1994年3月初版三刷）。

句話說」；或是設定主題、給予語境，讓學生練習先陳述某種情境，再接著用「因為，（人物）總是……。」說出原因。就篇章條理的層面而言，在遠流版的《老鼠娶新娘》中[78]，有五小節細寫老鼠村長「找世界最強的女婿」的過程，故事結構十分具有特色，所運用的是「連環式」的敘事脈絡，透過村長順勢經過太陽、烏雲、風、牆的尋找歷程（因），領悟了老鼠也有自己獨有的本事，故而決定把女兒嫁給老鼠阿郎（果）。所謂「連環式」情節，蔡尚志指出，這意味著故事是沿著一條線索連鎖式展開，環環相扣，事件連續而必然的發生，前後有一定的因果關係，前一件事引發後一件事，抽掉其中一件，故事可能就會中斷[79]。書中這五段老鼠村長尋找女婿的過程，即是順著一條因果線索，一環扣一環的鋪開[80]。教師可以製作搭配圖片的情節卡，讓兒童排序並試著重述故事，以熟悉故事脈絡與因果連環關係。

其三，在綜合思維的語文能力方面，先以歸納主旨的教學來看，例如將主題設定在「護生」與尊重生命的概念，可選講林煥彰與曹俊彥聯手創作的經典繪本《流浪的狗》[81]。林敏宜在《繪本大表現——文學要素的了解與運用》中，也提供了一則教學活動，她提出教師可以指導學生在聽完故事之後進行角色扮演，並鎖定「視角」的文學要素，站在流浪狗的立場，體會牠們的遭遇和感受，練習以第一人稱「我……」的方式，說出心中的話或是向人類發聲[82]。再就語言風格

---

78 見張玲玲文、劉宗慧圖：《老鼠娶新娘》（臺北，遠流出版公司，1993年3月初版七刷）。本書曾獲西班牙加泰隆尼亞雙年展圖畫書首獎。

79 參見林文寶、徐守濤、陳正治、蔡尚志：《兒童文學》（臺北：五南圖書出版股份有限公司，2004年3月），頁200。

80 參見陳佳君：〈繪本《老鼠娶新娘》辭章意象探析〉，《中國現代文學》第十三期（2008年6月），頁47-62。

81 見林煥彰文、曹俊彥圖：《流浪的狗》（臺北：國語日報社，1992年7月三版）。

82 參見林敏宜：《繪本大表現——文學要素的了解與運用》（臺北：天衛文化圖書股份有限公司，2004年11月），頁148-149。

教學的層面而言，教師可以嘗試訓練學生的口語表達，例如老師先說一本幽默風格的繪本，像是故事裡充滿爆笑對話的《咩咩羊的聰明丸》[83]，接著再進行聽說教學，引導學生表述一則生活趣事等。

　　茲以「辭章學體系圖」搭配繪本融入語文補救教學的示例，將本教學設計與研究面向之架構梳理如下：

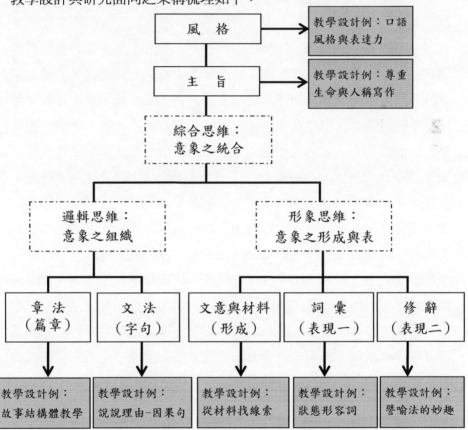

圖五-3　辭章學體系與繪本融入語文補救教學設計模組[84]

---

83 見〔紐〕馬克・薩莫塞特（Mark Sommerset）文、蘿文・薩莫塞特（Rowan Sommerset）圖，上誼編輯部譯：《咩咩羊的聰明丸》（臺北：上誼文化公司，2015年2月）。本書曾獲紐西蘭郵政童書獎。

84 本圖為本書研究者研發繪製。

在先導研究之後的教學設計與實踐，即按照上述的學科體系圖，由負責的教師選擇合適的兒童繪本，針對所欲培養的語文能力，編寫適用於補救教學現場的教學設計，並於實際教學後進行教學省思，提出限制與建議，以供在職教師與師資生參考運用。

具體而言，教學設計與實務運用之進路有二，一是多元散點式，就體系表中的各個下位子學科，選擇繪本、設計教法，使學生能在多元文本的刺激下，像拼圖或蓋屋般的一份一份吸收語言文學的營養素，例如上述的教學設計示例；另一種方案是單一浸染式，也就是運用同一本繪本，選擇多個知識面向，設計系列式課程，使學生能在精熟故事的過程中，學會從多角度欣賞文本，並逐步互動、循環、提升相應的語文能力，例如：前述之《豆粥婆婆》，可以帶領兒童了解農家生活用具的功能和彼此齊心協力戰勝危難的景況（材料與文意）；以擬人手法表現角色互動（修辭）；運用「滾、爬、溜、跳」等動詞和「滴溜溜」、「骨碌骨碌」等副詞或狀聲詞，豐富語彙、強化對情境的形容（詞彙）；還有連著七次重複出現的可預測性情節（結構）；甚至可以融入國際教育議題中的文化欣賞，認識韓國民俗風情（韓國民間風格）等。但無論教師如何調控設計，都必須具備辭章學的相關學理，才能從較高、較全面的視角觀照與安排補救教學的內容。無論是多元散點式或單一浸染式教學方案設計，其中也是存在著螺旋式的動能。綜上所述，以繪本運用於語文教學的概念圖，即可表示如下：

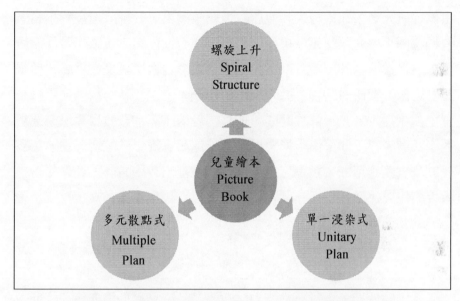

圖五-4　繪本融入語文教學之二進路與螺旋上升[85]

　　總體而言，本研究之設計理念，在於避免以課本形成二度夢魘，而是透過精緻有味的圖文與充滿閱讀吸引力的繪本，規劃有步驟、有層次的學習地圖，把補救學生對語文學習的興趣與能力慢慢帶起來。期能藉此建構具理論系統支持的語文補救教學，增進在職教師與師資生之了解，並提供運用方針。

三　教學設計、實踐與省思

　　本章節之教學設計與實踐研究之參與者，主要為教育部師培聯盟國語學習領域教研中心實務教師及資深在職教師或中心諮詢教師[86]，

---

85 本圖由本書研究者歸納繪製。

86 本年度型教學實驗研究計畫之執行，感謝教育部國小師培聯盟國語領域教學研究中心實務教師暨諮詢教師群之共同參與。

由本書研究者擔任主持人，並於會後統整撰寫。教師成員之背景有國教輔導團小學國語文領域專任輔導員，亦有擔任攜手班或學習扶助教學專班之指導老師，並且都有公開授課或發表教學論文之經驗。教學設計之施行與研討時程，歷時上下兩學期，由主要執行教師運用國語課搭配生活、晨光、彈性時間，或直接於攜手／補救教學專班來進行教學活動。以下即分由「形象思維」、「邏輯思維」、「綜合思維」落實於教學實務應用面，精選三則課例，依序提出教學設計、理念分析、教學省思與建議。

（一）形象思維繪本教學設計
──《我爸爸》譬喻修辭教學

本則關於形象思維語文能力之教學設計者，長期擔任學習扶助教學專班之指導教師，熟悉學習成就較低之學生學習心理，語文教學專長在兒童文學、放聲朗讀、多文本閱讀、讀者接受論與教學等。教師在本教學實驗計畫中，選擇超現實主義藝術家安東尼・布朗的繪本作品，以深受大小朋友喜愛的《我爸爸》[87]，做為形象思維語文扶助教學之教材，目的在於設計出活潑有趣的譬喻教學。實際教學對象為三年級學習扶助教學專班。

1 教學設計

《我爸爸》以兒童的視角，透過許多現實與想像互涉的事例和有趣且鮮明的譬喻，描繪他心中的父親形象有多麼「酷」，並且在圖文所呈現的各種巧思與幽默中，傳達出深刻而溫馨的親子之情。作者在故事中靈活的運用譬喻，不僅成了文本最吸引兒童注意的特色之一，

---

87 見〔英〕安東尼・布朗（Anthony Browne）圖文，黃鈺瑜譯：《我爸爸》（臺北：格林文化事業股份有限公司，2001年7月）。

也是教師在進行語文形象思維教學時，可以著力的部分。

　　在教學方法方面，為符合語文扶助教學的學生雖然依賴心較強，但能透過模仿精熟學習內容的特質，採用明示性的教學策略。首先由教師示範，搭出學習鷹架，再經由師生共作、修正盲點、引導示範、再次共作練習等模式，達成學習目標，並打好日後獨立學習的基礎。在工具方面，使用范氏圖（Venn Diagram）引導學生逐步了解譬喻要素──本體、喻詞、喻體[88]，再進一步指導學生能自己利用范氏圖，發現繪本中的譬喻句。

　　教學目標則是設定在能找到課本及繪本的譬喻修辭，能欣賞修辭的藝術技巧，並且能運用譬喻修辭，完成句子的練習。

　　教學流程以五節為本單元之完整編排，程序分述如下。

　　一、第一節──認識譬喻法的暖身活動：（一）以欣賞廣告影片，引起學習動機；（二）尋找課文中的譬喻句；（三）透過PPT簡報共同討論出譬喻法的寫作特色。

　　二、第二節──圖像閱讀：（一）圖像閱讀──《我爸爸》繪本共讀；（二）「尋讀」的練習──找出作者對爸爸的描述；（三）便利貼時間──寫下繪本中描述爸爸的文字中，哪些部分很誇張？哪些部分令人印象深刻？（四）教師歸納，共同統整出繪本裡誇張和譬喻的句子；（五）分享時刻──進行誇張和譬喻句子的辨識。

　　三、第三節──譬喻法遊戲大競擊：（一）複習前兩節學到的譬喻句；（二）「三張紙遊戲」──分別在三張紙上寫上「名字」、「做什麼事的時候」、「像……一樣……」，學生從三個紙袋中抽出紙張，貼

---

88 劉蘭英等主編之《漢語表達》一書就指出：「構成比喻有四個條件：本體（被比喻的事物）、喻體（用來作比喻的事物）、比喻詞語（聯繫兩者的詞語）以及相似點。」見劉蘭英、吳家珍、楊秀珍主編：《漢語表達》（南寧：廣西教育出版社，2001年1月），頁213。

到黑板，大聲讀出來；（三）統整討論與歸納。

四、第四節——群文閱讀（Multi Text Reading）的偵探任務：（一）教師示範如何運用范氏圖，找到譬喻句；（二）偵探任務——指導學生帶著范氏圖，從「群書閱讀」中，找出譬喻句；（三）學生將找到的譬喻句寫進范氏圖小卡中，完成任務；（四）統整討論與歸納。

五、第五節——譬喻短文大挑戰：（一）三色詞卡排排樂——教師發下三種顏色的語詞小卡，請學生選詞卡排出以譬喻形容五官的三句話，每一句話都要包含以三種顏色標示之譬喻要素的卡片[89]；（二）怪物聯想小創作——利用學會的譬喻句形式，將排好的三句話串聯起來；（三）學生上臺發表，教師及其他同學聆聽並協助完成通順的短文發表；（四）學生上臺畫出短文中形容的怪物；（五）共同欣賞創作的短文及圖畫。

2 教學省思

實際執行此單元語文學習扶助教學的教師表示，根據學習扶助方案科技化評量系統的診斷書報告，以及學生平時之學業成就表現顯示，補救教學之學生在照樣造句的能力很弱，因此這學期是以句子為語文單位來設計系列課程內容。

這個單元（共五堂課）是由課文的譬喻習得，連結到廣告影片和超現實繪本大師安東尼·布朗的經典作品《我爸爸》，藉由視覺圖像的刺激，能引發學生的好奇心，使他們由喜歡故事到願意「尋讀」

---

89 例如以藍色詞卡寫「本體」（五官或身體部位），以粉色詞卡寫「狀態」（五官或身體部位的特徵），以黃色詞卡寫「喻體」（比喻的事物）。小朋友在「畫話妖怪」的譬喻小活動中，曾排成「眉毛／粗粗的／像／毛毛蟲」、「嘴巴／又厚又大／像／饅頭」、「眼睛／小小的、有四顆／像／豆子」等創意造句。

（Scanning），再到書寫一句話，甚至能挑戰一段短文。經實驗教學顯示，圖像或故事鮮明有趣的繪本，確實較能在補救教學的課堂中，敲開學生對學習語文的興趣之門，營造出「想要學」的氛圍。另外，能讓學生從單向聽講轉化為操作，也會讓學習的樂趣和效果提升，例如此次實施的便利貼時間、辨識小比賽、三張紙遊戲、范氏圖小卡的偵探任務、三色詞卡排排樂、繪畫與短文小創作等。

　　譬喻是透過聯想，針對所欲描寫的對象進行表達上的修飾，以使語文效果更高、更生動、或更具感染力的方式，在思維力的運作上，是屬於形象思維（意象表現）的範疇。譬喻的語文修飾技巧在小二的課文中就開始出現，而且由於「持續性」與「順序性」的課程組織原則，同樣的修辭概念，會出現在二至六年級的課文中。所以，這次的教學設計雖以南一版三下的國語課文為出發點，但繪本教材因為不受版本限制，且適用於二至四年級的學生，較具有彈性。

　　教師也在議課省思時表示，比較可惜的是，為了要照顧到七個有著不同學習差異的學生，有時在教學過程中，教師未能完整的記下每位學生回應的句子，並且立即的給予鼓勵與概念澄清。因此，教師需要時時提醒自己，莫只是急著要達到每節課的預設目標，而打亂了學生循序漸進的學習步驟，同時也要儘量避免讓孩子帶著模糊的觀念離開課堂。事實上，在每個教學環節的當下做出概念澄清，對學生是最具學習成效的，教師若能放下追趕課前設定的教學目標，帶著每一個孩子一步一腳印的學習，相信對學習扶助教學科技化教學班的孩子是最有助益的。

（二）邏輯思維繪本教學設計
——《我是大象》故事組合教學

　　在邏輯思維繪本教學方面，本教學設計者之語文教學專長在注音

符號、識字與寫字、中低年級閱讀、語文能力與寫作教學等，並多次擔任典範教師、受邀演示學習扶助教學。這次選以「總分（凡目）式」結構的繪本《我是大象》[90]，來設計兩節邏輯思維語文扶助教學，其中最吸引孩子的環節，就是組合繪本圖卡成為自己的一本小書。實際教學對象為四年級學習扶助教學專班。

1 教學設計

　　五味太郎的繪本作品一直以「具有遊戲感」的圖文，廣獲親師生的樂讀。《我是大象》以一頭大象的自述，作者仿擬出大象幽默又富有創意的口吻，包裝「觀察」、「測量」、「比較」的概念，在輕鬆的文本氣氛中，建構對自我認同的價值感。

　　這部作品的文本特色是觀點統一而明確，大象將自己定位為「雄偉」、「了不起」的，在一連串的具體事證中，孩子能深入的理解、推論與比較繪本裡的詞彙涵義及其差異。本書還運用了許多常見且實用的句型，例如用因果句說明理由、用轉折句突出大象的好惡、用遞進句證明大象的特質等。此外，由於作者善於透過圖與文，以「比較」的方式來表現出大象的體型（如：「大」、「高」、「重」、「雄偉」），能藉以訓練學生的邏輯思考能力。更特別的是，全書的邏輯條理是以小學習階段常見的「總（凡）—分（目）—總（凡）」結構，寫成內容首尾完足的故事，適合進行邏輯思維的語文教學活動。

　　在教學方法上，此則教學設計是採用「師與生」和「生與生」互動式討論、實際操作故事分鏡圖、預測性閱讀策略（Predicting Strategy）、遊戲教學法等。

---

90 見〔日〕五味太郎圖文，蔣家鋼譯：《我是大象》（臺北：信誼基金出版社，2006年2月）。

教學目標則是設定在能理解詞意，能以合適的語氣朗讀句子，進而能掌握整個故事的重點；接著能根據圖意與文意，排出合理的順序，並嘗試說明排序的原因；最後是能掌握動物的特質，運用書中句型完整描述，進行猜謎活動。

兩節課之教學流程如下：一、第一節：（一）引起動機：猜一猜——題名預測：從繪本書名猜測書中內容；（二）排一排——白色兩張圖：1. 發下p.1與p.12[91]，學生練習讀給同伴聽，並於閱讀後，決定圖片的先後順序；2. 詞意理解：教師提問[92]，促進思考。（三）排一排——藍色五張圖：1. 老師發下p.7-11的內容[93]；2. 學生觀察圖片兩兩一組，試著排出五張圖的順序，一人試說排序後的內容，另一人聆聽，再交換試讀，接著決定出合理的圖文順序。（四）分享：學生發表組內排序的結果，教師提示聆聽時的要點，如：各組在故事排序上不同的地方、他們的理由。（五）公布答案：教師揭示書中的圖文順序，比對學生的排序，進一步了解故事內容與情節脈絡。（六）句型教學——遞進句（「不只……還……」）：1. 克漏字：填入p.9缺漏的連接詞，朗讀同學完成的句子，找出最恰當的關聯詞語（比較與判斷）。2. 應用練習：用「不只……還……」向同學介紹自己的兩個特點。（七）統整活動：教師以學生的造句肯定學生優點，接力重述繪本主要內容。

---

91 p.1的文字內容是「我是大象。／我是一隻很大、很雄偉的大象。」p.12的文字內容是「不管別人怎麼說，我都是了不起的大象。」

92 教師提問包含：「我」是一隻怎樣的大象？「很大」、「很雄偉」、「了不起」是什麼意思？如果學生能理解，則可再進行進階提問，如：如果把「很大」、「很雄偉」、「了不起」這三個詞與分成兩類，可以怎麼分類？

93 p.7-11的內容主要是依序描述大象又高又重、力氣大、跑得快、鼻子靈巧、食量大、有令人感到驕傲的祖先。教師可提示學生觀察圖片、文字的連接詞和語氣的銜接等來判斷先後順序。

　　二、第二節：（一）寧靜閱讀：延續上一節的成果，組好手中的故事圖卡（p.1、p.7-11、p.12）。（二）擴充故事內容：1. 教師以提問引起學生動機：除了介紹大象很大、很雄偉，還能介紹大象的哪些方面？2. 排一排——黃色五張圖：同上一節的模式，兩兩試排、互相聽說練習、說出排序及理由、比對作者版本、理解故事內容與情節脈絡。（三）句型教學——轉折句（「⋯⋯可是⋯⋯」）：同上一節的模式，玩克漏字遊戲、圈出「可是」一詞前文與後文相對的敘述、應用練習。（三）句型教學——因果句（「⋯⋯因為⋯⋯」）：同上一節的模式，將p.3「因為」以下空白的地方補述完整、朗讀補寫成果、比對作者版本、熟悉因果句。（四）組合一本書：1. 學生兩兩合力將p.2-6的內容插入上一節已排好的「p.1→p.7-11→p.12」小書頁之中。2. 分組接力朗讀全書內容。3. 利用便利貼，師生共同整理各段的敘寫重點與全書結構。（五）延伸——猜謎活動：以「我」自稱，運用繪本裡的句型，代替某種動物自我介紹，互相猜一猜是什麼動物。（六）統整：教師以繪本關鍵詞「了不起」，具體的肯定每位學生的課堂表現。

2 教學省思

　　這部繪本是第一人稱視角、由大象來自述的故事，由於整體的語言風格充滿趣味性，透過實際在學習扶助班級中施作的觀察，確實比起課內教材更能引起學生的閱讀興趣，並提起了學生投入課堂活動的學習動力。

　　誠如前述，因為這部可愛的繪本觀點具有統一性，所以老師很容易透過大象的各種情況，讓孩子自然而然的了解詞義，甚至能在老師的引導下，做出詞彙的比較，比起背誦解釋，繪本的故事語境提供了很好的鷹架。正因為繪本具有結合圖文來說故事的特質，因此教師可善用「由圖像到文字」之搭橋，使學習扶助教學的學生能感到難度降

低、成就感提高。

　　在課堂中，研究者也觀察到，學生雖然在認字或書寫上有些困難，但跟著老師的提問「思考」、順暢的「口語表達」（例如以完整句陳述、推論原因、以形容詞表述圖意等）都是孩子能做到的，在教師熱切的追問和鼓勵不同想法的氣氛之下，孩子更加願意嘗試。

　　本書在文字的鋪陳上，採用許多常見的句型，例如因果、轉折、假設、遞進、條件，不但可以補充課內教材待釐清的句型概念，更能利用繪本中出現的句子，帶領學生以日常生活為素材來練習應用，自然的契合新課綱的素養導向。

　　過程中，學生在組合成一本小書的部分十分投入，這個練習主要在考驗學生是否記得故事脈絡，更重要的是運用邏輯思維去判斷故事圖片（含文字）的條理。組合好之後，老師貼心的為每個學生裝訂成一本書冊，並且做為小禮物送給學生，小朋友們在獲得屬於自己的小小繪本時，無不滿溢著喜悅與成就感。不過，在第一次的實驗教學時，教師一次發下全部的圖片，在接近下課之前時間緊迫的狀態下，學生顯得手忙腳亂，因此教師在研討修正後，改以顏色區分成「組圖」，並且配合兩堂課中的故事總起與總結（p.1、p.12）、主內容（p.7-11）、擴充內容（p.2-6），分三部分先排序，最後再插入與排順即可，確實提高了學生的完成度[94]。

　　總而言之，在學習扶助教學中可不採取教師單向灌輸式的講述，而是給予任務，透過「做中學」的方式，藉著遊戲、實作，更能讓學生沉浸在學習情境中，教師也能在形成性評量的各種表徵中，發現學生「已發展」和「待開發」的語文能力。其次是「合作與幫補」、「放

---

94 漢語篇章分析的研究取向之一即重視「結構的關聯性分析」（Cohesion）。教師以組
　圖策略來實施教學活動，呼應了文本切分與銜接的理論視角。相關理論可參見胡壯
　麟編著：《語篇的銜接與連貫》（上海：上海外語教育出版設，1996年2月三刷）。

手與相信」的教學理念，雖然接受補救教學的學生可能在某些語文能力向度上偏弱，但仍有他們可發揮的優勢能力，因此，這次的教學實踐設計大量啟動同儕互動機制，例如兩兩合作拼圖、互為聽說者、彼此討論與決定等，從中形成一個幫補的循環；教師也需適度的放手，讓學生能表達自己合理的詮釋，而老師的認同、鼓舞，更能讓孩子發現「自己能」，也珍惜彼此的優點。在共同議課時，與會教師們也都肯定於老師能「看見學生」，並且讓學生「看見自己」。尤其在最後一個統整環節中，教師以繪本關鍵詞「了不起」，具體的肯定每位學生的課堂表現，這樣的內在型增強，在建立學習信心的成效上，力量是很大的，相信參與學習扶助方案的學生也能因此更加「樂學」。

（三）綜合思維繪本教學設計
——《三隻怪獸》文意理解教學

本教學設計者於新北市週三實驗課程中，長期進行低年級繪本教學，並且熟悉篇章邏輯寫作之創思教學、大意摘要策略等教學。此次在鎖定綜合思維與語文能力學習扶助教學之繪本教材方面，選擇《三隻怪獸》為主要文本[95]，經與研究者多次的討論與修訂後，設計並實施文意理解之教學活動。實際教學對象為二年級。

1 教學設計

《三隻怪獸》講述有兩隻懶惰的紅、藍怪獸住在一邊靠海、一邊到處是大小石頭的地方。有一天，來了一隻黃怪獸。黃怪獸想要找個地方住，剛開始紅、藍怪獸不同意而把牠趕走，但想到可以利用牠來做事才答應。後來黃怪獸努力工作，搬走石頭、泥土、樹木來建立自

---

95 見〔英〕大衛・麥基（David John McKee）圖文，柯倩華譯：《三隻怪獸》（臺北：阿布拉教育文化有限公司，2008年4月）。

己的小島。故事的旨意是傳達出：面對困難時，不放棄尋求任何的一點點可能，運用智慧、謙卑忍讓並付出努力，最後終能成功，同時贏得尊重。

　　文本特色是每一隻怪獸都有鮮明的個性或人格特質，也都是作者明示或暗示寓意的所依。教師在設計理念中就提出：以「三隻怪獸」為喻，讀者可以從容、安全的進行投射處理，自我學習與調整。此外，《三隻怪獸》裡有趣、誇張的對話，一直是小朋友們閱讀和演戲時的最大「笑」點。看似聰明又奸詐的怪獸佔盡便宜；看似懦弱又可憐的怪獸卻反敗為勝，為自己贏得生存空間與尊嚴。「反諷」的手法使這部繪本情節峰迴路轉，引人入勝。

　　教學方法採用問思教學法和分組合作學習法。前者是藉由良好的提問設計與教學活動規劃，引導學生在文本閱讀的歷程，進行不同層次的思考，搭出鷹架，幫助學生逐步理解文意。後者是讓不同背景的學生組成小組，在解決「任務」時互動、互助的過程中，為自己的學習負責，也要幫助同組的成員學習。

　　教學目標則是設定在藉由閱讀繪本，連結生活經驗，理解字詞。能歸納書中重要的寫作材料與訊息。透過提問討論，根據重要訊息，提出推論的看法。

　　教學流程如下：一、準備活動：從標題、封面、封底預測故事內容、初步掌握故事關鍵物。二、發展活動：（一）問思教學：利用繪本PPT，分段提出問題與學生進行討論，並配合填寫學習單。提問重點包括：找出證明怪獸性格的證據；從圖文歸納怪獸的動作、話語，並從中感受牠們的心情；了解情節走向與轉折的原因；釐清故事角色的反應、決定和理由；再次欣賞圖片，比較與思考新發現等。（二）角色扮演：分段模仿演出紅、藍怪獸與黃怪獸互動的表情和言語。（三）故事浸濡式的詞彙教學：配合實際攪拌布丁，理解爛布丁黃、

芥末臉等形容，感官式的理解詞語背後的真意。（四）歸納三隻怪獸的個性，並從故事圖文中找兩個支持的理由。三、綜合活動：統整故事內容和寓意；預告將製作屬於自己的怪獸面具。

2 教學省思

綜觀這部繪本作品，書裡有許多獨特的形容和生動的詞語，能引發學生的興趣，很快就進入故事的情境中，而在戲劇表演的環節，亦是興致高昂。其次，運用實物和感官操作，有助於讓學生認識故事中出現的組合式詞語，了解角色的態度及其給人的感受。其三，小組合作學習的效益比預期來的高，除了建立互助機制之外，計分方式也可以促使低成就的學生勇於嘗試更多的發表。

在課前研討時，教師曾針對節數安排方面提出，若鎖定形象思維——意象形成的教學內容，例如文意理解、摘取故事大意、辨識故事材料等來做單元活動設計，依其操作繪本教學之多年經驗，一般需要二到四節課來完成一本繪本的導讀、摘取文意和延伸活動。

其次，由於繪本具有結合圖文共同說故事的特質，教師在指導摘取文意時，可以加強引導兒童觀察有關「寫作材料（個別意象）」的部分，像是特別的景象、物品或事件，繪本的文意符碼有的在圖、有的在文、有的圖文皆備，這些訊息的掌握都能幫助學生閱讀理解。除了圖像語言有利於輔助學習力稍弱的學生理解字詞意義、故事內容之外，在課堂中透過合作討論繪本圖文互動的各種模式[96]，也比較能吸引學生的目光。不過，需要學習扶助的學生在練習對繪本圖文做連結和推論時，仍需要教師多一點的引導，例如，學生只聽到對話，而忽略了角色的表情和動作；對於圖片多半只能單幅觀看，極少能前後聯

---

96 參見〔加〕培利·諾德曼（Perry Nodelman）著，楊茂秀等譯：《話圖：兒童圖畫書的敘事藝術》（臺東：財團法人兒童文化藝術基金會，2010年11月），頁284-319。

想或比較異同；無法透過角色的手勢去推論故事結局等。

　　此外，教學者亦提醒，教師在一節課中所設定的學習重點不宜貪多，尤其是面對補救教學的學生，他們需要老師更加清楚而細緻的引導步驟，因此，教案編寫需要再更精準的掌握教學目標和策略。經教學實踐顯示，若要特別照顧低成就學生，教學設計者在本則課例中所運用的方法確實可行，例如以圖文並茂或新奇有趣的繪本提高學習語文的興趣、多嘗試口語表述以減低課堂中的書寫任務、透過合作學習的理念互相帶起能力等。另外，本書研究者建議教師也可以考慮融入差異性提問或標註適性學習目標，如此一來也比較能為不同程度的兒童設定合宜的學習任務。教育部在針對國小學童各學習階段應具備之閱讀理解策略與能力中指出，低年級兒童適合進行預測、重述故事重點和連結線索的推論[97]，因此本課例安排有封面及題名預測、重述故事重點，在依線索推論文意的部分，例如本課例中所融入的找出因果關係、支持的理由等，低年級優秀的學生較能達到，但低成就學生則多半有困難，教師可適度的減低難度、增進學生的信心。

四　繪本融入語文教學之原則

　　綜合本教學項目之設計、實施與檢討，可針對兒童繪本融入國語文學習扶助教學，總結出五大原則。

　　一、語文歸本原則：為跳脫零碎、片段的語文教學項目，講究有系統、有層次的語文扶助性教學，本章節提出立基於思維力之運作，以辭章學的體系建立語文學科的知識地圖。透過形象思維、邏輯思

---

97 參見教育部五區閱讀教學研發中心「課文本位閱讀理解教學」計畫〈閱讀理解策略成分與年級對照表〉：https://pair.nknu.edu.tw/pair_System/Search_index.aspx?PN=Reader。

維、綜合思維三大思維系統之歸本，有序的培養與提升學生在內容與形式、表現與組織、統合與審美等方面的語文能力。

二、螺旋動能原則：已有許多語文教育家、兒童心理學家提出，兒童的思考和語言能力的進展，可以透過良好的教材教法產生互動、循環、提升之螺旋性作用。就繪本融入語文補救教學的層面而言，無論在課程上是單堂課程之累積、系列式課程的設計；或是在教材上選擇一部繪本做多焦點式教學、選擇多部繪本扣合三大思維力之養成，只要教師能具備辭章學學理概念，就能使教學的各個面向產生互動、循環、提升的螺旋動能，慢慢帶起低成就學生的學習力。

三、學習興趣原則：要讓參加語文學習扶助教學的學生願意接觸語言文字，教師首先要能開發其學習興趣，其次，教師也需要拿捏好文本難度與學生程度。因此，謹慎的選擇和編寫適合語文補救教學且具有學習吸引力之教材與教法，相形重要。在這個任務導向型的教學實踐和研討中，參與的在職教師皆在實際的教學過程裡證明，精彩有趣的兒童繪本能夠喚起低成就學生對語文的學習興趣。

四、實作策略原則：在這些精心設計的補救教學實務方案中，三位教師都運用了以「動手作」搭起學習鷹架的策略，例如便利貼時間、三色詞卡排排樂、繪本圖卡組合小書、克漏字遊戲、操作實物認識詞彙、角色扮演等。教師在課堂中引領學生動手操作、實際體驗，以取代被動的接收教師講授，使學生能在實作中一步步累積學習歷程，建構語文相關概念。

五、學生本位原則：在相關的幾場實際教學或公開課中，「『看見』孩子！」無疑是補救教學的課堂中，最需要經營也是最具有感染力的部分。教師們指出，低成就的學生絕大多數對自己的表現沒有信心，依賴心很強，而主動性相對較弱，因此，指導者在教學過程中的「陪伴」，能夠發揮很大的鼓舞之力。教師能藉由繪本豐富的圖文進

行提問、討論、操作等活動時，隨時發現學生表現良好的地方，即時予以具體的鼓勵，哪怕只是一點點的進步，因為「被看見」，學生都能因而逐步的建立學習語文的信心。

　　事實上，在語文學習扶助教學的實施與研究中，無論是教學策略的研發或是教學素材的選編，都需要第一線教師與語文研究者更多的合作和探討，共同耕耘。期望藉此所建構之具有學理依據與教學實證的繪本語文扶助教學設計，能真正對教與學皆產生一定的助益。

第四節　語文篇章取向教學之效益

　　本節分三個項次探討，首先由語文篇章取向教學的功能和任務談起，以見其重要性；再分析教學現場所發現的困難，並提供參考解決方案；最後再從文本篇章教學的實務應用中，包含講座、公開課、共同備課、課程與工作坊的實施，探究結構取向的工具效能、邏輯思維及結構概念之習得、篇章立體層次性的推深、縱橫向結構疊合的密切關聯等，以突顯語文篇章取向教學的特點及其效益。

一　語文篇章取向教學之多元任務

　　本章第三節已從文學原理在文本構件的層次性、寫作構思歷程與傳達性，以及課程綱要在聽、讀與說、寫所擬訂的語文能力要求等方面，探討篇章結構（含內容與組織）教學在強化理解力、組織力等語文素養的重要性。相關研究顯示，理清文本內在深層的條理關係，對文意識讀、推理、詮釋、歸納等進階思維活動，具有一定的正向作用。

　　其次，近來由於國際閱讀評比和語文檢測像是PISA、CEFR、

PIRLS等的興起[98]，語文教學開始重視閱讀素養（Reading Literacy）的培養，對於各類文本，不僅要能摘取篇內訊息中明確可辨之要點，還要能具備思考力，例如能了解其情理觀點並能找出支持的理由、能整合不同段落之間的因果、承繼、呼應等關係、能推斷含藏於篇外的意義、能比較視角或立場的異同、能闡述文本訊息在生活中的應用等。為了因應十二年國教新課綱的推動，二〇一三年起，臺北市更首度將國民小學基本學力檢測改至小五實施[99]，並以「素養評量」取代「成就測驗」[100]。題型的變革著重在讓學生閱讀長篇文章，再檢測其理解、詮釋、推論的能力[101]。而要能更順利的解讀或掌握長篇文本，借鑒篇章分析技巧應是一條可行之道。這是由於篇章結構正是在處理文本聯句成節、聯節成段、聯段成篇的邏輯條理。意義段（或稱邏輯段、結構段）之間的關係、上下文的銜接、段落與全篇的組織等，對於文意的理解、歸納與推論實具有一定的影響力[102]，而這種條理也是文本內容的深層脈絡，所以篇章結構的排次，會同時關涉內容和形式。再者，篇章結構本就包括意象的組合和布局的組織，前者是縱向、關於內容的結構；後者是橫向、關於邏輯的結構。前者的意象組

98　OECD PISA:http://www.oecd.org/pisa/；TIMSS & PIRLS: https://timssandpirls.bc.edu/。

99　參見臺北市國民小學基本學力檢測網：http://tebca.tp.edu.tw/。

100　參見臺北市政府教育局：〈北市首度辦理小5生基本學力檢測新聞稿〉，2013年10月8日，新聞稿網址：http://www.edunet.taipei.gov.tw/ct.asp?xItem=68026098&ctNode=66159&mp=104001；及邱紹雯：〈基本學力檢測　提前為小五考〉，《自由時報》臺北都會版，2013年10月9日。

101　關於閱讀長篇文章的能力培養，教育部新課綱課審大會曾針對國小部分的教材編選決議：「國小高年級的課文閱讀，除了短文之外，也要加入專書及長篇文章，（第四案教材編選）國小階段已討論通過。」參見林曉雲：〈國高中白話文選將以台灣新文學作家為主〉，《自由時報》生活版，2017年9月10日，電子報網址：https://news.ltn.com.tw/news/life/breakingnews/2189132（瀏覽日期：2017年9月及2020年2月）。

102　參見朱作仁、祝新華主編：《小學語文教學心理學導論》（上海：上海教育出版社，2001年7月），頁140。

合是讓辭章得以充實內容的要件；後者的邏輯條理則是使情意思想與
物事材料能夠獲得安排布置的橋樑[103]。因此，處理文本篇章時，需合
二者觀之。此外，除了強調對文本應有的理解，文學作品還有產生共
感的審美特質[104]，就篇章層面而言，無論是縱向結構方面的意象經
營，或是橫向結構的章法類型，都會生發出辭章整體性的美感效果，
而美感鑑賞也應該是語文教學不能偏廢的一環。

　　篇章分析的教學重點即是引領學生理清課文節段的內容關鍵及其
切分與銜接（Segmentation and Cohesion），再依據內容的關係找出段
落之間在意義上和形式上的聯繫，統整段落與全篇的層次，並順著這
條理路更好的掌握課文的核心情理，進一步體會辭章書寫的藝術手法
和風格。清代唐彪在闡述指導童子領會文章結構與精義的法則中，即
特別指出「須分界限段落節次」之法，他說：

　　　　將界限分清，則此段某意，彼段某意，雖極長難解之書，其綱
　　　　領條目，精微曲折，可以玩索而得。[105]

其所謂之「索」，即是文本的結構脈絡，順著「索」，則對於前述由第
三學習階段起逐漸加長的文本，也不致於顯得章法錯綜、文意難明。
唐彪指出，將文之界限、段落、小節予以「分別清白」，則「後文之

---

103 參見陳佳君：《篇章縱橫向結構論》，頁5。
104 誠如本書在第貳章所述，文本會在表達元（作／編者）與鑒識元（讀者）之間產
　　生互動，而語用效果也會自然運作。張慧貞曾進一步解釋：「表達的『潛在效果』、
　　文本的『自在效果』、要靠接受者的『他在效果』來品評；『他在效果』是對『潛
　　在效果』、『自在效果』的引申和反饋，兩者結合，才有藝術體的『共鳴』，實用體
　　的『共識』。」見張慧貞：〈兩岸辭章學研究和語文教學隅談〉，收於鄭頤壽主編、
　　馬曉虹等十九人合著：《大學辭章學》（福州：福建人民出版社，2004年12月），頁
　　365。
105 見〔清〕唐彪：《讀書作文譜》，卷之二，頁25。

精微變化，始能顯露」，更提醒教師，若是「模糊混過」，則無法知其
「全篇大旨，逐段細意，及結構剪裁之妙」（同上註），足見這正是篇
章教學的重要效用之所在。此外，文中亦具體說明了教學方法，例如
畫記長線、提掇過渡（同上註），確實給予語文指導者多所提點之參。

　　基於鑒識與表達的雙向互動性，唐彪特別重視以「文章諸法」安
排篇章，並且先以「布格」之要做為總提，他解釋道：

> 文章全在布置，格即布置之體段也。……不知種種運用法，即
> 為此而機神不隨，為彼而詞華不應。於是任筆所之，聽其湊成
> 一格，雖勉強成篇，終至詳略失宜，虛實淺深倒置，題理題竅
> 竅，皆不合也。[106]

可見，重視謀篇布局的規範，善加運用種種章法，掌握題理題竅，都
是為文之際極待用心之處。劉雨則是從寫作心理學的角度談結構能力
培養的重要性，他提到對於結構能力的相關研究，可以就靜態的從辭
章成品入手，分析創作者的結構技巧，也可以從動態的方面，去考察
寫作主體在組篇過程中的結構能力[107]。文中也藉由朱光潛談運思的觀
點指出，如果不在整體謀篇上下功夫，就有可能導致上下不接、文意
不通的問題，因為一篇首尾完足的辭章作品，必須是「由若干意象或
概念按照一定的邏輯關係構成的有機整體」（同上註，頁84），此即本
書所聚焦的整體性篇章視域，也是本章第二節特別針對讀寫互動設計
篇章結構寫作訓練的緣由。此外，劉雨也說道，「在文章結構過程中，
主體的創造力體現在結構能力上，同樣的內容材料，由於安排不同，
表現效果絕不會相同」（同上註），呼應了本節前文所述之篇章效果，

---

106 見〔清〕唐彪：《讀書作文譜》，卷之六，頁70。
107 參見劉雨：《寫作心理學》，頁83。

而關於篇章美感效果的欣賞和體會，則可以從範文讀講和文本組織方式的比較性對讀來進行，也可以在口說或寫作的應用中，運用不同的結構方法來練習，這些能力的培養也都是語文篇章教學可著力之點。

　　總體來說，篇章取向的語文教學對於提升學生語文素養的作用，大致可針對以下五項來說明。

　　一、可以訓練學生的思考力。陳滿銘在《章法結構原理與教學》談「章法結構之教學應用」時，特別用一個章節論述章法結構與思考訓練的密切關係。這裡所謂的思考力，具體來講是以邏輯思維為主，以形象思維為輔，並以綜合思維為內在統整的條件。在此書專章的研究中強調，它可以培養學生掌握事物關係、建構知識結構的能力[108]。這是由於透過相關的篇章讀寫訓練，可以從語文的審美和創作中去開發順向或逆推的線性思考（秩序結構），以及順逆結合的轉位思考、多角度觀察法或陌生化（Defamiliarization）的反慣性思考（變化結構），或是從「篇」的聯貫去分辨主次、本末、部分與整體的呼應關係（銜接原則），還有突出訊息焦點、立意與素材形成統一、論點和論據相互契合的核心思考（統一原則）。由此也可以發現，本書於第參章為全書論述脈絡所確立的辭章四大規律──秩序律、變化律（以上兩者為「多」）、聯貫律（「二」）、統一律（「一（0）」），正符應於上述的思考力培養。

　　二、可以上溯作者的構思歷程。因為文學作品的深層條理反映著作者的思路脈絡，也含藏著他的寫作用意與目的，是故若能在教學時能透過分析，尋出一篇詩文作品的篇章組織，就自然能在作者與讀者之間串起一條相互連接的線索。若連結本書於前文所強調的歸本思維

108　參見陳滿銘：《章法結構原理與教學》（臺北：萬卷樓圖書股份有限公司，2007年4月），頁223-250。另可參考〔日〕松山正一著、歐陽鍾仁譯：《教師啟發學童思考能力的方法》（臺北：幼獅文化事業股份有限公司，1989年7月）。

力與語文能力之觀點來看，無論是理解或表達，合宜的思維活動都會有一定的方向和脈絡，因此，吳格民即曾謂：「研究語文篇章，不可不研究篇章的思路」[109]，誠如葉聖陶之名言：「文章思有路，遵路識斯真。」足見把握構思路徑之要。具體就其效用而言，蔡玲婉曾在評介本書研究者考察語文教材篇章分析的相關論文時指出：文本分析對於教師而言是非常重要的，這樣的研究方法可以帶領學生回到作者當時寫作的視角、心情的流洩，展現出文學性、生活趣味以及對各種議題的思考，事實上，這就是所謂的「披文入情」[110]。《文心雕龍‧知音》：

> 夫綴文者情動而辭發，觀文者披文以入情，沿波討源，雖幽必顯。[111]

作家的創作活動，是由內在情態的湧動，透過辭章表現出來，而形成文學作品；讀者的鑑賞活動，則是藉由寫作出來的文辭，深入領會作者所欲表達的情理意蘊，由此構成了文藝活動中由內而外、由外而內的雙向互動過程。讀者透過外顯的文辭所聚合而成的意義，順著文本篇章組織的脈絡，回溯作者的寫作思路和動機，就如同沿著水流去尋繹源頭一般。雖然《文心雕龍》此篇乃就文學批評而言，但對於讀者如何「覘文輒知其心」，是極具指導意義的。

三、能梳理出文章段落如何組織成篇。首先，組篇的元素包含

---

109 見吳格民：《邏輯思維與語文教學》（北京：人民教育出版社，2003年3月），頁57。
110 相關評介內容乃出自蔡玲婉主持「第二屆語文教學與文學創作研討會」之發言，2020年1月18日，臺中：國立臺中教育大學。
111 見〔梁〕劉勰著、范文瀾注：《文心雕龍注》（臺北：學海出版社，1991年12月再版），卷十，頁715。

「章」與「篇」，「章」的結構單位有句群以上的小節與段落（含自然段、意義段），有時，組成段落的小節很容易在教學現場被忽略。其次，組篇的過程則源自節、段、篇的切分與銜接。辭章學家或語篇語言學家所謂的切分，並不是割裂，相反的，切分其實是來自於節段的起迄，切分也是為了找出關係以形成聯貫，最終達到統一。曹冕在《修辭學》一書就很清楚的指出：

> 積字而成句，積句而成段，積段而成篇，天下之名為文者莫不然，故文之有界段，乃自然之理也。[112]

書中也舉多位清代辭章家謂「讀文之法，必曰分段落」，才能藉以尋出線索，得其精神。如果語文教師未能處理篇章結構，很有可能會使課文的內容與形式揉雜不清，甚至可能會因為節段章篇的脈絡不明，而影響到文本識讀與理解[113]。此外，有時自然段並不完全契合於結構單元，因此在處理切分與銜接時，就需要特別留心。在語文篇章教學的環節中，還需特別留意兩個誤區，那就是文本的內容大要或段落大意不等同於篇章結構，心智繪圖亦非具有層次邏輯的篇章結構表。唯有透過帶有邏輯關係的概念去進行文本的分析與整合，段落與段落、段落與整體之間的關係才能找出來，隱藏在內容深層的邏輯條理才能被理清。

---

112 見曹冕：《修辭學》（上海：商務印書館，1934年4月），頁83。

113 唐彪：「每見童蒙讀書，一句之中，或增一字，或減一字；二段書或上截連下，或下截連上，此皆先生未曾與之講明句讀（註：句中的停頓）與界限（註：段落）道理，以致學生顛倒混亂讀之。若先生將句讀道理講明，則自然無增字減字之病；將界限處用朱筆畫斷，教令作一截讀住，則自無上截連下、下截連上之病。」見〔清〕唐彪：《父師善誘法》，收於《蒙養書集成》（西安：三秦出版社，1991年9月二刷），頁168。

　　四、可以幫助閱讀者掌握文章訊息和情意思想。梳理篇章是如何構成組織性的同時，會辨析出主要訊息和輔助訊息（例如點染章法、賓主章法、正反章法等），也會突出主題句、關鍵處、或核心情語與理語（例如凡目章法、情景章法、敘論章法等），或是藉此明白文本所描述的事物面向、變化、前因後果（例如並列章法、今昔章法、遠近章法、詳略章法、因果章法等），而讀者亦得以藉此判斷、領會、感受作者所要傳達的意思。王國元即指出：要深入理解文章的內容，就必須理清文章的層次結構，理解作者的思路，並沿著這思路去了解句與句、段與段、段落與中心思想之間的內在聯繫[114]。此外，篇章分析還包括處理作者所選以表情達意的寫作材料、材料背後的象徵或意蘊，及其與文本中心思想之間的聯繫，其中，前者所指之物事材料為「象」，後者為「意」，這就是形成文本意象的緣由，也是文本內容的重要訊息。

　　五、能體會文章安排主旨與謀篇布局的藝術技法與美感效果。本書第參章曾述及，由於創作上的需要或文學性的講求，使辭章統一起來的主旨，一般會牽涉到顯隱與安置的問題。進一步而言，其顯隱的表現有「全顯」、「全隱」、「顯中有隱」，其安置的部位有篇內（又有安置於「篇首」、「篇腹」、「篇末」的不同），以及安置於篇外；而透過辭章家自覺或不自覺的邏輯思維運作，透過對應於宇宙二元對待關係所形成的章法類型，將辭章作品中情、理、事、景（物）等內容，以符合章法規律的原則，妥善的謀篇布局[115]。每一種辭章現象中的主旨形態、謀篇方法，都有其作用和美感效果，例如主旨的醒豁美或含

114　參見周元主編：《小學語文教育學》（上海：華東師範大學出版社，1992年10月），頁129。

115　參見陳佳君：《篇章縱橫向結構論別裁》（臺北：萬卷樓圖書股份有限公司，2010年10月），頁10。

蓄美，結構模組因移位或轉位而生的節奏美，以及不同的章法家族所具有的共性美感，如立體美、層次美、變化美、映襯美等[116]，當然個別的章法類型，也都各具特性美感。這些語文知識節點都是辭章作品具有文學性的來源之一，並且也需要透過篇章取向的系統性分析，才能更順利的於教學中指導理解與欣賞，進而於說、寫活動中應用[117]。

　　不過，需再進一步釐清的是，加強篇章取向的語文教學並不是指生字識寫、新詞解釋或句式文法的教學可被忽略，而是這些語文知識節點在教學的側重點及其對閱讀理解、審美的功能性等方面有所不同。對此，沈大安就提出：閱讀理解層次有「微觀分析」（詞句理解）和「宏觀分析」（段篇理解）[118]。嚴格說來，字詞教學其實是篇章分析的基始，所以語文教學的各個面向實缺一不可，而進行篇章結構分析的教學任務，是可以讓閱讀教學從「點」到「線」再到「面」與「體」，也就是從「字詞」到「句」與「句群」，再到「段」與「篇」，有脈絡性，有整體性，使語文素養在文意理解、邏輯組織與美感經驗上能加深加廣。關於這種點線面體四觀的學習理論，戴維揚、葉書吟就曾發表以格式塔（Gestalt）完型學派四向度（4 Dimensions）——時、體、面、線（點）來描述語義層次的論文，文中認為Gestalt所提倡的「Proximity」（按：接近性）與近來教育界關注的維高斯基（Vygotsky）「近側發展區間」學習理論（按：the Zone of Proximal Development，簡稱ZPD）不謀而合，亦即：整體全面的

---

116 參見本書附編〈篇章結構四大家族綜述〉。

117 吳格民認為：對於精讀課文而言，結構分析是不可或缺的，因為結構是語篇內在的最大形式，不理解一篇文章的結構，便不可能對課文有深入的、精到的理解。他同時也指出分析結構對讀與寫的作用在於：從閱讀的角度說，結構分析可以理清文章的思路；從寫作的角度說，結構分析可以培養布局謀篇的能力。參見吳格民：《邏輯思維與語文教學》，頁146。

118 參見朱作仁、祝新華主編：《小學語文教學心理學導論》，頁143-151。

進步，必須從「就近」（Proximity）向整體性區塊（Zone）進展，從最小微觀的點、線，進步到面、體（整體性），藉以減少「盲點」，增進具有洞徹力的「整體觀」（宏觀）。此外，文中還提出綜觀語文系統，判定字詞在語意圖中所從屬之「行」與「列」，以建構語詞語意的網絡，然後「木」（文心、文字）才能成「樹」（文章、文學），最後整體成「林」（文學、文化、文風、文潮）[119]。

綜上所述，語文教師在進行文本分析與引導讀寫能力時，也應該將課文視為有機整體，從結合宏觀層與微觀層的視角，在文本特定語境和篇章觀點中，進行生字新詞的講解、文法句型的練習、字句修飾技巧的認識等，連結處理節段的銜接、意義段的歸納、布局的邏輯條理與課文在內容與形式上的層次結構等。

二　語文篇章取向教學之難點與建議

在了解語文篇章取向教學的任務與作用之後，接著所要面臨的工作即是在教學現場方面的實務問題。首先，需要了解教師在進行語文篇章取向教學的問題與困難，其次即是提出建議的解決方案。以下擬分從學理基礎、專有名詞、複雜結構、教材取得等方面來考察。

（一）促進學理知識的了解

根據教學碩士班在職進修的教師以及相關教研計畫訪談的第一線教師的反饋，大部分的語文教師能理解語文篇章教學的重要性，但是多半困擾於如何找到施力點來幫助學生練習各種思維能力、理解課文如何結合內容與形式而被組織起來。陳滿銘教授表示，比起中學國文

---

119 參見戴維揚、葉書吟：〈現當代三音節新詞語的新典範〉，收於《章法論叢》第八輯（臺北：萬卷樓圖書股份有限公司，2014年10月），頁125、130、137、139。

教學，篇章組織概念在小學教學現場推動力較弱的一部分原因，是由於語文教師尚未能更好的建立或強化相關學理知識。

一般而言，小學語文教師在進行課文結構教學之前，需具備相關的學科基礎知識，使教師除了靠教學經驗的累積，也能以有系統的學理作為提升教學品質的依據。陳滿銘教授在專家諮詢會議上，即針對篇章結構教學所需具備的重要基礎概念，提出四大項目：篇章結構的四大規律、章法的類型、篇章縱橫向的交織關係、語文能力的回歸[120]。

首先，所謂的「篇章結構四大規律」共有秩序律、變化律、聯貫律、統一律，關於其內涵，本書已在第參章闡述。「規律」是從「現象」所提煉與歸納出來，陳滿銘強調：「規律」事實上即是反映宇宙萬物運行的狀態，這些模式必須找出來，以助於認識宇宙萬象，正如科學家的職責，就是去挖掘這些反映宇宙的「公式」[121]。在這四大原理中，「秩序律」、「變化律」、「聯貫律」三者，主要就材料運用而言，著重於分析，前兩者探討結構的順逆模式，後者突顯呼應的效果；「統一律」則主要就情意思想的抒發來說，重在統整通貫[122]。

其次，教師若能先了解有哪些章法及篇章結構的類型，才能在指導讀寫的過程中，找到合宜的篇章切入角度。目前已經發現和確立的「章法類型」，約有近四十種，即：今昔、久暫、遠近、內外、高低、大小、視角變換、知覺轉換、狀態變化、本末、淺深、因果、眾寡、並列、情景、敘論、泛具、凡目、詳略、虛實（時間、空間、時空交錯、設想與事實、願望與實際、夢境與現實、虛構與真實）、賓

---

120 參見「篇章結構分析理論在提升國小閱讀教學之應用」第二場專家諮詢會議會議記錄，與談人：陳滿銘教授，2014年4月2日，臺北：中華章法學會。

121 參見「篇章結構分析理論在提升國小閱讀教學之應用」第三場專家諮詢會議會議記錄，與談人：陳滿銘教授，2014年5月7日，臺北：中華章法學會。

122 見陳佳君：《篇章縱橫向結構論別裁》（臺北：萬卷樓圖書股份有限公司，2010年10月），頁11。

主、正反、立破、抑揚、問答、平側、縱收、張弛[123]、偏全、點染、天人、圖底、敲擊[124]⋯⋯等。每種單一的章法,皆有其個別的「特性」(異),因此有它們獨立存在的必要,以適應千變萬化的辭章作品。然而,一個具有科學化和系統性的學科研究,還應兼顧「往上融貫提昇」的整合[125],所以,透過「族性」的概念來認識這些章法,確實是一個化繁為簡的方式,這些不同章法因為某些「共性」(同),可以向上提挈為圖底、因果、虛實、映襯四大章法家族,分別能藉以處理時間與空間、事理的展演過程、因虛實特性所構成的關係、內容材料間相互對比或襯托等條理[126]。本書將於書末以附編的方式,綜述篇章結構四大家族及近四十種個別章法。另外,教師若能熟悉小學學習階段的淺易、常用章法,對教與學都會更有助於掌握方向,例如:總分(凡目)法、並列法、今昔(含先後)法、正反法、因果法等[127]。

---

123 以上章法之定義及例證,見陳滿銘:《章法學新裁》(臺北:萬卷樓圖書股份有限公司,2001年1月)、仇小屏:《篇章結構類型論》(臺北:萬卷樓圖書股份有限公司,2000年2月)、及陳佳君:《虛實章法析論》(臺北:文津出版社有限公司,2002年11月)。

124 以上五種章法之定義及例證,見陳滿銘:《章法學論粹・論幾種特殊的章法》(臺北:萬卷樓圖書股份有限公司,2002年7月),頁68-112。

125 見陳滿銘:《章法學新裁・卻顧所來徑——代序》,頁10。

126 參見陳佳君:《篇章縱橫向結構論》,頁193-228。

127 參見仇小屏:〈論常見於國小國語課文的幾類章法——以因果類、映襯類、時間類章法為例〉,《國立臺北師範學院學報》第17卷第1期(2004年3月),頁23-46。及陳佳君:〈從章法談國小作文運材教學——以幾種常用於論說文的章法為例〉,《人文及社會學科教學通訊》第12卷第4期(2001年12月),頁131-154;陳佳君:〈談國小國語之並列章法教學〉,《國民教育》第47卷第3期(2007年2月),頁27-33;〈談凡目章法之讀寫教學及其美感——以小學階段為考察範圍〉,《畢節學院學報》第25卷第6期(2007年12月),頁8-13。又,楊裕貿在依小教學習階段規劃序列式寫作教學課程時,也關注在以下幾類常用的「結構式」:並列式、總分式、因果式、時間式、方位式等。參見王珩等十人合著:《國語文教學理論與應用〔第二版〕》,頁264-266。

　　再次，是探究篇章結構的縱橫向交織關係。文學作品原就是
「義」（內容）與「法」（條理）的結合，辭章之縱橫向結構，存在著
相當密切的連結性，沒有縱向的內容（情意思想與物事材料），即無
法形成橫向的結構；而沒有章法，則無法理清內容如何獲得安排與布
置、段落如何成篇的邏輯關係。若能在進行篇章結構分析時，同時呈
現橫向的結構單元與縱向的內容層級，較能全面展現篇章內容與形式
的特色[128]。

　　最後是歸本於語文能力，以呈現語文聽讀與說寫之原理。語文教
學需兼顧聽、說、讀、寫、作等能力的培養，而這些能力又歸根於人
類一切知行活動的原動力──思維，也就是說，思維系統直接與語文
能力的開展息息相關。一般而言，語文能力可概分為三層來加以認
識：即「一般能力」（觀察力、記憶力、聯想力、想像力）、「特殊能
力」（立意、取材、運用詞彙、修辭、構詞組句、運材布局、確立風
格）、「綜合能力」（含創造力）。這三層能力的重心在「思維力」，經
由形象思維、邏輯思維、綜合思維的作用而開展[129]。

　　綜上所述，教師需要具備一定的學理知識才能使教學有目標、有
成效，在進行課文篇章結構教學時，舉凡：形成「基本型」結構，而
符合秩序規律的文本組織現象（含順向結構與逆向結構），以及形成
「相間型」結構，而符合變化性的篇章規律（含夾寫型結構和迭用型
結構）[130]；各種常見於小學國語課文，或適合兒童學習與運用的章法

---

128 參見陳佳君：《篇章縱橫向結構論》。

129 參見陳滿銘：〈語文能力與辭章研究〉，收於《篇章結構學》（臺北：萬卷樓圖書股
　　份有限公司，2005年5月），頁387-423；及其《章法結構原理與教學》，頁001-022。

130 以上由文本組段構篇現象所歸納之各類篇章結構模組，參見陳佳君：《虛實章法析
　　論》，頁251-291。需進一步說明的是，結構模組是文本篇章現象的提煉，能促進學
　　科規律化的研究發展，也能協助教學者與學習者更易於掌握篇章組織的方法。在
　　三、四十種章法的個別特性和共同族性，以及上述各類結構型態中，皆能依創作

類型；篇章縱（內容）橫（章法）向結構的密切關係；以內容大意表為基礎，進一步發展成邏輯條理關係圖的教學知能等，都是師培生及在職教師值得持續建構的學科知識。對此，陳教授與小學教師即分別在諮詢會議與工作坊中提出，除了專書、文章可供參考之外，還可以在師培生養成課程及在職教師進修課程中，適度融入相關的學術理論與教學知能，如大學部之「國語教材教法」、「國小語文教學專題」、「教學實習」，以及碩士班之「閱讀教學研究」、「語文教材研究」等，特別講授和操作篇章處理的基本概念與應用，或是舉辦研習、講座、工作坊等，以提升小學學習階段語文領域教學在篇章處理方面之品質。

(二) 代稱章法學的學術名詞

一門具有科學性與系統性的學術領域，為了研究所需，很自然的會在學術歷史發展的軌跡與研究者的掌握與歸納中，產生並定義許多學術性的專有名詞，篇章辭章學和章法學也不例外，諸如：四大律、誠美律、二元對待、移位、轉位、包孕、螺旋、調和、對比、縱橫向結構、順逆向、軌數等，還有許多乍看之下較難明白其條理關係的章法類型，如：點染法、凡目法、底圖法、天人法、偏全法、泛具法、平側法等。以章法學專有名詞而言，雖然一方面標誌著學科系統化的發展，另一方面卻也讓理論與實務產生距離，若不是相關學科領域之學術研究人員或學習者，如語教專長之師培生、文學科系的學生、教學現場的第一線語文教師等，一般情況下，通常會對這些學術名詞望之卻步。

思路、材料性質、表達效能、藝術手法的具體情況，自覺或不自覺的展現在辭章活動中，並透過不同的選擇、搭配、層級安排等，構成風貌多元的層次邏輯。無論是聽讀教學或是說寫指導，都能加以分析鑑賞和靈活運用。

　　近代章法學最初的研究契機，其實是源於中學國文教學的需要[131]，而章法學的學科特質也反映出它在理論系統與實務系統的雙向互動性[132]，因此，專有名詞對學術研究有其必要性，但如何能讓這些概念在教學現場發揮功能，而不是成為阻礙，則考驗著語文教師的實務應用能力。

　　在嘗試突破專有名詞之難點時，首先，教師需要先了解該名詞的內涵與特色，明白相關的文學規律，並且在掌握其核心概念後，轉化成學生能理解的教學語彙。因此，授課時建議可不必直接使用專有名詞，而是以概念的建構為指導重點[133]。

　　茲以「點染法」的教學做進一步的說明。在淵源方面，此專有名詞乃源自於中國繪畫的筆法。在定義方面，「點」是指時、空的一個落足點，僅僅用作敘事、寫景、抒情或說理的引子、橋樑或收尾；而「染」則是指真正用來敘事、寫景、抒情或說理的主體[134]。在教學時，如果課文裡出現「引子─主體」或「引子─主體─尾聲」等結構模式時，教師或可不用「點」、「染」標示結構單元，而以實際內容做

---

131 參見陳滿銘：《章法結構原理與教學・自序》，頁001-008。

132 孟建安曾以圖表顯示出章法理論系統（章法原理系統、章法類型和規律系統、章法結構系統、章法方法論系統、章法美學系統）與章法實踐系統（章法教學指導系統、章法實例分析系統）的雙邊互動。參見孟建安：〈章法學體系建構的系統性原則〉，收於《章法論叢》第二輯，臺北：萬卷樓圖書股份有限公司，2008年3月，頁88-99。

133 事實上，在實際的教學現場裡，語文教學中的詞法與句法教學，亦與篇章結構教學面臨同樣的難點，與文／語法知識相關的專業術語繁多且複雜，例如與構詞有關的合義詞、衍聲詞、派生詞及其下屬各類複音詞，或是單句成分，以及並列、承接、遞進、轉折、因果、假設、條件、選擇等各種複句關係。周碧香就在談語法教學的理論與應用時，給予教師如下之建議：教師必須具備語法知識，但教學上不需要將心力花在術語上，而是「用學生可以懂的方式」來解說重點即可。見王珩等十人合著：《國語文教學理論與應用〔第二版〕》，頁341。

134 參見陳滿銘：《章法學論粹》，頁75-76。

標題，例如：以地點、時間、事情、景物、人物來標示「點」的結構
成分；用主要內容、事件發展等來標示「染」的結構成分[135]。

（三）簡化篇章結構的複雜度

　　為了能呈現文本在內容結合形式的邏輯關係與層次系統，運用結
構圖表來輔助說明是有其功能性的，不過，有時因文本特性或邏輯層
次掌握的深度，導致所繪製的結構表看起來層次過多、十分複雜，反
而不適合初學者或小學學習階段的教學。這也是許多在職教師所反映
的篇章結構教學難點之一。

　　對此，謝奇懿曾在會議中表示，由於現階段國小國語教材在課文
結構的編纂及教師對篇章結構的理解等都還尚待耕耘，應暫時避免一
下子就進入文本整體多層次的複雜結構[136]。在具體做法方面，陳滿銘
則提出：對於初學章法結構者，梳理的層次可以先分析二、三層，甚
至就講解文本第一層的「篇結構」，以避免過度複雜[137]。

　　因此，為了解決結構分析及結構表可能太過複雜的問題，其策略
至少有兩個可以嘗試的方向，一是簡化策略，二是化整為零策略。前
者是處理課文二至三層的結構，甚至只處理第一層的核心結構；後者
是將第一、二層的「篇結構」，與「篇結構」內各節段的「章結構」
分開處理[138]。前者的優點是教學時可以很快的掌握文章的主結構；後
者則是先有大架構，再依次建立各部分細部的組織方式，同時可以配

---

135 實例可參見本章第四節第三小節〈阿里棒棒飛魚季〉及〈紅豆〉的教學實務分析。

136 參見「篇章結構分析理論在提升國小閱讀教學之應用」第一場專家諮詢會議會議
　　記錄，與談人：謝奇懿主任，2014年2月28日，高雄：文藻外語大學。

137 參見「篇章結構分析理論在提升國小閱讀教學之應用」第二場專家諮詢會議會議
　　記錄，與談人：陳滿銘教授，2014年4月2日，臺北：中華章法學會。

138 參見陳滿銘：《篇章結構學・「篇」與「章」的關係》，頁001-010。

合意義段的講解，分段講課、隨講隨畫[139]。唯需進一步說明的是，教師無論採取上述之何種策略，在備課時，還是需要細膩梳理文本的層次邏輯，以具備該篇課文整體性的篇章結構觀。

（四）以課文為本位

以課文為本位的語文教學，是近年來教育部推動的重要教學方針。所謂「以課文為本位」，是指以現行的各版本教科書為培養學生聽說讀寫等語文技能的主要的教材依據，不需要捨近求遠的另外編寫語文教材[140]。課文篇章結構的分析與語文邏輯觀念的教學同樣不需要再另外搜尋或編寫教材，只要鎖定課文，在進行內容深究與形式深究的同時，就能融入相關語文概念，講解課文的篇章內容、旨意和謀篇布局的藝術技巧。如此一來，師培生能在熟悉教材的過程中知所運用，也能使在職教師可以在原有的課室基礎上精進教學。

另外，雖然課本裡的課文並非專為篇章結構的學習而設計、編寫，因而可能造成老師們認為某些文本不易找到切入角度分析課文結構、甚或感到「難教」的原因。因此，教學時盡可能形成模式化教學，連結學生先備經驗，有機會讓學生回顧學過的、相同或相似的篇章結構，不斷複習、加廣加深，以達螺旋向上之教學效益，例如先掌握小學國語課文常見的「總一分一總」、「由昔而今」（順敘式）、「先因後果」、「正反對比」等基本結構類型，再延伸至「先分後總」、「由今而昔」（倒敘式）或「今一昔一今」（鏡像式）、「由果推因」等進階結構類型，以及比較特殊的組篇方式，如平側法、縱收法等，或能解決此教學問題。

---

139 實例可參見本章第四節第三小節〈神奇鐘錶店〉的教學實務分析。

140 參考教育部五區閱讀教學研發中心「課文本位閱讀理解教學」計畫：https://pair.nknu.edu.tw/pair_System/Search_index.aspx。

三　語文篇章取向教學之實務效能

本節從語文教材篇章教學之相關活動中，歸納出實務應用的四項特色和效益。一是從講座課的示範中，突顯以結構引領閱讀理解的實際效用；二是從輔導團公開課的設計中，體會並習得篇章組織之概念；三是從實習教師的共同備課研討，深化課文結構的層次性；最後是在職教師在進修課程的實際操作中，顯化內容與形式縱橫向結構疊合的文本分析。

（一）運用結構輔助閱讀理解

本書在執行篇章取向教學研究「融入師培課程」的部分，是以講座課的形式，邀請擔任臺北市國教輔導團國小國語文專任輔導員的老師，在大學端之師資培育課程進行國語教學的經驗傳承。講座教師以康軒二上第四課〈文字的開始〉與師培生們相互交流研討。〈文字的開始〉一課之課文是敘述文字還沒有發明以前，人們以結繩記事很不方便，後來有人想到可以把看到的事物畫下來，記事變得方便，文字也慢慢被創造出來。在討論「『閱讀理解』應該教些什麼」的環節裡，同學們陸續提出：段落大意及每段的重點、標點符號、課文內容的主要事件、事件的發生順序等。其中，課文內容重點與段落大意，屬於形象思維的範疇；標點符號的使用及其語用意義，會影響語意節段的成形和銜接；而事件發生的順序則關係著文本的先後與因果等脈絡，偏重邏輯思維的運作；此外，上述的討論尚需補入課文主旨的歸納，此屬綜合思維所轄。可見，閱讀理解的教學不僅是文本內容的問題。

首先，在「歸納課文各段重點」的研討中，師生共同整理出下列要項：

第一段：沒有文字，記事不便
第二段：以前是打結來記事
第三段：找到畫下來的方法
第四段：方便記事，文字慢慢造出來

接著，再連結另一組學生所提出的教學重點——「找出課文的主要事件」，挑選出「記事」、「畫下來」、「造字」等。其三，再進一步探討另一組學生提出的「課文內容的安排順序」，並以「脈絡卡」教具，畫／排出下面的文章脈絡發展：

| 沒有文字，記事不便 | → | 把看到的東西畫下來 | → | 造字後，記事變得方便 |
| （脈絡卡之一） | | （脈絡卡之二） | | （脈絡卡之三） |

值得一提的是，在小學教學現場實施此教學流程時，教師觀察到，兒童已經能藉著這個「順序」，發展出課文大意的摘取：

> 文字還沒有發明以前，結繩記事很不方便。（對應脈絡卡之一）
>
> 後來，人們想到可以畫下事物的樣子來造字。（對應脈絡卡之二）
>
> 於是，生活中的事情就可以記下來，文字也被慢慢造出來了。（對應脈絡卡之三）

由此印證了梳理課文架構，可以幫助兒童回溯／重述課文、掌握內容重點、幫助摘取課文大意。

此外，本課例之篇章教學的探討進行到這個步驟時，已經有不少

師培課程的同學發現，所謂的「順序」，不只有「先後」，還有「因果」關係與「正反」關係，例如：沒有文字時，人們結了許多大小繩結，最後會記不得到底是什麼事（因），導致記事不便（果）；又如：文字發明以前的不方便（反）與文字發明以後的便利（正），這也是本課課文邏輯條理的一大特點。能夠掌握這些關係，教師教學時，就能跳脫出只具分段功能的「先說、再說、後說」方式，把課文如何安排內容的方法講得更清楚。

再來是談到本課的標點符號，除了低年級應該學會的逗號與句號，教學時，還應藉助標點符號來解釋句子與段落的概念。尤其是本課的第三段，出現許多不同的標點符號，講座教師也提醒，把第三段的標點符號講解清楚，會有助於低年級兒童理解課文內容。事實上，標點符號因為有標示文意切分的功能，所以它與篇章結構亦關係密切。兒童若在朗讀時，無論是在換氣呼吸、斷句、切詞、分段等部分出現問題，通常也反映出他對文本的理解狀況。以本課第三段為例：

> 後來，又有人想到可以把看到的東西畫下來，圓圓的太陽，就畫個「日」；彎彎的「月」亮，就畫個半圓。還有人畫出有三個尖角的高「山」和有四個方格的「田」地……。

分號和刪節號對低年級的小朋友來說是有難度的，尤其是在此用以表示「語句未完、意思未盡」的刪節號，通常在中年級才出現。不過，教師能在助以閱讀理解的導向之下，引導兒童發現引號所框住的就是作者舉的例子；分號、句號與四個字例，實已使上下文產生「總句」與「分句」的關聯，因此，這段的「章結構」即形成如下的條理：

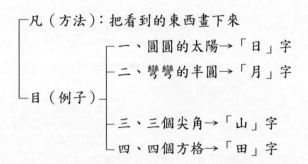

解決問題的方法，為「凡（總）」，具體說明的字例，則構成四個分目。這種「先凡後目」的結構，對低年級兒童而言，並不難體會到「先總說事情的重點，再舉幾個例子進一步講明白」的組織概念。

　　實作的部分，講座教師帶領師培生們進行「貼詞卡，學結構」的練習。教師發下學習單及本課新詞詞卡，學習單上面是一個空白圖表，包含中間的大圓和左右延伸的橫箭頭，教師並未事先說明圖表各部分的意義，所以學生在排列黏貼的同時，必須同時思考圖表各部分代表什麼意思、為什麼這樣排列詞卡。新詞則包含兩組，第一組詞卡有：文字、發明、以前、記事、方便、繩子、打結、發覺；第二組詞卡有：彎彎的、半圓、尖角、田地等。講座教師說明，操作方法有兩種，一是直接發下兩組詞卡，另一種是先發第一組詞卡，待兒童排列完成後，再發下第二組詞卡補充，因為第一組詞卡具有文意上的決定性。將詞卡排妥並黏貼後，還需要讓學生發表並進行檢討，原則上是以最接近課文文意走向與主旨者為佳，所以在活動進行前，教師應多加提醒學生在排列時，需「依照課文內容」、「課文內容要能順進去」等。

　　此活動之設計者的設計理念是以「文字發明」為基準，抓住課文內容的相對性邏輯——「以前」與「以後」、「不方便」與「方便」。其概念圖如下：

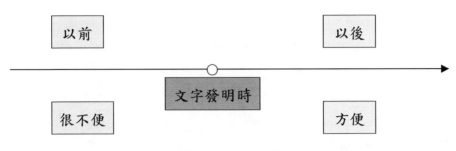

圖五-5　〈文字的開始〉相對性線性邏輯概念圖[141]

以上是運用時間軸的概念來整理課文、幫助理解。由於考慮到「文字發明時」並非限定於一個時間點，加上需要容納課文重點段（第三段）的許多內容，因此中間改為一個大圓，時間軸則往左（以前）和右（以後）延伸：

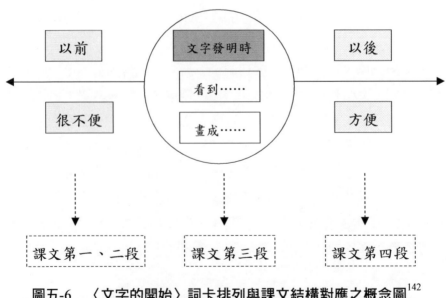

圖五-6　〈文字的開始〉詞卡排列與課文結構對應之概念圖[142]

---

141 本圖表由臺北市國教輔導團國小國語文專任輔導員設計。

142 本圖表由臺北市國教輔導團國小國語文專任輔導員設計，並經本書研究者增補。

當詞卡貼入適當的位置後，又會發現圖表的各個部分對應著課文的段落（如上圖虛線所示）。可見，一般被教師視為不易進行的課文篇章結構教學，仍有一些有效的教材設計與教學方法值得開發，唯教學前的備課需要投入更多心力，老師必須在精熟課文的基礎上，透過不斷的實驗和修改，才能找到最適合兒童學習課文結構的教學策略。

此實作活動的教學作用是：使用本課新詞，以初步建立理解課文的基礎；課文結構的類型與樣貌，會決定教師怎麼教，本課適合掌握時間先後、正反對比、因果關係等；實作過程中，學生會不斷的重複閱讀與思考課文內容；完成圖表後，學生能建立圖像化的課文條理，並能依此重述課文，這樣的練習也是由詞的排列（點），到成句、成段的重述所排列的內容（線），再到課文全文的再現（面）。

在本次講座課中所傳遞與共同建立的篇章教學概念包含：一、透過課文結構的釐清，能幫助學生閱讀理解；二、課文結構是一種隱含於課文內的規則，如何找出此規則，是教學的重點所在；三、教學應嘗試找出規律，對於低年級或初學者，先從通例教起；四、學生在學習過程中，需要反覆操作，強化觀念。這些教學經驗的傳承，對於師培生和實習老師而言，都是能夠借鏡的。

（二）習得組篇條理之概念

在一場臺北市國教輔導團年度國小國語文輔導小組的公開課中，四位教學示範者選擇南一四下第七課〈紅豆〉為教材。本書研究者帶領大四師培生與研習教師們一同參與說課、觀課與議課，並於公開課活動中觀摩、省思了許多國語文教學的課題。

〈紅豆〉這一課編入「植物的世界」單元，以說明文的方式介紹小實孔雀豆、食用紅豆的特徵與用途等。由於本課無論是事物類說明文文體或是課文文字內容搭配圖表的特殊編排方式，對中年級兒童來

說，都是新的接觸，加上本課的重要教學目標之一，即是「學習以列表或圖解的方式，整理文章訊息，分析及歸納文章重點」，因此，在進行課文篇章教學時，很適合透過課文結構來講解。國教輔導團教師在進行本課的公開課教學時，就在其中一節特別著眼於此，明列「能比較各段的關係，以表格分析文章主要內容。」為教學目標，也呈現出課文架構圖如下[143]：

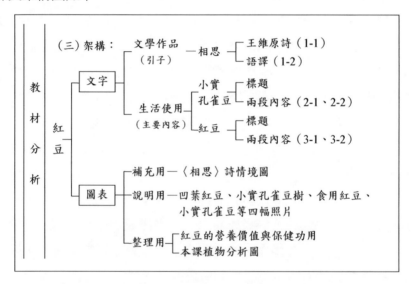

當天公開課的教學流程是：教師先帶領兒童在全文中，圈出足以代指意義段（邏輯段）重心的四個標題或關鍵詞，用意是給予學生判斷課文架構的線索；接著，再讓學生經由小組討論，觀察這篇文本由哪幾個部分組成，並且自己下標題。實作時，絕大多數的小組都呈現出課文分為「三大部分」的討論結果，有一組出現「兩大部分」的答案。透過形成性評量，演示教師也因而注意到，小朋友忽略了文末的分析圖解。小朋友在白板上寫下的標題，例如：

---

143 見臺北市國教輔導團年度國小國語文輔導小組〈紅豆〉公開課教學活動設計，頁4。

```
┌─ 1. 引起動機
├─ 2. 小實孔雀豆
└─ 3. 紅豆
```

又如：

可見，兒童大多能掌握到「小實孔雀豆」和「食用紅豆」兩者，是作者介紹的重點物材，但兒童在分段上出現兩個難點：首先是課文所述「其他二十幾種以紅豆為名的樹」，不知道應該放置哪個部分，這是由於兒童尚未理解到「段中有節」、「聯節以成段」的概念，當然，這也是篇章教學時，教師能為學生建立的語文構篇素養；其次，在歸納課文重點分為幾部分時所面臨的問題，還包含開篇所引的王維〈相思〉詩，有些小組並未歸入。

　　從課文標題與形式的角度看來，其內容大致可分成四大部分：唐詩和語譯、小實孔雀豆、（食用）紅豆、分析圖。在公開課時，教師隨即以簡報澄清本課分四大部分之段落概念。事實上，本課課文篇章分段與內容理解的難點出現在第二部分。〈紅豆〉一課全文在內容上的編排，若配合節段順序，可整理如下：

1-1：王維〈相思〉詩

1-2：〈相思〉詩的語譯

2-1：小實孔雀豆的特徵

2-2：其他以紅豆為名的樹

2-3：豆科喬木植物的特色與用途

3-1：食用紅豆的特色

3-2：食用紅豆的成分和保健作用

4　：本課植物分析圖表

第二部分其實由三個小節組成，2-1小節是以「古代詩文中的紅豆，多半是小實孔雀豆的果實」為唐詩與下文的過渡，接著說明小實孔雀豆之樹種、樹皮顏色、花與種子、全株有毒等植物特徵。以上為本課第二部分的第一個自然段。2-2小節是略寫尚有其他二十幾種同樣以紅豆為名的喬木，並舉出海紅豆、凹葉紅豆等三種樹名為例；2-3小節是運用兩個因果條理，總體性的介紹包含小實孔雀豆及其他以紅豆為名的喬木所具有的特色與用途。以上兩小節為本課第二部分的第二個自然段。故其理路形成「先目（分）後凡（總）」的章結構：

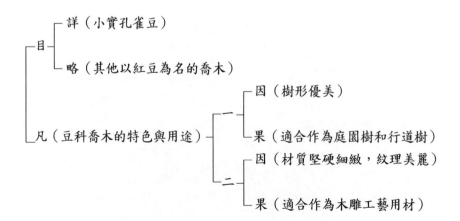

這樣歸納出來的好處，除了能釐清小節如何成段、段落內容與此段標題的偏全關係之外，還能與下文的食用紅豆之植物科屬做對照（喬木與草本），以進行後續比較評估的閱讀活動。唯教師手冊中所列的「文章結構」僅就第二、三大段整理，且未區分「小實孔雀豆」和「其他以紅豆為名的樹」，而呈現如下圖[144]，所以還需要老師再做補充：

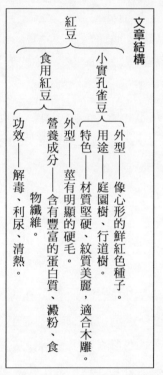

　　第三個步驟則是在提問思考與內容深究時，教師引導學生對應結構單元，找出課文裡的支持理由與證明，例如：「課文的哪一段寫到古詩中紅豆的特徵？」、「紅豆樹類的特色有哪些？請指出在文章的哪一段。」答案雖然各組不同（亦出現非正解之答案），後來經過釐

---

144 見南一版：《國民小學國語》（臺南：南一書局企業股份有限公司，2014年2月），教師手冊四下第七課，頁114。

清，學生多能指出：古詩中紅豆是「小實孔雀豆」，所以說明古詩中
所提到的紅豆特徵之段落，出現在2-1小節；「紅豆樹類的特色」有
「姿態優雅」、「材質堅硬細緻」、「紋理美麗」，這些內容出現在課文
的2-2小節（按：應是2-3小節）。藉由這個尋讀練習能夠讓學生體會
到課文內容如何被整理起來，各結構單元又是對應著哪一段的內容。
此外，在師生共同釐清時，教師也進一步處理：從課文整體架構中去
思考作者想告訴我們什麼？他的寫作「目的」是什麼？這是因為篇章
結構能反映出作者的構思歷程，因此，理清課文結構對內容理解具有
一定的幫助。

特別的是本課一開篇即是王維的詩作〈相思〉及其語譯，因此教
師即抓緊這個乍看似乎頗令讀者疑惑的部分，請學生們探索本課作者
如此安排的用意。教師佈題如下：

> Q：既然本課希望我們了解紅豆的知識，為什麼一開始就提出
> 〈相思〉這首詩？

在探索這個題目時，同時也在思考這首詩在課文中的作用、功能，及
其與後文的關係。小朋友透過合作學習，提出了幾個合理的答案，例
如：因為第二段要講「小實孔雀豆」，所以先給讀者有所準備；作者
因為古代詩文裡面寫的「紅豆」，大多是小實孔雀豆，所以聯想到這
首詩；作者是要引起我們讀下去的動機等。而這首詩和後文的內容就
存在著這種篇章點染關係，故教師以「引子」（點）和「主要內容」
（染）來統整學生的答案、建立文章點染結構的概念，但並未直接使
用「點」、「染」的專有名詞。教師所繪製的架構圖如下：

```
┌─ 文學作品（引子）：〈相思〉詩
│                        ┌─ 小實孔雀豆
└─ 生活使用（主要內容）─┤
                         └─ 紅豆
```

有意思的是，兒童在討論與發表的過程中，於教師沒有提示的狀況下，發現了課文小標題與內容不完全契合的問題。他們提出，3-1小節和3-2小節的標題只寫「紅豆」，會和課文題目混淆。老師追問，題目裡的「紅豆」指什麼？第三段的「紅豆」又是指什麼？學生能回答出：題目是指「全部的紅豆」，第三段是「其中一種紅豆」，這也是教案裡指稱第三段時，多寫成「（食用）紅豆」的原因，可見學生能在討論與思考中，建立總分與偏全的邏輯思維。其次，小朋友還發現2-2小節（按：應含2-3小節）事實上是在介紹「其他以紅豆為名的樹和這些樹的功用」，所以2-1小節與2-2小節在課文裡都被歸入小標題「小實孔雀豆」底下，可能有問題；另一位團隊教師在說課時也提出，課本的分析圖解是把「其他」另外拉出來的。其中一位觀課教師則認為，此即透過課文結構概念學習閱讀理解，進而啟發了學生自主發現問題的能力。

　　最後，教師也讓學生思考如何整理在課文中學到的新知識、用表格整理有哪些好處？學生回答：內容變得簡單、更清楚、有歸納、讀起來比較順，也有小朋友想起剛剛答錯的題目，分享道：這樣就不會再選錯答案。而且在回顧本節學習收穫時，學生幾乎都發表了「學會整理課文內容的方法」。授課教師在說課時也指出：這一課是說明文，說明文裡面有許多知識性、複雜性的訊息，如何教導孩子整合訊息就很重要，這也是一種「系統化歷程」的訓練。

　　由此可見，課文篇章結構教學可以進一步思考如何連結文體特

質；而進行課文篇章結構教學對於思考訓練、閱讀理解確實有其成效；在教學實務上，以邏輯概念的習得來取代章法學的專業術語、概括出組織辭章的規律和方法[145]，也是第一線教師可以努力的方向。

（三）從平列式到層次性之推深

康軒四下第四課〈阿里棒棒飛魚季〉歸屬於「民俗風情」主題軸，課文內容主要是記敘：每年三月，蘭嶼達悟族人歡欣迎接飛魚季和慶典活動，從祭典前的期待，到祭典時高聲唱著祭詞，再到祭典結束後，漁船出海豐收而歸的喜悅。全文表現出蘭嶼達悟族人充滿文化特色的飛魚季。在教師手冊上所列出的「課文結構」如下[146]：

> 一、祭典的地點：美麗的蘭嶼
> 二、祭典進行前：飛魚季即將來臨，大家充滿期待。
> 三、祭典進行時：儀式展現族群快樂氣氛。
> 四、祭典進行後：開始出海捕捉飛魚，漁船滿載而歸，全村洋溢著豐收的喜悅。

這是一種偏向平列式的內容整理，欲理清課文結構，還需要再將文章內部的邏輯性找出來，也就是說，能進一步標出邏輯關係，才能形成結構。這篇課文最大的敘事特色，即是運用事件發展的前後順序來寫，這是教學時需要特別提點的部分。在工作坊中，兩位小學實習教

---

145 馮永敏在談提升語文教學的質量時提出：教師應在實施語文教學時，歸納出「知識規律」，能強化學生的認識、促進知識遷移效應。參見馮永敏：〈展開過程 揭示規律——試探九年一貫本國語文統整教學的實施〉，《九年一貫語文統整教學學術研討會論文集》（臺北：臺北市立師範學院語文教育學系，2001年8月），頁67。

146 見康軒版：《國小國語》（臺北：康軒文教事業股份有限公司，2013年2月三版），教師手冊四下第四課，頁90。

師帶來輔助用的教學詞卡，計有：「祭典的地點」、「祭典進行前」、「祭典進行時」、「祭典進行後」、「出海捕飛魚」、「漁船回岸後」，並且一邊對照課文，一邊討論段落與段落的關係，以及如何呈現出有層次的課文書寫條理。

　　共備的實習教師在與本書研究者共同說課的討論過程中發現，全文共有五段，「祭典進行前」對應課文第二段，「祭典進行時」對應課文第三段，「祭典進行後」的「出海捕飛魚」與「漁船回岸後」分別對應課文第四、五段，是一篇意義段與結構切分直接契合的課文。而第一段與其他四段，還可以再向上一層歸納出點染關係，意即首段是為全文下一個時空落足點，點出美麗的蘭嶼島，是全文內容賴以表現的主舞臺，後面四段則是敘事主體，因此，研究者指導實習教師當場以雙色紙卡，補上了「背景」（點）與「主要內容」（染），置放於課文結構最上層。課文篇章安排的詞卡排列即呈現如下圖：

由此可見，課文的內在條理形成了具有層次性（三層）的篇章結構。茲進一步以結構分析表梳理如下：

```
┌背景（祭典的地點）：點出蘭嶼
│         ┌先（祭典進行前）：準備的情形
│         │
└主要內容─┼中（祭典進行時）：從服裝、動作、唱頌，描寫飛魚祈禱祭
          │              ┌先（出海捕飛魚）：晚上出海捕飛魚
          └後（祭典進行後）─┤
                          └後（漁船靠岸後）：全村一起晒魚乾
```

這樣的教學也呼應了本課指引所列出來的教學目標之一：學習按照事情的先後順序來具體描寫的方法。透過詞卡教具的排列，確實能幫助師生共同摘取課文重點、釐清意義段如何歸併以成篇。更重要的是，從平列的內容整理，進一步走向有邏輯性、層次性的篇章組織，能使文章條理分明，這種「分明」，不只是平面橫式的內容發展而已，而是往深度追蹤，訓練的是語文的層次邏輯力[147]。

（四）疊合縱橫向全面處理篇章

　　本書在執行「召集具有教學經驗的進修教師共同研發」的教學研究部分，乃以課程和工作坊的形式進行。在職進修的教師們先從理解辭章縱橫向結構的密切關係，建立研究基礎，再從收集課文、選擇文本、討論與分析文本在內容與形式上的文學特色，到撰寫課文篇章結構教學分析並輔以圖表說明。

　　具體的研究方法包含說明課文的主題軸（與課文題材和主旨的判

---

147 陳滿銘曾指出：以內容大意表做為課文架構圖的編輯方式，事實上並沒有理出段落與段落之間的關係，邏輯性也相對弱化，因為這只有注意到橫向發展，尚未有縱向推深。不過，這種內容大意式的圖表，可以做為進一步掌握出條理關係的基礎。參見「篇章結構分析理論在提升國小閱讀教學之應用」第三場專家諮詢會議會議記錄，2014年5月7日，臺北：中華章法學會。

讀有關）、全文大意與分段大意、主旨及其安置與顯隱、探討課文裡
所使用的寫作材料及其與義旨的關係、篇章的內容與章法結構等。此
外，並鼓勵教師思考教學應用，如教學策略、教學流程設計、教具製
作等，因此也有部分老師附上了教案設計。

　　茲舉〈神奇鐘錶店〉一課為例，以見內容與形式結合的課文篇章
分析。

　　〈神奇鐘錶店〉為翰林三上第二課教材，作者為王文華，主題軸
歸屬於「運用時間」單元。這篇短短的兒童想像故事，文章遣詞平
易，內容生動有趣，更別有一番寓意。尤其是課文以夢境和睡醒做虛
實對應，結構安排的藝術性值得分析。課文以仿唐代小說《枕中記》
的手法，由鐘錶店的神奇鬧鐘為媒介，透過小熊交換時間、驚覺時間
流逝、追趕而醒來、回歸現實的一連串事件，將珍惜時間的核心義旨
突顯出來。本文共有六小段，分段大意如下：

> 1.小熊午休睡不著，迷糊中看見山羊爺爺的鐘錶店。
> 2.小熊用不要的時間和爺爺換取縮短時間的鬧鐘。
> 3.鬧鐘縮短了午休及上課時間。
> 4.小熊覺得沒精神，而且聽不懂上課內容。
> 5.小熊到鐘錶店看見面熟的小山羊要去旅行。
> 6.小熊急著想向山羊要回自己的時間，最後發現自己做了一場
> 　夢。

在意義段的統整上，全文可分為四部分：第一段寫在午休時間迷糊中
看見神奇鐘錶店；中間二至四段敘述交換時間與因為流失上課及午休
時間所導致的後果；第五段原本想回去問鬧鐘是否有問題，卻看見小
山羊準備外出旅行；而在第六段前半發覺自己不要的時間，竟能讓山

羊變年輕，又能再次學習，在反觀自己的同時，奔跑著想要回時間；第六段最後寫小熊驚醒，發現自己仍在午休時間中[148]。在情節推展中，值得特別提出來與學生討論的寫作材料有：鐘錶店、鬧鐘、老山羊與小山羊、午休和上課、交換時間等，藉由思索這些寫作材料的選用、呈現方式、背後的象徵意義、對比性比較關係、前後的變化等，可助以深化對課文內容的理解。

在統整意義段的過程中，可以逐步挖掘出文章段落除了第一層的「實－虛－實」之外，還含有因果與正反的節段邏輯條理，尤其是作者透過連鎖式的因果關係（例如上一個「果」形成下一個事件的「因」）推展出故事情節。本課在內容與形式疊合的概念下可繪製課文的篇章結構表如下[149]：

```
┌ 實（午休）：小熊午休時睡不著（第一段前半）
├ 虛（夢境）：小熊在夢中和山羊交換時間的經過（第一段後半
│             至第六段前半）
└ 實（醒來）：醒來發現只是一場夢（第六段後半）
```

「虛」（夢境）的結構單元容納了大半篇幅，因此需要再進一步釐清。首先是點染關係：

---

148 由於第六自然段前後兩節分別歸屬於兩個不同的意義段，教師需要進一步解說，站在邏輯條理觀念所處理的意義段，與原文的自然段有不完全一致的地方在哪裡，以及原因為何。

149 邏輯條理的部分，以章法結構成分標示（橫向結構）；相對應的內容，則以括號註明（縱向結構），以協助學生了解段落關係是如何形成的。此外，本課課文在初步分析其篇章組織安排時，曾採整體式課文結構表（結合文本篇結構和章結構），然而多達六層的結構可能有太過複雜之虞，因此，實際教學時，可採取「篇結構」與「章結構」分開處理的方式，較適合小學教學現場，是故本節下文之分析亦採「篇結構」與「章結構」分層說明的方式。

┌ 點（指出地點）：迷糊中看見神奇鐘錶店（第一段後半）
└ 染（夢裡發生的事）：小熊和山羊交換時間的過程（第一段後
　　　　　　　　　　　　半至第六段前半）

其次是從「染」（主體內容）來看，作者多半運用原因和結果的邏輯
關係，將事件依發生順序鋪陳。呈現出因果關係的連結，可以使中年
級的讀者更精確的學習掌握事件發展的來龍去脈。此部分的「章結
構」如下：

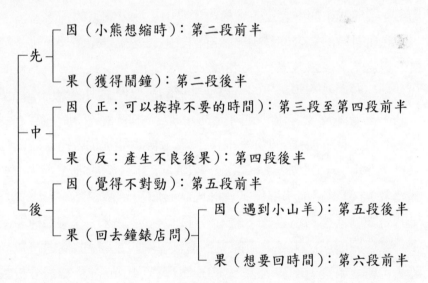

以時間先後來統整一環扣一環的因果關係可見以下條理：因為小熊想
縮短午休和上課的時間，所以獲得神奇鬧鐘，把不要的時間送給山羊
爺爺[150]；得到神奇鬧鐘後，因為輕輕一按午休就結束，輕輕一按就下

課了，感覺真好（因／正），不過由於學習和休息的時間流失，自己也變得沒精神，學不會老師教的內容（果／反）[151]；小熊越來越覺得不對勁（因），回去鐘錶店問（果）；遇到變年輕的山羊要去旅行，而有所驚覺（因），結果一邊跑，一邊想向山羊要回時間（果），也就是說，認出小山羊的真實身分與體悟到自己的損失，是小熊出現文末所描寫之舉措的原因。

透過篇章結構分析，能了解這篇故事如何鋪陳敘述，從中亦可看出作者運用神奇鬧鐘與交換時間的超自然性，以及層層因果、正反對比、作夢與醒來的虛實反差，構成了吸引小朋友閱讀的因素[152]。

在研討時的綜合回饋中，教師們普遍肯定篇章辭章學、文本結構概念對於語文篇章教學有一定的幫助，他們提出：透過理論基礎的奠基、實作與相互討論，能明白篇章結構的重要理論與教學應用之梗概（北市王老師及多位教師共同發表）；以前在閱讀教學時，常感到在分析能力上有待加強，但縱橫向結構理論確實能提供較有系統的分析工具（北市吳老師發表）、能提升教師的文本分析能力（新北市劉老師發表）；篇章結構學提供了教師備課時的另一個視點，也感覺到教學時有理論依據的踏實感（北市許老師發表）；處理課文結構能讓課文有條理的展現出來（北市陳老師發表）、課文分段的問題可以一併解決（新北市劉老師發表）；當發現教學指引中的課文結構分析較為

---

151 研討時，教師提出此段具有「由正而反」的對比關係。「正」寫出小熊達成願望，享受著控制時間的快樂，玩樂的時間增加，討厭的時間縮短。「反」則敘述縮短時間後所帶來的惡果和疑惑（為何精神不濟？為何上課聽不懂？）。所以除了因果，也用括號增註正反。此外，課文裡的另一個正反關係則出現在時間對角色們的影響：小熊所得到的苦果與困惑，以及老山羊的轉變及心願。若以這些正反對比為閱讀線索，還能強化學生對課文主旨的理解。

152 〈神奇鐘錶店〉以超現實奇幻故事的性質，吸引兒童閱讀興趣之教學實務經驗，由臺北市小學在職教師陳琪凌提供。

薄弱時，經過訓練，已經能明白教學的切入點，也比較有信心（北市李老師發表）；讓在職教師開拓文章分析的新視野，也將計畫在碩士論文中探討國小課文的上層結構（宜蘭高老師發表）；所謂的「文無定法」事實上是有法度的，端視創作者如何靈活運用、謀篇裁章，同時也考驗著鑑賞者能否掌握住作品結構的脈絡和層次（北市邱老師及多位教師共同發表）。以上雖僅以摘錄方式呈現教師反饋，但確實能提供相關領域教學與研究的參考。

　　這樣疊合篇章縱向（內容）與橫向（章法）結構的篇章分析，除了能印證篇章結構的邏輯條理來自於內容，也能夠使內容與形式的對應關係一覽無遺之外，對於初學的兒童來說，看得到結構單元指的是什麼內涵，比起僅呈現抽象結構單元的結構表會來得更加具體，而透過邏輯與內容的連結，更利於學習篇章觀念。

第陸章
結論

　　本研究論著主要以大辭章學體系和篇章辭章學理論為研究視域，並以「多、二、一（0）」螺旋結構論為貫穿理論系統與教學實踐的方法論原則，進而從中歸納出大辭章學觀點下，多科融合的上下位層次系統，同時以歸本思維力之根源，確立語文教研知識地圖，以見語文教研之入手處及其任務與效用。

　　本章擬依全書論述脈絡與研究成果，做出以下結論，從而顯示本研究議題之適切性、重要性與價值效益；另外，文末也將檢討本研究之限制與發展性，提出未來展望。

　　本研究緣起於符應新課綱關於掌握文本要旨、初探邏輯思維、善用語言文字體察與表達等語文領域核心素養導向，並直面小教學習階段關於情理事景之篇章意象、段落過脈與銜接、意義段歸併、文本結構模組、文意與主旨之掌握等語文篇章取向教學的難點。對於這樣的教學研究之需，確實值得嘗試探討源自古典文章／辭章學的文獻，借鑒前人豐碩而珍貴的研究成果，邁開後出或得轉精、集樹當可成林的進程，研究更適合現代語境和語文教研需求的理論與實際。

　　辭章之所指，不僅是古典文章學所關注的書語，還包括日常溝通必備的口語；而其體裁形制亦不僅面向文藝體，還包含實用體及兩者之兼體，甚至還有所謂新興之電信體。辭章學強調訊息在接收（Input）與發出（Output）之間、文本篇章結構與意象組合之間的雙向互動性，過程中要求透過語篇（Discourse）達到有效、高效之表達以及適切、深入的理解，以帶動認識人我關係與世界觀。這樣的義

界，在在呼應著四元論的文學四要素──宇宙、話語、表達、鑒識，
因此，方家學者多主張漢語辭章學是能夠更好的全面培養／提高語文
學習者和使用者在聽、說、讀、寫、作等多方面的運用能力[1]。

　　針對辭章學複雜又面廣的內涵以及多元的語文能力各項知識節點
而言，目前所能掌握的要點，同時也是辭章學體系下位概念之學科領
域，大致會牽涉到以下層面：意象形成──取材（意象學）、釋
詞──遣詞（詞彙學）、辭格賞析──辭格運用（修辭學），以及縷析
文（語）法結構──構詞組句（文法學）、理清篇章結構──謀篇布
局（章法學），還有觀體──擇體（文體學）、主旨解讀──立意（主
題學）、風格體會──風格生成（風格學）等。上述每個面向的前者
屬「話語鑒識」，後者屬「話語表達」。這些語文知識節點經系統化的
歸納後，可由三思維所形成的三層次收編。「三思維」是指形象、邏
輯、綜合三大思維力；「三層次」則是對應於「多」、「二」、「一
（0）」的螺旋結構關係。其細節為：意象、詞彙、修辭主要倚賴形象
思維之作用；文法和章法屬於邏輯思維；用以統合的文體、主題和風
格，則為綜合思維。形象思維的運作基本上與文本情、理、事、景
（含物）的等內容成分的揀擇和成形有關；邏輯思維則與組織條理有
關；綜合思維需向上連結前兩者，以達成文本的統一性為主。三者在
辭章活動中可說各有側重點而又緊密聯繫。

　　上段所呈現之體系若對應於「多、二、一（0）」螺旋論，則形象

1　據教育部「九年一貫課程綱要」六大能力指標項目，依序是：注音符號運用能力、
　　聆聽能力、說話能力、識字與寫字能力、閱讀能力、寫作能力；「十二年國教課程綱
　　要」國語文學習表現之六大類別則是修訂為：聆聽、口語表達、標音符號與運用、
　　識字與寫字、閱讀、寫作。參見教育部「九年一貫課程綱要」《國語文100課綱分段
　　能力指標》：https://cirn.moe.edu.tw/WebContent/index.aspx?sid=9&mid=227；教育部
　　「十二年國民基本教育課程綱要」《語文領域-國語文學習重點》：https://cirn.moe.edu.
　　tw/WebContent/index.aspx?sid=11&mid=5737。

思維與邏輯思維之雙思維所轄的各個部分，為「多」，並分別收編於徹上啟下之用的雙思維，是為「二」；而體裁和核心義旨為「一」，抽象的韻味格調為「0」。這些要素之間也會在「(0)→一→二→多」或「多→二→一(0)」的順逆向運行中，發揮互動、循環、提升的螺旋結構效能，撐起辭章活動的種種細節，也促使其中渾沌深藏的理則能夠顯豁，進而有助於研究者、教學者、學習者把握方法。

　　進一步而言，透過辭章學體系與思維力運作而歸納的語文能力，可以說是語文教學與研究的歸本之處，對此進行爬梳與整理，其目的即在於，建立完整的語文教研知識地圖，能有助於研究者與教學者了解語文能力涵養的完整面向，進而胸有成竹、明其關係，並根據教學目標和文本特性靈活調控、教出重點。無論採「多元散點式」或「單一浸染式」的教學設計，都是立足於整體觀的選擇和安排，並使各個相關的教學重點能以互動、循環、並向上提升的結構，形成教與學的螺旋動能，此即本書研究的目的與重點之一。

　　本書之研究視域除了從廣義辭章學，論述其理論系統、辭章活動四大元素論及具有源委關係的五類辭章四六結構論、螺旋結構和四大規律等方法論原則，主要也從龐大的辭章學體系中，鎖定篇章辭章學為研究範疇，而特別聚焦在「辭章訊息論」中，牽涉到形成篇章內容的「意」與「象」、及其編碼（經營意象）與解碼（分析意象）之況；以及在「辭章構成論」中，關乎「結構組合結合論」作用於篇章縱橫向結構方面的諸多細節等，來進行考察。而在本書的系列討論中發現，運用篇章辭章學之理論與方法，確能助以梳理篇法與章法的語文教研關鍵處，並突顯篇章角度的整體性、宏觀性文本處理層次。

　　然而，若在辭章活動中，能夠了解並合乎於篇章規律，也就更能趨向於上述有效／高效、適切／深入的表達與鑒識。這些重要的原理原則就包含篇章結構化規律和篇章藝術化規律，前者指「四大律」，

後者是「誠美律」。規律會連帶影響到語文能力表現的「零度與偏離」現象，因此，這些原理對於語文教學之意義，即在於能夠協助教學者明瞭篇章構成之內部規律，包含合乎秩序與穩定的篇章順逆向移位結構、展現參差變化的轉位結構、材料之銜接呼應而產生對比或調和的聯貫、統一全篇的核心成分，和文本中出自於「誠」而對於生活與人生種種的發現或體悟、合於藝術要求的審美或致用之效等，使之能於指導學習者組篇之際，得以參酌運用。

總體而言，本書提出辭章學及相關之語文教研，必須重視「歸本」的概念。《莊子・秋水》有云：「請循其本。」[2]此語雖為濠梁魚樂之辯論而出，卻賦予語文教學研究領域的科學化與關鍵性意義，依循學理的脈絡和系統，回歸到學科在思維運作、能力與素養、誠與美的根柢和本質上，是至關重要的。

就辭章學視域來考察語文教學的趨勢，根據教育部十二年國教課程綱要之理念，各項議題需能適切融入國語文領域之學習重點，以增進核心素養的培育和豐富學科領域的內容。因此，能處理跨領域、素養導向、議題融入等之語文教學，無論是教材或教法，都相形重要。然而，議題融入與跨領域教學如何能守住學科領域之根本和要素，而不至於失去學習者應習得的語文焦點和教學者的課程準確度，本書之研究發現：一、教學設計必須分清領域之主從；二、妥設語文教學之目標；三、深究文本之內容與形式；四、掌握語文知識節點與情意、美感涵養之重心等，這些原則都能透過本書所討論的「歸本」而能有助於釐清。此外，在借鑒辭章學系統進行語文教材文本分析時，除了單篇課文的讀講與鑑賞，以及基於混合教學法的精神，由課文聯繫聆聽及說話、寫作等技能之外，也能呼應課綱的教材統整觀點，以辭章

2　見〔周〕莊周著，〔晉〕郭象注，〔唐〕陸德明音義：《莊子》（上海：中華書局，1930年，明世德堂本），卷六，頁十五下。

學的面向展開同題材的文本研究，或是扣合教材編纂的主題軸概念，以單元全覽的方式，推動整合式篇章教學探究和課堂規劃。

　　據此而言，使辭章學與篇章辭章學的理論系統，能夠和語文篇章教學的實踐，搭好研究與應用雙基之橋樑，亦是本書致力之處。

　　經由本書的探究，可以得知辭章學視域中的語文篇章教學及研究，在教學設計上，應把握「語文歸本原則」和「螺旋動能原則」，具體以辭章四大規律而言，還有以下幾點原則：一、釐清秩序律與變化律：結合內容與形式深究文本的篇章層次結構；二、注重聯貫律：提點和解說文本聯節成段、統段成篇的銜接、過渡與呼應之藝術技巧；三、掌握統一律：以篇章的核心情理（主旨）統一段落章旨與個別意象（物事材料及其寓意）。

　　透過這樣的辭章學方法與語文篇章教學實踐，除了能達到本書第伍章所提出之效益之外[3]，至少還能夠從四元理論歸納出下列作用：一、以宏觀之視角看待話語／文本的整體性，以更好的連結各組成部分（文本構件）的關係；二、理清話語／文本組織成篇的邏輯結構與意象組合，使聽讀或說寫的思路清晰化、美感效果鮮明化，達到適當、深刻的體解和有效、高效的表抒；三、彰顯話語／文本之義旨（含章旨與篇旨），藉以認識文本語境下的世界（人我關係、情意思想、與文化價值觀等），並辨明文本如何形成統一之有機體；四、促進鑒識元與表達元的雙向互動，包括訊息輸入與輸出、語文篇章能力之習得（學）與應用（用）等。

3　依本研究論著第伍章之總結，方法論化的課文篇章取向教學可助以強化下列能力：一、藉以訓練學習者之思考力；二、回溯作者構思歷程以「披文入情」；三、能梳理文本的組篇構件、過程和層次邏輯；四、運用結構概念輔助閱讀理解，幫助鑒識者理解文本訊息和情意思想；五、能體會語料運用、主旨安排與謀篇布局的藝術技法和美感效果等。此外，亦同時以此方法，從課文出發，聯繫辭章之聽／讀與說／寫。

　　本研究論著主要聚焦於篇章層面進行語文教研理論與實務的溝通，對於此研究議題之發展性，仍有許多值得開發的空間。因此，在未來展望方面，本書研究者希望能參酌教育部「九年一貫課程綱要」及「十二年國教課程綱要」之規準，依本書前引之相關六大能力指標與新課綱之學習重點（包含「學習表現」和「學習內容」），建立更清晰的小教各學習階段語文篇章能力之學習目標向度，其方向大致可擬訂在以下三向度：一、情理向度：能理解文本中議論或抒情成分之題旨；二、意象向度：能了解語料的選擇與象徵意義，及其和主旨的關聯性；三、結構向度：能梳理聽讀或說寫的脈絡順序與段篇層次。

　　其次，在本書的研究基礎上，未來亦可再進一步建構辭章學系統下的語文教研三觀論，其中，微觀層是指字詞與句子等構成辭章之較小組成單位、字句的指稱、使用、和鍛鍊，以及個別意象的分析與應用等；中觀層牽涉居中以徹上啟下的語文能力思維系統、文本聯貫規律等；而宏觀層則是處理篇章層面的文本整體觀，以及辭章學理論系統的細緻化等。同時，也要持續發展「多、二、一（0）」螺旋論，以重視和帶動三觀之間的關聯性與層次性，力求更加周遍於此研究領域的探索。

　　未來更需秉持辭章學在「教」、「研」、「學」三位元連結和「知」（理論系統）、「行」（應用系統）搭橋性等學科特質，做好學術研究端與教學實務端的聯繫，繼續與教學現場對話，傾聽難點、了解問題、嘗試解決，並與海內外相同或鄰近領域之方家先進，延續各種形式的交流，營造互助、支持、共好的學術環境，除了能在高教學術研究上加深加廣，也能在中小學國語文領域的教學實務上，一方面調整改進語文教學師培課程的架構與內容，一方面提供在職教師奠基於學理依據的語文教師專業精進之支援，為發揮辭章學及語文教學研究的專業性和社會責任恪盡心力。

附編
篇章結構四大家族綜述[*]

一　前言

　　篇章結構乃在處理辭章內容深層的層次邏輯，透過各種對應於自然規律與二元對待關係的章法和結構類型[1]，得以探索辭章綴句成節、聯節成段、統段成篇的組織關係。

　　目前已經發現和確立的章法類型，約有近四十種，即：今昔、久暫、遠近、內外、高低、大小、視角變換、知覺轉換、狀態變化、本末、淺深、因果、眾寡、並列、情景、敘論、泛具、凡目、詳略、虛實（時間、空間、時空交錯、設想與事實、願望與實際、夢境與現實、虛構與真實）、賓主、正反、立破、抑揚、問答、平側、縱收、

---

[*] 本附編之內容修訂自陳佳君：〈論章法之族性〉，發表於「閩台文學辭章學學術研討會」（廈門：集美，2002年12月）。〈論章法之族性〉一文後編入《辭章學論文集》（福州：海潮攝影藝術出版社，2002年12月），上冊，頁145-163，未收錄附表；其後再經增補，收入陳佳君：《篇章縱橫向結構論》（臺北：文津出版社有限公司，2008年7月），頁193-228。

1　「章法」與「結構」兩者，具有一虛一實的屬性。當就「虛」通指所有辭章的構篇方法而言，是為「章法」；若就「實」單指一篇辭章之組織型態而言，則為「結構」。例如以「總括」與「分目」形成組篇關係的「凡目（總分）章法」，會在表達（寫作或口說）時，根據實際的需求或藝術技巧的講究，透過「先總後分」、「先分後總」、「總─分─總」、「分─總─分」、「總分迭用」等各種結構模組，來為內容材料排次。各類章法原理與結構類型，能依創作思路之需，相互搭配、靈活運用，並呈現在辭章節段或篇章的不同層級，進而形成豐富多變的篇章層次邏輯。參見陳佳君：〈認識章法〉，「章法學會暨圖書中心」官方網站：http://www.zhangfa.org.tw/?page_id=263。

張弛[2]、偏全、點染、天人、圖底、敲擊[3]……等。這些章法皆源自於
人類共通的理則，並透過邏輯思維的運作而展現。每種單一的章法，
皆有其個別的「特性」（求異），因此有它們獨立存在的必要，以適應
千變萬化的辭章作品。然而，一個具有科學化和系統性的學科研究，
實應兼顧「往下分析深入」的探賾，與「往上融貫提昇」的統整[4]，
因此，除了一一確立個別的章法之外，還必須往上就其「共性」（求
同），化繁為簡，體系化的整合出上位概念的章法大類，一方面使學
科邁向精緻化和系統化，一方面亦使章法能更有利於應用。

　　就章法類型之性質而言，有個別的「特性」，也有共通的「族
性」，前者強調求異面，後者突顯求同面。所謂的「族性」，即章法家
族的共性，也就是某些章法所共同具有的特色。在目前所確立的三十
多種章法中，依其「族性」，大致可分為圖底、因果、虛實、映襯四
大家族。以下即透過章法四大家族，歸納各種章法類型的主要內涵，
並理清各族類的共性及美感。

二　圖底章法家族

　　所謂「圖」，指的是焦點，所謂「底」，則是背景，「底」的作用
乃在烘托焦點，而「圖」則有聚焦的功能。陳滿銘曾對其內涵解析道：

　　　一般說來，作者在辭章中所用之時、空（包括色）材料，有一

2　以上章法之定義及例證，參見陳滿銘：《章法學新裁》（臺北：萬卷樓圖書股份有限
　　公司，2001年1月）；以及仇小屏：《篇章結構類型論》（臺北：萬卷樓圖書股份有限
　　公司，2000年2月）等專書。

3　以上五種特殊章法之定義及例證，參見陳滿銘：《章法學論粹・論幾種特殊的章法》
　　（臺北：萬卷樓圖書股份有限公司，2002年7月），頁68-112。

4　見陳滿銘：《章法學新裁・卻顧所來徑——代序》，頁10。

些是充當「背景」用的，也有某些是用來作為「焦點」的。就像繪畫一樣，用作「背景」的，往往對「焦點」能起烘托的作用，即所謂的「底」；而用作「焦點」的，則對「背景」而言，都會產生聚焦的功能，即所謂的「圖」。[5]

由此可見，圖底章法就時間與空間而言，它可以收編各種時空類的章法，形成一大家族。

（一）圖底家族之主要內涵

圖底家族中的章法形態，有橫跨時空的圖底法本身，和時間類與空間類的各種章法。

1 圖底法

篇章內容有作為背景者，亦有在此背景中被烘托出來的焦點，這樣的「圖」（焦點）、「底」（背景）關係，能形成篇章中的一種邏輯結構，此即「圖底法」。如韓愈的〈盆池〉：

> 瓦沼晨朝水自清，小蟲無數不知名。忽然分散無蹤影，惟有魚兒作隊行。

描寫晨間打破的水缸裡，有清澈的積水和無數小蟲，在牠們倏地逃散後，惟見魚兒悠游其中。在這首清麗的小詩中，瓦盆清水成了蟲魚表演的舞臺，形成「先底後圖」結構。

5　見陳滿銘：《章法學論粹・論幾種特殊的章法》，頁90。

2 時間類

時間類之圖底家族包括今昔（含先後）、久暫、問答等章法。

（1）今昔／先後法

今昔法是將時間面向中的現在與過去，在篇章中作適當安排的章法。另外，尚有一種「先後法」，亦屬今昔法的範疇，這是指辭章內容在時間上構成短暫的今昔關係，因其歷時較短，故仍有其特殊性。關於今昔法之辭章表現，如杜甫的〈江南逢李龜年〉：

> 岐王宅裡尋常見，崔九堂前幾度聞。正是江南好風景，落花時節又逢君。

前二句追述多年前出入顯宦之家的往事，後二句回到眼前的江南，寫當下之時令與相逢之事，可見「昔」是一個加強「今」的背景，而焦點乃在透過昔今對比中，所突出的「同是天涯淪落人」[6]之感。

（2）久暫法

在辭章中所涉及的時間要素，相較而言會有歷時長與短之不同，而兩者相互搭配即成久暫法。例如賀知章〈回鄉偶書〉：

> 少小離家老大回，鄉音無改鬢毛催。兒童相見不相識，笑問客從何處來？

---

6 喻守真：「用一『又』字，有前後比較之意，大有『同是天涯淪落人』之感。」見喻守真：《唐詩三百首詳析》（臺北：臺灣中華書局，1995年1月臺23版4刷），頁298。

前二句寫久客他鄉，歷時長，後二句是返鄉遇童，歷時短，故在時間設計上形成「由久而暫」的形式，焦點亦漸漸集中在途中與兒童相見和問話的剎那間。

（3）問答法

問答法是以提問與回答來組織篇章的一種方式。大致說來，在一問一答之間，會有時間上的先後關係，故歸於圖底家族的時間類章法。如宋玉〈對楚王問〉：

> 楚襄王問於宋玉曰：「先生其有遺行與？何士民眾庶不譽之甚也！」
>
> 宋玉對曰：「唯，然，有之。願大王寬其罪，使得畢其辭：
>
> 客有歌於郢中者，其始曰『下里巴人』，國中屬而和者數千人；其為『陽阿薤露』，國中屬而和者數百人；其為『陽春白雪』，國中屬而和者不過數十人；引商刻羽，雜以流徵，國中屬而和者不過數人而已。
>
> 是其曲彌高，其和彌寡。故鳥有鳳而魚有鯤。鳳皇上擊九千里，絕雲霓，負蒼天，翱翔乎杳冥之上；夫蕃籬之鷃，豈能與之料天地之高哉！
>
> 鯤魚朝發崑崙之墟，暴鬐於碣石，暮宿於孟諸；夫尺澤之鯢，豈能與之量江海之大哉！故非獨鳥有鳳而魚有鯤也，士亦有之。
>
> 夫聖人瑰意琦行，超然獨處，夫世俗之民，又安知臣之所為哉！」

此文正是以一問一答構成。文中先是楚襄王對宋玉的問話，然後是宋

玉分別以曲子、鳥、魚為喻，回答其問，表明受謗乃由於不合俗，不合俗又因俗不能知之況，故「答」的部分是文章重點所在。

3 空間類

空間類章法包括由空間的長、寬、高等維度所構成的遠近、大小、內外、高低等章法，以及非單一角度所形成的視角變換法，和運用知覺、狀態來描摹空間的章法。

（1）遠近法

遠近法是以空間的遠近變化為條理的謀篇方式。像是李白〈菩薩蠻〉：

> 平林漠漠煙如織，寒山一帶傷心碧。暝色入高樓，有人樓上愁。
> 玉階空佇立，宿鳥歸飛急。何處是歸程，長亭連短亭。

首二句先寫遠處淒清的平林與寒山，再拉近至高樓上佇立發愁的人，最後再透過宿鳥，將空間推擴出去，以茫茫的歸程，抒發不見歸人的愁思，是為「遠—近—遠」結構。而全詞的「圖」，正落在位於近處的愁人身上。

（2）大小法

大小法是安排空間中大範圍與小範圍之間，或擴張或凝聚的一種章法。如柳宗元〈江雪〉：

> 千山鳥飛絕，萬徑人蹤滅。孤舟蓑笠翁，獨釣寒江雪。

首二句用「千山」和「萬徑」，由高而低的營造出一個廣闊的大空間，而藉著「鳥飛絕」和「人蹤滅」，亦蘊蓄出寂靜、孤寒的氛圍，後二句則將焦點縮小到垂釣的「簑笠翁」，使其孤獨傲岸的形象，躍然可感[7]，所以此詩在空間布置上，是「由大而小」、「先底後圖」的。

（3）內外法

將透過建物或設施，隔成內與外的空間，在篇章中作適當安排的章法，即為內外法。如李白的〈玉階怨〉：

> 玉階生白露，夜久侵羅襪。卻下水晶簾，玲瓏望秋月。

開篇二句的空間在室外，而後二句的空間則轉入室內，將怨情從玉階久立到望月思人的過程中，逐漸透露出來[8]。

（4）高低法

高低法是以空間的高低變化為條理的謀篇方式。如王維〈竹里館〉：

> 獨坐幽篁裡，彈琴復長嘯，深林人不知，明月來相照。

7　李浩：「柳宗元〈江雪〉一詩在結構上也採用了層進聚焦的方式……它把讀者的審美注意力由遠而近、由大而小地集中到孤舟獨釣者的形象上。」見李浩：《唐詩的美學詮釋》（臺北：文津出版社有限公司，2000年5月），頁92。另可參考仇小屏：〈論「圖底」章法的空間結構——以幾首唐詩為例〉，《國文天地》第17卷第5期（2001年10月），頁100-101。

8　喻守真：「……將說不出的種種怨意，都歸納到『望』字中去。」見喻守真：《唐詩三百首詳析》，頁283-284。

詩中先就「低」，寫獨坐彈琴的幽獨之人，是本詩的焦點所在，接著再分就「低」與「高」，透過深林與月色等幽獨之景來烘托主角，是背景所在，形成「先圖（低）後底（低一高）」的結構。

（5）視角變換法

視角變換法是利用多重的視角，以多種空間變化互相搭配的章法。如張繼〈楓橋夜泊〉：

> 月落烏啼霜滿天，江楓漁火對愁眠；姑蘇城外寒山寺，夜半鐘聲到客船。

首句先就高處寫仰觀所見，次句再就低處寫平視所見，這裡不但拈出「愁」字來統括全詩，在客船上愁不成眠的主人翁，更是詩中的焦點，三句則就遠景寫寒山寺，末句再把空間順著寺裡所傳來的鐘聲，移回近處的客船上，屬於由「高低」而「遠近」的結構。

（6）知覺轉換法

知覺轉換法是運用視覺、聽覺、嗅覺、觸覺、味覺、心覺等知覺，來組織篇章的章法[9]，一般以視覺和聽覺的搭配為最普遍[10]。如劉長卿〈逢雪宿芙蓉山主人〉：

> 日暮蒼山遠，天寒白屋貧。柴門聞犬吠，風雪夜歸人。

9　相關論述可參見林美娜：《心覺與知覺轉換章法析論──以唐代近體詩為考察對象》，國立嘉義大學中國文學系研究所碩士論文，2008年6月。

10　陳望道曾表示：與「美」最有關係的就是視覺和聽覺，這兩種感覺又可稱為「高等感覺」或「美的感覺」。參見陳望道：《美學概論》（臺北：文鏡文化事業有限公司，1984年12月），頁30-31。

詩先就視覺，寫行路之艱遙和宿處之寒貧，三、四句的時間軸由首二句的「暮」推移至「夜」，分就聽覺和視覺，寫門外的犬吠與雪中之歸人，詩中之「圖」，很自然的就聚焦在末句。

（7）狀態變化法

　　狀態變化法是透過事物在狀態上的變化為條理的一種章法，一般以動、靜變化為最常見。如周密題作「吳山觀濤」的〈聞鵲喜〉：

　　　　天水碧。染就一江秋色。鰲戴雪山龍起蟄。快風吹海立。
　　　　數點煙鬟青滴，一杼霞綃紅濕。白鳥明邊帆影直，隔江聞夜笛。

詞中即是用了「動」與「靜」的轉換和對比，來描寫錢塘潮。上片由遠而近的先渲染出一片秋色以為背景，再以「鰲戴」二句，極言錢塘潮的騰湧高立，以上為動態；下片也是由遠而近，藉遠山、雲霞、鷗鷺、笛聲等，繪出大潮過後的平靜之景，以上為靜態。而焦點則在相應於題目，也就是寫「動」（潮起）的部分[11]。

（二）圖底家族之特色與美感

　　前文已述及在辭章中所運用之時間或空間材料，有一些是作為「背景」用的，也有某些是篇章的「焦點」所在。因此，章法中的圖底家族，可以歸納出一個共同的特色，那就是辭章家在創作時，會運用背景材料來突出焦點材料，以成功的表達情意。此外，圖底家族的

11　參見陳滿銘：《章法學論粹》，頁47-48。又，李祚唐：「上片依人的視覺，由遠及近，潮來時雷霆萬鈞之勢，已全在眼前。下片復由上片的劇烈動態轉為平緩，逐漸消失為靜態。」並表示：靜態也是在襯托出錢塘江潮的格外壯觀。見陳邦炎主編：《詞林觀止》（上海：上海古籍出版社，1994年4月），上冊，頁694。由此可見，「靜」也可以說是烘托「動」的背景。

章法還有一個特性，即被突顯的「圖」應在所營造的「底」當中，也就是說，「圖」與「底」應是一個整體，而非未具有交集關係的兩個元素。

　　既然這些章法歸屬於圖底家族，那麼運用在辭章當中，通常就具有某種程度的主從關係，而能判別出何者為「圖」、何者為「底」，以進一步掌握辭章作品的核心情意及其美感效果。大致而言，不論時空，只要是切近於所描述的主人翁者，多半是「圖」。就時間而言，通常一篇辭章的焦點會在寫「今」、「暫」、「答」的內容中；就空間而言，則較易出現在「近」、「小」、「內」、「低」的空間中。而起著烘托作用的背景，通常會在較外圍的內容中，如時間類的「昔」、「久」、「問」，以及空間類的「遠」、「大」、「外」、「高」等部分。不過，有時必須要落到個別的辭章作品來確定圖底，尤其是視角變換法、知覺轉換法、狀態變化法等，比較而言，知覺轉換法（以視覺與聽覺為主）的焦點，較多在寫視覺的部分出現[12]，但嚴格說來，還是應以作者所欲強調的部分為「圖」，此外，由於各種知覺又統合於心覺之下，故若辭章作品有出現心覺之摹寫，通常即為「圖」之所指。再就狀態變化法（以動靜變化為主）而言，通常會以「動」為圖、「靜」為底，這是因為動態較能夠產生美感所需的力度。當然，以上是就普遍的情形而言，由於辭章世界繽紛多元，亦不能因而排除特例的可能性，總之，若能從篇章題目、主旨、所用的寫作材料等作周詳的考量，較能適當的判別出「圖」與「底」之所在。

---

12 〔美〕魯‧阿恩海姆在〈視覺思維辨〉中曾表示：「知覺的思維趨向於可視的」，認為視覺是唯一可使空間聯繫較為完備的感覺樣式，提出「思維主要的是視覺思維」，其說可用以說明視角變換法中，通常以視覺為圖，其他知覺為底的情形。參見〔美〕魯‧阿恩海姆（Rudolf Arnheim）著，郭小平、翟燦譯：《藝術心理學新論》（北京：商務印書館，1999年9月三刷），頁184-207。

　　在圖底家族的美感特色方面，大致來說，時間類章法不論是順敘
或逆敘，都具有接續性的流動美，而空間類的章法則具有或擴或縮等
三維向度的推移美。合而言之，當圖與底這兩種寫作材料有著極相反
的性質時，則易獲得對比美，相對的，當兩者有較為相似的性質時，
則易產生調和美[13]，但就整體而言，在透過背景的烘托，使焦點突顯
的同時，就如同平面中有個特別躍升的形象，吸引著閱讀者的注意
力，因此多會獲得立體美[14]。

三　因果章法家族

　　根據事（情）理的展演來組織篇章時，會在辭章作品中，形成極
具特色的邏輯條理，而且這一類的章法，皆具有廣義的因果關係[15]，
因此，也就形成了章法因果家族。

（一）因果家族之主要內涵

　　具有因果族性的章法，主要有因果法、本末法、淺深法、縱收法
等。

---

13 仇小屏：「『底』對『圖』所產生的烘托作用，有時是從對比而來，有時則是從調和
　而來。」見仇小屏：〈論章法的對比與調和之美——以正反法、賓主法、圖底法為
　考察對象〉，收於《修辭論叢（第四輯）》（臺北：洪葉文化事業有限公司，2002年5
　月），頁127。

14 例如陳望道就曾闡述：美的種類就空間而言，能依性質產生平面美和立體美。參見
　陳望道：《美學概論》，頁5。圖底家族則是藉著「底」烘襯「圖」、而「圖」從
　「底」中躍升的作用，在時間或空間的結構上，都有可能形成立體美。

15 「因」與「果」的連結是邏輯思維中最基本、最普遍的二元對待關係，所以在布局
　謀篇的安排上，很容易和其他章法形成某種程度的關聯或相互疊合運用，而構成章
　法「兼法」現象，因此，「因果章法」也被視為一種具有「母性」的篇章結構理
　則。參見陳波：《邏輯學是什麼》（北京：北京大學出版社，2002年1月），頁167；
　以及陳滿銘：《章法學綜論》，頁400-404。

1 因果法

運用原因與結果的邏輯關係來謀篇布局者，即為因果法。如《韓非子・外儲說》裡，一則寫「鄭人買履」的寓言故事，文云：

> 鄭人有且置履者，先自度其足而置之其坐。至之市而忘操之。已得履，乃曰：「吾忘持度。」反歸取之。及反，市罷，遂不得履。人曰：「何不試之以足？」曰：「寧信度，無自信也。」

此文是就事件發生的先後順序來鋪陳，並將非議世人捨本逐末的主旨置於篇外，而各節段間亦形成「因—果—因」結構，也就是前面的「自度其足」與「忘而歸取」，以及文末的問答，是「因」，中間則是記敘買不成履之「果」。

2 本末法

本末法是就事理的始末源委來安排篇章內容的章法。如《中庸》首章：

> 天命之謂性，率性之謂道，脩道之謂教。道也者，不可須臾離也；可離，非道也。是故，君子戒慎乎其所不睹，恐懼乎其所不聞。莫見乎隱，莫顯乎微，故君子慎其獨也。喜怒哀樂之未發，謂之中；發而皆中節，謂之和。中也者，天下之大本也；和也者天下之達道也。致中和，天地位焉，萬物育焉。

這段文字可分為兩部分，前半自「天命之謂性」到「修道之謂教」，是由本而末的順敘《中庸》的綱領，後半從「道不可須臾離也」至文

末，是由末而本的逆敘修道的要領和目標，總體而言，此章即形成
「本—末—本」結構[16]。

3 淺深法

淺深法是以文意的淺深層次為條理的章法。如〈吳聲歌曲・子夜
歌〉（別後涕流連）：

> 別後涕流連，相思情悲滿。憶子腹糜爛，肝腸尺寸斷。

從首句的「涕流連」，至末尾的「腹糜爛」與「肝腸斷」，可見其情感
由淺而深的層層遞進，並以二句的「相思情悲滿」作一統括，將別後
相思之情清楚呈現[17]。

4 縱收法

就題旨而言，以放開而不緊扣與抓住而回返本題這兩種模式來寫
作的章法，即為縱收法。如李商隱〈夜雨寄北〉：

> 君問歸期未有期，巴山夜雨漲秋池。何當共剪西窗燭，卻話巴
> 山夜雨時。

上聯實寫現在夜聽秋雨的孤寂，而在下聯虛寫未來的二句中，便有一
縱一收的關係，其中，「何當」句是盪離主線，懸想剪燭相對的情
景，「卻話」句則又繞回主題，預想將來回家共話巴山夜雨中的寂寞

---

16 參見陳滿銘：《章法學新裁》，頁129-130及406-407。
17 見陳佳君：〈論辭章內容結構之單一類型——以其所適用的章法為考察重心〉，收於
　　《修辭論叢（第四輯）》（臺北：洪葉文化事業有限公司，2002年5月），頁672。

情懷，而全詩也在由實入虛、欲收先縱的筆法中增強情意。

(二) 因果家族之特色與美感

　　章法的因果家族，主要是與事（情）理的展演相關，它包括有本末法、淺深法、因果法、縱收法等。其中，就單一章法而言的「因果」，是狹義的，它會在篇章結構上，形成「原因」與「結果」之相對的結構成分，而只有各部分的內容具有鮮明的因果關係者，才適用因果法來分析；而就族性來說的「因果」，則是廣義的，指的是此家族中的章法，所各自具有的主客關係，也就是說，因為有源（本）而有流（末），因為有「淺」為基礎，才能進而推向「深」，因為有「縱」為手段，而能達「收」之目的[18]，此外，因果法更是不待贅述。不過，這樣的原理並不代表這些章法在運用時，只能有順推式的結構類型，而是會隨著作者匠心運度之種種手法，可以或順或逆，甚至雙向的結合順和逆的敘述次序，呈現出各種結構類型，以達到寫作的最好效果。

　　因果邏輯可以說是人們最基本的一種思維模式[19]，所以因果族的各種章法，也很普遍的被運用於辭章作品中[20]。而這一家族的章法特

18　魏怡：「『縱』是手段，『擒』是目的。」見魏怡：《散文鑑賞入門》（臺北：國文天地雜誌社，1989年9月），頁143。另見成偉鈞、唐仲揚、向宏業主編：《修辭通鑑》（臺北：建宏出版社，1996年1月），頁760；及王凱符、張會恩主編：《中國古代寫作學》（北京：中國人民大學出版社，1992年9月），頁273。

19　因果邏輯之所以是人們最基本的思維模式之一，乃由於因果關係普遍存在於萬事萬物之中。朱志凱主編的《邏輯與方法》即說：「因果聯繫是一種普遍聯繫，在自然界和社會中，任何現象都是由一定的原因引起的。」見朱志凱主編：《邏輯與方法》（北京：人民出版社，1995年8月），頁313。

20　由於因果關係是普遍存在的，而章法又是相應於宇宙自然規律的，故運用因果邏輯來思考、謀篇的情形，亦屢見不鮮。歷代即有許多關於因果章法的理論，如唐彪《讀書作文譜》和來裕恂《漢文典》之「推原法」、曹冕《修辭學》之「因果推理」法、成偉鈞等《修辭通鑑》在「篇章修辭」中列有「因果式結構」等。此外，

色，是在於能夠很明白的理清辭章內容的始末源委、淺深層次、前因後果，以及針對主軸，在放開和拉回之間，突出重點，增強美感[21]，也就是能夠藉著掌握理路之進程，使創作者有效的表情達意，或使欣賞者能充分深入義旨。

　　再就其美感效果而言，合乎秩序律的「先因後果」和「先果後因」，一為順推式結構，一為逆推式結構，前者因符合事理演進的過程，故通常會產生規律美，後者則因顛倒了發生次序，故多半會獲致新奇感。其次，合乎變化律的「因—果—因」或「果—因—果」，是將「順」和「逆」作雙向結合的結構，這種型態能夠在使條理更趨於曲折的同時，一方面對於推深情意有很大的作用，一方面也容易具有變化的美感[22]。但總的來說，因果家族的章法在實際運用時，都會產生一種極具邏輯性的層次美。

四　虛實章法家族

　　在人所寓居的宇宙中，萬事萬物皆存在著對立的統一，而「虛」

彭漪漣的《古詩詞邏輯趣談》，也從多首詩作的分析中，論古典詩詞常以因果邏輯推理成篇，如李清照〈如夢令〉、白居易〈夜雪〉等。以上分見〔清〕唐彪：《讀書作文譜》（臺北：偉文圖書出版社有限公司，1976年11月）；〔清〕來裕恂著、高維國等注釋：《漢文典》（天津：南開大學出版社，1993年2月）；曹冕：《修辭學》（上海：商務印書館，1934年4月）；成偉鈞、唐仲揚、向宏業主編：《修辭通鑑》；彭漪漣：《古詩詞邏輯趣談》（上海：人民出版社，2001年9月）。

21 仇小屏：「放開、收束的交互作用，可以藉著因落差而產生的力量，來推深作品中的情意，增強美感。」見仇小屏：《篇章結構類型論》，下冊，頁548。

22 以上所論秩序與變化之美感，參考陳滿銘：《章法學論粹》，頁20-33；及仇小屏：《篇章結構類型論》，上冊，頁223-224。又，宗廷虎等人所著之《修辭新論》中提及：「語言形式的齊整和變化來源於美學上的形式統一和變化這一原理。」認為統一與變化是美的對象的要質所在。見宗廷虎、鄭明以、李熙宗、李金苓：《修辭新論》（上海：上海教育出版社，1988年3月），頁222。

與「實」的關係即是其一，落於篇章而言，古今辭章家同樣也會運用
這樣的邏輯條理來謀篇布局，形成各式各樣具有虛實屬性的章法。

（一）虛實家族之主要內涵

虛實家族可以說是章法中的一大家族，其所牽涉的範圍相當廣
泛，幾乎佔了章法內涵的一大部分。在歸屬於這一族類的眾多章法
中，又可統攝為具體與抽象類、時空類、真實與虛假類三種。

1 具體與抽象類

「具體與抽象」這一類，包含泛具法、點染法、凡目法、情景
法、敘論法、詳略法等。其中，具寫、主體（染）、分目、寫景、敘
事、詳述，皆是具體的，是「實」；而泛寫、引子（點）、總括、言
情、議論、略談，則是抽象的，是「虛」。

（1）泛具法

泛具法指的是「泛寫」與「具寫」在辭章中的布局安排。最早，
廣義的泛具法包含情景法、敘論法、凡目法、詳略法等，這些章法皆
以「抽象」和「具體」關係形成對應，但由於這些章法都有其特殊
性，且在辭章中的運用也很廣泛，因此也就一一抽離出來，而所餘之
狹義的泛具法意為：「泛」是泛泛的敘寫，「具」則是具體的描述或細
寫。另外，因寫景與敘事是具體的，而議論和抒情則是抽象的，故泛
具法也包括「即景說理」或「敘事抒情」等情形。舉例而言，如《世
說新語・言語》篇中，有一則寫支遁好鶴的故事：

> 支公好鶴，住於東岇山，有人遺其雙鶴，少時翅長欲飛，支意
> 惜之，乃鎩其翮。鶴軒翥不復能飛，乃反顧翅，垂頭視之，如

有懊悔意。林曰：「即有凌霄之姿，何肯為人作耳目近玩？」
養令翮成，置使飛去。

開篇先泛泛的提出「支公好鶴」一事，接著再具體的敘寫支公由「鎩
其翮」至「養令翮成，置使飛去」的轉變，全文即透過「先泛後具」
的結構，將支公好鶴之情表現得很深刻。

（2）點染法

點染法之「點染」一詞，原來是中國繪畫的兩種筆法，後來也被
運用於寫作上[23]。陳滿銘在為點染法下定義時，有十分詳細的說明，
他表示：「其中『點』，指時、空的一個落足點，僅僅用作敘事、寫
景、抒情或說理的引子、橋樑或收尾；而『染』，則指真正用來敘
事、寫景、抒情或說理的主體。」[24]因此，「點」是一個時空定點，一
個引子，而「染」則是內容主體。例如流行於北方的民間敘事詩〈木
蘭詩〉：

唧唧復唧唧，木蘭當戶織。不聞機杼聲，唯聞女歎息。問女何
所思，問女何所憶，女亦無所思，女亦無所憶。昨夜見軍帖，
可汗大點兵。軍書十二卷，卷卷有爺名。阿爺無大兒，木蘭無
長兄。願為市鞍馬，從此替爺征。

---

23 劉熙載在《藝概》中談詞曲的藝術表現時，曾提到「詞貴有點有染」，並舉柳永
　　〈雨霖鈴〉為例，謂「多情」二句「點出離別冷落」，「今宵」二句則是「就上二句
　　意染之」。參見〔清〕劉熙載：《藝概》（臺北：華正書局有限公司，1988年9月），
　　卷四，頁119。雖然書中所舉之例偏向於「先情後景」的結構關係，但仍對於注意
　　到點染概念運用於辭章創作上的現象與方法，具有一定之意義。
24 見陳滿銘：《章法學論粹・論幾種特殊的章法》，頁75-76。

東市買駿馬，西市買鞍韉，南市買轡頭，北市買長鞭。旦辭爺
孃去，暮宿黃河邊。不聞爺孃喚女聲，但聞黃河流水鳴濺濺。
旦辭黃河去，暮至黑山頭。不聞爺孃喚女聲，但聞燕山胡騎鳴
啾啾。

萬里赴戎機，關山度若飛。朔氣傳金柝，寒光照鐵衣，將軍百
戰死，壯士十年歸。

歸來見天子，天子坐明堂。策勳十二轉，賞賜百千強。可汗問
所欲，「木蘭不用尚書郎，願馳千里足，送兒還故鄉。」

爺孃聞女來，出郭相扶將。阿姊聞妹來，當戶理紅妝。小弟聞
姊來，磨刀霍霍向豬羊。開我東閣門，坐我西間床。脫我戰時
袍，著我舊時裳。當窗理雲鬢，挂鏡貼花黃。出門看火伴，火
伴皆驚惶。「同行十二年，不知木蘭是女郎」。

雄兔腳撲朔，雌兔眼迷離。雙兔傍地走，安能辨我是雄雌。

首段以敘述木蘭代父從軍的緣由作為引子，主體的部分則是依時間先
後，由木蘭離鄉、出征、封賞、到榮歸的順敘法來表現，而末段是一
個尾聲，詩中以兔為喻，再次表達對木蘭的英勇與智慧由衷的佩服，
因此，全詩是以「點—染—點」結構，來歌詠一尋常女子因孝心而寫
下的不凡事蹟[25]。

---

25 本詩主要以詳略有度的敘事，形成點染式的篇章結構，而將核心情理安置於篇外。
關於本詩旨趣，江寶釵曾提出：「〈木蘭詩〉採用敘事（Narrative）的方式，記錄一
個巾幗英雄（Heroine）的事蹟，主題是她的孝思。」見江寶釵：〈從史詩角度讀
〈木蘭詩〉——兼談南北樂府詩之情調差異〉，《國文天地》第6卷第3期（1990年8
月），頁87；此外，陳滿銘也曾分析道：「……此詩的主旨——歌詠一尋常女子因孝
心而寫下的不凡事蹟。」見陳滿銘：《文章結構分析》（臺北：萬卷樓圖書股份有限
公司，1999年5月），頁69。

（3）凡目法

凡目法中的「凡」，指的是「總括」；而所謂的「目」，指的是「條分」。當作者在敘述同一類事、景、情、理時，以「總括」與「條分」的關係來組織篇章，就會形成凡目法。例如以「凡—目—凡」成篇的劉禹錫〈陋室銘〉：

> 山不在高，有仙則名。水不在深，有龍則靈。斯是陋室，唯吾德馨。苔痕上階綠，草色入簾青。談笑有鴻儒，往來無白丁。可以調素琴，閱金經。無絲竹之亂耳，無案牘之勞形。
> 南陽諸葛廬，西蜀子雲亭。孔子云：何陋之有？

在「山不在高」以下六句，由「山」、「水」再寫到「室」，並點出「德」字為統貫全文的綱領，是篇結構的第一個「凡」；中段分由「室中景」、「室中人」、「室中事」三部分，表現自適之樂，屬於「目」的部分；而「南陽諸葛廬」四句，則暗以「君子居之」呼應首段的「德」字，是為篇結構的第二個「凡」[26]。

（4）情景法

「虛」與「實」的性質，就情、景來說，是以具體所見的景物或

---

26 吳楚材、吳調侯隨文依序夾批道：「以山水引起陋室」、「室中景」、「室中人」、「室中事」、「應德馨結」。見〔清〕吳楚材、吳調侯評註，〔清〕王文濡校勘：《精校評註古文觀止》（臺北：臺灣中華書局，1988年10月臺12版），卷七，頁36。透過結構分析，可見本文形成「凡—目—凡」的邏輯思路。在其篇章組織的效果上，第一個「凡」的結構單元是由「山」與「水」的賓材料，襯出「室」的主材料，突出「德」字以自勉，文末再運用事典和語典，呼應前文的「德」字。對此，陳滿銘即指出：「後一個『凡』，……回抱頭一個『凡』之『德』字收結，結得高古有力。」參見陳滿銘：《文章結構分析》，頁65。

畫面為「實」，而以所抒發的抽象情思為「虛」。例如王維〈山居秋暝〉：

> 空山新雨後，天氣晚來秋。明月松間照，清泉石上流。竹喧歸浣女，蓮動下漁舟。隨意春芳歇，王孫自可留。

此詩採「先景後情」的結構寫成，前六句先就「天」（雨後、明月、清泉）再就「人」（浣女、漁舟），寫山居秋日的美景，末二句則上承空山雨後的清幽之景，抒其閒淡之情。

（5）敘論法

敘論法是指敘述具體事件（實）與闡發抽象道理（虛）相結合的謀篇方式。舉例而言，如陶淵明的〈五柳先生傳〉：

> 先生不知何許人也，亦不詳其姓字，宅邊有五柳樹，因以為號焉。閒靜少言，不慕榮利。好讀書，不求甚解；每有會意，欣然忘食。性嗜酒而家貧，不能恆得。親舊知其如此，或置酒招之，造飲輒盡，期在必醉；既醉而退，曾不吝情去留。環堵蕭然，不蔽風日；短褐穿結，簞瓢屢空，晏如也。嘗著文章自娛，頗示己志。忘懷得失，以此自終。
>
> 贊曰：黔婁有言：「不戚戚於貧賤，不汲汲於富貴。」其言茲若人之儔乎！銜觴賦詩，以樂其志，無懷氏之民歟！葛天氏之民歟！

文中前兩段先敘事，末段再作論贊，形成「先敘後論」結構。敘事的部分先以五柳先生的來歷為引子（點），再由「不慕榮利」、「賦詩樂

志」之因，歸結出「忘懷得失」之果（染），「贊曰」以下的議論，則一一呼應前面「染」之內容，對五柳先生的高尚性行，作一番頌揚。

（6）詳略法

所謂「詳略法」，意為辭章中以「概括略寫」與「具體詳述」兩種筆法，來組織篇章的方式。如范仲淹〈岳陽樓記〉，在敘述樓外景觀的二、三、四段中，就出現了「先略後詳」的章法現象，文章寫道：

> 予觀夫巴陵勝狀，在洞庭一湖。銜遠山，吞長江，浩浩湯湯，橫無際涯；朝暉夕陰，氣象萬千；此則岳陽樓之大觀也，前人之述備矣。然則北通巫峽，南極瀟湘，遷客騷人，多會於此，覽物之情，得無異乎？
> 若夫霪雨霏霏，連月不開；陰風怒號，濁浪排空；日星隱耀，山岳潛形；商旅不行，檣傾楫摧；薄暮冥冥，虎嘯猿啼；登斯樓也，則有去國懷鄉，憂讒畏譏，滿目蕭然，感極而悲者矣！
> 至若春和景明，波瀾不驚，上下天光，一碧萬頃；沙鷗翔集，錦鱗游泳，岸芷汀蘭，郁郁青青。而或長煙一空，皓月千里，浮光躍金，靜影沈璧，漁歌互答，此樂何極！登斯樓也，則有心曠神怡，寵辱偕忘、把酒臨風，其喜洋洋者矣！

自「予觀夫巴陵勝狀」至「前人之述備矣」，是將岳陽樓的「常景」做一簡單的交代，而三、四段即分別從「雨悲」、「晴喜」，詳細述說岳陽樓之「變景」，再由悲、喜帶出「古仁人之心」的主意，故「變景」需詳寫，而「前人之述備矣」之「常景」只用略筆即可。

2 時空類

這裡是特別將具有虛實性質的時空類章法，歸於虛實家族，以與圖底家族中的時空類章法作一區隔。

（1）時間的虛實法

虛實就時間來說，寫過去或當前的，是「實」；透過設想，伸向未來的，則為「虛」。如張籍的〈感春〉即是一例：

> 遠客悠悠任病身，謝家池上又逢春。明年各自東西去，此地看花是別人。

作者由回想過去的悠悠歷程，寫至今日逢春，再將時間推向明年[27]，把三個時間面向做了順敘性的組合，形成「先實（昔—今）後虛（未來）」的結構。

（2）空間的虛實法

虛實就空間來說，寫目力所及的空間，是「實」；而透過設想，寫非視野所見之遠處情況者，則是「虛」。如王維的〈九月九日憶山東兄弟〉：

> 獨在異鄉為異客，每逢佳節倍思親。遙知兄弟登高處，遍插茱萸少一人。

---

27 黃永武：「作者現在站在謝家的池上，回想過去的悠悠歷程，預想明年的看花情景，這過去現在未來三個分隔的時空，被溶合到眼前的春光裡，人的聚散、花的開謝、世間的滄桑變化，在短短的四句中，有著良好的溶合效果。」見黃永武：《中國詩學——設計篇》（臺北：巨流圖書公司，1999年9月十三刷），頁71。

前二句寫自己身處異鄉，逢九九佳節而思親，末二句卻轉而從對面寫
兄弟之憶己，全詩即透過「先實後虛」的空間設計，帶出異鄉客深切
的思念。

（3）時空交錯的虛實法

　　時空交錯的虛實法是指：時間的虛實與空間的虛實，在辭章中交
互運用，形成豐富多變的章法現象，如實時空、虛時空、或虛實交錯
迭用的時空結合等。如戴名世〈數峰亭記〉：

> 余性好山水，而吾桐山水奇秀，甲於他縣。吾卜居於南山，距
> 縣治二十餘里，前後左右皆平岡，逶迤迴合，層疊無窮，而獨
> 無大山，水則僅陂堰池塘而已，亦無大流。
>
> 至於遠山之環繞者，或在十里外，或在二三十里外，浮嵐飛
> 翠，矗立雲表，吾嘗以為看遠山更佳，則此地雖無大山，而亦
> 未嘗不可樂也。
>
> 出大門，循牆而東，有平岡，盡處，土隆然而高，蓋屋面西
> 南，而此地面西北，於是西北諸峰，盡效於襟袖之間。其上有
> 古松數十株，皆如虯龍，他雜樹亦頗多，南面有隙地，稍低。
> 余欲鑿池，蓄魚，種蓮，植垂柳數十株於池畔，池之東北，仍
> 有隙地，可以種竹千個，松之下，築一亭，而遠山如屏，列於
> 其前，於是名亭曰數峰，蓋此亭為西北數峰而築也。
>
> 計鑿池、構亭、種竹之費，不下數十金，而余力不能也，姑預
> 名之，以待諸異日。

文章前半先實寫空間，言所居之南山無大山大流；接著，由近而遠，
言看遠山更佳；後承前述提出未來欲鑿池、種竹、築亭的計畫，是

「實空間」與「虛時間」結合的佳作[28]。

3 真實與虛假類

真與假是另一組虛實相應的概念，依虛構的性質與程度等方面的不同，有如下幾種章法。

（1）設想與事實的虛實法

「設想與事實」是指虛的假設、代謀、料想等，與實際上確實發生過的事情，相互組織而成的章法。如蘇洵〈六國論〉闡述「不賂者以賂者喪」一段：

> 齊人未嘗賂秦，終繼五國遷滅，何哉？與嬴而不助五國也。五國既喪，齊亦不免矣。燕、趙之君，始有遠略，能守其土，義不賂秦。是故燕雖小國而後亡，斯用兵之效也。至丹以荊卿為計，始速禍焉。趙嘗五戰於秦，二敗而三勝。後秦擊趙者再，李牧連卻之。洎牧以讒誅，邯鄲為郡；惜其用武而不終也。且燕、趙處秦革滅殆盡之際，可謂智力孤危，戰敗而亡，誠不得已。向使三國各愛其地，齊人勿附於秦，刺客不行，良將猶在，則勝負之數，存亡之理，與秦相較，或未易量。

從「齊人未嘗賂秦」起，分舉齊與燕、趙等國為證，再從「向使三國各愛其地」至「或未易量」一節，用假設的方式，代六國籌畫一番[29]，

---

28 林景亮：「前以近處無大山襯說，後以鑿池種竹等襯說。前用實寫，後作虛想，是為前實後虛法。」見林景亮：《評註古文讀本》（臺北：臺灣中華書局，1969年1月臺一版），頁161。

29 關於文中以設想與事實形成虛實筆法之處，陳滿銘解析道：「以『向使三國各愛其地』起至『或未易量』，用假設的方式，代六國籌畫一番，以見『不賂秦』的勝算

以加強其論點，這樣先舉事實，再做一假設的布局方式，將「不賂者以賂者喪」的道理論述得十分清楚。

（2）願望與實際的虛實法

以「願望與實際」相結合的章法現象，是虛實法的內涵之一，其中，抒發心願為「虛」，敘寫實情則為「實」。例如杜甫的〈望嶽〉：

> 岱宗夫如何？齊魯青未了。造化鍾神秀，陰陽割昏曉。盪胸生曾雲，決眥入歸鳥。會當凌絕頂，一覽眾山小。

作者先從泰山青色連綿，靈秀匯聚，山南山北昏曉分明，極言其壯麗，再寫望泰山使心胸與眼界開闊的感受，末二句轉入虛想，盼望有機會能登上最高峰一覽群山，如此由實入虛，亦擴大了作品的意境。

（3）夢境與現實的虛實法

夢境的虛幻與醒覺的實在，是人的兩種相對的心理狀態，落於辭章章法而言，則成「夢境與現實」的虛實法。如蘇軾的〈後赤壁賦〉文末：

> 須臾客去，予亦就睡。夢一道士，羽衣蹁躚，過臨皋之下，揖予而言曰：「赤壁之遊樂乎？」問其姓名，俛而不答。「嗚

所在。」見陳滿銘：《文章結構分析》，頁239。又，林雲銘對此文曾評註云：分提齊、燕、趙所以破滅之各案，並在「向使」以下兩節夾批：「設言六國不賂秦，雖分頭敵秦，秦亦不能操必勝之勢。」和「又設言六國所以賂別用，能合并擊秦，反可以操勝秦之勢。」參見〔清〕林雲銘評註：《古文析義》（臺北：廣文書局有限公司，1997年9月八版），卷七，頁764-765。

呼！噫嘻！我知之矣。疇昔之夜，飛鳴而過我者，非子也耶？」道士顧笑，予亦驚寤。開戶視之，不見其處。

文以「須臾」二句寫就睡，自「夢一道士」至「道士顧笑」是記一段夢境，而「予亦」三句則寫醒後，由此可見，作者正是運用夢境與現實的章法，在文中逼出一片奇情逸趣，並借鶴與道士，寄寫曠達胸次[30]。

（4）虛構與真實的虛實法

「虛構」指透過藝術想像，以不會出現在現實世界的事物為寫作材料，而「真實」則是指在篇章中運用確實出現於現實世界的材料，若以此兩者來謀篇布局，則屬於「虛構與真實」的虛實法。如《戰國策・荊宣王問群臣》：

荊宣王問群臣曰：「吾聞北方之畏昭奚恤也。果誠何如？」群臣莫對。

江一對曰：「虎求百獸而食之，得狐，狐曰：『子無敢食我也，天帝使我長百獸，今子食我是逆天帝命也，子以我為不信，吾為子先行，子隨我後，觀百獸之見我而不敢走乎。』虎以為然，故遂與之行，獸見之皆走，虎不知獸畏己而走，以為畏狐也。

今王之地方五千里，帶甲百萬，而專屬之昭奚恤，故北方之畏奚恤也，其實畏王之甲兵也，猶百獸之畏虎也。」

---

30 參見〔清〕吳楚材、吳調侯評註，〔清〕王文濡校勘：《精校評註古文觀止》，卷十一，頁26-27。

全文是以「先問後答」的結構成篇，而在「答」的部分，從「虎求百獸而食之」至「以為畏虎也」是藉狐假虎威的寓言來做比喻，自「今王之地」以下則轉入正題，提出昭奚恤僅是假楚王之威的實情，形成「先虛（虛構）後實（真實）」結構。

（二）虛實家族之特色與美感

以虛實概念所構成的章法現象，包括：以泛寫為虛、具寫為實的「泛具法」，以引子為虛、主體為實的「點染法」，以總括為虛、條分為實的「凡目法」，以抽象情思為虛、具體景物為實的「情景法」，以論理為虛、敘事為實的「敘論法」，以略寫為虛、詳寫為實的「詳略法」；亦含括就時空而言的虛實法，其中，限於過去或當前的是實、透過設想伸向遠處或未來的是虛；此外，還有以設想、願望、夢境、虛構為虛，而以事實、現實為實的各種虛實章法。因此，無論是具體與抽象類的章法，或是針對虛實而言的時空類章法，以及真實與虛假類的章法，都極具「虛」與「實」的相對關係，故可歸類為章法的「虛實家族」。

這一族類的章法，通常會經由「虛」與「實」的相反相成，產生一些美感上的共性。這包括：當辭章實寫的部分，引起人們對於情意、思想、道理等虛的境界，有所填補與體會，則常會獲致「化虛為實」的含蓄美[31]；相對而言，當辭章作品由「化實為虛」，進一步的突

---

31 「化虛為實」是虛實法的美學特徵之一，辭章中所表現的「實」，能喚起一種審美想像和聯想，並生發出「言有盡而意無窮」的美感效果。曾祖蔭在探討文藝美學之「虛實論」時，即把「化虛為實」列為美學特色之一，並解釋說：「化虛為實就是把無形的思想、情趣、心理等轉化為具體生動的藝術形象。」而張少康則表示：「在藝術形象塑造中要使實的描寫能引導人產生某種必然的聯想，從而構成一個虛的境界，使實的境界和虛的境界相結合，從而形成更加豐富的生動藝術形象。」以上見曾祖蔭：《中國古代文藝美學範疇》（臺北：文津出版社有限公司，1987年8月），頁172；及張少康：《中國古代文學創作論》（臺北：淑馨出版社，1989年11月），頁229。

出虛寫的部分時，則能使作品生發出自由騰飛的美感[32]；再以虛實交錯並用的結構類型來說，不管是符合秩序律的一般型，或是符合變化律的變化型，都能各自形成不同風貌的靈動美[33]；但無論如何，虛與實必須是由對立而統一，才能生發出「虛實相生的和諧美」，而這也可以說是章法之虛實家族，最極致的美感特徵[34]。

五　映襯章法家族

在目前所能掌握的近四十種章法中，有一大類是利用人事物之間相對、相反，或相類、相似的性質為內容材料，來組織篇章，表現主要義旨，因而在各章法單元之間，有些會呈現映照、對比的關係，有些則會呈現襯托、調和的關係。統括來說，這類章法皆是通過對比或調和的方式，構成相互映襯的關係，故稱之為「映襯家族」[35]。

---

32 張紅雨：「這種寫作可以使美感情緒縱橫馳騁，海闊天空，自由而輕鬆。」此即化實為虛的自由美。見張紅雨：《寫作美學》（高雄：麗文文化事業股份有限公司，1996年10月），頁224。

33 「虛實交錯的靈動美」是虛實法的美學特徵之一，它是指虛與實的結構成分，在相互轉位的過程中所帶出的美感。如「一般型」（移位）中的「先虛後實」、「先實後虛」，分別會有由外拉近及向外推開的一種符合秩序性的靈動美；而「變化型」（轉位）中的「虛─實─虛」、「實─虛─實」、「虛實雙疊」等結構，一般會有對稱、均衡、反復等美感。

34 以上詳見陳佳君：《虛實章法析論》第七章〈虛實法的心理基礎與美感效果〉（臺北：文津出版社有限公司，2002年11月），頁251-270。

35 羅君籌曾於《文章筆法辨析》中提出所謂「襯筆」，並表示：「為渲染文情，擷取與題相稱之事物，以反映或襯托本文，謂之襯筆。」見羅君籌：《文章筆法辨析》（香港：上海印書館，1971年6月），頁534。又，成偉鈞等人針對「襯托」之篇章修飾法說：「襯托是利用事物與事物之間或相類、或相似、或相對、或相反的關係，兩物并出，形成對照、對比或烘托，使要突出的事物更為突出。」見成偉鈞、唐仲揚、向宏業主編：《修辭通鑑》，頁814。由於「襯托」一詞，一般較偏向質性接近的兩事物間，相形相襯的作用，故此處使用較寬泛的「映襯」一詞來做為章法家族

（一）映襯家族之主要內涵

由於章法的映襯族性涵蓋了對比與調和的關係，故其主要內涵可大別為「映照類」與「襯托類」。

1 映照類

這是指在章法單元間，具有相對、相反之性質，而形成對比關係者，包括正反法、立破法、抑揚法、眾寡法、張弛法。

（1）正反法

正反法是透過正面材料與反面材料的相互為用，以彰顯義旨的一種章法。如杜秋娘〈金縷衣〉：

> 勸君莫惜金縷衣，勸君惜取少年時。花開堪折直須折，莫待無花空折枝。

此詩作意乃在勸人珍惜年少的大好時光，首句先就反面，言尚可再得的外在財寶不足耽溺，二句之後回到正面論述主要義旨，作者在此先泛論人應珍惜、把握一去不復返的年少時光，再具體的藉象徵美好的花，由正而反的提出少年時應及時努力的道理[36]。

之名稱，以總納事物因不同類屬而形成對比關係的章法，以及同類事物而具有調和關係的章法。譚永祥《漢語修辭美學》就說明「映襯」是映照與襯托，並提出：對照側重於一個「比」字，而襯托則側重在一個「襯」字。參見譚永祥：《漢語修辭美學》（北京：北京語言學院出版社，1992年12月），頁367-374。

36 見陳佳君：〈論辭章內容結構之單一類型——以其所適用的章法為考察重心〉，收於《修辭論叢（第四輯）》，頁674。

（2）立破法

立破法的「立」，指的是「立案」，而「破」則是針對文章中所立的案來進行駁難。如王安石著名的一篇翻案文章〈讀孟嘗君傳〉：

> 世皆稱孟嘗君能得士，士以故歸之，而卒賴其力，以脫于虎豹之秦。嗟乎！孟嘗君特雞鳴狗盜之雄耳，豈足以言得士？不然，擅齊之強，得一士焉，宜可以南面而制秦，尚何取雞鳴狗盜之力哉？夫雞鳴狗盜之出其門，此士之所以不至也。

開篇即就「世皆稱孟嘗君能得士」立案（立），接著再扣緊孟嘗君只不過是「雞鳴狗盜之雄」的論點，予以層層駁難（破），使孟嘗君不能「得士」的論斷，有著無比的說服力[37]。

（3）抑揚法

運用貶抑和頌揚的筆法，來論人議事，以形成結構者，即為抑揚法。如韓愈的〈圬者王承福傳〉末段，就是以抑揚迭用的結構發出評論：

---

37 此文雖不滿百字，但文章在「破」的這個結構單元上，行文脈絡「曲盡其妙」（吳楚材眉批語）。作者先從發出感嘆以引出主要見解，再從反面做一假設，最後再於末二句轉筆急收，因此，陳滿銘即評析道，此文的結構布局之效，使「論斷可謂斬釘截鐵，有著無比的說服力」。又，此文雖然也可從其他的篇章關係切入來分析其結構，例如抑揚法、正反法、設想與事實的虛實法等，但經過深入的比較探究後可以發現，透過立破章法，更能呈現翻案文這種「質的張而弓矢至」的性質。由此也可了解到，篇章結構的深究具有相對的好壞，需以能夠突顯辭章作品之特點為判斷的原則。參見陳滿銘：《章法學新裁》，頁135、427-430；以及〔清〕吳楚材、吳調侯評註，〔清〕王文濡校勘：《精校評註古文觀止》，卷十一，頁44。

愈始聞而惑之，又從而思之，蓋所謂獨善其身者也。然吾有譏
焉；謂其自為也過多，其為人也過少。其學楊朱之道者邪？楊
之道，不肯拔我一毛而利天下。而夫人以有家為勞心，不肯一
動其心以蓄其妻子，其肯勞其心以為人乎哉？雖然，其賢於世
者之患不得之，而患失之者，以濟其生之欲，貪邪而亡道以喪
其身者，其亦遠矣！又其言，有可以警余者，故余為之傳而自
鑒焉。

其中，「愈始聞而惑之」一節，是就「淺」，先以抑筆點出王承福的言
行，實有疑慮之處，下文又轉而揚其可稱得上是能「獨善其身」的
人；接著，在「然吾有譏焉」一節，是就「深」，先抑王承福為己過
多、為人過少，再揚其比起「貪邪亡道」之人要好得多[38]。而文章也
在兩疊抑揚互見的條理之中，形成多次轉折的節奏，不但全面的展現
圬者的形象，亦藉此深刻的批判社會現象。

（4）眾寡法

利用多數與少數之間相映成趣或形成層遞的關係，以做為安排材
料次第的方法，即為眾寡法[39]。例如《史記·孔子世家贊》：

太史公曰：《詩》有之：「高山仰止，景行行止。」雖不能至，
然心鄉往之。余讀孔氏書，想見其為人。適魯，觀仲尼廟堂，

---

38 林雲銘曾針對本文在此段迭用兩次抑揚章法的情況進行分析，他在「愈始聞而惑
之」下夾批「一抑」；在「獨善其身者也」下註：「一揚」；又在「其肯勞其心以為
人乎哉」之後解釋此處是「斷其失」，又「一抑」；並在「其亦遠矣」下註「一
揚」。尾批則總評：「末段斷語，二抑二揚，俱有深意。」參見〔清〕林雲銘評註：
《古文析義》，卷六，頁710-711。
39 參見仇小屏：《篇章結構類型論》，上冊，頁227。

車服、禮器，諸生以時習禮其家，余低回留之，不能去云。天下君王至於賢人眾矣，當時則榮，沒則已焉。孔子布衣，傳十餘世，學者宗之。自天子王侯，中國言六藝者，折中於夫子，可謂至聖矣！

此文是以「凡─目─凡」結構成篇，第一個「凡」，先提出「心鄉往之」為全文綱領，末尾以拈出「可謂至聖矣」的主旨作收，是第二個「凡」，而中段條分的節段則是分三層，寫作者本身、孔門學者、和全天下讀書人對孔子的「鄉往」之情，因此文章也在由「寡」、到「眾」、再到「最眾」的層層遞進中，將心中無限的仰慕之意推向高點[40]。

（5）張弛法

張弛法是在辭章當中，調配緊張與鬆弛之節奏的一種章法。如岑參〈逢入京使〉：

故園東望路漫漫，雙袖龍鐘淚不乾。馬上相逢無紙筆，憑君傳語報平安。

---

40 林景亮指出，此文之篇法「以至聖二字作柱」，章法則是分作三層寫，遂使「至聖」二字躍然紙上。參見林景亮：《評註古文讀本》，頁26-27。唯需補充說明的是，所謂由寡而眾的三層次，可就「余之低回留之」、「學者宗之」、「中國言六藝者折中之」來掌握；其次，林氏認為此文「通篇分三段」，但其分段合併了「天下君王」一句至文末，而恐致無法看出「最眾」層次的「中國言六藝者」一節，也較難突顯回抱全文主旨的「可謂至聖矣」，因此，若以篇章結構的觀點審視，則全文應由「心鄉往之」的首段（凡）、由寡而眾的分為三小節／層次的中段（目）、「可謂至聖矣」的末段（凡）組成。

首二句寫望鄉傷懷，調子是和緩的，但後二句卻由「弛」轉「張」，寫匆匆相逢中，僅能以「平安」二字為口信，喻守真在分析此詩時，便說道：「上半敘事是緩慢的，下半卻是匆遽的。」[41]而先弛後張，亦能製造全詩之高潮，引起閱讀者注意[42]。

2 襯托類

襯托類指的是在章法單元間，具有相似、相近之性質，並因而形成調和關係者，包括賓主法、平側法、天人法、偏全法、敲擊法、並列法。

（1）賓主法

賓主法是以輔助材料（賓）來烘托主要材料（主）的一種章法。如〈企喻歌辭〉其二：

> 放馬大澤中，草好馬著臕。牌子鐵裲襠，鉅鉾鸛尾條。

「放馬」二句是先就「賓」，寫戰士趁著短暫的安定時機，放馬於大澤，使之更加健壯。「牌子」二句則是就「主」，寫披著軍裝，手持武器的戰士形象。詩中不僅可見在戰鬥中，戰馬與戰士生死相依的關係，更可見其以著臕之戰馬（賓），來襯托英勇騎兵（主）的良好效果。

（2）平側法

平提側注法是指在篇章當中，以平等之地位列出幾項重點，並且為了照應文意與題旨，而針對其中一、兩項加以側重、關注的篇章組

41　見喻守真：《唐詩三百首詳析》，頁297。
42　參見仇小屏：《篇章結構類型論》，下冊，頁553。

織方法[43]。故此法必須包含「平提數項」與「側注於其中幾項」兩個部分。比如顧炎武〈廉恥〉前兩段：

> 五代史馮道傳論曰：「『禮、義、廉、恥，國之四維；四維不張，國乃滅亡。』善乎管生之能言也！禮、義，治人之大法；廉、恥，立人之大節。蓋不廉則無所不取，不恥則無所不為。人而如此，則禍敗亂亡，亦無所不至。況為大臣而無所不取，無所不為，則天下其有不亂，國家其有不亡者乎？」
> 然而四者之中，恥尤為要，故夫子之論士曰：「行己有恥。」孟子曰：「人不可以無恥。無恥之恥，無恥矣。」又曰：「恥之於人大矣！為機變之巧者，無所用恥焉！」所以然者，人之不廉而至於悖禮犯義，其原皆生於無恥也。故士大夫之無恥，是謂國恥。

作者在此連續用了兩次平側法，即首段先平提「禮、義、廉、恥」，再側注於「廉、恥」，並且又在次段，再度側注於全文的焦點——「恥」字上面，使得文意之重心表露無遺。

---

43 宋文蔚在談布局之法時，列有「平提側注」，並對其靈活的用法解釋道：「篇中有分兩項或三項者，如義均平列，則於總提後平分各項，用意詮發。若義有輕重，或偏重一項，則開首用筆平提，以下或用串說，或用側注，均無不可。又有擇其最重之一項，用特筆提起，再分串各項者，尤見用法變化。」參見〔清〕宋文蔚：《評註文法津梁》（臺北：蘭臺書局有限公司，1983年7月），頁114。另有一種「平提側收法」，是指「將所要論說或敘述的幾個重點，以同等地位加以提明，而特別側於其中一點或兩點來收結，卻有回繳整體之功用」者。見陳滿銘：〈談平提側收的篇章結構〉，收於《修辭論叢（第二輯）》（臺北：洪葉文化事業有限公司，2000年6月），頁193-214。又，高敏馨整理出：側重的項目可發展出兩種不同的經營方式，一是「側注」，一是「側收」。參見高敏馨：《平側章法析論》，國立臺灣師範大學國文系教學碩士論文，2004年5月，頁23。

（3）天人法

在天人法的定義中，所謂的「天」，指的是「自然」；而所謂「人」，指的是「人事」。如就寫景來說，則是指自然之景與人事之景；若就說理而言，則分屬天道與人道[44]。譬如張可久的〈梧葉兒・春日書所見〉，即是以「先天後人」的結構來謀篇：

> 薔薇徑，芍藥闌，鶯燕語間關。小雨紅芳綻，新晴紫陌乾。
> 日長繡窗閒，人立秋千畫板。

曲中先呈現的是「自然之景」，依次是徑、闌之旁的薔薇、芍藥，啼叫的鶯鶯燕燕，以及小雨後的紅芳與紫陌，形成知覺轉換法中的「視─聽─視」結構；接著是春色中的「人事之景」，也就是閒靜的繡窗和立於秋千畫板上的人，而作者正是藉由這些和相思有關的景語，將自己的懷人之情寄託於篇外。

（4）偏全法

偏全法的「偏」，是指局部或特例，而「全」，是指整體或通則。用「局部」與「整體」、「特例」與「通則」的相應條理來組合情意材料者，即為偏全法[45]。如李文炤的〈勤訓〉，全文是以「正─反─正」的結構，來論述「勤」之重要，而在文章最後回到正面來作結論的部

---

44 參見陳滿銘：《章法學論粹・論幾種特殊的章法》，頁83。

45 同上註，頁69。又，吳格民曾針對人們在進行「歸納」的邏輯思維時指出，在此種思維過程中，通常會牽涉到概念認知在個別、特殊、一般的不同層次。吳格民：《邏輯思維與語文教學》（北京：人民教育出版社，2003年3月），頁19。其中，若將事物在個別、特殊、一般的不同面向運用於組織材料，就會構成個別（偏）與整體（全）、特例（偏）與通則（全）的條理關係。

分，就用到了「先全後偏」的結構來呈現：

> 夫天地之化，日新則不敝。故戶樞不蠹，流水不腐，誠不欲其
> 常安也。人之心與力，何獨不然？勞則思，逸則淫，物之情
> 也。大禹之聖，且惜寸陰；陶侃之賢，且惜分陰；又況賢聖不
> 若彼者乎？

作者先就「全」，論說「天地之化，日新不敝」的現象，然後再就
「偏」，言人之心與力亦復如此，並舉大禹、陶侃之例，強調人應尚
勤的道理，如此透過「偏」與「全」的相互補充，使結尾相當有力。

（5）敲擊法

敲擊法是指在寫作角度上，運用從旁側寫與直截正寫的不同事
物，來表達義旨的章法[46]。如賈誼〈過秦論〉，在第二段寫「秦強之
漸」的部分，就出現了敲擊法的邏輯條理：

> 孝公既沒，惠文、武、昭襄，蒙故業。因遺策，南取漢中，西
> 舉巴蜀，東割膏腴之地，收要害之郡。諸侯恐懼，會盟而謀而
> 弱秦，不愛珍器重寶肥饒之地，以致天下之士，合從締交，相
> 與為一。當此之時，齊有孟嘗，趙有平原，楚有春申，魏有信
> 陵；此四君者，皆明智而忠信，寬厚而愛人，尊賢重士，約從
> 離橫，兼韓、魏、燕、趙、齊、楚、宋、衛、中山之眾。於是

---

46 陳滿銘解釋說：「敲」專指從旁而「打」，「擊」通指一般的「打」，在用力的方向
上，前者僅指側面，後者可指正面或側面。移於章法時，「敲」為側寫，「擊」為正
寫。而用敲擊定名，乃為區隔其與正反、平側、或賓主等章法，在性質和名詞上的
糾葛。詳見陳滿銘：《章法學論粹·論幾種特殊的章法》，頁95-96。

六國之士，有寧越、徐尚、蘇秦、杜赫之屬為之謀，齊明、周最、陳軫、昭滑、樓緩、翟景、蘇厲、樂毅之徒通其意，吳起、孫臏、帶佗、兒良、王廖、田忌、廉頗、趙奢之倫制其兵。嘗以十倍之地，百萬之眾，叩關而攻秦。秦人開關延敵，九國師，逡巡遁逃而不敢進。秦無亡矢遺鏃之費，而天下諸侯已困矣。於是從散，爭割地而賂秦。秦有餘力而制其敝，追亡逐北，伏尸百萬，流血漂櫓；因利乘便，宰割天下，分裂河山，強國請服，弱國入朝。

從「孝公既沒」至「北收要害之郡」，由秦謀六國的措施和成果，正寫秦國的強盛；其次，以「諸侯恐懼」到「扣關而攻秦」，寫六國抗秦的巨大力量，這對表現「秦強」的主題而言，是一個側寫的筆法，而非以「弱」來對比「強」的反襯。最後自「秦人開關延敵」至「弱國入朝」，再度由側寫轉為正寫，從秦國獲得最後的勝利，來極寫秦國的強大，形成「擊—敲—擊」的篇章結構[47]。

（6）並列法

為闡明主旨而服務的各部分內容，是以平等的關係並列於篇章中，而不具有主從等相對性質者，便構成所謂的並列法。如〈企喻歌辭〉其三，詩云：

前行看後行，齊著鐵裲襠。前頭看後頭，齊著鐵鉔鋒。

前二句是一個單元，後二句是另一單元，作者運用樸實的語言和重複

---

47 同上註，頁102-104。

的句式，透過齊著鐵甲與頭盔的壯盛軍容，將軍隊出征、行伍整齊的
情況，真實的描述出來，足見這是一首以並列法寫成的詩作。

(二) 映襯家族之特色與美感

　　章法之映襯家族，是除虛實家族之外，另一個關涉多種章法的大
家族。其最大的特色，就在於各個章法單元間，具有明顯的映襯關
係。唐彪在《讀書作文譜》中，即曾提出文有「用襯」之法，且亦表
示「襯之理不一」[48]，就大處而言，映襯家族包括透過相對、相反的
寫作材料，使其間極具對比關係的章法，以及藉由相似、相近的人事
物，使彼此呈現調和關係的章法。前者有正反法、立破法、抑揚法、
眾寡法、張弛法；而後者則有賓主法、平側法、天人法、偏全法、敲
擊法、並列法。

　　細部而言，在偏於對比關係的映照類章法中，正反法很明顯是以
一正一反的材料，兩相比較，使辭章在對比互映中增強說服力；而立
破法的對比性也很強，在立案與翻駁之間，自然會產生「箭靶」與
「弓矢」的張力關係，且透過「立」與「破」的針鋒相對，亦能令案
子及旨意更加是非分明[49]；抑揚法則是藉由貶抑和褒揚兩種相對的筆
法，使事件或主角形象能夠全面展現；此外，眾寡法和張弛法，一是
以多數與少數相映，一是以緊張和鬆弛造成反差，也都是對比性質鮮
明的章法。

　　再就偏於調和關係的襯托類章法而言，在抽離正反對比的賓主法
中，賓位與主位是建立在相似聯想、接近聯想等心理基礎上[50]，且
「賓」之作用乃是站在輔助之角度，以陪襯出「主」，因此兩者之間

48　參見〔清〕唐彪：《讀書作文譜》，卷七，頁83。

49　參考仇小屏：《篇章結構類型論》，下冊，頁438-439。

50　參見夏薇薇：《文章賓主法析論》（臺北：文津出版社有限公司，2002年11月），頁38-
　　41。

會形成調和感；天人法的「天」和「人」之間，都是構成畫面或事理整體協調的要素，具有彼此依存的調和性；而平側法中「平提數項」與「側注於其中幾項」，和偏全法中「局部」與「整體」、「特例」與「通則」之間，同樣在具有包孕性的集合中，相互映襯；敲擊法主要在透過不同事物以表達同類情意時，藉「敲」加以引渡或旁推，來呼應「擊」的部分[51]，所以「敲」對於「擊」所產生的襯托作用，也是建立在調和關係上；此外，並列法在映襯族裡可說是很特別的一種章法，它在平等擺開的各項內容中，不具有主從、正反、淺深等關係，但彼此在辭章中呈現的同時，就有了互相映襯的效果。

　　由於這一族類的章法具有上述特徵，故表現在美感效果上，通常會產生映襯美[52]，再進一層而言，這種映襯美包含了對比美與調和美。陳望道在《美學概論》中，論述「調和與對比」之美時，即提出對比是：

　　　　兩個極不相同的東西並列在一起，其間相去很遠，便多成為對
　　　　比（Contrast）的形式。

並且針對其所產生的美感論述道：

　　　　這種對比的形式，因為變化極明顯，每每帶有華美、鮮活、健
　　　　強及闊達等情趣。

---

51 見陳滿銘：《章法學論粹・論幾種特殊的章法》，頁110。

52 唐彪：「作文能知襯貼，則文章克（按：疑作充）滿光彩，何待言哉？」見〔清〕唐彪：《讀書作文譜》，卷七，頁83。又，成偉鈞等提出：彼此映襯的事物間，會呈現一種彼此相及相受的雙向作用，在用以表達意蘊深遠的情境、強化道理，呈現詩文主旨的過程中，具有廣泛、直接的美學意義。參見成偉鈞、唐仲揚、向宏業主編：《修辭通鑑》，頁408-410。

也因為各部分內容間的對立性，使得辭章情意更加鮮明而強烈，透顯出對比的美感。陳望道也就調和的成因與美感說道：

> 兩個極相接近的東西並列在一處，其間相差很微，便多成為調和（Harmony）的形式。……凡是調和的兩件東西，總是互相類似的，並無甚麼觸目的變化。所以我們接觸到它時，也就每每覺得它有融洽、優美、鎮靜、深沉等情趣。[53]

經由陪襯、對照、補托的過程，不僅能使辭章內涵更加豐富，也會在各部分相形相依的關係中，達到一種調和的美感。

六　結語

為求章法學之精緻化與系統化，在繽紛如百花的各種章法類型中，就需進一步的由掌握大範圍的族性中，往上統整出章法的大家族。根據上文的探討，可以大致歸納出章法四大家族，首先是就時空章法而言，其族性為具有背景與焦點關係的「圖底家族」，由於「圖」會在「底」的烘托之下突顯出來，故它在美感上的最大特點，即為立體美；其次是與事（情）理的展演相關，且含有廣義因果關係的「因果家族」，在運用時，則特別會產生較強烈的層次美；再次則是以虛實特性所構成的「虛實家族」，其最大的美感特點，就在於虛與實之間的變化美，並進而達到虛實的和諧統一；最後是透過內容材料間相互映襯的作用，來表現情意的「映襯家族」，而此章法家族的美感特色，也就在於映襯美。綜上所述，章法之四大族性及其美感，

---

53 以上引文見陳望道：《美學概論》，頁70-73。

可統整如下表：

表附-1　篇章結構四大家族表列[54]

家族	章法類型		美感
圖底家族	（一）圖底法		立體美
	（二）時間類	1. 今昔（先後）法 2. 久暫法 3. 問答法	
	（三）空間類	1. 遠近法 2. 大小法 3. 內外法 4. 高低法 5. 視角變換法 6. 知覺轉換法 7. 狀態變化法	
因果家族	1. 本末法　2. 淺深法　3. 因果法　4. 縱收法		層次美
虛實家族	（一）具體與抽象類	1. 泛具法 2. 點染法 3. 凡目法 4. 情景法 5. 敘論法 6. 詳略法	變化美
	（二）時空類	1. 時間的虛實法 2. 空間的虛實法 3. 時空交錯的虛實法	

---

54 本表由本書研究者歸納繪製。修訂自陳佳君：〈論章法之族性〉之附表，閩台文學
辭章學學術研討會（廈門：集美，2002年12月）。

家族	章法類型		美感
	（三）真實與虛假類	1. 設想與事實的虛實法 2. 願望與實際的虛實法 3. 夢境與現實的虛實法 4. 虛構與真實的虛實法	
映襯家族	（一）映照類	1. 正反法 2. 立破法 3. 抑揚法 4. 眾寡法 5. 張弛法	映襯美
	（二）襯托類	1. 賓主法 2. 平側法 3. 天人法 4. 偏全法 5. 敲擊法 6. 並列法	

　　雖然這些章法家族的族性鮮明，並且有其獨特的美感效果，但章法與章法之間，原本就存在著一些藕斷絲連的關係，因此，探討族性的工作，可以說是就宏觀的角度，來歸納某些章法一般性的共同特色，也就是從通則來作大致的分類，是故將某章法歸入某族，雖有其根據，但並非意味著一種絕對性的劃分，事實上還需注意某些特例，以及跨族性的章法，或是各章法、各家族之間細微的重疊性等層面，而此部分的研究，是需要進一步加以探討的。總之，藉由深入探索章法現象的共性與特性，以嘗試理清其內在的理則，相信對於篇章結構分析與辭章章法學的研究，是有所助益的。

徵引文獻

一 古典文獻（依時代排序）

〔魏〕王弼注、〔晉〕韓康伯注、〔唐〕孔穎達疏：《周易注疏》，上
　　　海：中華書局，1936年，聚珍仿宋本。

〔漢〕鄭玄注、〔唐〕陸德明音義、〔唐〕孔穎達疏：《禮記注疏》，上
　　　海：中華書局，1936年，聚珍仿宋本。

〔漢〕鄭玄注、〔唐〕孔穎達疏：《禮記注疏》，收於《十三經注疏》，
　　　臺北：藝文印書館，1997年3月。

〔周〕老子著、〔魏〕王弼注：《老子》，上海：中華書局，1930年，
　　　華亭張氏本。

〔周〕莊周著、〔晉〕郭象注、〔唐〕陸德明音義：《莊子》，上海：中
　　　華書局，1930年，明世德堂本。

〔漢〕劉安著、〔漢〕高誘註：《淮南子》，上海：中華書局，1930
　　　年。

〔晉〕陸機：〈文賦〉，收於〔梁〕蕭統編：《文選》，臺北：藝文印書
　　　館，1991年12月十二版。

〔梁〕劉勰著、范文瀾注：《文心雕龍注》，臺北：學海出版社，1991
　　　年12月再版。

〔金〕元好問：《遺山先生文集》，景烏程蔣氏密韻樓藏明弘治刊本。

〔元〕陳繹曾：《文說》，收於文淵閣《四庫全書》，臺北：臺灣商務
　　　印書館，1986年3月。

〔明〕黃子肅：《詩法》，收於〔清〕顧龍振編：《詩學指南》，臺北：
　　　廣文書局，1998年8月再版。

〔清〕賀貽孫：《水田居文集》，清敕書樓刻本。

〔清〕王夫之：《薑齋詩話》，北京：人民文學出版社，1998年2月。

〔清〕黃子雲：《野鴻詩的》，收於《清詩話》，臺北：藝文印書館，
　　　1977年5月再版。

〔清〕唐彪：《讀書作文譜》，臺北：偉文圖書出版社有限公司，1976
　　　年11月。

〔清〕唐彪：《父師善誘法》，收於《蒙養書集成》，西安：三秦出版
　　　社，1991年9月二刷。

〔清〕林雲銘評註：《古文析義》，臺北：廣文書局有限公司，1997年
　　　9月八版。

〔清〕呂留良：《晚村先生八家古文精選》，收於《四庫禁毀書叢刊》
　　　集部第九十四冊，北京：北京出版社，2000年1月。

〔清〕吳楚材、吳調侯評註，〔清〕王文濡校勘：《精校評註古文觀
　　　止》，臺北：臺灣中華書局，1988年10月臺12版。

〔清〕陳澧：《東塾集》，臺北：文海出版社，1969年。

〔清〕劉熙載：《藝概》，臺北：華正書局有限公司，1988年9月。

〔清〕宋文蔚：《評註文法津梁》，臺北：蘭臺書局有限公司，1983年
　　　7月。

〔清〕來裕恂著、高維國等注釋：《漢文典》，天津：南開大學出版
　　　社，1993年2月。

〔清〕吳闓生：《桐城吳氏古文法》，臺北：華正書局有限公司，1970
　　　年3月。

二　近人論著（依作編者姓氏或國籍首字排序）

（一）專書

1　一般類

仇小屏：《篇章結構類型論》，臺北：萬卷樓圖書股份有限公司，2000
　　　年2月。

仇小屏：《古典詩詞時空設計美學》，臺北：文津出版社有限公司，
　　　2002年11月。

仇小屏、藍玉霞、陳慧敏、王慧敏、林華峰：《小學「限制式寫作」
　　　之設計與實作》，臺北：萬卷樓圖書股份有限公司，2003年
　　　11月。

〔梁〕劉勰著、王更生注譯：《文心雕龍讀本》，臺北：文史哲出版
　　　社，1997年10月六刷。

王希杰：《修辭學通論》，南京：南京大學出版社，1996年6月。

王耘、葉忠根、林崇德編：《小學生心理學》，臺北：五南圖書出版股
　　　份有限公司，1998年10月臺初版二刷。

王珩、周碧香、施枝芳、馬行誼、彭雅玲、楊淑華、楊裕貿、劉君
　　　琯、魏聰祺、蘇伊文合著：《國語文教學理論與應用〔第二
　　　版〕》，臺北：洪葉文化事業有限公司，2016年10月二版三
　　　刷。

王凱符、張會恩主編：《中國古代寫作學》，北京：中國人民大學出版
　　　社，1992年9月。

王朝聞主編：《美學概論》，北京：人民出版社，1981年6月。

王瓊珠編著：《故事結構教學與分享閱讀（第二版）》，臺北：心理出
　　　版社股份有限公司，2010年9月二版。

朱作仁、祝新華主編：《小學語文教學心理學導論》，上海：上海教育
　　出版社，2001年7月。

朱志凱主編：《邏輯與方法》，北京：人民出版社，1995年8月。

成偉鈞、唐仲揚、向宏業主編：《修辭通鑑》，臺北：建宏出版社，
　　1996年1月。

呂叔湘：《呂叔湘語文論集》，收於《呂叔湘全集》，瀋陽：遼寧教育
　　出版社，2002年12月。

李浩：《唐詩的美學詮釋》，臺北：文津出版社有限公司，2000年5月。

李澤厚：《美學論集》，臺北：三民書局股份有限公司，1996年9月。

李澤厚：《美學四講》，收於《美學三書》，合肥：安徽文藝出版社，
　　1999年1月。

周元主編：《小學語文教育學》，上海：華東師範大學出版社，1992年
　　10月。

林文寶、徐守濤、陳正治、蔡尚志：《兒童文學》，臺北：五南圖書出
　　版股份有限公司，2004年3月。

林敏宜：《圖畫書的欣賞與應用》，臺北：心理出版社，2003年9月五
　　刷。

林敏宜：《繪本大表現——文學要素的了解與運用》，臺北：天衛文化
　　圖書股份有限公司，2004年11月。

林景亮：《評註古文讀本》，臺北：臺灣中華書局，1969年1月臺一版。

宗廷虎、鄭明以、李熙宗、李金苓：《修辭新論》，上海：上海教育出
　　版社，1988年3月。

宗廷虎主編：《20世紀中國修辭學》，北京：中國人民大學出版社，
　　2007年12月。

吳格民：《邏輯思維與語文教學》，北京：人民教育出版社，2003年3
　　月。

吳靖國主編，吳靖國、施心茹等著：《海洋教育：海洋故事教學》，高
　　　雄：麗文文化事業股份有限公司，2011年7月。

吳應天：《文章結構學》，北京：中國人民大學出版社，1989年8月。

胡壯麟編著：《語篇的銜接與連貫》，上海：上海外語教育出版設，
　　　1996年2月三刷。

姜望琪：《語篇語言學研究》，北京：北京大學出版社，2011年8月。

范欽慧：《海洋行旅》，臺北：天下雜誌股份有限公司，2006年12月。

高玉梅著、賴吉仁圖：《候鳥慢飛》，臺北：紅蕃茄文化事業有限公司，
　　　1995年6月。

孫移山：《文章學》，北京：檔案出版社，1986年8月。

夏薇薇：《文章賓主法析論》，臺北：文津出版社有限公司，2002年11
　　　月。

陳邦炎主編：《詞林觀止》，上海：上海古籍出版社，1994年4月。

陳波：《邏輯學是什麼》，北京：北京大學出版社，2002年1月。

陳佳君：《虛實章法析論》，臺北：文津出版社有限公司，2002年11月。

陳佳君：《國中國文義旨教學》，臺北：萬卷樓圖書股份有限公司，
　　　2004年2月。

陳佳君：《辭章意象形成論》，臺北：萬卷樓圖書股份有限公司，2005
　　　年7月。

陳佳君：《篇章縱橫向結構論》，臺北：文津出版社有限公司，2008年
　　　7月。

陳佳君：《篇章縱橫向結構論別裁》，臺北：萬卷樓圖書股份有限公
　　　司，2010年10月。

陳佳君：《辭章意象關鍵論》，薩爾布呂肯：金琅學術出版社，2016年
　　　6月。

陳宣諭：《李白詩歌海意象》，臺北：萬卷樓圖書股份有限公司，2011
　　　年11月。

陳素宜：《海洋的故事》，新北市：聯經出版事業公司，2000年8月。

陳望道：《美學概論》，臺北：文鏡文化事業有限公司，1984年12月。

陳望道：《修辭學發凡》，上海：上海教育出版社，2001年7月。

陳滿銘：《文章結構分析——以中學國文課文為例》，臺北：萬卷樓圖書股份有限公司，1999年5月。

陳滿銘：《章法學新裁》，臺北：萬卷樓圖書股份有限公司，2001年1月。

陳滿銘：《章法學論粹》，臺北：萬卷樓圖書股份有限公司，2002年7月。

陳滿銘：《篇章辭章學》，福州：海風出版社，2005年2月。

陳滿銘：《篇章結構學》，臺北：萬卷樓圖書股份有限公司，2005年5月。

陳滿銘：《多二一（0）螺旋結構論——以哲學文學美學為研究範圍》，臺北：文津出版社有限公司，2007年1月。

陳滿銘：《章法結構原理與教學》，臺北：萬卷樓圖書股份有限公司，2007年4月。

陳滿銘：《當代辭章創作及研究述評》，臺北：萬卷樓圖書股份有限公司，2011年1月。

陳滿銘：《章法結構論》，臺北：萬卷樓圖書股份有限公司，2012年2月。

陳滿銘：《章法結構原理與教學》，臺北：萬卷樓圖書有限公司，2017年4月。

曹冕：《修辭學》，上海：商務印書館，1934年4月。

張少康：《中國古代文學創作論》，臺北：淑馨出版社，1989年11月。

張立文：《中國哲學邏輯結構論》，北京：中國社會科學出版社，2002年1月。

張志公：《漢語辭章學論集》，北京：人民教育出版社，1996年3月。

張紅雨：《寫作美學》，高雄：麗文文化事業股份有限公司，1996年10月。

黃永武：《中國詩學——設計篇》，臺北：巨流圖書公司，1999年9月十二刷。

黃慶萱：《周易縱橫談》，臺北：三民書局股份有限公司，1995年3月。

喻守真：《唐詩三百首詳析》，臺北：臺灣中華書局，1995年1月臺23版4刷。

傅更生：《中國文學欣賞舉隅》，臺北：國文天地雜誌社，1990年4月。

曾祖蔭：《中國古代文藝美學範疇》，臺北：文津出版社有限公司，1987年8月。

曾祥芹主編：《文章學與語文教育》，上海：上海教育出版社，2001年6月。

彭聃齡主編：《普通心理學》，北京：北京師範大學出版社，1990年10月三刷。

彭漪漣：《古典詩詞邏輯趣談》，上海：上海人民出版社，2001年9月。

楚明錕主編：《邏輯學》，開封：河南大學出版社，2002年5月二刷。

葉紹鈞（聖陶）：《作文論》，收於《萬有文庫》，上海：商務印書館，1929年10月。

楊遠編著：《標點符號研究》，臺北：東大圖書股份有限公司，1995年2月。

劉玉學主編：《寫作學教程》，北京：中國政法大學出版社，1999年8月。

劉雨：《寫作心理學》，高雄：麗文文化事業股份有限公司，1995年3月。

劉若愚著、杜國清譯：《中國文學理論》，臺北：聯經出版事業公司，1998年9月五刷。

劉蘭英、吳家珍、楊秀珍主編：《漢語表達》，南寧：廣西教育出版社，2001年1月。

鄭文貞：《篇章修辭學》，廈門：廈門大學出版社，1991年6月。

鄭娟榕、林大礎：《中國當代辭章學史稿》，廈門：廈門大學出版社，2017年12月。

鄭圓鈴：《國中國文教學評量》，臺北：萬卷樓圖書股份有限公司，2004年1月。

鄭頤壽：《辭章學導論》，臺北：萬卷樓圖書股份有限公司，2003年11月。

鄭頤壽主編、馬曉虹等十九人合著：《大學辭章學》，福州：福建人民出版社，2004年12月。

鄭頤壽：《辭章學發凡》，福州：海峽文藝出版社，2005年8月。

歐陽周、顧建華、宋凡聖：《美學新編》，杭州：浙江大學出版社，2002年6月十刷。

魏怡：《散文鑑賞入門》，臺北：國文天地雜誌社，1989年9月。

顏智英：《宋詩海洋書寫研究》，臺北：萬卷樓圖書股份有限公司，2017年9月。

譚永祥：《漢語修辭美學》，北京：北京語言學院出版社，1992年12月。

羅君籌：《文章筆法辨析》，香港：上海印書館，1971年6月。

羅綸新、黃明惠、張正杰：《海洋教育：認識海洋的教與學》，臺北：高等教育出版社，2011年10月。

顧明遠主編：《教育大辭典》，上海：上海教育出版社，1990年6月。

顧祖釗：《文學原理新釋》，北京：人民文學出版社，2001年5月。

2 譯作類

〔美〕庫伯（David A. Kolb）著、王燦明等譯：《體驗學習——讓體

驗成為學習和發展的源泉》，上海：華東師範大學出版社，
2008年2月。

〔美〕M. H. 艾布拉姆斯（M. H. Abrams）著，酈稚牛、張照進、童
慶生譯：《鏡與燈：浪漫主義文論及批評傳統》，北京：北京
大學出版社，2004年1月。

〔美〕魯・阿恩海姆（Rudolf Arnheim）著，郭小平、翟燦譯：《藝術
心理學新論》，北京：商務印書館，1999年9月三刷。

〔加〕培利・諾德曼（Perry Nodelman）著，楊茂秀等譯：《話圖：兒
童圖畫書的敘事藝術》，臺東：財團法人兒童文化藝術基金
會，2010年11月。

〔日〕松山正一著、歐陽鍾仁譯：《教師啟發學童思考能力的方法》，
臺北：幼獅文化事業股份有限公司，1989年7月。

3 教科書類（含各學年度版次）

南一版：《國民小學國語》，臺南：南一書局企業股份有限公司。
康軒版：《國小國語》，臺北：康軒文教事業股份有限公司。
康軒版：《國中國文》，臺北：康軒文教事業股份有限公司。
翰林版：《國民小學國語》，臺南：翰林出版事業股份有限公司。
翰林版：《國中國文》，臺南：翰林出版事業股份有限公司。

4 繪本類

〔英〕安東尼・布朗（Anthony Browne）圖文，黃鈺瑜譯：《我爸
爸》，臺北：格林文化事業股份有限公司，2001年7月。

〔英〕大衛・麥基（David John McKee）圖文，柯倩華譯：《三隻怪
獸》，臺北：阿布拉教育文化有限公司，2008年4月。

〔德〕赫姆・海恩（Helme Heine）著、王真心譯：《好朋友》，臺
北：上誼文化公司，1994年3月初版三刷。

〔日〕五味太郎圖文，蔣家鋼譯：《我是大象》，臺北：信誼基金出版
　　　社，2006年2月。

〔日〕佐野洋子圖文、湯心怡譯：《五歲老奶奶去釣魚》，臺北：大穎
　　　文化事業股份有限公司，2008年10月二版。

〔日〕筒井賴子文，林明子圖，漢聲雜誌譯：《第一次上街買東西》，
　　　臺北：英文漢聲出版有限公司，1988年12月八版。

〔韓〕趙浩相文、尹美淑圖、張介宗譯：《豆粥婆婆》，臺北：信誼基
　　　金出版社，2005年2月。

〔紐〕馬克‧薩莫塞特（Mark Sommerset）文、蘿文‧薩莫塞特
　　　（Rowan Sommerset）圖，上誼編輯部譯：《咩咩羊的聰明
　　　丸》，臺北：上誼文化公司，2015年2月。

林煥彰文、曹俊彥圖：《流浪的狗》，臺北：國語日報社，1992年7月
　　　三版。

張玲玲文、劉宗慧圖：《老鼠娶新娘》，臺北，遠流出版公司，1993年
　　　3月初版七刷。

（二）論文

1 期刊論文

仇小屏：〈論「圖底」章法的空間結構──以幾首唐詩為例〉，《國文
　　　天地》第17卷第5期，2001年10月，頁100-104。

仇小屏：〈論常見於國小國語課文的幾類章法──以因果類、映襯
　　　類、時間類章法為例〉，《國立臺北師範學院學報》第17卷第
　　　1期，2004年3月，頁23-46。

王希杰：〈章法學門外閑談〉，《平頂山師專學報》第18卷第3期，2003
　　　年6月，頁53-57。

王瓊珠：〈故事結構教學加分享閱讀對增進國小閱讀障礙學童讀寫能力與故事結構概念之研究〉，《臺北市立師範學院學報・教育類》35卷2期，2004年9月，頁1-22。

江寶釵：〈從史詩角度讀〈木蘭詩〉——兼談南北樂府詩之情調差異〉，《國文天地》第6卷第3期，1990年8月，頁86-87。

李劍亮：〈中國古典詩賦中的「海」意象〉，《浙江海洋學院學報》第16卷第3期，1999年9月，頁21-25。

邱小芳、詹士宜：〈詞彙導向之繪本教學對國小學習障礙學生閱讀表現之研究〉，《特殊教育與復健學報》20期，2009年6月，頁75-117。

林玉真、林錫輝：〈對學習障礙學生實施繪本仿寫寫作教學之心得〉，《特教園丁》27卷4期，2012年6月，頁41-47。

林秋玉、劉良華：〈立足於自然法的教學改革及其行動研究〉，《全球教育展望》2015年第2期，2015年2月，頁11-19。

林詩婷、程鈺雄：〈透過繪本閱讀增進學習障礙學童的文章結構理解能力〉，《台東特教》第32期，2010年12月，頁24-30。

陳佳君：〈從章法談國小作文運材教學——以幾種常用於論說文的章法為例〉，《人文及社會學科教學通訊》第12卷第4期，2001年12月，頁131-154。

陳佳君：〈談國小國語之並列章法教學〉，《國民教育》第47卷第3期，2007年2月，頁27-33。

陳佳君：〈談凡目章法之讀寫教學及其美感——以小學階段為考察範圍〉，《畢節學院學報》第25卷第6期，2007年12月，頁8-13。

陳佳君：〈論《百喻經》的意象經營與轉化——以〈債半錢喻〉與〈偷犛牛喻〉為考察對象〉，《語文集刊》第十三期，2008年1月，頁75-98。

陳佳君：〈論意象連結之媒介〉，《中國學術年刊》第三十期春季號，
　　　2008年3月，頁227-254。

陳佳君：〈繪本《老鼠娶新娘》辭章意象探析〉，《中國現代文學》第
　　　十三期，2008年6月，頁47-62。

陳佳君：〈論辭章學的學科特質與跨領域研究〉，《語文集刊》第19
　　　期，2011年1月，頁237-258。

陳佳君：〈運用篇章結構輔助「以讀帶說」教學——一則新加坡小學
　　　的華文課例分析〉，《國文天地》第31卷第12期，2016年5
　　　月，頁89-94。

陳佳君：〈意象形成美感論的原理與實際〉，《國文天地》「學術論壇」
　　　第32卷第1期，2016年6月，頁119-136。

陳淑麗、蘇倩慧、曾世杰：〈透過國語文補救教學提升低成就兒童的
　　　口語能力〉，《教育與心理研究》33卷3期，2010年9月，頁
　　　25-46。

陳滿銘：〈談篇章結構分析的切入角度〉，《國文天地》第15卷第8期，
　　　2000年1月，頁86-94。

陳滿銘：〈論篇章辭章學〉，《國文學報》第三十五期，2004年6月，頁
　　　35-68。

陳滿銘：〈論語文能力與辭章研究——以「多」、「二」、「一（0）」螺
　　　旋結構作考察〉，《國文學報》第三十六期，2004年12月，頁
　　　67-102。

陳滿銘：〈論讀、寫互動〉，《畢節師範高等專科學校學報》第23卷第2
　　　期，2005年6月，頁1-8。

陳滿銘：〈論章法結構之方法論系統——歸本於《周易》與《老子》作
　　　考察〉，《國文學報》第四十六期，2009年12月，頁61-94。

陳滿銘：〈論章法四大律之方法論原則——以多、二、一（0）螺旋結

構作系統探討〉,《中國學術年刊》第三十三期春季號,2010
年8月,頁87-117。

陳滿銘:〈篇章內容、形式包孕關係探論——以多二一(0)螺旋結構
切入作探討〉,《中國學術年刊》第三十二期秋季號,2010年
9月,頁283-319。

陳藝康:〈辭章章法結構在語文教學上的應用〉,《國文天地》第26卷
第5期,2010年10月,頁46-53。

黃永和:〈低成就學生的特質與輔導〉,《新北市教育》第九期,2013
年12月,頁19-23。

黃慶萱:〈劉若愚《中國文學本論》內容析議〉,《中國學術年刊》第
十九期,1998年3月,頁508-516。

黃慶萱:〈劉若愚《中國文學本論》架構方法析議〉,《國文學報》第
二十七期,1998年6月,頁271-306。

張高評:〈海洋詩賦與海洋性格——明末清初之臺灣文學〉,《臺灣學
研究》第5期,2008年6月,頁1-15。

齊宗豫:〈結合識字閱讀作文教學做為國語文補救教學模式之行動研
究——以五年級攜手計畫學生為例〉,《新竹縣教育研究集
刊》第9期,2009年12月,頁1-21。

廖肇亨:〈浪裏挑燈看劍:中國海戰詩學之書寫特質與價值信念初
探〉,《中國文學研究》2008年01期,北京:中國文聯出版
社,2008年1月,頁285-314。

廖肇亨:〈長島怪沫、忠義淵藪、碧水長流——明清海洋詩學中的世
界秩序〉,《中國文哲研究集刊》第三十二期,2008年3月,
頁41-71。

鄭昭明:〈漢字認知的歷程〉,《中華心理學刊》23卷2期,1981年12
月,頁137-153。

鄭敏：〈詩的內在結構〉，《文藝研究》1982年第02期，1982年2月，頁
　　54-62。

潘葦杭、潘新和：〈為寫而讀：閱讀教學的重構〉，《語文建設》2014
　　年第1期，2014年1月，頁21-23。

顏智英：〈論歸有光詩中的海戰書寫——兼述其古文中的禦寇思想〉，
　　《成大中文學報》第四十三期，2013年12月，頁87-126。

2 專書論文

仇小屏：〈論章法的對比與調和之美——以正反法、賓主法、圖底法
　　為考察對象〉，收於《修辭論叢（第四輯）》，臺北：洪葉文
　　化事業有限公司，2002年5月，頁118-147。

王本華：〈張志公先生與漢語辭章學〉，收於張志公：《漢語辭章學論
　　集》，北京：人民教育出版社，1996年3月，頁4-8。

王希杰：〈略論「修辭立其誠」〉，收於何偉棠主編：《王希杰修辭學論
　　集》，廣州：廣東高等教育出版社，2000年9月，頁112-124。

王希杰：〈陳滿銘教授和章法學〉，收於仇小屏、陳佳君、蒲基維、謝
　　奇懿、顏智英、黃淑貞編：《陳滿銘與辭章章法學——陳滿
　　銘辭章章法學術思想論集》，臺北：文津出版社有限公司，
　　2007年12月，頁30-45。

王希杰、仇小屏、陳佳君：〈章法學對話〉，收於陳佳君：《篇章縱橫
　　向結構論別裁》，臺北：萬卷樓圖書股份有限公司，2010年10
　　月，頁155-208。

王德春：〈適應語言學發展趨勢的論著——評陳滿銘教授的辭章學〉，
　　收於《陳滿銘教授七秩榮退誌慶論文集》，臺北：萬卷樓圖
　　書股份有限公司，2005年7月，頁41-45。

甘其勛：〈文章學與語文審美教育〉，收於曾祥芹主編：《文章學與語文
　　教育》，上海：上海教育出版社，2001年6月四刷，頁263-298。

李麗君：〈學習動機與輔導〉，收於臺灣心理學會教育心理學組合著：
　　　　《我可以學得更好：學習診斷與輔導手冊【高年級版】》，臺
　　　　北：心理出版社，2008年4月，頁236-259。

孟建安：〈陳滿銘與漢語辭章章法學研究〉，收於仇小屏、陳佳君、蒲
　　　　基維、謝奇懿、顏智英、黃淑貞編：《陳滿銘與辭章章法
　　　　學——陳滿銘辭章章法學術思想論集》，臺北：文津出版社
　　　　有限公司，2007年12月，頁80-133。

孟建安：〈章法學體系建構的系統性原則〉，收於《章法論叢》第二
　　　　輯，臺北：萬卷樓圖書股份有限公司，2008年3月，頁88-99。

陳佳君：〈論章法之族性〉，收於《辭章學論文集》，福州：海潮攝影
　　　　藝術出版社，2002年12月，頁145-163。

陳佳君：〈論辭章內容結構之單一類型——以其所適用的章法為考察
　　　　重心〉，收於《修辭論叢（第四輯）》，臺北：洪葉文化事業
　　　　有限公司，2002年5月，頁665-686。

陳滿銘：〈談平提側收的篇章結構〉，收於《修辭論叢（第二輯）》，臺
　　　　北：洪葉文化事業有限公司，2000年6月，頁193-214。

陳滿銘：〈《中庸》「多」、「二」、「一（0）」螺旋結構論〉，收於《第三
　　　　屆中國經學國際學術研討會論文集》，臺北：洪葉文化事業
　　　　有限公司，2003年11月，頁214-265。

張貴勇：〈文學是人類特有的審美活動〉，收於許鵬主編：《文學概
　　　　論》，北京：中國人民大學出版社，2003年9月，頁40-62。

曾永義：〈一篇〈錦瑟〉解人難〉，收於《章法論叢》第十一輯，臺
　　　　北：萬卷樓圖書股份有限公司，2017年11月，頁1-6。

張慧貞：〈兩岸辭章學研究和語文教學隅談〉，收於鄭頤壽主編、馬曉
　　　　虹等十九人合著：《大學辭章學》，福州：福建人民出版社，
　　　　2004年12月，頁364-376。

鄭韶風：〈試談陳滿銘教授「讀寫雙向互動」的辭章觀〉，收於仇小
　　屏、陳佳君、蒲基維、謝奇懿、顏智英、黃淑貞編：《陳滿
　　銘與辭章章法學──陳滿銘辭章章法學術思想論集》，臺
　　北：文津出版社有限公司，2007年12月，頁320-329。

黎運漢：〈陳滿銘對辭章章法學的貢獻〉，收於仇小屏、陳佳君、蒲基
　　維、謝奇懿、顏智英、黃淑貞編：《陳滿銘與辭章章法
　　學──陳滿銘辭章章法學術思想論集》，臺北：文津出版社
　　有限公司，2007年12月，頁52-70。

戴維揚、葉書吟：〈現當代三音節新詞語的新典範〉，收於《章法論
　　叢》第八輯，臺北：萬卷樓圖書股份有限公司，2014年10
　　月，頁125-165。

3 學位論文

呂姿瑩：《國民小學國語教科書海洋教育內容之分析》，國立臺灣海洋
　　大學教育研究所碩士論文，2015年6月。

吳孟芬：《國民小學國語高年級教科書本土教材之改寫探究》，國立臺
　　中教育大學語文教育學系在職進修碩士班碩士論文，2017年
　　5月。

林秀霙：《繪本閱讀教學對國語文低成就學生語文學習效果之研究》，
　　國立臺南大學教育學系課程與教學碩士論文，2010年7月。

林美娜：《心覺與知覺轉換章法析論──以唐代近體詩為考察對象》，
　　國立嘉義大學中國文學系研究所碩士論文，2008年6月。

林慧姿：《新手教師應用繪本結合心智圖法於國小資源班閱讀教學之
　　質性研究》，國立臺北師範學院特殊教育學系碩士論文，
　　2005年1月。

范雪凌：《海洋環境教育概念階層表之建構及中小學教科書涵括海洋

概念之研究》，國立中山大學海洋環境及工程研究所碩士論文，2000年6月。

高敏馨：《平側章法析論》，國立臺灣師範大學國文系教學碩士論文，2004年5月。

陳佳秀：《九年一貫國小語文教科書海洋教育之研究》，國立臺中教育大學語文教育學系碩博士班博士論文，2011年5月。

黃信恩：《繪本教學對學習障礙學生識字與閱讀理解之成效研究》，國立臺南大學特殊教育學系碩士論文，2008年6月。

張美雲：《國民小學高年級教科書海洋教育內容之分析──以康軒版為例》，國立臺中教育大學教育學系博士論文，2017年6月。

張瑞純：《故事結構教學對國小六年級低成就學童閱讀理解及閱讀動機之影響》，國立臺南大學教育學系課程與教學碩士論文，2014年7月。

顏敬儀：《國小國語領域教科書海洋文化教育之內容分析》，國立臺灣海洋大學教育研究所碩士論文，2019年1月。

蘇麗芳：《海洋教育融入國小四年級國語文閱讀教學歷程之研究》，國立臺北教育大學語文與創作學系語文教學碩士班碩士論文，2012年7月。

4 會議論文及其他類文獻資料

李瑞騰：〈請循其本──國語文教學之我見〉，《108國語文教材教法課程設計學術研討會會議手冊》，臺北：國立臺灣師範大學，2019年10月，頁7。

邱紹雯：〈基本學力檢測 提前為小五考〉，《自由時報》臺北都會版，2013年10月9日。

許育建、莊汶樺、茅雅媛：〈十二年國民基本教育國語文學習領域之

師資專業需求與培訓策略研擬〉，教育部國民小學師資培用
聯盟「2016國語文學習領域大學教授教材教法論文發表會」
會議論文，2016年5月，頁5-31。

陳佳君：“Why We Fold Palms: The Abundant Connotations of Folded
Palms in Buddha Dharma”, *Parliament of the World's Religions*,
Toronto, 2018.11.

國家考試國文科專案小組：〈國家考試國文科專案研究報告〉，臺北：
考選部，2002年。

馮永敏：〈展開過程　揭示規律──試探九年一貫本國語文統整教學
的實施〉，《九年一貫語文統整教學學術研討會論文集》，臺
北：臺北市立師範學院語文教育學系，2001年8月，頁63-
118。

黃敏秀、劉韓儀、胡靜怡、曾麗美：〈閱閱欲試讀家秘方──繪本教
學對學障兒童語文能力提升之成效〉，《臺北市第六屆中小學
及幼稚園教育專業創新與行動研究徵件暨成果發表會》會議
論文，2007年9月，頁29-57。

鄭頤壽：〈臺灣辭章學研究述評〉，《首屆海峽兩岸閩南文化學術研討
會論文集》，2001年11月，頁1-15。

三　外文著述

Betty D. Roe, Barbara D. Stoodt, Paul Clay Burns, *Secondary School
Reading Instruction: The Content Areas*, Boston: Houghton
Mifflin, 1983.

James J. Y. Liu, *Chinese Theories of Literature*, Chicago and London: The
University of Chicago Press, 1975.

M. H. Abrams, *The Mirror and the Lamp: Romantic Theory and the Critical Tradition*, New York: Oxford University Press, 1953.

Michael Lane（Edited and Introduced）, *Introduction to Structuralism*, New York : Basic Books, 1970.

Richard E. Mayer, 'Introduction to Multimedia Learning' in *The Cambridge Handbook of Multimedia Learning*, England: Cambridge University Press, 2005, Online publication date: 2012.6.

四　網路資源

OECD PISA: http://www.oecd.org/pisa/。

TIMSS & PIRLS: https://timssandpirls.bc.edu/。

林曉雲：〈國高中白話文選將以台灣新文學作家為主〉,《自由時報》生活版，2017年9月10日，電子報網址：https://news.ltn.com.tw/news/life/breakingnews/2189132。

教育部「國民中小學九年一貫課程綱要」《語文學習領域國語文100課綱分段能力指標》：https://cirn.moe.edu.tw/WebContent/index.aspx?sid=9&mid=227。

教育部國民教育司國民教育社群網：http://teach.eje.edu.tw/9CC2/9cc_97.php。

教育部「十二年國民基本教育課程綱要」《總綱・核心素養》：https://cirn.moe.edu.tw/WebContent/index.aspx?sid=11&mid=285。

教育部「十二年國民基本教育課程綱要」《議題融入說明手冊》：http://www.stgvs.ntpc.edu.tw/~tyy/sch_pdf/16.pdf。

教育部「十二年國民基本教育課程綱要」《語文領域-國語文核心素養具體內涵》：https://cirn.moe.edu.tw/WebContent/index.aspx?sid=11&mid=5724。

教育部「十二年國民基本教育課程綱要」《語文領域-國語文學習重
　　　　點》及《語文領域-國語文學習內容》：https://cirn.moe.edu.
　　　　tw/WebContent/index.aspx?sid=11&mid=5737。

教育部「十二年國民基本教育課程綱要」〈國語文學習表現之教材編
　　　　選及教學實施說明〉：https://cirn.moe.edu.tw/WebContent/
　　　　index.aspx?sid=11&mid=5748。

教育部五區閱讀教學研發中心「課文本位閱讀理解教學」計畫：
　　　　https://pair.nknu.edu.tw/pair_System/Search_index.aspx。

教育部「國民小學及國民中學學生學習扶助資源平臺」：https://priori.
　　　　moe.gov.tw/。

陳佳君：〈認識章法〉，「章法學會暨圖書中心」官方網站：http://www.
　　　　zhangfa.org.tw/?page_id=263。

國家教育研究院「雙語詞彙、學術名詞暨辭書資訊網」：http://terms.
　　　　naer.edu.tw/detail/1315003/。

臺北市國民小學基本學力檢測網：http://tebca.tp.edu.tw/。

臺北市政府教育局：〈北市首度辦理小5生基本學力檢測新聞稿〉，
　　　　2013年10月8日，新聞稿網址：http://www.edunet.taipei.gov.
　　　　tw/ct.asp?xItem=68026098&ctNode=66159&mp=104001。

臺灣海洋教育中心：http://tmec.ntou.edu.tw/。

文學研究叢書·辭章修辭叢刊　0812011

視域、方法、實踐：
辭章學系統的語文篇章教學研究

作　　者	陳佳君
責任編輯	蘇　輗
特約校稿	林秋芬

發 行 人	林慶彰
總 經 理	梁錦興
總 編 輯	張晏瑞
編 輯 所	萬卷樓圖書股份有限公司
排　　版	林曉敏
印　　刷	百通科技股份有限公司
封面設計	菩薩蠻數位文化有限公司

發　　行　萬卷樓圖書股份有限公司
　　　　　臺北市羅斯福路二段 41 號 6 樓之 3
　　　　　電話 (02)23216565
　　　　　傳真 (02)23218698
　　　　　電郵 SERVICE@WANJUAN.COM.TW
香港經銷　香港聯合書刊物流有限公司
　　　　　電話 (852)21502100
　　　　　傳真 (852)23560735

ISBN 978-986-478-413-4
2021 年 3 月初版二刷
2020 年 12 月初版
定價：新臺幣 500 元

如何購買本書：
1. 劃撥購書，請透過以下郵政劃撥帳號：
　　帳號：15624015
　　戶名：萬卷樓圖書股份有限公司
2. 轉帳購書，請透過以下帳戶
　　合作金庫銀行　古亭分行
　　戶名：萬卷樓圖書股份有限公司
　　帳號：0877717092596
3. 網路購書，請透過萬卷樓網站
　　網址 WWW.WANJUAN.COM.TW
大量購書，請直接聯繫我們，將有專人為
您服務。客服：(02)23216565 分機 610

如有缺頁、破損或裝訂錯誤，請寄回更換

國家圖書館出版品預行編目(CIP)資料

視域、方法、實踐：辭章學系統的語文篇章
教學研究 / 陳佳君著.-- 初版.-- 臺北市：萬
卷樓圖書股份有限公司, 2020.12
　　面；　　公分.--(辭章修辭叢刊; 812011)
ISBN 978-986-478-413-4(平裝)

1.　漢語　2.篇章學

802.76　　　　　　　　　　109017879